Fegoria

Gefährliche Wege

SPÜRST DU
DAS FEUER?

DAS SIND WIR!

Fegoria

Gefährliche Wege

von

Annika Kastner

© 2019 Booklounge Verlag
ISBN: 978-3-947115-11-2
Erstausgabe im Oktober 2019

Verlag
Booklounge Verlag, Sabrina Rudzick
Johann-Boye-Str. 5, 23923 Schönberg
www.booklounge-verlag.de
Coverbild: curaphotography

Druck
Bookwire GmbH, Frankfurt am Main

Bibliografische Information der Deutschen Nationalbibliothek: Die Deutsche Nationalbibliothek verzeichnet diese Publikation in der Deutschen Nationalbibliografie; detaillierte bibliografische Daten sind im Internet über http://dnb.dnb.de abrufbar.

Herzlich willkommen zurück in Fegoria – Gefährliche Wege. Während Alice im ersten Band hat lernen müssen, dass es für sie kein Zurück gibt, wachsen sie und Crispin in diesem Teil über sich hinaus. Vor allem Crispin muss einen harten Weg beschreiten, in dem er auch sehr viel über sich selbst lernen wird.

Ich danke euch, dass ihr dieses Abenteuer mit mir zusammen erlebt, dass ihr mit Herzblut mitfiebert. Deswegen widme ich dieses Buch euch, denn ohne euch würde niemand erfahren, dass es Fegoria gibt, verborgen auf der anderen Seite eines Berges. Also schaut euch nächstes Mal genau um: Spürt ihr den Wind in den Haaren?

Außerdem widme ich es meinem Mann Philipp, meinem persönlichen Helden in meinem Märchen, und meinem Sohn Joshua, der noch viele Abenteuer erleben wird. Meiner Familie, ein ziemlich verrückter Haufen, und meiner wundervollen Sylvia, Cosima und Sarah. Mädels, ihr seid die besten Freundinnen der Welt, aber ich denke, das wisst ihr.

Und nun, taucht ab in die Welt von Fegoria. Aber gebt Acht, dass ihr nicht auch mal über einen Troll stolpert oder einen Zwerg verärgert.

INHALTSVERZEICHNIS

EINS

Vogelgezwitscher weckt mich. Ich öffne verschlafen die Augen, blinzle einige Male, um den Schlaf zu vertreiben. Die dicke, weiche Decke ist bis zu meiner Nase hochgezogen, lässt mich kurz schmunzeln. Ich wette, dass Crispin sie wieder unter der Matratze festgesteckt hat, damit ich sie nicht weg trample. Nachts quälen mich immer Albträume, in denen ich in Astas Haus, im Gewölbe, gefangen bin. Erinnerungen, Gedankenfetzen vermischen sich mit wahnwitzigen Träumen und lassen mich schweißgebadet aufwachen, sobald Crispin beruhigend auf mich einredet. Er drängt mich nie, über das Erlebte zu sprechen, hört aber aufmerksam zu, wenn ich mich doch traue, mich diesen Erinnerungen zu stellen. Das, was mir widerfahren ist, sitzt mir tief in den Knochen und die Nächte fürchten mich mehr, als ich zugeben mag.

Heute ist allerdings ein guter Morgen. Mein Schlaf ist sehr erholsam gewesen, also liegt ein Lächeln auf meinen Lippen. Dem Himmel sei Dank, häufen sich solche Nächte in letzter Zeit. Man sagt, Zeit heilt alle Wunden – vielleicht stimmt es und auch über Erinnerungen bildet sich ein Narbengewebe, das man zwar spürt, aber nicht mehr so präsent ist wie am Anfang. Ich hoffe es jedenfalls. Ich habe etliche Jahre Zeit. Immerhin bin ich quasi unsterblich, was ich immer noch kaum glauben kann.

Das Bett neben mir ist verwaist, wie ich mit einem Blick zur Seite feststelle und schon erahnt habe. Ich bin nicht aufgewacht, als Crispin gegangen ist, weil er sich so lautlos wie ein Ninja bewegt, womit ich ihn ständig aufziehe, auch wenn er nicht versteht, was genau ein Ninja ist. Ich weiß nämlich, dass er heute mit Noam zu einem der Grenzposten muss und dass sie in den Morgenstunden aufbrechen wollen. Gerne wäre ich mitgekommen, um weitere Ecken Fegorias zu entdecken, doch jetzt fällt mir siedend heiß ein, wieso ich nicht mitgehen habe können: Keona, Crispins Mutter, wünscht mich heute zu empfangen. Allein der Gedanke an dieses Treffen lässt mich in Schweiß ausbrechen, obendrein ist mir wirklich nicht wohl dabei. Auch wenn ich nun schon länger hier bin, so wirklich warm werde ich mit der Königin nicht. Aber verdammt, da muss ich durch. Ich will die Frau an Crispins Seite sein, dann werde ich wohl oder übel solche Treffen in Kauf nehmen müssen. Es wird vermutlich nicht die letzte Begegnung sein. Wenn ich ein normales Leben anvisiere, muss ich lernen, ihr gegenüberzutreten und mich auch zu behaupten. Dabei ist sie nicht mal so schlimm wie der König. Dieser ignoriert mich in jeder Hinsicht, verhält sich, als sei ich Luft, was mir nur recht ist. Beschweren tue ich mich deswegen gewiss nicht. Ich weiß, dass er unsere Beziehung nicht billigt, er hat es immerhin laut genug hinausposaunt, doch er hat keine Wahl, denn Crispin steht zu dem Wort, welches er mir gegeben hat. Die Kälte, die ich am Anfang zu spüren bekommen habe, strahlt er jetzt an jene aus, die gegen unsere Verbindung sind. Wie eine unnachgiebige Mauer steht er vor allen Zweiflern. Es kommt mir vor, als sei es die Ruhe vor dem Sturm, was Elon betrifft, deshalb bin ich jederzeit auf der Hut.

Ich vergesse nicht, wie meine Ankunft in Fegoria verlaufen ist, dass er mich eingesperrt, mir meine Freiheit geraubt und mich obendrein meinem Tod überlassen hat, als sei ich ein Niemand. Seine Worte, ich bin lediglich von Nutzen, solange ich ihm einen Vorteil verschaffe, habe ich mir gut gemerkt. Gleichwohl bedeutet dies mein Ableben, sobald ich dieser besagte Vorteil nicht mehr sein werde. Um das zu wissen, muss ich kein Genie sein, den imaginären Sensenmann hat er präsent auf seiner Schulter sitzen. Der Einzige, der zwischen ihm und seiner Drohung steht, ist mein Gefährte, Crispin. Na ja, Cian und Noam würden sich sicher auch für mich ein setzen - dieses Wissen lässt mich besser schlafen. Crispin und sein Vater geraten immer wieder in Streit, wenn es um mich geht. Mein Gefährte ist nicht mehr der folgsame Sohn, der ausschließlich Befehle ausführt. Nein, seine Ambitionen haben sich verändert, er hat sich verändert. Sein Vater und vor allem sein Volk merken dies deutlich. Er strahlt die Kraft eines Anführers aus, zu dem das Volk aufblickt. Egal, ob Elon es glaubt oder nicht, ich bin Crispins Seelengefährtin, somit ist unser Bund heilig, wenn ich das richtig verstanden habe. Das heißt, wenn er die Götter nicht verärgern will, darf er mir sowieso nicht schaden. Selbst Kelalan, der alte Zauberer an seiner Seite, betont dies stetig, was etwas bedeuten mag, denn diese ganze Seelengefährtensache ist wirklich schwer zu begreifen. Vor allem auch schwer zu glauben, wenn man wie ich von der Erde kommt, die kurioserweise direkt neben Fegoria verläuft. Oder ist es ein Paralleluniversum? Weiß der Geier! Das werde ich wohl nie kapieren. Den letzten großen Streit zwischen Crispin und seinem Vater habe ich noch bildlich vor Augen. Beide haben vor Zorn gerötete Köpfe gehabt, eine Ader an Crispins Hals ist deutlich hervor getreten und nur mit Mühe und Not ist es dank Noam nicht in einer Prügelei eskaliert. Crispin hat seinen Standpunkt abermals so deutlich klargestellt und lautstark vertreten, dass der König es hingenommen hat. Vorerst. Ich mache mir da nichts vor, das Thema wird eher früher als später erneut auftauchen. Bei jedem dieser Treffen wird dermaßen gebrüllt, dass die Wände im Schloss wackeln und die Dienstboten den Korridor zum Thronsaal meiden – aus Angst, ins Schussfeld zu geraten. Meine Herren, diese Welt ist kompliziert.

Seit vier Wochen sind Crispin und ich zurück im Nebelwald, haben Escher und die erste Schlacht hinter uns gelassen. Wir haben Asta und Castiell das erste Mal gemeinsam die Stirn geboten, wobei ich durch Asta mein menschliches Leben verloren habe und zu einer Albin geworden bin. Eine Unsterbliche, wohlgemerkt. Eine Albin, ja. Langsam gewöhne ich mich daran, dass sich das Gesicht, welches mir morgens im Spiegel entgegenblickt, verändert hat. Die Zeit rennt wie im Flug, doch allmählich lebe ich mich hier ein, auch wenn mir meine Welt schmerzlich fehlt. Die Akzeptanz, dass der Weg zurück für immer versperrt ist, klappt an manchen Tagen besser, an manchen schlechter. Bei dem ganzen Stress würde ich mir zu gern ein Stück Schokolade auf der Zunge zergehen lassen oder einfach meine Kopfhörer in die Ohren stecken und meine Spotifyliste anhören. Mit der Zeit werde ich mich bestimmt noch besser einleben und eine neue Aufgabe finden – insbesondere wie ich Crispin unterstützen und ein Teil von all dem hier werden kann.

Mir ist bekannt, dass der König mich sehr wohl weiterhin beschatten lässt, was ich natürlich akzeptiere. Dass Albe die Todfeinde der Elben sind, rechtfertigt dies ein kleines bisschen, auch wenn ich mich frage, was er denkt, wie ich handeln sollte. Crispin würde ausrasten, wenn ich es ihm erzähle, deshalb behalte ich es besser für mich. Der König macht dies nur, wenn er weiß, dass Crispin nicht zugegen ist – kluger Kerl. Crispin würde es sofort bemerken. Es ist sowieso ein Wunder, dass Noams Vögelchen, wie er sie nennt, nicht geflötet haben. Soll der König mich doch beobachten, wenn es ihn glücklich macht. Er wird merken, dass ich genauso langweilig bin, wie ich immer gesagt habe. Ich will keinen Ärger, sondern Frieden, und das im besten Fall weit weg von Raben, Orks und was hier noch umher kriecht. Ja, so sieht mein Plan aus. Den werde ich versuchen, in die Tat umzusetzen.

Ich verbringe die Zeit mit lesen, lernen und meinen neuen Freunden. Jede Minute, die Crispin und ich für uns alleine haben, ist wertvoll und wunderbar. Weil ich weiß, dass es in dieser mittelalterlichen Welt von Nöten ist, trainiere ich weiter. Asta hat mit seinem Blutzauber ganze Arbeit geleistet - immer wieder kann ich plötzlich neue Dinge, lerne zudem sehr schnell, mit Schwert und Bogen umzugehen. Kelalan darf nicht mehr in meine

Nähe kommen, was bedeutet, dass ich ebenfalls Ruhe vor ihm habe. Der alte Zauberer hat seine Sympathien bei mir verspielt, da er es gewesen ist, der mich zu Asta gebracht und mich trotz meines Flehens dort gelassen hat. Auch wenn er sich gerne als weise betrachtet, ist dies nicht seine beste Entscheidung gewesen, was er sogar selbst bemerkt hat. Fast hat dies nicht nur mein Leben gekostet, sondern ebenso das der Prinzen, aber dies scheint Elon zu verzeihen.

Kelalan und Crispin haben ebenfalls in einer hitzigen Auseinandersetzung gesteckt, die nur seine Mutter hat stillen können. Ich glaube, Crispin hätte ihn am liebsten aus dem Schloss geworfen, was lächerlich ist. Er hat ja nicht ahnen können, wie Asta wirklich ist, das gestehe ich ihm zu. Dass Asta geplant hat, mich zu töten, damit ich als Albin wiedererweckt werde, um an der Seite des Prinzen zu herrschen, hat er nicht in seinen kühnsten Träumen kommen sehen. Asta hat sie alle hinterrücks verraten, dieser grausame Sadist. Die Tage in seinem Kellergewölbe, mehr tot als lebendig, jagen mir Schauer über den Rücken. Krähen werde ich nie mehr sorglos ansehen können, das ist sicher. Zusammengefasst: Ich werde Kelalan so schnell nicht mehr trauen, dieses Privileg hat er verspielt. Wenn ich wollen würde, könnte ich mich wieder von dem Zauberer unterrichten lassen, doch ich habe keinerlei Bedarf. Aktuell jedenfalls. Bei meiner Ankunft hat er mich die Geschichte Fegorias gelehrt – die Orte, Wesen und Stammbäume des Elbenhauses. Wenn ich ehrlich bin, bin ich noch verdammt wütend auf ihn, weil er mich seinerzeit bei Asta zurückgelassen hat. Ich habe ihn angefleht, mich mitzunehmen, aber es hat ihn nicht interessiert. Diese Grübelei – genug damit!

Ich strecke mich genüsslich in den weichen Laken aus, mein Blick wandert durch das Zimmer und bleibt am Kamin hängen. Ein warmes Feuer prasselt in ihm, vertreibt auf wohlige Weise die winterliche Kälte aus dem Zimmer, auf dessen Fensterbank Frost glitzert. Topas, mein nicht mehr ganz so kleiner Drache, liegt zusammengerollt auf einem weichen Fell, schnarcht leise vor sich hin. Ab und zu entweicht ihm dabei etwas Ruß aus der Nase, welches sich vor ihm auf seinem Schlafplatz ausbreitet. Er hat mittlerweile das Ausmaß eines kräftigen Rottweilers erreicht und ist kein Vergleich mehr zu dem kleinen Drachen, der sich damals in meinem Schrank versteckt hat. Wenn es nach ihm geht, würde er auch weiterhin mit im Bett schlafen, doch Crispin hat ihn rigoros verbannt. Ich muss grinsen, als ich daran denke, wie der Drache ihm aus Frust eine Ladung Ruß ins Gesicht gepustet hat. Er hat ausgesehen wie der Schornsteinfeger persönlich und seine Augen haben vor Wut fast selbst Funken gesprüht. Herrlich. Er ist so aufgebracht gewesen! In solchen Momenten hätte ich zu gerne eine Kamera dabei, um es für die Ewigkeit festzuhalten. Wenn ich wirklich unsterblich bin, wie soll ich mich dann ein Leben lang an gewisse Augenblicke erinnern? Wird meine alte Familie über die Jahrhunderte verblassen?

Mit Schwung setze ich die Beine auf den Boden und zucke kurz zusammen. Trotz des warmen Kamins ist der Boden eiskalt. Wie lang geht der Winter in Fegoria? So wie bei uns oder gar länger? Der Herbst ist zumindest zügig vorbei gewesen. Wenn alle Jahreszeiten so rasend an uns vorbei rauschen, steht ja bald der Sommer an. Wieder eine Sache, die ich Crispin fragen kann. Meine Liste wird immer länger, denn mir fallen täglich neue Fragen ein, die ich ihm stellen möchte. Feiern die Elben Weihnachten? Vermutlich eine dumme Frage, aber ich liebe Weihnachten. Wie viele Tage umfasst ein Jahr in Fegoria? Bemessen sie es nach Jahren? Ob hier jemals Fensterscheiben erfunden werden? Ich hoffe es, glaube jedoch eher weniger daran. Eine Toilette würde das Tüpfelchen auf dem I sein, oder eine Dusche – vielleicht kann ich sie darauf bringen. Es fühlt sich immer noch komisch an, für solche Dinge eine der rauschenden Quellen aufzusuchen.

Ein Klopfen lässt mich schmunzeln, denn ich habe mich schon wieder in meinen Gedanken verloren. Das passiert mir wahnsinnig oft. Aber kann man mir das, bei dem, was ich erlebe, verdenken? Eine völlig neue Welt, die sich mir zeigt. »Herein«, rufe ich, während Topas verschlafen den Kopf hebt, dabei missmutig brummt. Racella, eine Elbin aus Crispins Truppe, steckt den Kopf zur Tür hinein. Sie ist meine Begleiterin hier im Schloss, wenn Crispin oder die anderen fort sind, und ich könnte schwören, dass sie jedes Mal mit dem Ohr an der Tür hängt. Sobald ich wach werde, ist sie meist sofort zur Stelle. Egal, wie oft ich Crispin sage, dass ich keine Wachen will, er ignoriert es einfach. Immer wieder taucht Racella auf. Natürlich, um mich zu schützen, und nicht, wie Crispin betont, um mich zu überwachen. Irgendwie mag ich sie. Zwar verbringe ich gerne Zeit mit Noam und Cian, aber ein Mädchen in meiner Umgebung zu wissen, ist doch etwas anderes. Sie versteht manche Dinge eben besser. Wer weiß, vielleicht kann ich irgendwann mit ihr über die Jungs herziehen, ein paar lustige Geschichten erfahren, mit denen ich sie dann aufziehen kann und sie als Freundin betiteln.

»Guten Morgen, Mylady«, begrüßt sie mich, verbeugt sich und tritt mit einem Lächeln auf den Lippen ein. Ihr langes Haar weht wie eine luftige Wolke hinter ihr her, berührt dabei fast den Boden. Normalerweise trägt sie es kunstvoll geflochten, doch wahrscheinlich bin ich heute zu früh erwacht und habe ihr damit ein Zeitproblem verschafft. Oder hat sie womöglich gar verschlafen? Der Gedanke amüsiert mich mehr, als man ahnt. Dennoch wirkt sie wie der frische Morgen. Es ist sowieso ein Wunder, wie pünktlich hier alle aufstehen, Wecker gibt es schließlich nicht. Die Sonne geht auf und Zack: Alle Elben wuseln umher.

»Alice, mein Name ist Alice«, erinnere ich sie wie jeden Tag daran, mich zu duzen. Sie seufzt schicksalsergeben, schlägt meine Bettdecke auf, während ich mich durch meinen Kleiderschrank wühle. Wie sehr wünsche ich mir eine stinknormale Jeanshose.

»Ja, ich weiß, Alice«, erwidert sie gut gelaunt, doch morgen werde ich erneut Mylady sein. Das gleiche Spiel. Es fällt den Elben schwer, mich einfach zu duzen, wogegen mir schwerfällt, zu akzeptieren, dass es hier nicht gang und gäbe ist.

Ich suche mir ein moosgrünes Kleid aus, halte es mir probehalber an den Körper. Es ist maßgeschneidert – wie alles, was in meinem Schrank zu finden ist. Wenn ich Crispins Mutter treffe, möchte ich perfekt aussehen. Hosen sind unangebracht, egal wie gerne ich sie trage, nur beim Training wird es gebilligt oder eben auf Reisen.

Im Alltag am Hofe ziert es sich für mich nicht, als Gefährtin des Thronprinzen, in Hosen gesehen zu werden. Umso mehr begleitet mich das Bedürfnis, Keona zu beeindrucken, ihr zu zeigen, dass ich ihres Sohnes würdig bin.

Racella füllt Wasser in meinen Waschkrug aus Keramik, sodass ich mit meiner Morgentoilette beginnen kann. Morgentoilette … Waschkrug … Ach ja, ein Hoch auf das mittelalterliche Fegoria. Wer braucht schon Kaffee und eine Dusche, Donuts und Kinderschokolade?

»Nervt es dich nicht, mein Babysitter zu sein?«, frage ich sie, während ich mich abtrockne. »Du bist eine Kriegerin, keine Zofe.«

Sie schenkt mir ein ehrliches Lächeln. »Ach, es ist eine willkommene Abwechslung. Der Prinz hat mir sein Wort gegeben, dass ich dennoch Teil des Heeres bleibe. Und ich weiß nicht, ich mag Euch. Es ist lustig, Zeit mit Euch zu verbringen. Ihr schaut alles so interessiert an, seid neugierig wie ein kleiner Elbing. Es gibt mit Euch immer etwas zu lachen.«

Ich werde rot und drehe mich zu ihr um. »Ehrlich?«

»Ja. Ihr seid nett. Viele Elben aus Crispins Heer sind Euch zugeneigt. Es ist schwer, zu glauben, dass Ihr eine echte Albin seid.«

»Halb«, erinnere ich sie verlegen.

»Ja, Halbalbin, verzeiht. Ich verstehe Crispins Sorge um Euch. Sollte ich meinen Gefährten finden, würde ich ihn auch schützen wollen. Es ist unglaublich, dass es seit Jahrhunderten überhaupt wieder ein Paar gibt, das füreinander bestimmt ist. Dies weckt Hoffnung in mir und in vielen anderen Elben ebenso. Außerdem spricht es sich im Königreich herum, wartet ab. Bald werden Euch alle mit anderen Augen sehen. Auch der König, wenn er genau hinschaut. Ihr könnt gar nicht böse sein, dafür seid Ihr viel zu zart besaitet. Schaut Euren dicken Drachen an.« Sie zeigt auf Topas. »Ihr füttert ihn zu viel und er gehört eigentlich in den Stall, nicht in Euer Schlafgemach.«

Ich nicke verlegen, lasse mir von ihr das Mieder schnüren, was mir jedes Mal kurz die Luft abdrückt. Dann wird mir klar, was Crispin und ich seinem Volk geben – Hoffnung. Ich wünsche ihr, dass sie ihren Partner findet. Wer weiß, vielleicht ist es ja auch ein Alb. Leider habe ich keine Ahnung, welches Wesen sonst in Frage käme oder welche Völker es hier noch gibt. Jeden Tag lerne ich neue Dinge dazu, doch manchmal begleitet mich das Gefühl, all das Wissen lässt meinen Kopf platzen. Es ist einfach zu viel auf einmal. »Nicht so fest, ich fühle mich wie eine Presswurst«, japse ich.

Die Elbin hält inne. »Was ist eine Presswurst?«

»Äh, eine Wurst, sehr eng verpackt, die man essen kann«, versuche ich, mich zu erklären, was Racella lachen lässt.

»Ihr habt immer so komische Ideen.« Ja, beschließe ich, Racella soll meine Freundin sein. Der Gedanke lässt mich breit grinsen, demnach kann der Tag nur gut werden.

Topas erhebt sich gemächlich gähnend, trottet dann mehr als langsam zum Fenster, was die Vögel davor aufschreckt. Wie ein bunter Regenbogen fliegen sie lautstark meckernd davon, bevor er beschließt, einen von ihnen zu verspeisen. »Frühstück?«, rufe ich ihm zu. Er brummt nur zur Erwiderung, stößt dabei eine kleine Wolke aus. Mein Drache ist ein Morgenmuffel. Wir sind ihm zu laut, das heißt, er sucht sich jetzt eine ruhige Baumkrone, um den Vormittag zu verschlafen, bevor er sich abends wieder zur Ruhe legen kann. Seine Augen blitzen kurz auf, ehe er sich dem Fenster erneut zuwendet. Die Vorderpfoten setzt er auf das Fensterbrett, bevor er mit den Flügeln sein Hinterteil nach oben hebt. Er quetscht seinen breiten Körper durch das Fenster, was Racella und mich in ein Gelächter versetzt. Bald passt er nicht mehr hindurch und fast befürchte ich, dass er stecken bleibt. Ob er will oder nicht, er wird diesen Weg demnächst nicht mehr nutzen können. Nicht, wenn er in diesem Tempo wächst. Wie groß er wohl werden wird? Dunkel erinnere ich mich an das riesige Wesen, was in meiner ersten Nacht über meinem Kopf geflogen ist. Ist es auch ein richtiger Drache oder eher ein anderes Wesen gewesen? Wo soll er dann schlafen? Irgendwann wird er nicht mehr ins Zimmer passen – die Überlegung macht mich traurig, denn ich habe ihn gerne bei mir.

Meine Gedanken wandern zu Crispin, während ich etwas Obst auf flachem Brot esse, welches bereits auf dem Tisch steht. Es erinnert mich immer ein wenig an Fladenbrot. Die Früchte sind hier viel saftiger und süßer als in meiner alten Welt. Sie haben mehr Aroma, auch wenn sie nicht alle so aussehen wie unsere. Ich beiße genüsslich in eine violette Frucht, die an einen Apfel erinnert, aber eher wie eine Mischung aus Kiwi und Ananas schmeckt. Im Garten habe ich, Gott sei Dank, Erdbeeren entdeckt – was ist eine Welt ohne Erdbeeren und Schokolade?

»Ist Crispin schon lange fort?«, möchte ich wissen, woraufhin Racella sich mir gegenüber setzt und sich eine Weintraube von meinem Teller stibitzt. Ich lasse sie gewähren. Es freut mich, dass sie sich überhaupt traut und offener wird. Die Vorstellung, hier wie eine Prinzessin zu leben, behagt mir nicht. Die Elben sollen keine Angst vor mir haben oder mich meiden, ich möchte Anschluss finden.

»Der Prinz ist im Morgengrauen losgeritten. Noam und Yuno begleiten ihn. Am Hang des Sen haben vor einigen Tagen wilde Tiere gewütet und eine Herde Rehe abgeschlachtet. Ein schauerliches Bild sage ich Euch. Man hat kaum noch erkannt, dass es Rehe gewesen sind. Die Eingeweide …«

»Stopp! Danke, reicht schon. Ich kann es mir leider bildlich vorstellen.« Innerlich schüttelt es mich. So etwas will ich nicht beim Essen hören. Den Teller schiebe ich weit von mir weg, der Appetit ist mir vergangen. Auch das erinnert mich zu sehr an meinen ersten Tag in Fegoria.

ZWEI

Nachdenklich fahre ich mir unbewusst durch die Haare, mustere dabei die Verwüstung vor mir. Racellas Truppe hat nicht übertrieben, das Bild ist grausig. Angewidert schiebe ich einen vertrockneten Fleischrest mit dem Stiefel zur Seite. Noam hockt währenddessen am Boden, untersucht vorsichtig die Leichen der Rehe, auch wenn kaum zu erkennen ist, dass es welche sind. Die Knochen und Geweihe der Hirsche haben es uns eher verraten. Fliegen schwirren herum, machen sich über hinterlassene Reste her.

»Wölfe sind es nicht gewesen«, murmelt Noam, reibt sich dabei nachdenklich sein glattes Kinn, woraufhin ich mich zu ihm hocke, während Yuno die Gegend erkundet. Es ist schließlich ratsam, die Umgebung ebenso wenig außer Acht zu lassen. Still mustere ich einen Moment die Verletzungen der Tiere vor mir.

»Nein, schau mal hier!« Ich zeige auf einen der aufgeschlitzten Bäuche. »Das sind eindeutig Krallen. Aber hier oben«, ich zeige auf eine andere Stelle, »sieht es fast wie … ein Schnabel aus. Als hätte ihm jemand das Genick abgerupft.«

»Du könntest recht haben.« Wir drehen das Tier zur Seite, wobei mich ein Fliegenschwarm umkreist, ich sie jedoch mit der Hand verscheuche. Süßlicher Verwesungsgeruch umweht mich. Mit Schwung stehe ich auf, klopfe mir den Dreck von der Hose. Ich mache einige schnelle Atemzüge, versuche, den ekligen Geruch aus der Nase zu bekommen. Bald werden die Wölfe aus den Bergen herumschleichen, um sich über die Reste herzumachen. So ist es in der Natur. Einzig die Starken überleben. Aus Leben entsteht wieder neues Leben und auch der Tod wird seinen Teil beitragen, den Bäumen Nährstoffe geben.

Ich blicke mich genau um. Wachsam, ob ich bereits ein Raubtier entdecke, angelockt durch den Duft des Blutes - es ist gewissermaßen ein offenes Festmahl. Dann richte ich meinen Blick auf Noam. Es gibt nur ein Tier, was solche Spuren verursacht, und dieses Tier schafft es, selbst mir eine Gänsehaut zu verschaffen. Zu gerne möchte ich mich täuschen. Noam hat den gleichen Gedanken wie ich, das sehe ich ihm an, denn seine Miene wirkt besorgniserregend, während auch er sich langsam und vorsichtig erhebt.

»Meinst du tatsächlich, dass hier irgendwo ein Greif nistet? Ich habe seit Jahren keinen mehr gesehen. Das wäre keine gute Entwicklung.« Ich nicke eindringlich, reibe mir über den Nacken. Greife sind nicht zu unterschätzen. Ihre massigen raubkatzenartigen Körper haben rasiermesserscharfe Krallen. Als ist das nicht genug, kann das Vieh auch noch fliegen, und hat zudem einen Schnabel, der mit einem Hieb Knochen brechen kann. Den letzten Greif habe ich vor weit mehr als sechzig Jahren gesehen – und das ist nicht lange genug. Wenn es nach mir ginge, müsste ich nie wieder einen zu Gesicht bekommen. Er hat von beiden Spezies nur das Beste geerbt, ein schrecklicher Gegner. Trolle und Oger sind ein Witz dagegen. Ich habe gehofft, dass wir einfach auf ein Rudel Wölfe treffen oder von mir aus auch auf einen Bergtroll, aber ein Greif? Das ist kein gutes Zeichen, da gebe ich meinem Freund recht. Ein Unheilsbote, der es wagt, hier zu jagen. Gut, dass Alice diesmal nicht bei uns ist. Zumindest ein beruhigender Gedanke. Sie wird zwar immer besser, doch im Kampf mit einem Greif … Nein, so weit ist meine Gefährtin noch nicht. Mit ihrem Dickkopf würde sie es dennoch versuchen.

Jetzt muss ich mich hundertprozentig auf das Problem vor uns konzentrieren. Wir müssen ihn finden, bevor er sich hier niederlässt und weitere Greife anlockt. Einer ist gut zu händeln, zwei sind eine ganz andere Herausforderung. Nistet hier erst mal einer, kommen sie in Scharen. Das ist so sicher wie Schnee am Wintermitternachtsfest.

Wir müssen uns sputen. Ich stoße einen hohen Pfiff aus, gebe Yuno zu verstehen, dass er zurückkommen muss.

Aus dem Wald hallt ein schwacher Pfiff, was einige Vögel aufschreckt. »Wir müssen den Greif finden, lieber heute als morgen.« Meine Stimme klingt beunruhigend. Ich reibe mir noch mal meinen Nacken, knete ihn leicht, um eine Verspannung zu lösen, und bin unfassbar genervt. Greife. Ich kann es nicht so recht glauben. Zwar sind die Spuren frisch, was sehr vorteilhaft ist, aber bevor wir ihn nicht haben, können wir nicht umdrehen. Jeder weitere Tag ist ein zu großes Risiko. Allerdings gefällt mir der Gedanke gar nicht, Alice über Nacht alleine im Schloss zu lassen. Wiederum ist sie dort sicher, sicherer als hier jedenfalls, und eine Wahl habe ich auch nicht. Das Einzige, was ich ausrichten kann, ist, das Vieh schnell zu finden und seinen Kopf abzuschlagen.

Silver prescht aus dem Gebüsch hervor, schüttelt sich entrüstet und bleibt hechelnd vor mir stehen. Kurz fahre ich mit der Hand über seinen zotteligen Kopf. Seine braunen Augen blicken mich erwartungsvoll an, warten auf Kommandos. Yuno ist knapp hinter ihm und kommt vor uns zum Stehen.

»Prinz!« Er nickt mir zu, wartet ab, was ich zu sagen habe, zollt mir so seinen Respekt.

»Willst du Verstärkung anfordern?«, möchte Noam

wissen, nimmt einen Schluck aus seiner Feldflasche, wischt sich dann über den Mund.

Ich hebe belustigt eine Augenbraue. »Brauchen wir die? Wirst du alt, mein Freund? Soll ich nächstes Mal mehr Männer mitnehmen? Gehst du in den Ruhestand?«

Noam lacht auf. »Ich habe an dich gedacht. Du wirkst müde«, neckt er mich zurück. Schmunzelnd antworte ich: »Müde? Du machst dich lächerlich, Noam. Anscheinend verwechselst du hier etwas. Ich werde nicht müde, nein, ich will zurück zu meiner Gefährtin. Mich in den Morgenstunden wie ein Tagedieb aus dem Zimmer zu schleichen, gehört nicht zu den Dingen, die ich gern mache.«

»Oh, Crispin, den Rest kann ich mir denken.« Noam winkt lächelnd ab.

Wir besprechen das Für und das Wider, beraten uns, und schließlich schicken wir Yuno mit einer Nachricht zurück ins Schloss, bevor wir mit der Spurensuche beginnen, um unseren gefiederten Freund zu finden. Die Pferde trotten hinter uns her, während wir den weichen Waldboden untersuchen. Die Lichtung, auf der die Leichen der Herde liegen, lassen wir hinter uns, stattdessen nähern wir uns dem Sen, dem schwer passierbaren Berg, der einen Teil des Nebelwaldes umgibt. Das Schwierige an der Verfolgung ist, dass dieses Mistvieh fliegen kann, also suchen wir nach abgebrochenen Ästen, Kratzern an Bäumen und Federn, nach Kadavern, Nestern … Ich hoffe, die Götter sind gnädig.

Wir finden keine Eier, denn Eier zu finden, wäre, gelinde gesagt, eine Katastrophe. Eine mühsame Aufgabe, der wir nachgehen. Von Minute zu Minute wird meine Geduld mehr auf die Probe gestellt, vor allem als daraus Stunden werden. Hunger und Durst nagen an mir.

Meine Gedanken schweifen bei der Suche ab. Ich weiß, dass Alice heute eine Audienz bei meiner Mutter hat, was sie beunruhigt. Am liebsten wäre ich dabei, doch damit würde ich ihr nicht helfen, nein. Sie wird das alleine schaffen, sich ihren Platz erkämpfen, denn das ist sie, eine Kämpferin. Etwas, was ich an ihr liebe, mich aber auch manchmal zur Weißglut treibt. Letzte Woche auf Patrouille hat sie mit uns gegen einen Oger gekämpft und unterdessen so komische, für Alice typische, Dinge gesagt wie für Liebe und Gerechtigkeit und dabei gekichert. Als ich gefragt habe, was sie damit meint, hat sie geantwortet, wir sind wie das Team Mond – nein, Team Sailor? Nein, jetzt habe ich es, das Sailor Team – auch wenn ich ihre Erklärung eigenartig gefunden habe. Sie lebt sich ein, so gut es geht, doch ich weiß, dass sie Angst hat, zumal ihr immer wieder Albträume die Nachtruhe rauben. Ihr altes Leben einfach zu verlieren, trägt noch dazu bei. Sie schreit oder weint im Schlaf, was mir das Herz bricht. Ich hoffe, dass ich Asta eines Tages Auge in Auge gegenüber stehen werde, dann wird er dafür zahlen, dass er Hand an meine Gefährtin gelegt hat. Das Bild, wie sie in meinen Augen gestorben ist, ihre menschliche Hülle hinter sich gelassen hat, werde ich nie vergessen. Ebenso die Furcht, dass ich sie verloren habe. Sie ist so präsent wie an jenem Tag – eine Mahnung an mich, wie wertvoll meine Gefährtin ist. Asta hat sein Ziel, Alice zu brechen, nicht erreicht, denn sie hat einen eisernen Willen und oftmals sogar mehr Mut als Verstand. Niemand kann sie brechen. Dennoch sind wir stets auf der Hut, halten die Augen und Ohren offen, was Castiell als Nächstes plant, doch seit dem Kampf um Escher ist es ruhig geworden. Zu ruhig. Wir lassen uns nicht täuschen. Castiell gibt nie mühelos auf, also ist diese Ruhe nur die Ruhe vor dem Sturm. Er leckt vielleicht seine Wunden, doch das ist erst der Anfang gewesen. Heimtückisch sitzt er in seiner Heimat und ich wette darauf, dass sein nächster Plan Hand und Fuß annimmt. Er glaubt vielleicht, dass er uns täuschen kann, aber eigentlich halte ich ihn für intelligenter.

»Crispin?« Noams Stimme reißt mich aus meinen Überlegungen. Duckend gehe ich hinter einem Baum in Deckung. Silver legt sich dicht neben mir flach auf die

Erde, gibt dabei keinen Ton von sich. Er lauert, spitzt die Ohren ebenso wie ich. Meine Hand legt sich auf den Schwertknauf, bereit zum Einsatz. Noam hebt den Arm, gibt mir stumm einen Hinweis, nach oben zu sehen. Ich folge seinem Zeichen mit den Augen. Angespannt presse ich die Lippen fest zusammen, knurre leicht, denn bei dem, was ich dort oben sehe, wird es ein langer Tag werden. Weit über uns, hoch oben auf den Spitzen des Sen-Gebirges, kreist der Greif gerade seine Runden, auf der Suche nach neuer Beute. Das bedeutet, dass sein Nest nicht im Wald liegt, sondern irgendwo über uns. Danke, ihr Götter, ihr amüsiert euch nun sicher. Weniger Schutz für uns, mehr Angriffsfläche für dieses Biest. Es hat seinen Nistplatz schlau gewählt, denn wenn ich korrekt schätze, werden wir fast einen halben Tag brauchen, um den Berg zu besteigen. Eine mühsame und schweißtreibende Aufgabe. Hinzu kommt, dass wir ein ordentliches Stück Umweg in Kauf nehmen müssen, um uns nicht selbst auf dem Präsentierteller zu servieren. Wir müssen versuchen, das Vieh zu überraschen, ehe es uns die Augen auskratzt. »Wir sollten heute Nacht angreifen, wenn er ruht«, schlägt mein Freund vor, woraufhin ich zustimmend nicke. Dies wäre auch mein Vorschlag, denn es bietet uns den Schutz der Dunkelheit. Das wird die erste Nacht sein, die ich ohne Alice verbringe, obendrein sie ohne mich. Das behagt mir nicht. Ob ich will oder nicht, Sorge breitet sich in meinem Magen aus. Was in Escher passiert ist, der Tod ihrer menschlichen Hülle, ist etwas gewesen, was ich nie wieder fühlen möchte: Diese Verzweiflung und Angst, meine Partnerin durch Dummheit für alle Zeiten verloren zu haben. Es fühlt sich nicht richtig an, sie dort alleine zu wissen, aber ich habe Verpflichtungen, dazu gehört, unser Reich zu schützen. Ich bin froh, dass Cian im Schloss verweilt. Er wird sich um sie kümmern, ihm vertraue ich blind. Mein Bruder würde sein Leben für uns geben, obwohl die Schlacht in Escher auch ihn verändert hat. Mein lebenslustiger, zu Scherzen aufgelegter Bruder ist stiller geworden, manchmal in sich gekehrt. Ich hoffe, dass er die grauen Wolken über seinem Kopf eines Tages vertreiben wird. Auch für ihn ist es im Kampf knapp gewesen – der Troll, der ihn fast erwürgt hat. Nur durch das lebensmüde Eingreifen von Alice und Topas weilt er heute noch unter uns.

Über uns stößt der Greif einen grellen Schrei aus, lässt mich die Vergangenheit erst mal Vergangenheit sein und setzt sich dann in einer Felsnische nieder, womit er aus unserem Blickfeld verschwindet. Wobei ich mir sicher bin, dass er uns nicht gesehen hat, denn das Blätterdach über unseren Köpfen ist dicht. »Also, auf gehts«, brumme ich wenig begeistert und schlage mich weiter durch das Gehölz des Waldes, um unbemerkt an dem Greif vorbeizukommen. Raschelnd machen kleine Nagetiere sich aus dem Staub, während wir so leise wie möglich sind. Die Pferde sowie Silver lassen wir nahe einer Lichtung zurück. Er wird sie beschützen, denn dieses Mal kann auch er uns nicht begleiten, außer ihm wachsen geschwind Flügel. Zuzutrauen wäre das dem verrückten Wolf durchaus.

Der Aufstieg wird steil sein, wie ich aus Erfahrung weiß. Manche Ecken sind so schwer zu erklimmen, dass die Hände kaum Halt finden werden. Wir wandern eine gute Stunde weiter am Waldrand entlang, ehe wir uns wirklich an den Fuß des Berges wagen. Ein Blick nach oben lässt mich seufzen und ich lockere meine Schultern, indem ich die Arme kreisen lasse.

»Wollen wir?« Noam reibt sich losen Pudersand vom Boden zwischen den Händen, ich ahme ihm nach. So sind sie etwas griffiger.

Die ersten Meter sind leicht, ein Kinderspiel. Stück für Stück erklimmen wir den Berg, ziehen uns empor, möglichst lautlos. Ich höre Noam neben mir mühsam stöhnen, als wir ungefähr die Hälfte erreicht haben. Meine Muskeln brennen, meine Fingerkuppen sind wund. Gespräche vermeiden wir, um keine Aufmerksamkeit auf uns zu ziehen und Kraft zu sparen. Wir pausieren einige

Minuten an einem kleinen Vorsprung, auf dem wir beide kaum Platz haben. Das Wasser aus unseren Feldflaschen kühlt meine ausgedörrte Kehle, während die Sonne, die schon hoch am Himmel steht, gnadenlos auf unsere Rücken scheint. Stumm verständigen wir uns, steigen weiter hinauf. Noam lässt mir den Vortritt. Immer wieder brechen kleine Felsbrocken unter uns weg, fallen in die Tiefe, doch das stört uns nicht. Wir sind geübte Kletterer, Furcht ist uns fremd. Es ist nicht das erste Mal, dass wir auf solch ein Hindernis stoßen – in all den Jahrhunderten, in denen wir schon leben. Nichts wird einem geschenkt. Mut, Willensstärke und Durchhaltevermögen bringen einen ans Ziel.

Die Sonne wird allmählich schwächer, kalter Winterwind weht uns um die Nase, dennoch rinnt mir Schweiß am Hals entlang. Unter meiner Rüstung klebt das Stoffhemd wie eine zweite Haut an mir, was mehr als unangenehm ist, doch diese abzulegen, ist definitiv zu riskant. Ein Hieb mit den Krallen und mein Rückenmark wäre durchtrennt, falls der Greif uns entdeckt. Das letzte Stück ist der schwerste Teil. Nicht nur die Steigung, sondern auch die brennenden Muskeln tragen dazu bei. Ein kurzer Blick hinab, und ich entdecke Silver im Schatten der Bäume. Er beobachtet uns. Ich spüre seinen Blick anklagend im Nacken, weil er hat zurückbleiben müssen.

Stures Vieh. Ich möchte vor Erleichterung aufschreien, als ich endlich an der geplanten Stelle ankomme. Mühsam, mit zitternden Muskeln, ziehe ich mich das letzte Stück hinauf. Kurz nach mir hievt Noam sich über die Kante, bleibt neben mir liegen.

»Ich hasse das«, haucht er außer Atem.

»Oh, glaub mir, ich auch, mein Freund. Und wie.«

DREI

Die Mittagszeit ist längst vorüber und noch immer lässt Keona nicht nach mir rufen. Wie ich es hasse! Kann sie nicht einfach eine Zeit ausmachen und gut? Zugegeben, ohne Uhren dürfte das natürlich schwer sein, aber diese Art und Weise ist mehr als nervig. Ich weiß nicht mal, ob der Tag hier auch vierundzwanzig Stunden hat. Dieses ewige Warten ist schrecklich. Geduld ist sowieso nicht meine Stärke und man kann jawohl Bescheid geben, wann es ungefähr so weit ist. Wie wäre es mit, wenn die Sonne mittig am Himmel steht oder nach dem Mittag? Ich könnte diese Zeit für tausend andere Dinge nutzen. Bogenschießtraining zum Beispiel oder lesen – weiß der Geier, was noch. Nutzloses Rumhängen, dabei Däumchen drehen und warten, raubt mir echt den letzten Nerv.

Mürrisch werfe ich mir einen finsteren Blick im Spiegel zu. Racella ist vor einiger Zeit verschwunden, da man sie als Außenwache eingeteilt hat. Nicht mal diese Ablenkung ist mir gestattet. Allerdings hat sie wohl auch erwartet, dass ich mittlerweile zur Audienz bei der Königin bin. Sie hat mich ungern alleine gelassen, aber keine

Wahl gehabt – Befehl ist Befehl. Dem König widerspricht man nicht, außer man heißt Crispin. Außerdem bin ich kein Kind mehr. Auch wenn es mir keiner glaubt, habe ich die letzten Jahre ganz gut alleine überlebt, als ich während des Studiums weit weg von meinen Eltern in einer anderen Stadt gewohnt habe. Nicht vergleichbar mit hier, aber es gibt in der alten Welt ebenso gefährliche Ecken. Ich habe für mich selbst sorgen müssen – kochen, alleine reisen. Ich bin ein großes, durchaus toughes Mädchen.

Ein Poltern lässt mich schmunzeln. Ich drehe mich langsam zum Fenster um und weiß, was mich erwartet. Topas ist endlich aufgestanden, startet einen lautstarken Versuch, um zurück ins Zimmer zu kommen, und quetscht sich durch das Fenster. Mit den vorderen Beinen versucht er, sich hinein zu stemmen, stöhnt dabei wie ein alter Mann. Belustigt kräuseln sich meine Mundwinkel bei diesem Spektakel und ich lehne mich zurück. Er wird in meinem Zimmer geduldet, jedoch nicht im restlichen Schloss, da ist der König mehr als deutlich gewesen. Sollte einer der Wachen ihn außerhalb meines Zimmers sehen, werden sie ihn angreifen und töten. Na ja, das sollen sie erst mal wagen. Der König hat in Wirklichkeit schreckliche Angst vor meinem süßen Drachen. Etwas, das ich immer schön im Hinterkopf behalten werde. Topas Schwanz zuckt hin und her wie bei einer Katze und seine goldenen Augen mustern mich erwartungsvoll, als er es endlich schafft, seinen massigen Körper auf den Boden zu bringen. »Ja, dann komm her«, seufze ich, klopfe auf meine Schenkel, woraufhin seine kurzen Beine fast über den Boden fliegen, so schnell rennt er auf mich zu. Er wirft sich vor mir auf den Rücken, schlittert dabei das letzte Stück, und entblößt dabei seinen hellen Bauch. Seine Schuppen glänzen leicht im Sonnenlicht und sehen aus wie kleine Diamanten. Er ist vollkommen und wunderschön. »Du bist so gefährlich wie ein Kälbchen«, stöhne ich, noch immer belustigt und beginne sanft, seinen Bauch zu kratzen. Er gurrt verzückt auf, wobei sein Hinterbein zuckt. Ich muss herzhaft lachen, denn dieses Bild ist jedes Mal göttlich: eine tödliche Kreatur, ein wohliges Summen und das bebende Bein. Ich sage ja, ein Kälbchen. Wenn ich nicht selbst gesehen hätte, wie tödlich seine Krallen sind, als er in Astas Verlies die Raben getötet hat, würde ich es kaum glauben.

Es sind erst ein paar Minuten vergangen, als es leise klopft. Topas hebt verstimmt den Kopf, knurrt erbost, denn er will weiter gekrault werden. Stunden über Stunden, wenn es nach ihm geht. Davon bekommt er nie genug. Mein Arm ist danach immer kurz vorm Abfallen, doch er fordert weiterhin Streicheleinheiten. Crispin meint, ich verwöhne ihn zu sehr. Er hat vermutlich recht, aber ich kann nicht anders. Ich liebe dieses kleine Kerlchen einfach. »Herein!« Erwartungsvoll richtet sich mein Blick zur Tür. Topas erhebt sich ein Stückchen, seine Augen zu Schlitzen verengt, neugieriger Kerl.

»Mylady, habt Ihr mich vermisst? Ach, was frage ich, selbstverständlich habt Ihr das! Endlich ist mein Bruder aus dem Haus, also kann ich Euer Gemach aufsuchen.« Cian betritt gut gelaunt mein Zimmer, woraufhin ich gespielt genervt die Augen verdrehe.

»Lass Crispin solche Sprüche hören und er zieht dir die spitzen Ohren lang«, warne ich ihn neckend mit erhobenen Zeigefinger. Er zwinkert mir frech zu, grinst dabei breit von einem Ohr zum anderen. Der Schalk spiegelt sich in seinen Augen wider. Cian hat heute besonders gute Laune. Natürlich ist er nicht wegen Crispin meinem Zimmer ferngeblieben, sondern weil er heute die Aufsicht über die Wachen gehabt hat, solange Noam und sein Bruder fort sind. So ist er. Es ist nur Spaß, mit dem ich ausgezeichnet umgehen kann – Crispin mal mehr und mal weniger. Ich glaube, er ist das typische Alphamännchen, das sich verteidigen muss, wenn jemand in seinem Revier wildert, egal wer es in dem Moment ist. Es würde ihn ärgern, sehr sogar, genau deshalb würde Cian auch schamlos weiter machen, wenn er hier wäre. Brüder eben, sie lieben und streiten sich.

Cian lässt sich auf einen der Holzstühle fallen und streckt seine langen Beine von sich weg. Seit dem Vorfall in Escher, bei dem er fast gestorben ist, hat er sich verändert. Nicht nur äußerlich. Ich nehme mir einen Moment, ihn zu mustern, er trägt sein Haar jetzt viel kürzer, alles an ihm ist anders. Sein ganzes Auftreten wirkt erwachsener, weniger verspielt, selbst sein Gesicht scheint härter. Seine Stimme ist immer noch rau, als hätte der Troll seine Stimmbänder dauerhaft verletzt. Crispin hat mir versichert, dass es mit der Zeit heilen wird. Bei Elben heilt es glücklicherweise, manches braucht lediglich Zeit. Vermutlich macht solch eine Nahtoderfahrung so was mit einem, letztlich bin auch ich nicht mehr die, die ich einst gewesen bin – gleichzeitig steckt die alte Alice weiterhin in mir. Wie ein altes Kleid, das nicht mehr so gut passt, dennoch im Schrank hängt. Ein Erinnerungsfetzen. Aber ich bin nicht bereit, es gänzlich wegzulegen. Cian verschränkt die Arme hinter dem Kopf. »Als hätte er eine Chance gegen mich. Ich weiß, dass du eigentlich mich hast haben wollen, holde Maid. Du musst nichts sagen, wir beide kennen die Wahrheit.«

»Oje, bist du betrunken?«, necke ich ihn, woraufhin er aufspringt und mich an den Händen packt, hochzieht, mich um meine eigene Achse dreht. In solchen Momenten ist er wahrhaftig der alte, der verspielte, leicht verrückte jüngere und unbesorgte Prinz. Ich wünsche ihm, dass er diese Seite wiederfindet. Topas knurrt unerfreulich, denn so kann ich ihn immerhin schlecht kraulen, also wirft er Cian anklagende Blicke zu, die deutlich vermitteln, dass er abhauen soll. Topas beherrscht dies für einen Drachen durchaus perfekt, doch Cian ignoriert ihn rigoros.

»Nein, nur gut gelaunt, Mylady. Mutter schickt mich. Ich, holde Maid, bin dein Geleit zu ihr. Ich sehe dir deine Freude deutlich an.«

»Juhu!« Meine Stimme trotzt vor Ironie, denn mir fallen auf Anhieb tausend schönere Sachen ein, die ich lieber machen möchte. Crispin zu küssen, steht ganz oben auf der Liste, und ich frage mich ohnehin, wo er bleibt. Ich habe erwartet, dass sie eher zurück sind. Immerhin ist er im Morgengrauen aufgebrochen. Jetzt haben wir weit nach Mittag.

»Ja, ich weiß, deine Begeisterung ist riesengroß. Deswegen habe ich dich vorab etwas aufheitern wollen. Erfolglos, wie mir scheint.«

»Das ist dir nicht gelungen, Cian, richtig. Kein Stück, aber weißt du, wann Crispin zurückkommt?« Ich schaue aus dem Fenster. Die Sonne steht schon hoch am Himmel, und ich sehne mich tatsächlich nach ihm, das würde mich wirklich aufheitern. Ich möchte mit ihm sprechen, wissen, wie sein Tag gewesen ist. Cian wird augenblicklich still und meine Alarmglocken läuten. Da ist etwas im Busch, diesen Blick kenne ich. »Was ist los?«, verlange ich sofort zu wissen, doch Cian zögert, überlegt anscheinend, mir auszuweichen. Das kann er vergessen. Ich verschränke die Arme vor der Brust.

»Das wird eine lange Nacht für dich werden, Prinzessin. Ich kann mich zu dir setzen, wenn dir langweilig ist, dafür erzählst du mir von der Erde, denn ich finde es so spannend, was es dort alles zu entdecken gibt. Raumschiffe, die die Sterne bereisen zum Beispiel. Ich würde unsere Schatzkammer plündern, um das zu erleben. Oder ein Stück von dieser Schotirade essen, von der du so schwärmst.«

»Hä? Noch mal von vorne. Es heißt übrigens Scho-ko-la-de. Wieso wird es eine lange Nacht werden, was ist los?« Cian verwirrt mich total, was er so gut beherrscht wie kein anderer. Er springt immer von einer Sache zur nächsten, egal ob wir ihm folgen können oder nicht.

»Crispin und Noam machen Jagd auf einen Greif. Weißt du, dieses Tier mit dem Kopf eines Vogels, Körper eines Löwen – so in etwa. Gefährliches Vieh. Ich kann dir später ein Bild in der Bibliothek heraussuchen, wenn du willst. Ich habe noch keinen getroffen, den Göttern sei Dank. Vor morgen werden sie mit Sicherheit nicht auftauchen. Fiese Biester, wirklich. Scharfe Schnäbel, spitze Klauen. Blutrünstig. Die darf man nicht unterschätzen. Sie können einem Mann wie mir mit einem Schnabelhieb den Arm durchtrennen.« Mir wird kalt. Wie bitte? Greife? Hat Cian sich gerade selbst zugehört? Das klingt furchtbar. Nett, dass er mir das so ausschmückt. Manchmal sind die Elben unmöglich. Offensichtlich merkt Cian selbst, wie schrecklich seine Worte klingen und er lächelt verlegen. »Äh, also mach dir keine Sorgen. Mein Bruder kann das. Er hat schon öfter solch einen großen Vogel gerupft.«

Das soll mich jetzt beruhigen? Eher weniger. Cians Feingefühl ist gleich null. Mein Magen rumort, während mein Herz verdächtig klopft. Mir ist nicht wohl bei dem Gedanken. Ich möchte lieber dabei sein. Vielleicht könnte ich sogar helfen. Ich schlinge die Arme um meinen Oberkörper, als könnte ich mich so selbst trösten. »Morgen erst? Sendet ihr Verstärkung, wenn das Vieh so gefährlich ist?«

»Nein, sie müssen schnell sein. Bis wir da sind, ist es zu spät. Greife locken rasch weitere Greife an und das will keiner. Ein Nest von denen ist tatsächlich heikel. Das willst du nicht erleben. Vor etlichen Jahren haben sie mal einen ganzen Elbentrupp abgeschlachtet. Sie sind auf Patrouille gewesen, auf ein Nest gestoßen, und … ja, das kannst du dir wohl denken. Aber die beiden schaffen das. Was glaubst du, was dein Gefährte all die Jahre erlebt hat? Letztes Jahr haben er und Noam einen Basilisken erlegt. Ich würde es leugnen, wenn du es ihm später erzählst, aber mein Bruder ist schon unser bester Krieger. Wirklich.«

Ich nage an meiner Lippe. Sorge breitet sich weiter in mir aus. »So ein Vieh wie das von Harry Potter, welches Leute versteinern lässt?« Ich hasse diese Welt manchmal. Ein Basilisk kommt sogleich auf die Liste der Wesen, die ich hier niemals treffen möchte.

»Wer ist Harry? Noch nie gehört. Aber ja, so in etwa läuft das ab. Oder damals, als ein Ghul ihm fast den Arm abgetrennt hat.«

»Ein was?«

»Ein Ghul, ein Leichen fressender Dämon, trifft man oft nach großen Kämpfen. Sie sind Aasfresser. Er hat sie beim Schlafen überrascht. Crispin redet nicht gern darüber. Du kannst dir sicherlich denken, wieso, oder? Aber du siehst, es gibt keinen Grund, sich Sorgen zu machen. Immerhin hat er noch beide Arme.«

Nicht, dass ich an beiden zweifle, doch wenn dieses Vieh wirklich so gefährlich ist … Himmel und dann ein

Ghul? Der kommt ebenfalls auf die Liste der Wesen, die ich hier nicht kennenlernen will. Mein Blick huscht zu Topas. Wir sind zu langsam, aber er? Drachen sind schnell, oder? So richtig schnell, wenn es stimmt, was ich in den alten Büchern gelesen habe. »Würde Topas rechtzeitig bei ihm sein?«, erkundige ich mich, woraufhin sich Cian den Nacken reibt. Er denkt nach, mustert Topas, der sich zu einer Kugel zusammengerollt hat und unüberhörbar schnarcht, ehe er nickt.

»Ich denke, ja, Drachen sind viel schneller als wir, weil sie fliegen wie diese Dinger bei euch. Flugautos?«

»Flugzeuge«, verbessere ich ihn und mir genügt seine Antwort, also knie ich mich neben Topas hin, stupse ihn sanft an. Er brummt missmutig. Sein Blick spricht Bände, er hat keine Lust, sich zu bewegen. »Topas, du musst Crispin finden. Vielleicht braucht er deine Hilfe, denn du weißt ja, ohne dich ist er verloren«, schmeichle ich dem Ego meines Drachens – das zieht ... und wie. Er hört mir aufmerksam zu, wobei sich seine Reptilienaugen zusammenziehen und eine kleine Flamme aus seinem Mund austritt. »Bitte, tue mir diesen Gefallen.« Ich streiche über seinen weichen Kopf, woraufhin er leise schnurrt. »Du weißt doch, wie sehr ich mich auf dich verlasse.« Dann erhebt er sich, streckt seinen Körper durch, sodass seine Knochen knacken. Er dehnt sich so ausgiebig, dass es schon lachhaft ist und dies in einem ziemlich gemächlichen Tempo. Das, was ich an Sorge in mir trage, hat Topas an Gelassenheit. Ich erhebe mich ebenfalls, schenke Cian ein ehrliches Lächeln, was er mit einem anerkennenden Nicken erwidert. Das Wissen, dass Topas Crispin helfen wird, beruhigt mich immens.

Topas trottet zum Fenster, quetscht sich wieder hindurch, wobei seine Hinterbeine kurz strampelnd im Rahmen stecken bleiben, und er sich dann mit einem Schrei fallen lässt. Ich schwöre, das macht er jedes Mal extra, um alle Vögel aufzuscheuchen, die auch direkt erbost in den Baumkronen piepsen. »Du musst schon etwas schneller fliegen«, rufe ich ermahnend hinterher, wohl wissend, dass er mich hört, während er sich dramatisch in die Tiefe stürzt. Kleine Dramaqueen. Ein bunter Vogel flattert an ihm vorbei, den er am Stück und hastig verschlingt. Meine Hand legt sich auf meinen Bauch. Himmel, ich wünsche, das würde er nicht machen, wenn ich zusehe.

»Du fütterst ihn zu gut«, tadelt Cian mich, woraufhin ich auflachen muss. »Er wird zu füllig. Du solltest ihm bei den Pferden eine Box besorgen. Das wäre angemessen. Es ist kein Schoßtier.«

»Wie bitte? Er bekommt nichts von mir, er sucht sich sein Futter draußen. Und dann erklär du ihm das mal mit dem Stall. Er wird dich rösten. Du wirst wie ein kleines Brathähnchen aussehen, wenn er mit dir fertig ist.«

»Ach, nein? Ich habe sehr wohl bemerkt, dass du abends immer Hähnchenkeulen mit auf dein Zimmer nimmst.«

So viel zum Thema Hähnchen. Ich werde rot. »Äh, ich habe nachts oft Hunger.«

»Schwindlerin!«

Cian hält mir die Tür auf, dankend trete ich hinaus auf den Flur. Wir laufen durch die verzweigten Gänge, er fragt mich dabei weiter über mein Leben auf der Erde aus. Raumschiffe haben es ihm unglaublich angetan. Wie ein kleiner Junge saugt er alles in sich auf, stellt hunderte Fragen, auf die ich meist kaum eine Antwort habe. Die Vorstellung, dass wir die Sterne bereisen, fasziniert ihn mehr als alles andere.

»Also, diese Satteldinger im Weltall …«

»Nicht wie der Sattel … Oje. Jetzt sei mal still, ich habe auch Fragen. Feiert ihr Weihnachten?«

»Was soll das sein?«, verlangt er zu wissen.

»Ein Brauch, bei dem man seine Liebsten beschenkt und der Weihnachtsmann mit seinen Rentieren kommt. Rudolf das Rentier mit seiner roten Nase kennst du doch, oder etwa nicht?«

»Ist es krank, dass es eine rote Nase hat? Ich habe

noch nie ein Tier mit einer roten Nase gesehen. Nur Seth, wenn er dieses menschliche Wehwehchen hat. Erkältung.«

»Cian, ernsthaft, nein ist es nicht. Sie leuchtet eben einfach so, damit er mit seinem Schlitten den Weg im Himmel findet.«

»Oh, er kommt mit dem Flugauto?«

»Nein, mit dem Rentierschlitten und dann rutscht er durch den Kamin und …« Cians Blick spricht Bände und ich spare mir den Rest. Ich habe meine Antwort: Weihnachten fällt dieses Jahr aus. Schade. Vielleicht sollte ich diesen Brauch einführen? Aber Crispin mit Tannenbaumpullover und heißem Kakao, nein. Komische Vorstellung. Ich kichere. Ein Schwert mit Schleife wäre doch ein tolles Geschenk für ihn.

»Also kann der Schlitten auch zum Mond fliegen? Ich habe gedacht, dafür benötigt man Düsenantrieb?«

Cian denkt gar nicht daran, das Thema zu beenden und ich bin froh, dass wir den Salon erreichen. Er öffnet die hölzerne Tür. Galant überlässt er mir dann den Vortritt, somit schlüpfe ich an ihm vorbei ins Innere, bereit, die Königin zu beeindrucken. Ein leicht betontes, freundliches Lächeln liegt dabei auf meinen Lippen. Mein Blick findet sie sofort. Keona steht auf dem großen Balkon und schaut hinaus in den Wald, schenkt mir keinerlei Beachtung. Ihr langes Haar weht im Wind, einige Schneeflocken umtanzen sie sanft. Ich muss zugeben, sie sieht wunderschön aus, ein Bild wie aus einem Märchenbuch – die Eiskönigin. Ich frage mich, ob sie gar nicht friert, wie sie da so leicht bekleidet steht. Sie trägt ein hauchdünnes Kleid, das einiges mehr von ihr preisgibt, als es letztlich verdeckt. Nicht, dass sie es verstecken müsste, sie ist eine sehr schöne Frau und man sieht ihr nicht an, dass sie bereits zwei erwachsene Männer ihre eigenen Söhne nennt. Die Alterslosigkeit der erwachsenen Elben fasziniert mich. Nein, man kann fast denken, wir sind im gleichen Alter, dabei trennen uns Jahrhunderte. Wieder schaue ich etwas neidvoll auf ihr Kleid. Die Elben sind viel freizügiger, als ich es gewohnt bin. Vielleicht lerne ich es irgendwann. Wie alt sie wohl wirklich ist? Fragen kann ich sie das schlecht. Obwohl, ist es bei Elben ebenso unhöflich wie bei Menschen? Ich meine, sie sind unsterblich, da sollte man über so einer Frage stehen, oder? Zählen sie überhaupt noch die Jahre? Oder leben sie einfach zeitlos dahin?

»Mutter?« Cian spricht zuerst und ich unterdrücke ein nervöses Ringen mit den Händen. Dies ist das erste Zusammentreffen, um das sie mich bittet, oder eher nach mir verlangt, wie man es eben sieht, und ich weiß immer nicht so genau, was mich bei solchen Begegnungen erwartet. In meinem Bauch herrscht ein mulmiges Gefühl.

Sie dreht sich schwunglos um. Ihre Miene ist ausdruckslos. Nicht unfreundlich, aber auch nicht einladend, neutral trifft es gut. Sie mustert mich von Kopf bis Fuß, ungeniert, als betrachtet sie ein Pferd auf dem Markt, schätzt ab, ob es eine Investition wert ist. Nachdem ich ihre Musterung stumm überstehe, wendet sie den Kopf langsam ihrem jüngeren Sohn zu und erhebt das Wort: »Du kannst gehen, Cian. Danke für dein Geleit.« Dieser schielt kurz zu mir, zögert jedoch. Ich spüre, wie er innerlich mit sich kämpft. Er weiß, wie unwohl ich mich in der Gegenwart seiner Eltern fühle. Er will gehorsam sein, mich aber ebenso wenig vor den Kopf stoßen.

»Äh, ich würde gerne bleiben, Mutter, wenn es dir recht ist?«, teilt er ihr mit, wonach ich den Atem ausstoße, den ich unbewusst angehalten habe. Bisher ist er irgendwie ein Puffer für mich. Ja, bitte, lass mich nicht mit eurer Mutter alleine, denke ich insgeheim, würde es aber nie aussprechen. Tatsächlich übe ich mich in einer ähnlichen neutralen Miene wie der der Königin.

»Ich wiederhole mich nicht noch mal, Cian. Meinst du, Alice ist ein Elbling? Braucht sie dich zum Beistand? Dann hätte ich gewartet, bis Crispin zurück ist, denn ich will mit Alice unter vier Augen sprechen, von Frau zu Frau.« Sie richtet ihren Blick wieder direkt auf mich, dieser ist kühler als vorher. »Oder ist das ein Problem, Alice?

Mache ich dir Angst? Brauchst du meinen Sohn, der dich beschützt? Dann verzeiht, das ist mir nicht bewusst gewesen.«

Ihre hellen Augen ziehen sich leicht zusammen, während sie auf eine Antwort wartet. Ich schlucke deutlich und habe das Gefühl, dass dies ein Test ist, den es zu bestehen gilt. »Nein, alles cool«, antworte ich und könnte mich ohrfeigen. Wie rede ich denn? Total peinlich. Es ist einfach aus mir heraus gebrochen. Ich hätte tausend bessere Antworten geben können, aber was mache ich … Unfassbar. Da sage ich zu der Königin tatsächlich alles cool. Himmel, Alice, was stimmt nicht mit dir? »Äh, ich meine … super. Okay, Eure Hoheit. Ja, Cian, geh nur.« Wenn ich ehrlich bin, möchte ich mich an ihm festklammern, aber recke stattdessen stolz die Brust. Vielleicht wirke ich wenigstens ein wenig selbstsicher, so hoffe ich zumindest.

»Dann sehen wir uns später.« Er nickt mir zu, verbeugt sich daraufhin vor seiner Mutter, wendet sich ab und schließt die Tür hinter sich. Das Klicken macht mich nervös, ein Gefühl das Rotkäppchen gehabt haben muss, bevor der böse Wolf sie gefressen hat, erfasst mich.

»Was stehst du da herum, Mädchen? Setz dich!« Sie zeigt auf einen der Sessel, der mit weich aussehenden Fellen bestückt ist und dicht am knisternden Feuer steht.

Der Duft des Holzes steigt mir in die Nase, die Wärme gleitet über meine kühle Haut. Ich komme ihrer Einladung, oder auch leicht harschen Aufforderung, nach und lasse mich langsam nieder, versuche dabei, mein Herzschlag zu beruhigen. Einatmen, ausatmen – das sage ich mir immer wieder. Was soll schon passieren? Sie nimmt galant mir gegenüber Platz, verschränkt grazil die Fußknöchel ineinander und faltet ihre Hände im Schoß. Eine wahre Lady, durch und durch. Zu meiner Überraschung breitet sich so plötzlich ein Lächeln auf ihrem Gesicht aus, dass ich vor Schreck fast vom Sessel falle. »Also Geschmack hat mein Sohn, das muss ich ihm lassen. Du bist wirklich hübsch anzusehen für einen Menschen, verzeih, eine Albin. Beides geht mir, in Bezug auf meinen erstgeborenen Sohn, nicht so leicht über die Lippen. Ich habe nie erwartet, dass er seine Gefährtin findet, dann noch in einer Albin. Der Willen der Götter ist nun mal unerlässlich. Um ehrlich zu sein, hätte es schlimmer sein können, eine Nymphe zum Beispiel. Ihr ewiges Geträller würde mich verrückt machen.«

Aha. Ich bin hier also für Smalltalk? Mit allem habe ich gerechnet, aber damit? Im Leben nicht! »Äh, danke«, stammle ich und bemerke, dass mein Gesicht brennt. Hitze färbt meine Wangen rot – ein unerwartetes Kompliment. Es ist zumindest irgendwie eines gewesen, denke ich.

Keona lehnt sich vor, streckt ihre Arme aus und nimmt meine kalten Hände in die ihren warmen. »Ich will dir schon lange danken, dass du Cian gerettet hast. Das werde ich dir nie vergessen, Alice. Meine Söhne sind mir das Wichtigste, auch wenn es vielleicht nicht immer so ausschaut. Für sie würde ich alles opfern. Nur wegen ihnen bin ich hier.« Ich atme tief ein und aus. Mir fehlen die Worte. Vermutlich blicke ich auch etwas dümmlich drein, aber das entwickelt sich anders, als ich angenommen habe. Meint sie das ernst, diese plötzliche Nähe? Sie lässt meine Hände los, lehnt sich anmutig zurück in die Kissen. »Nun sag doch etwas, also ehrlich.« Sie schmunzelt.

»Ich weiß nicht, was«, nuschle ich ehrlich und muss auflachen, woraufhin sie einstimmt. Eine wirklich komische Situation, die sich gerade entwickelt. Wenn ich das Crispin erzähle … Er wird denken, ihn trifft die Keule eines Ogers.

»Weißt du, Alice. Ich halte viel von Ehrlichkeit und werde dir gegenüber den Anstand besitzen, nicht zu lügen oder etwas zu verschönern. Ich hoffe, du bringst mir das gleiche Vertrauen entgegen. Immerhin wirst du, wenn Crispin recht hat, für alle Zeit, oder bis das der Tod euch trennt, seine Gefährtin sein. Den Tod wünsche ich meinem Sohn natürlich nicht, denn ich will ihn glücklich wissen und glücklicher als mit seiner Seelenpartnerin, kann er niemals sein. Dies bedeutet, dass du nun zu uns gehörst. Elon ist nicht begeistert von dir, auch ich kann kaum leugnen, dass du ebenso wenig meine erste Wahl bist, wie du sicherlich verstehst. Schließlich bist du, wie schon gesagt, eine Albin. All das liegt jedoch an deiner Herkunft, nicht an deinem Wesen. Du wirkst sanftmütig und ausgeglichen, das gefällt mir. Ich akzeptiere, dass die Götter so gewählt haben, und vielleicht verstehe ich es sogar. Du bietest ihm einen Ausgleich, der ihm ansonsten fehlt. Sie werden Gründe haben, die ein einfaches Wesen wie ich nicht verstehen, aber ich vertraue auf das Schicksal. Worauf sollte ich sonst vertrauen, wenn nicht darauf? Ich möchte ein gutes Verhältnis zu meinen Söhnen. Bin ich gegen dich, bin ich auch gegen Crispin. Er hat deutlich gemacht, was das bedeuten würde. Sie werden so schnell erwachsen, kapseln sich ab, entfernen sich. Wie jede Mutter warte ich nun auf Enkelkinder, die ich verwöhnen darf. Auch für die werde ich jederzeit da sein. Egal, wer oder was ihre Mutter ist.«

Ich werde noch röter. Mit Crispins Mutter über Sex reden, liegt bei meinen Prioritäten weit unten. Vor allem, da es hier mit Verhütung ohnehin so eine Sache ist. Es gibt solch einen widerlich schmeckenden Trank, den ich zu mir nehme, der eine Schwangerschaft verhindern soll, auch wenn Crispin mir stets versichert, dass es hier üblich ist, dem Schicksal seinen Lauf zu lassen. Da prallen unsere Welten wieder aufeinander. Für mich ist es viel zu früh. Anscheinend sieht Keona mir an, dass ich verlegen reagiere, und lenkt ein.

»Natürlich nicht jetzt sofort, keine Sorge. Elon vertraut dir nicht, aber ich wiederum vertraue dem Urteil meiner Söhne, weswegen ich dir eine ehrliche Chance gewähre, mir zu beweisen, wer du bist, Alice. Nutze sie weise und enttäusche mich nicht. Glaube mir, es wäre nicht ratsam, wenn es so kommen sollte. Und vor allem, verletze meine Söhne nicht, das würde dich dein Leben kosten. Mit Freude würde ich dir mein Dolch ins Herz rammen, solltest du Crispin verletzen.«

Mein Herz rast im Galopp, während sie selig lächelt und nicht so wirkt, als hätte sie mir halbwegs mit meinem Tod gedroht. Was meint sie damit überhaupt, dass sie mir eine Chance gibt? Mein Kopf ist total benebelt. »Das … freut mich«, presse ich hervor. »Danke.«

»Ich werde die Wachen abziehen lassen, die Elon dir nachschickt. Wenn du hier leben willst, dann richtig. Keine Extrabehandlungen. Du wirst lernen, dich angemessen zu verhalten, wie eine Dame gehobenen Standes. Wenn du Crispins Gefährtin bist, wirst du die Prinzessin der Lichtelben werden. Das bringt Verantwortung mit sich und dazu gehört die Etikette am Hof, die Bräuche sowie angemessenes Auftreten.«

Ich nicke zwar, aber in mir drin breitet sich leichte Panik aus. O Gott! Darüber habe ich noch gar nicht nachgedacht. Sie hat recht, immerhin weiß ich so gut wie nichts über das Leben der Elben. Meine Schultern sacken unter der Last, die ich plötzlich verspüre, hinab. »Du wirst mich ab sofort einmal die Woche einen Tag begleiten, die Pflichten der Königin kennenlernen und mich so unterstützen, wie ich es für angemessen erachte. Ohne Widerrede.«

»Okay.« Ich schlucke. Einmal die Woche einen Tag mit der Königin, das bekomme ich hin. Locker. Es gibt schlimmere Vorstellungen. Wenn es heißt, dass sie hinter mir und Crispin steht, schaffe ich das lässig.

Sie nickt, faltet die Hände vor dem Bauch, wirkt dabei äußerst zufrieden mit sich selbst. »Wunderbar. Dann kannst du für heute gehen. Ich werde nach dir schicken, wenn ich dich brauche.«

VIER

Ich wische mir Blut sowie Staub aus dem Gesicht, lasse mich schwerfällig auf einen Felsvorsprung fallen. Mein Atem schnellt, mein Mund ist staubtrocken. Nicht nur der Aufstieg ist hart gewesen, mühsam und qualvoll hat es meinem Körper einiges abverlangt. Eine Feder fliegt von oben zu mir herab, dreht sich friedlich im Kreis auf ihrem Weg zu Boden. Langsam schwebt sie an mir vorbei, ehe sie aus meinem Blickfeld verschwindet und hinter einem Felsen abhandenkommt. Um uns herum liegen hunderte Federn, die der Wind aufgewirbelt und wie weichen Daunen verteilt hat.

Noam lässt sich stöhnend neben mir nieder, streckt die Beine aus und massiert sich die Waden. »Was für ein Tag. Warum müssen diese Viecher so hartnäckig sein?«

Ich schmunzle, als ich ihn betrachte und danach meine Arme ansehe. Wir sind beide völlig zerkratzt, dreckig und mit klebrigem Blut besudelt. Erst haben wir stundenlang den Berg erklimmen müssen, dann hat der Greif sich als ebenbürtiger Gegner entpuppt, der sich nicht kampflos schlagen lässt oder einfach von dannen zieht. Aber damit haben wir gerechnet – ein riesiges männliches Exemplar, was uns ganz schön zugesetzt hat. Wir haben uns anschleichen wollen, doch er hat uns sofort entdeckt. So ungünstig für uns hat sein verdammtes Nest gelegen, das voller Knochen und verwesenden Fleischresten seiner Beute gewesen ist. Der süßliche Geruch vermischt sich mit dem kühlen Eisenduft des Blutes. Sein Vorteil sind die riesigen kräftigen Krallen gewesen, mit denen er uns aus der Luft attackiert hat, was er schamlos ausgenutzt hat. Es hat keine Minute gedauert, nachdem er uns erblickt hat, da ist er schon in der Luft gewesen, hoch über uns und wenig erfreut, dass wir ihm einen Besuch abstatten. Kreischend hat er über unseren Köpfen seine Runden gezogen, ehe er in die Tiefe zu uns hinabgestürzt ist, dabei hat sein spitzer Schnabel oder die Krallen an seinen Pranken unsere Haut mit Kratzern übersät. Unser Blut bedeckt diesen staubigen Boden ebenso wie seines. Scharf wie ein Messer können seine Krallen Fleisch durchtrennen, sein Kiefer einem Wesen das Genick brechen. Erst als Topas zu uns gestoßen ist, ist der Greif zum Landen gezwungen worden und das Blatt hat sich für uns gewendet. Seine Ankunft hat uns allerdings ebenfalls überrascht. Brüllend hat er sich aus der Luft über dem Greif auf ihn gestürzt. Fauchend und beißend haben die beiden sich auf dem Boden gewälzt, nachdem sie wie Steine vom Himmel gekommen sind, wobei der kleine Drache schnell die Oberhand erlangt hat – dadurch, dass wir dem Greif erst das genommen haben, was ihm seinen Vorteil verschafft hat, seine Flügel. Am Boden sind wir überlegen. Drachenhaut ist so dick, dass die Krallen des Greifs wirkungslos sind. Ohne lange zu zögern, haben wir unsere Hiebe gezielt darauf gelenkt, ihn am Boden zu halten. Auch wenn Alice es mir nicht glaubt, hat dies wieder bewiesen, wie todbringend die Echsen sein können. Topas hat uns das Ganze erheblich erleichtert, den Kampf dabei um einiges verkürzt, aber das würde ich niemals offen zugeben.

Und verdammt, ich mag diesen kleinen Drachen mittlerweile. Er ist der gewesen, der dem Greif die Kehle raus gerissen hat, dann brüllend in die Luft gestiegen ist. Siegesrausch. Er ist pfiffig und nützlich, kommende Kämpfe mit ihm an unsere Seite werden uns wesentlich stärken. Vor allem wenn er ausgewachsen ist. Ich verstehe, wieso die Albe sich diese Tiere als Gefährten gesucht haben. Ich denke an Alice, bei den Göttern, wie schön es wäre, sie jetzt bei mir zu haben, ihr Lachen zu hören. Was sie wohl gerade macht? Ob sie an mich denkt? Wie ist das Treffen mit meiner Mutter verlaufen? Die Vorstellung, jetzt wieder den Berg hinab zu steigen, dann stundenlang zu reiten, ist nervtötend, aber umso schneller bin ich im Schloss. Noch eine Nacht hier verbringen, steht nicht zur Debatte. Jetzt bräuchte man eines dieser Teile, die Alice erwähnt hat. Ein Mobilcandy, heißt das so? Egal. Dieses Ding zum reinsprechen, um zu hören, wie es dem anderen geht. Ja, das klingt praktisch. Das wäre auch bei uns manchmal von Nutzen.

Mein Blick schweift umher, bleibt an Topas hängen und ich beobachte ihn einen Moment. Er schwirrt in einem Looping durch die Luft, verschwindet daraufhin bergab, huscht in die Bäume am Fuß des Berges und lässt die Baumkronen erzittern. Kurze Zeit später sehe ich Silver wie wild an einem Baum hochspringen, höre sein Knurren und Bellen den Berg hinauf schallen, was an meinem Elbengehör liegt – wir hören und sehen viel besser als andere Wesen. Ein Ast fällt Silver auf den Kopf, wobei ich nicht glaube, dass das ein Zufall ist. Die beiden müssen sich immer gegenseitig piesacken.

»Wollen wir uns auf den Weg machen?« Ich drehe mich zu Noam um, der nicht erfreut wirkt, eher ausgelaugt.

»Ich wünschte, ich könnte fliegen oder durch eines der Tore, das Alice hergebracht hat, gehen. Ein guter Honigwein, ein dickes Stück frisches Brot, das wäre göttlich.« Er riecht an sich, verzieht das Gesicht und ich schlage ihm auf die Schulter.

»Ein Bad wäre wohl auch nicht verkehrt, mein Freund.

Du stinkst.« Ich lache bei seinem entrüsteten Blick auf. »Du wirst weich, Noam. Früher sind wir tagelang in den Wäldern geblieben, sind nicht weniger besudelt gewesen als heute und haben uns nie beschwert.«

»Als ob du so lange von Alice fortgehen würdest, oder sie dich so dreckig, wie du gerade bist, in ihre Arme schließen würde. An dir kleben Vogeleingeweide und ich bin mir sicher, auf deiner Schulter ist auch etwas Vogelmist. Wer von uns hat ein Bad nötiger?«, kontert er und ich seufze. Er hat recht. Vermutlich werde ich weich oder einfach alt. Wobei ich nur, wenn es um Alice geht, milde gestimmt bin. Dennoch vergesse ich meine Pflichten nicht, mein Volk kann sich auf mich verlassen, wie man merkt.

Wir beginnen den Abstieg, der deutlich schneller ist als der Aufstieg. Wir können in direkter Linie hinab steigen, wobei Silver schwanzwedelnd zu uns hinauf blickt und hechelt. Meine aufgerissenen dreckigen Finger finden hervorragenden Halt in der kalten Steinwand. Immer wieder fliegen kleine Federn an mir vorbei, die der Wind von oben zu uns hinunter weht. Den Kadaver des Viehs überlassen wir dem Willen der Natur.

»Wer zuerst unten ist?« Noams Blick trifft den meinen, er feixt.

»Du wirst verlieren, mein Freund, wie immer«, gehe

ich auf unser Spiel ein, das wir nicht zum ersten Mal austragen und mir einen Motivationsschub schenkt. Ich gewinne viel zu gerne, als Noam dies zu überlassen. Durch den eiligeren Abstieg rieseln mehr Steine hinab und Silver brummt laut von unten. Als meine Beine den Boden erreichen, ist die Sonne schon tief am Himmel, die Dunkelheit bricht an. Die Vögel beginnen ihre Schlafplätze einzunehmen und die Tiere der Nacht erwachen zum Leben. Es raschelt in den Büschen, ein Bluebell-Fuchs huscht links an einem Baum vorbei, wobei seine drei violetten Schwänze vor Aufregung zittern. Er hat Beute gewittert. Kurz nach mir treffen auch Noams Stiefel auf dem Boden auf.

»Ich sage ja, du wirst alt.«

»Ach!« Er winkt ab. Silver springt an mir hinauf, wirft mich dabei fast um. Ich streiche über seinen Kopf, blicke auf, als es in dem Baum über mir raschelt. Es ist keines der Nachttiere, welches mich gerade aus goldenen Augen mustert, sondern die von Topas. Er hockt über mir auf einem dicken Ast, legt den Kopf schief, mustert mich mit seinen Drachenaugen erwartungsvoll. Anscheinend will er mit uns Heimreisen, was mir durchaus recht ist.

Die Monde gehen am Himmel auf, ich pfeife nach Dune, der ganz in der Nähe grasen wird. Weit entfernen die Pferde sich nie von uns oder Silver. Sie sind schlaue

Wesen, kennen die Gefahren, die hier lauern. Er lässt mich nicht lange warten, trabt aus den Büschen auf mich zu und schnaubt leise. Ich lege meine Hand auf seine Nüstern, streiche sanft drüber. »Na, mein Freund, wie hast du den langen Tag verbracht?« Er schnaubt abermals, wirft seinen Kopf nach hinten und auch Noams Stute erscheint hinter ihm.

Wir legen den Pferden das Zaumzeug und Sattel an, machen uns langsam auf den Heimweg mit den Monden über unseren Köpfen. Die Schnitte auf meinem Körper beginnen bereits zu heilen, dennoch brennen sie wie Feuer. Und ja, Noam hat recht, ich stinke zum Himmel. Ich freue mich wahnsinnig auf die heißen Quellen und ein Bad darin.

»Wie wird es jetzt weitergehen mit Alice und dir? Elon wird es nicht auf sich beruhen lassen, befürchte ich. Er sieht sie als Bedrohung und glaubt nicht an eure Bindung. Vielleicht ist es kurz auf Eis gelegt, aber ich bin mir sicher, das letzte Wort ist nicht gesprochen. Du hast dich ihm offen widersetzt, das vergisst er nicht. Er wird versuchen, dir eine Lektion zu erteilen. Und wenn es schlecht läuft, macht er dies über sie. Er wird einen Vorwand finden, ihr das Leben am Hof zu erschweren, Elben gegen sie aufstacheln, sie weiter beschatten lassen und versuchen, sie nicht zur Ruhe kommen zu lassen.

Mit seiner ganzen Kraft wird er ihr vermitteln, wie unpassend er sie für dich hält.« Noam lenkt sein Pferd neben meinem, mit besorgtem Blick wartet er meine Antwort ab.

»Haben die Vögelchen dir etwas zugetragen?«

»Ich habe Getuschel gehört, nur leise Gerüchte, nichts Handfestes. Er versucht herauszufinden, wie die Stimmung unter den Soldaten ist, wer hinter ihm steht, wer dir zugetan ist. Ich glaube, er will schauen, ob du wirklich unentbehrlich wärst, auch wenn diese Vermutung weit hergeholt ist. Ich hoffe nicht, dass er auf so verrückte Ideen kommt. Mal davon abgesehen, dass Keona das nie zulassen würde. Manchmal finde ich deine Mutter furchteinflößender als deinen Vater, sie ist nur subtiler als er, was mir Angst macht. Bei ihm weiß man, woran man ist, während deine Mutter ihre Fäden im Hintergrund spinnt. Obwohl sie die letzten Jahre überraschend friedlich gewesen ist, das muss ich zugeben. Sie beugt sich ihm. Weiß der Geier, warum.«

Ich lache kurz auf. Ja, er hat recht. Meine Mutter wird oft unterschätzt, aber die Geschichten, die ich von früher, bevor ich auf die Welt gekommen bin, höre, sprechen eine andere Sprache. Man munkelt, dass sie ebenso blutrünstig auf einem Schlachtfeld vorgeht wie ich in meinen besten Zeiten. Sie hat Seite an Seite mit Jade und den Elben, die am *Violetten Ozean* leben, gegen die Albe gekämpft, als diese vor Jahrhunderten die Nixen auslöschen haben wollen, nur dass sie dort keinen Erfolg gehabt haben – im Gegensatz zu anderen Völkern, die sie ausgerottet und gejagt haben. Castiells Wege sind mit Blut gesprenkelt, schon immer. Meine Mutter ist dafür bekannt gewesen, keine Gnade zu kennen. Sie ist eine Kriegerin durch und durch. Sie trägt aktuell eine Maske, vermute ich, die sie irgendwann wieder ablegen wird. »Ich bin unentbehrlich«, antworte ich kurz und knapp. Ich weiß, was ihm seine Späher zuflüstern werden. Die Soldaten schätzen es nicht, dass ihr König sein Schloss hütet. Das macht mich für ihn gefährlicher, auch wenn er mein Vater ist. Sie folgen mir seit Jahren in die Schlacht. Ich habe mir ihre Achtung erarbeitet, sehe sie nicht als mein Geburtsrecht an. Das unterscheidet uns stark. »Wie ist die Stimmung, wenn es um Alice geht?«, will ich wissen. Noam hat seine Ohren überall, deswegen ist er mein Heerführer und bester Freund. Ich kann mich blind auf ihn verlassen, vertraue seinem Wort wie dem meines Bruders.

»Besser, als du vielleicht erwartest. Zuerst hat es böse Worte gegeben, Misstrauen und Furcht, aber sie schafft es durch ihre freundliche Art und Höflichkeit schnell an Wohlwollen zu gewinnen. Der Hof gewöhnt sich an sie, außer dein Vater und einige nicht bedenkenswerte Sturköpfe. Er stellt noch immer Wachen ab, wenn du nicht in der Nähe bist, aber ich denke, das ahnst du bereits.«

Ich knurre leicht. Widerwillig lasse ich ihn gewähren, auch wenn er in dem Glauben ist, dass ich es nicht weiß. Naiver Narr, ich erfahre früher oder später alles, was im Schloss geschieht. »Irgendwann wird er aufgeben. Lieber so, als dass er wieder versucht, sie einzusperren. Das ist eine Lösung, mit der ich vorerst leben kann, wenn er sie dafür in Frieden lässt.«

Wir haben seit unserem großen Streit etliche Diskussionen geführt, doch er hat keine Wahl. Ich bleibe bei meinem Standpunkt und gehe auf seine Forderungen nicht ein. Alice in ihrem Zimmer zu verbannen, steht nicht zu Debatte. Niemand legt Hand an meine Gefährtin an. Vor allem er und Kelalan müssen sich von ihr fernhalten. Ich würde keine Gnade kennen, wenn einer gegen diese Forderung verstößt. Alice fängt gerade an, aufzublühen und ihre Angst zu verlieren. Mit jedem Tag, der vergeht, leuchten ihre Augen mehr. Sie entwickelt langsam eine Selbstsicherheit im Schloss, wird mutiger und aufgeschlossener unserem Leben gegenüber. Sie lacht neuerdings viel, was mich verflucht vergnügt stimmt. All dies nur, weil sie sich frei fühlt und nicht wie eine Gefangene. Sie ist meine Gefährtin, es ist ihr zu Hause und das soll sie auch so wahrnehmen und fühlen.

Ich will, dass sie glücklich ist. Ihr Leben an meiner Seite wird nicht immer von Sonnenschein geprägt sein, das ist mir bewusst, aber ich werde alles daran setzen, dass es viele Sonnentage in unserem Leben gibt – Tage, auf die wir mit Freude zurückblicken können. Das bin ich den Göttern und mir selbst schuldig.

Ich bin allerdings gleichermaßen Kronprinz und es werden wieder Kriege folgen, auf dessen Schlachtfeldern ich vorne an der Front kämpfen werde und an denen sie mit Furcht im Schloss ausharrt, dass ich nicht zu ihr zurückkehren werde. Niemand weiß, wie weit mein Lebensfaden gesponnen worden ist oder wann er durchtrennt wird. Wenn die Götter gnädig sind, verbleiben mir Jahrhunderte an Alice' Seite. Sie setzt sich gerade erst mit ihrer neu gewonnen Unsterblichkeit auseinander. Sie kann nicht glauben, dass sie nicht mehr altern wird wie die Menschen in ihrer vorherigen Welt. Das ist vielleicht das Einzige, was man als positiv an der Qual, die sie durchleiden hat müssen, auslegen kann, denn dass sie dafür gestorben ist, das ist es nicht. Sie ist als Mensch schon wunderschön gewesen, aber jetzt strahlt sie noch mehr, von innen und außen. Wenn ich sie dabei beobachte, wie sie Fegoria entdeckt, zieht mein Herz sich vor Liebe zusammen. Sie wirkt fast wie ein Elbling, wenn sie wieder etwas Neues entdeckt – ein neues Tier, eine besondere Blume oder den Sternschnuppenregen, den wir vor drei Tagen beobachtet haben. Für sie ist hier alles voller Magie, sagt sie. Für mich ist sie es, die pure Magie, das Band, welches uns verbindet. Ihre Welt, die verstehe ich nicht, so sehr ich mich auch bemühe. Ich kann nicht die gleiche Begeisterung aufbringen wie Cian. Immer wieder lausche ich ihren Geschichten und kann mir kaum vorstellen, dass die Menschen es geschafft haben, zum Mond zu fliegen. Was will ich auf dem Mond, wenn es dort, wie sie sagt, nur Sand und Schutt gibt? Ich schaue durch die Bäume in den Himmel und mustere die Monde. Der Gedanke, dass einfache Menschen so machtvoll sind, diese Strecke, die nur den Göttern zugänglich sein sollte, zu überbrücken, ist trotzdem gewaltig. Wie haben zwei Welten sich so unterschiedlich entwickeln können? Wo sind die Elben der Erde hin? Oder hat es dort nie welche gegeben? Und warum kümmern die Menschen sich dort nicht besser um ihre Heimat? Sie roden die Wälder, verschmutzen die Meere, töten wahllos Tiere im Übermaß. Das sind Fragen, auf die niemand eine Antwort kennt, aber sie brennen mir auf der Zunge. Laut Alice verletzen sie die Natur und dies mit vollem Gewissen. Ein furchtbarer Gedanke.

»Fragst du dich manchmal, wie Alice' alte Welt ist?« Ich blicke zu meinem Freund hinüber, der schmunzelt.

»Ständig. Immer wenn sie wieder so ein komisches Wort in den Raum wirft. Oh warte, wie hat sie dich neulich genannt? Obermacker? Was zum Oger ist ein Obermacker?«

Laut lache ich los. »Ich habe nicht die kleinste Ahnung.« Ich habe Angst, dass sie diese Welt mehr vermisst, als sie sich mir gegenüber eingesteht. Von jetzt auf gleich alles zu verlieren, muss schrecklich sein. Sie betont zwar immer, dass sie hier auch viele gute Dinge gefunden hat, aber ich sehe in ihren Augen, dass sie weiterhin leidet. Wie wäre es für mich in ihrer Welt? So ungern ich es zugebe, ich wäre hilflos zwischen Flugautos.

»Ich bin gespannt, wie das Gespräch mit deiner Mutter heute verlaufen ist. Was will sie von Alice?«

»Keine Ahnung. Sie hat es mit ihr selbst besprechen wollen. Du weißt ja, wie stur sie sein kann.« Ich lache leise. »Ob sie sich die Köpfe eingeschlagen haben?«

Noam lacht nun auch. Nein, vermutlich ist Alice viel zu nervös gewesen. Sie wird an ihrer Lippe, welche ich so gerne küsse, die so sanft und nachgiebig ist, genagt haben. In meiner Vorstellung liegt sie schon im Bett und ihr Körper rekelt sich unter dem Laken, warm und voller Sehnsucht nach mir. Verlangen schießt heiß durch meinen Körper und ich zwinge mich, an etwas anderes zu denken.

FÜNF

Genervt trommeln meine Finger auf der Bettdecke herum. Ich kann nicht schlafen, was mich tierisch nervt. Leise lausche ich den Geräuschen der Nachttiere des Waldes. Es gruselt mich nicht mehr wie am Anfang, auch wenn ich ein Fenster zum Erspähen toll finden würde. Ich habe mich schon so daran gewöhnt, dass Crispin da ist, dass er mir jetzt verflucht fehlt. Ich liebe es, mich abends in seine Arme zu kuscheln, mit ihm über den Tag zu reden und mich immer wieder zu wundern, wie er so sanft zu mir sein kann. Wenn ich an unsere ersten Begegnungen denke, ist er wie ausgewechselt. Allerdings nur zu mir, zu anderen ist er hart und unnachgiebig wie eh und je. Alter Brummbär. Es ist, als würde er nur mir und seinen beiden besten Freunden seine wahre Seite zeigen. In den griesgrämigen, arroganten Prinzen habe ich mich verliebt, aber der, na gut, immer noch arrogante, aber liebevolle Prinz hat mein Herz vollends gestohlen. Doch jetzt ist da die Sorge, dass ihm etwas passiert ist, und das frisst mich auf.

Warum gibt es hier keine Telefone? Das würde so vieles erleichtern. Mal eben zum Handy greifen, zack, ist eine SMS weg. Aber nein, in diesem Mittelalter muss ich vermutlich erst Brieftauben züchten. Ich seufze genervt. Das sind Dinge, die mir aus meiner alten Welt wirklich fehlen. So viele Kleinigkeiten, die man sonst nie bemerkt hat, die einem das Leben auf eine bequeme Art erleichtern. Eine Nachttischlampe oder eine Lampe allgemein. Eine Dusche, eine Wärmflasche oder eine Toilette – oh ja, eine Toilette, die vermisse ich schmerzlich. Ein Navi wäre sicher auch in dieser verrückten Welt nicht verkehrt. Ich muss, bei der Vorstellung, wie ich mit einem Navi auf Pix, meinem Pferd, sitze und versuche, den Weg zu finden, kichern. In fünfhundert Metern biegen sie bitte rechts ab zum Trollhort.

Topas kommt nicht wieder zurück, das heißt hoffentlich, er bleibt bei Crispin und es geht allen gut. Ich weiß, dass Cian recht hat und Crispin sehr wohl auf sich aufpassen kann, trotzdem bin ich in Sorge. Okay, ich habe ihn kämpfen sehen, seine Gegner wecken fast Mitleid in mir, aber passieren kann immer etwas. Eine kleine Unachtsamkeit und … Nein. An so was will ich nicht denken. Ich schlage die schwere Decke zurück, schwinge meine Beine aus dem Bett und wandere unruhig durch das Zimmer. Abschätzend schaue ich zum Fenster. Wie spät es wohl ist? Eine Uhr wäre noch etwas, was mir helfen würde. So habe ich nur den Stand des Mondes, der noch nicht mal die Hälfte des Himmels durchquert hat. Das bedeutet, ich habe eine lange Nacht vor mir, ehe der Morgen graut. Ich schlüpfe in ein schlichtes Kleid, binde mir dann meine Stiefel, ehe ich das Zimmer verlasse. Die Königin hat Wort gehalten: Niemand ist auf dem Gang zu sehen, was bedeutet, ich habe heute keine Wachen. Dabei wäre ich gerade wirklich dankbar darüber. Wenn ich Zuhause nicht schlafen habe können, habe ich immer etwas gebacken, um mir die Zeit zu vertreiben. Genau das werde ich jetzt machen. So nutze ich die Zeit wenigstens sinnvoll. Ob Crispin schon mal einen Kuchen, nur für ihn gebacken, bekommen hat? Bestimmt nicht. Ich grinse von einem Ohr zum anderen, plötzlich voller guter Laune und Vorfreude auf sein Gesicht.

Summend verlasse ich mein Zimmer, mache mich auf die Suche nach den Küchen. Dadurch, dass wir immer in den *Großen Hallen* essen, habe ich keine Ahnung, woher das Essen kommt. So groß kann das Schloss ja nicht sein, die Küchen werden sicher zentral liegen. Die Mägde werden ja auch nicht so weite Wege laufen müssen. Also schleiche ich durch schwach beleuchtete Gänge, in denen Fackeln flimmern, halte Ausschau und schnuppere in der Luft nach verdächtigen Düften. Es muss tatsächlich spät sein, wenn hier niemand mehr ist, denn es scheint wie ausgestorben. Musik, das ist noch etwas, was mir fehlt. Ich bin stets jemand gewesen, der viel Musik gehört hat. Flur für Flur passiere ich, treffe weder auf Elben noch auf den Duft von Brot.

Nach einer geschätzten Stunde ist meine gute Laune am Kippen. Ich bleibe stehen, knurre leicht. Wie wäre es mit Wegweisern, für Gäste wie mich? Ein Schild an der Wand mit der Aufschrift: Zu den Küchen links entlang, zum Kerker rechts die Treppe runter? Wütend will ich mich auf den Rückweg machen, als mir eine Idee kommt. Sofort kehrt meine gute Laune zurück, so schnell gebe ich nicht auf. Ich habe mir in den Kopf gesetzt, zu backen, also backe ich! Ich laufe schnell durch das Schloss zurück, meine Schritte hallen von den Wänden wider. Einmal verlaufe ich mich, aber dann finde ich das Eingangstor. Ganz wie erwartet, stehen dort drei Wachen, schauen starr hinaus in die Nacht. »Hallo, Jungs«, begrüße ich sie, woraufhin alle drei zusammenzucken. Ich kichere. Anscheinend habe ich sie erschreckt, was ich kaum für möglich gehalten habe, oder ist es meine Anrede gewesen? Vermutlich ist es nicht die Art von Begrüßung, die ich nutzen soll. Einer von ihnen wird rot. Es ist ihm peinlich, dass ich ihn habe erschrecken können – niedlich. Ich kenne ihn. Er gehört zu Crispins Armee, ich meine sogar, zum engeren Kreis. Auf jeden Fall ist er mit uns aus Escher gekommen, da bin ich sicher. Fieberhaft überlege ich, wie er heißt, nur leider sind Namen nicht meine Stärke. Yuno ist es nicht gewesen, so viel ist sicher.

»Mylady«, begrüßen mich die Männer, verbeugen sich vor mir, was mir unangenehm ist. Es fühlt sich verkehrt an.

»Hört damit auf, das müsst Ihr nicht«, winke ich ab. Total albern. Der Elb aus Crispins Armee lächelt schief, dabei fällt mir sein Name ein! Mogolas

»Können wir Euch helfen, Mylady?«

»Ja, durchaus. Ich suche die Küchen, Mogolas.«

»Die Küchen?« Die andere Wache runzelt seine Stirn. »Seid Ihr hungrig? Sollen wir nach einer Zofe schicken?«

»Nein, nein! Ich will etwas backen.«

»Ihr wollt etwas backen«, wiederholt er meine Worte lang gezogen, blickt dabei so entsetzt drein, als habe ich gesagt, ich will mein Pferd zum Frühstück einladen und ihm die Hufe maniküren – was durchaus eine Alternative wäre, solange ich damit Zeit überbrücken kann.

»Ja, ich will etwas backen. Ist das etwa ein Problem?« Ich hebe eine Augenbraue, mustere ihn leicht säuerlich. Er wirkt ehrlich verwirrt, wobei Mogolas schmunzelt.

»Warum wollt Ihr um diese Zeit backen? Die Mägde werden Euch gerne etwas bringen, dafür sind sie da.«

»Nein, nein! Darum geht es ja nicht. Ich will etwas machen, mich ablenken und backe total gerne. Irgendwie kann ich nicht zur Ruhe kommen, backen ist quasi mein Yoga, meine Entspannung. Ich brauche das jetzt.«

»Euer was?« Die andere Wache kratzt sich den Kopf, wechselt einen Blick mit seinen Kameraden, die mit den Schultern zucken. Ich seufze innerlich.

»Mein Yoga, das ist … wie eine Fitnesseinheit, also wie Training mit dem Schwert.«

»Ah, ich verstehe.« Er nickt.

»Und wie können wir Euch helfen?«, will der dritte Wachmann wissen, der nicht weniger amüsiert wirkt als sein Kamerad. Anscheinend ist es nicht üblich, dass hier jeder backt. Nun, daran werden sie sich wohl gewöhnen müssen. Crispin sagt, ich soll mich wie zu Hause fühlen, backen gehört dazu.

»Ich …« Augenblicklich werde ich feuerrot. »Ich finde den Weg nicht. Wäre einer so nett, ihn mir zu zeigen?« Peinlich berührt, dies zuzugeben, bin ich allemal.

»Ich mach das schon.« Mogolas nickt, kommt auf mich zu und verneigt sich. »Wenn Ihr gestattet. Aber eines lasst mich Euch noch sagen: Crispin würde nicht wollen, dass Ihr nachts alleine durch das Schloss streift, Mylady«, tadelt er mich. »Ihr hättet nach einem Diener verlangen können, statt herum zu irren, auch wenn es hier sicher ist.«

»Nennt mich Alice. Bitte. Ich kann das Mylady nicht mehr hören«, fordere ich flehend und er zögert kurz. Mein Verhalten ist für ihn und die anderen befremdend, das ist mir durchaus bewusst, aber so fühle ich mich noch mehr wie eine Auswärtige, wenn alle betont höflich sind. Dabei möchte ich mich dazugehörig fühlen. «Bitte, Mogolas. Crispin hat nichts dagegen, ganz bestimmt nicht. Da, wo ich herkomme, spricht man Freunde beim Vornamen an und das werden wir doch, Freunde, oder?«

Mogolas seufzt. »Gut, Alice. Ihr solltet dennoch auf mich hören. Ihr, ich meine, du solltest auf mich hören. Und du bist dir sicher, einen einfachen Wachmann als deinen Freund haben zu wollen? Ich fühle mich geehrt, bin gleichzeitig überrascht. Damen von hohem Stand suchen keine Freundschaften beim Wachpersonal. Woher kommst du, dass dies dort geläufig ist?«

»Ich bin eben anders als die anderen Damen. Mir kommt es nicht auf den Stand, sondern auf das Wesen meiner Freunde an. Und wehe du verpetzt mich bei Crispin, dass ich alleine losgelaufen bin«, necke ich ihn, woraufhin er schmunzelt. Den Rest seiner Frage ignoriere ich rigoros, er darf nicht wissen, wo ich tatsächlich herkomme.

»Du bist wirklich frech für eine Prinzessin und hast komische, aber auch sympathische Ansichten. Ja, wenn du es so nennen willst, ich wurde petzen. Der Prinz erwartet, dass wir auf dich achtgeben, das werden wir. In diesem Fall gehört petzen dazu.« Mir wird warm. Seine Männer schätzen ihn wahrhaftig sehr.

»Crispin ist ein guter Anführer, oder?« Ich freue mich, dass ich mal eine andere Person ausquetschen kann. Dazu habe ich nicht oft Gelegenheit.

»Ja, ist er. Er hat sich unser Ansehen hart erarbeitet,

kämpft stets Seite an Seite mit uns und behandelt uns mit großem Respekt. Ähnlich wie du heute, sucht er unsere Kameradschaft. Er schaut nicht von oben auf uns herab. Er speist mit uns, wenn wir gemeinsam unterwegs sind, nicht alleine in seinem Zelt. Vor allem speist er Gleiches wie wir, besteht nicht auf besseres Essen, bessere Zelte oder Ähnliches. Er ist einer von uns, so fühlt es sich für viele an. Wir dienen ihm gerne.«

Ich nicke. Das habe ich bereits geahnt. Er ist völlig anders, als ich am Anfang gedacht habe, aber zu meiner Verteidigung muss ich sagen, er hat mich in dem Glauben lassen wollen, er sei anders, was ihm zudem geglückt ist. Jeder hat Respekt vor ihm, obwohl er oft distanziert und kühl ist, vielleicht sogar unnahbar, aber immer gerecht und fair.

Er handelt hart, dennoch angemessen. Die letzten Wochen habe ich beobachten können, wie er mit seinem Volk umgeht. Cian ist äußerlich der, der zugänglicher ist, der Sonnenscheinprinz, jedoch weiß ich es jetzt besser. Crispin hat sehr wohl eine weiche und sanfte Seite, wird nur von allen in die Position gerückt, ein anderer zu sein.

Wir unterhalten uns den ganzen Weg bis zu den Küchen weiter. Überraschenderweise herrscht hier um diese Zeit unfassbarer Betrieb. Damit habe ich nicht gerechnet, wo es doch ansonsten überall überaus ruhig ist. Mit offenem Mund starre ich auf das bunte Getümmel aus Elben. Auf einer Seite des großen Raumes wird Teig für Brote geknetet, welches daraufhin über den Tisch zu den Nächsten geht, die es formen und platt klopfen, wie es hier typisch für Brot ist, um dann wiederum von anderen in den Ofen geschoben zu werden. An weiteren Tischen werden Teller mit Obst und Gemüse für das Frühstück angerichtet. Über den Feuerstellen dampft es aus großen Kesseln – es duftet würzig. An den Decken hängen dutzende getrocknete Kräuter und geknüpfte Netze mit Knoblauch und Zwiebel. Große Säcke mit Salz stehen neben den Mehlsäcken an der Wand. In einer großen Wanne aus Stein waschen zwei schwatzende Frauen Geschirr ab, während in der anderen Ecke vier große Öfen Feuerspeien und zusätzliche Brote backen. Wow, was für ein Bild. Und in welchem Einklang dies passiert, ist beeindruckend. Ich wünsche, ich könnte diesen Moment auf einem Bild festhalten.

Eine Elbin mit glänzenden schwarzen Haaren wird auf uns aufmerksam, legt ihre Schürze ab und kommt neugierig auf uns zu. »Mylady?« Sie schaut mich aufmerksam an. »Wie kann ich Euch zu dieser späten Stunde helfen?« Klar, jeder weiß hier, wer ich bin. Alle reagieren erst mal mit Vorsicht, manche auch mit Argwohn.

»Mylady möchte gerne backen«, teilt Mogolas ihr mit, wobei seine Mundwinkel zucken.

Die Elbin wirkt verstört. »Warum? Schmeckt Euch unser

Essen nicht?« Sie ist ehrlich bestürzt, sogar eine Spur verärgert, wenn ich ihre Miene richtig deute.

»Sogar fabelhaft! Ich will mich nur ablenken, weil ich nicht zur Ruhe komme, solange der Prinz aus dem Haus ist. Ich backe gerne, zur Ablenkung«, beeile ich mich, zu betonen, wobei sie nicht überzeugt, sondern verletzt wirkt. Das habe ich nicht gewollt.

»Normalerweise backt das Königshaus nicht. Es ist unsere Aufgabe, für Euch zu sorgen. Dies machen wir sehr gerne und gut.«

»Vielleicht können sie es nicht, aber ich schon«, scherze ich und das Eis bricht, denn sie kichert.

»Nun, dies habe ich noch nie in Betracht gezogen. Werde ich Ärger bekommen, wenn ich Euch gewähren lasse?« Sie verschränkt die Arme vor der Brust. »Ich bin Liviel, die Köchin, und dies ist mein Reich.« Sie macht eine ausladende Geste. »Hier habe ich das Sagen. Jeder, der hier schafft, muss sich meinem Kommando beugen und ich warne Euch, auf manchem Schlachtfeld geht es friedlicher zu.«

»Ich werde keinen Ärger machen«, schwöre ich, woraufhin sie sanft lächelt.

»Dann kommt herein. Ich verstehe, was Ihr meint. Kochen ist etwas Wunderbares! Man kann mit so wenigen Zutaten neue Speisen erschaffen. Das Gefühl, wenn man kräftig den Teig knetet, ist kaum vergleichbar mit anderem. Was wollt Ihr backen?«

»Einen Kuchen.« Ich reibe mir die Hände, nehme eine Schürze entgegen und wippe aufgeregt auf den Fußballen auf und ab. Mogolas lehnt an der Tür, stibitzt sich ein Brotlaib, welches gerade auf einem Tablett heraus getragen wird. Genüsslich beißt er hinein.

«Finger weg, du Tagedieb«, ruft Liviel ihm zu, lächelt dabei aber und bewirft ihn mit einer Handvoll Mehl – es rieselt zu Boden, ohne ihn wirklich zu treffen.

»Daneben«, ruft er mit vollem Mund und zwinkert ihr zu.

»Ich finde den Weg alleine zurück«, teile ich ihm mit, denn er soll nicht denken, dass er auf mich warten muss. Er hat seine Aufgaben, und wenn ich ehrlich bin, will ich hier einfach nur Ich sein und backen. Er zögert kurz, nickt dann, mopst sich aber noch schnell ein zweites Brot von einem der Bleche.

»Eine der Mägde wird sie bringen.« Liviel lächelt mich aufmunternd an. «Wenn Ihr es wünscht, Mylady.«

Ich verabschiede mich von Mogolas, wende mich meiner Arbeit zu und mir kommt gleich eine Idee: Ich werde auch den Wachen aus Dank für die Hilfe etwas backen. Das wird ein Spaß werden. Öfen haben sie genug, also ziehe ich eine große hölzerne Schüssel zu mir. Auf einem Pergament schreibe ich mir mein Rezept aus dem Kopf auf.

Zutaten

300 Gramm Vollkornmehl
90 Gramm Zucker
150 Gramm Margarine
1 Packung Backpulver
3 Esslöffel Wasser

Zubereitung

- alles kneten und kurz kalt stellen
- Obst schneiden
- 1/2 Teig in eine Form drücken und den Rand etwas hochziehen
- mit Obst belegen
- 1–2 Esslöffel Haferflocken und etwas Zimt mit dem Restteig mischen, daraus Streusel machen und über den Kuchen geben
- 45 Minuten bei 190 Grad backen

Jetzt muss ich es nur noch für mich umbauen, dass ich es in dieser Welt backen kann.

Die nächsten zwei Stunden verbringe ich bis zu den Armen im Teig versunken, denn Mixer kennen sie hier nicht, es wird ausschließlich mit Löffeln gerührt. Ich knete, rolle und forme, bis meine Muskeln meckern. Liviel ist neugierig, schaut aufmerksam zu, was ich mache und wie ich Kuchen backe, nämlich ganz anders als die Elben, wie sie betont. Kuchen ist etwas, dass die Elben so nicht kennen. Sie essen Brot in süß oder herb, aber Gebäck in dieser Art nicht. Sie haben eine Paste, durch die ihre Brote aufgehen, und diese nutze ich als Backpulver. Vermutlich ist es eine Art Hefe, es wird schon klappen. Alles andere finde ich: Eier, Mehl, Milch. Aus einer Wurzel stellen sie Süßungsmittel her, also reibe ich sie in den Teig, hoffe dabei das Beste. Haferflocken lasse ich einfach weg. Fleißig schneide ich Früchte, bedecke ein eisernes Blech erst mit Teig und dann mit dem Obst. Ich wähle eine süßliche Frucht, tiefrot mit violetten Punkten, die mich vom Geschmack an Pflaumen erinnert. Stolz schiebe ich es in den Ofen, setze mich auf einen Stuhl und warte voller Ungeduld auf das Ergebnis. Da es keine Uhr gibt, muss ich genau schauen und testen, wann der Kuchen fertig ist. Ein Elb schiebt mir einen Becher mit dampfender Milch herüber, ich nicke ihm dankend zu.

In den Küchen fühle ich mich pudelwohl. Alle sind freundlich und guter Dinge, verbreiten dabei eine so entspannte Atmosphäre, dass ich sicher öfter herkommen werde. Genau so etwas hat mir gefehlt, etwas, bei dem ich meine Hände nutzen kann. Einer der männlichen Elben holt nach einiger Zeit mein Blech heraus und voller Stolz blicke ich auf meinen ersten *Fegoriakuchen*. Ich klatsche vor Freude in die Hände, woraufhin sich alle versammeln und neugierig auf das Blech starren.

»Das sieht delikat aus!« Eine Elbin nagt an ihrer Lippe, mustert den Kuchen genussfreudig, zögert aber, als ist es ein Hexenwerk.

»Gebt mir mal ein Messer«, bitte ich, was mir sofort gereicht wird. Ich schneide den Kuchen in viele kleine Stücke und schnappe mir einen Stapel Teller.

»Lasst uns das machen, Mylady, Ihr beschämt uns.«

Liviel wirkt fast panisch, doch ich schüttle den Kopf. »Ich bin Alice und nicht Mylady! Wenn ich backe, kann ich auch selbst den Tisch decken. Bitte behandelt mich einfach wie eine von euch.«

»Warum deckt Ihr den Tisch?« Einer der Elben wirkt verwirrt.

»Damit wir essen können.« Ich grinse, nicke in die Richtung des Kuchens.

»Ihr wollt mit uns teilen?« Alle schauen mich überrascht

an. Offensichtlich ist das eine Premiere. »Das ist sehr … großzügig und überraschend.«

»Nein, ich besteche euch nur, damit ich jetzt öfter kommen darf.«

Sie lachen, während wir gemeinsam eindecken und daraufhin den Kuchen auf Tellern verteilen. Drei Stücke lege ich für die Wachen zur Seite, ebenso drei für Cian, Noam und Crispin. Schnell packe ich auch Racella eines dazu – sie wird später bestimmt noch bei mir auftauchen. Dann will ich sie verwöhnen, all meine neuen Freunde. Es ist befriedigend, zu wissen, dass ich endlich Anschluss finde.

SECHS

Die Sonne ist schon vor einer Stunde aufgegangen, neckt uns mit ihren warmen Strahlen, und endlich erreichen wir das Schloss. Die ersten Grenzposten haben wir im Morgengrauen, als der Nebel durch die Bäume gezogen ist, passiert. Ich kann es kaum erwarten, endlich von Dunes Rücken abzusteigen. Meine Kleider stehen vor Dreck, ich stinke wie ein alter Oger und freue mich auf die heißen Quellen.

Seit einiger Zeit plane ich genau, was ich jetzt zuerst machen werde, und werde es genau so ausführen, wie ich es mir ausgemalt habe. Ich kann sehr kreativ sein, wenn ich will. Zuerst werde ich Alice wecken, die bestimmt noch entspannt in unserem Bett liegt und schläft, dann werde ich sie davon überzeugen, mich in die heißen Quellen zu begleiten. Ich glaube, dass ihr dieser Vorschlag gefallen wird und zusammen wird mir das Bad noch viel mehr Freude bereiten als alleine – ich habe vor, mich dort einige Zeit mit ihr aufzuhalten.

Mein Körper steht vor Anspannung und Vorfreude unter Strom, also treibe ich Dune an, schneller zu laufen, um die letzten Meter zu schaffen. Seine Hufe donnern über den Boden, als wir mit Getöse in den Hof reiten. Noam ist dicht hinter uns.

Viele Elben tummeln sich im Schlosshof, sind mit ihrer Arbeit beschäftigt, schauen aber auf, verneigen sie vor uns und machen Platz. Ich nicke ihnen höflich zu, während sie zur Seite treten. Einen Stallburschen winke ich herbei, der umgehend auf mich zu eilt. Bevor er mich erreicht, habe ich den Pferderücken verlassen, laufe mit großen Schritten zum Eingang des Schlosses. »Absatteln, bürsten und füttern«, rufe ich im Laufschritt.

Die Sonne scheint durch die Bäume, lässt Schneereste glitzern wie Sterne auf dem Winterboden, doch für diese Schönheit habe ich heute kein aufmerksames Auge, denn ich spüre nur das Verlangen nach einer ganz speziellen Schönheit. Ich laufe an den Wachen vorbei, sie nicken mir grüßend zu, ehe sie weiter essen. Moment mal! Ich runzle die Stirn. Seit wann essen sie im Dienst? Mogolas ist eine Sache, aber Enel und Daurin sind zwei ernste Gesellen, die so etwas normalerweise nicht machen. Eine Sekunde überlege ich, anzuhalten, um sie zu fragen, was sie sich dabei denken, dann beschließe ich, es Noam zu überlassen, denn ich höre seine Schritte und seinen überraschten Ausruf, was sie dort veranstalten, dicht hinter mir. Mit einem Schmunzeln auf den Lippen laufe ich weiter – da sie sich beim Essen einen feixen, wird wohl kaum die Welt untergehen.

Ich erreiche unser Gemach, reiße die Tür mit einem charmanten Lächeln auf … und bleibe abrupt stehen, denn das Zimmer ist leer, was ich nicht vermutet habe. In meiner Vorstellung liegt Alice genau in diesem Moment in unserem Bett, doch dieses steht einsam und verlassen vor mir. Missmutig presse ich die Lippen zusammen. Das läuft nicht wie erhofft. Wo steckt meine Gefährtin? Ob ich will oder nicht, es ärgert mich, dass sie nicht da ist. Ich habe mir schließlich ausgemalt, dass sie sehnsüchtig auf mich wartet. Es stehen keine Wachen in den Ecken, auch Racella ist nicht zu sehen. Ich reibe mir über den Nacken, denke kurz nach, ehe ich auf dem Absatz kehrtmache. Cian wird wissen, wo Alice steckt. Vermutlich hecken sie zusammen Schabernack aus, um mich in den Wahnsinn zu treiben, das sähe ihnen ähnlich. Vor zwei Wochen sind sie zusammen im Wald schwimmen gewesen, ohne jemanden zu informieren, wo sie sich aufhalten. Das hat das ganze Schloss in Aufruhr versetzt, bis sie mit dem Abendrot lachend wieder eingetrudelt sind, Topas über sich her fliegend. Das ist ein gefundenes Fressen für meinen Vater gewesen, der Alice sofort unterstellt hat, Cian entführt zu haben. Was mein Bruder sich bei solchen Aktionen denkt, ist mir schleierhaft.

Ich mache mich auf den Rückweg, eile durch die Gänge, ehe ich zu Cians Gemächern abbiege. Ohne anzuklopfen, trete ich ein. Das Zimmer ist noch abgedunkelt, doch ich sehe den Körper meines Bruders im Bett liegen, dabei gleichmäßig atmend. Er schläft. Wo steckt sie nur? »Cian?« Ich trete leicht gegen den Bettpfosten, augenblicklich schießt mein Bruder in die Höhe und hält einen Dolch in der Hand. Der geborene Krieger. Jeder von uns hat, für den Fall eines Angriffs, seine Waffe griffbereit, eine Woge Stolz erfüllt mich. »Ich bin es.« Er schaut mich verschlafen an, senkt den Dolch und fällt stöhnend zurück in die Kissen. Mit dem Arm reibt er sich über die Augen.

»Bei den Göttern, warum weckst du mich? Ich habe heute keinen Dienst.« Wen interessiert das Gejammer?

»Wo ist Alice?«, frage ich dunkel und er horcht auf.

»Im Bett? Wie jeder normale Elb um diese Zeit, oder Albin. Wie siehst du überhaupt aus? Du stehst vor Dreck und, Bruder, es tut mir leid, dir das sagen zu müssen, aber du stinkst zum Himmel.« Er rümpft sichtbar die Nase, was mich kalt lässt.

Ich schnaube. »Während du deinen Schönheitsschlaf hältst, haben Noam und ich den Greif erledigt. Dabei geht es eben dreckig zu, kleiner Bruder.«

Er grinst leicht. »Alice wird sich vermutlich vor dir versteckt haben. Du siehst aus wie ein Ghul. Und zwar wie einer der richtig abstoßenden Sorte, vor denen selbst die Untoten flüchten. Ein wahrer Prinz.« Er lacht, ich werde zornig, so ist das mit uns.

«Halt deine Klappe, du Winzling von einem Elb. Weißt du nun, wo sie ist?« Er strapaziert meine Geduld gewaltig.

»Du klingst ganz wie der alte, griesgrämige Crispin vor Alice. Sie wird begeistert sein. Aber nein, ich habe sie gestern Abend auf ihr Gemach begleitet, wie es sich gehört. Sie hat die Nacht nicht mit mir verbringen wollen, was ich nur schwer verstehe. Ich meine, wie kann sie dich mir vorziehen? Ich bin der Lustigere von uns beiden.«

Ich runzle die Stirn, ignoriere die Stichelei und stürme wieder hinaus. Sie muss doch irgendwo sein. Noam ist bei mir gewesen und außer Cian hat sie noch keine Freunde gefunden. Racella. Vielleicht ist sie bei ihr!

Etliche Minuten verbringe ich damit, Racella zu suchen. Sorge und Ärger stauen sich in mir auf. Wie kann es sein, dass sie immer spurlos verschwindet? Warum ist dieses Schloss so verflucht groß? Ich weiß, sie hasst es, aber sie muss uns sagen, wohin sie geht – zu ihrer eigenen Sicherheit.

Noam kommt mir entgegen, frisch gewaschen und munter. Er schaut mich belustigt an. »Nanu, hast du vergessen, wo es Wasser gibt?«

»Ich suche Alice«, knurre ich.

Noam fängt meinen Blick auf und wirkt ernst. »Ich werde die Wachen fragen, bin gerade auf dem Weg zu ihnen. Hast du gesehen, wie munter sie beim Dienst essen? Da sind wir einen Tag fort und hier machen alle, was sie wollen.«

»Alice würde das Schloss nicht alleine verlassen. Ich begleite dich. So ein Verhalten kann ich nicht billigen. Auch wenn ich weiß, dass du es regeln würdest.«

Wir erreichen kurze Zeit später das Tor, sofort wendet Mogolas sich uns zu. »Prinz!« Er nickt, die anderen folgen seinem Beispiel höflich, verbeugen sich.

»Habt Ihr meine Gefährtin gesehen?«, knurre ich und alle drei lächeln fast glückselig, was mich irritiert. Was ist hier los? Was sind das für Blicke?

»Oh ja, Mylady ist hier gewesen. Sie hat nicht schlafen können und uns Kuchen gebracht. Wir haben ihn nicht essen wollen, da wir im Dienst sind, aber sie hat hartnäckig darauf bestanden.« Daurin wirkt verlegen.

Ja, das klingt restlos nach meiner Gefährtin. »Was hat sie Euch gebracht? Was ist Kuchen? Und wo ist sie?« Nicht mehr lange, dann wird mir der Kragen platzen. Muss ich denn hier jedem Einzelheiten aus dem Leib prügeln? Götter, ich bin auch nur ein Mann und möchte meine Gefährtin sehen, oder wenigstens erfahren, wo sie sich aufhält. Merken sie nicht, dass sie meine Geduld auf eine harte Probe stellen?

»Sie ist in den Küchen bei Liviel. Ich habe ihr heute Nacht den Weg gezeigt.«

Mir entgleist mein Gesicht vollends. »Sie ist wo?« In den Küchen? Was will sie denn in den Küchen und warum bringt sie den Wachen Essen? Sie ist doch keine Magd. Sie ist, sobald wir den Ehebund eingehen, die Prinzessin und keine Botin für Kuchen, was auch immer Kuchen sein soll.

»In den Küchen. Sie hat heute Morgen Kuchen gebacken, obwohl wir alle versucht haben, sie davon abzuhalten. Das haben wir wirklich. Nun hat sie allerdings Liviel auf den Geschmack von Kuchen gebracht und sie backen schon den ganzen Morgen für die Mittagstafel. Ihr werdet begeistert sein, Hoheit. Eure Gefährtin verbringt wahre Wunder am Ofen. Sie ist sich nicht zu schade, sich die Hände schmutzig zu machen.«

Sein Schwärmen gefällt mir nicht. Ich kneife mir in die Nasenwurzel, Kopfschmerzen bahnen sich an. Noam lacht leise, als ich abermals aufbreche, um dieses Weib zu finden. Die Küchen sind nicht weit entfernt und ich schwöre, wenn sie dort nicht ist, versohle ich ihr den Hintern, sobald ich sie finde – das sollte ich vielleicht ohnehin in Erwägung ziehen, damit sie ihre Sturheit ablegt und besser auf mich hört. Ich feixe leicht bei dem Gedanken, dass sie mir ebenso den Hintern versohlen würde, sollte ich es versuchen. Nicht, dass sie es schaffen würde, aber der Versuch wäre schon sexy genug. Vater wird das wieder besonders gefallen, Alice in den Küchen wie eine einfache Magd. Gefundenes Fressen für ihn. Eines seiner Beispiele, weshalb sie nicht in unsere Gesellschaft passt, dass sie solch Angewohnheiten pflegt, die von der Erde stammen. Sie ist zu menschlich, benimmt sich nicht ihrem Stand angemessen. Diese Aktion wird ellenlange Diskussionen auslösen. Er wird vermutlich behaupten, sie will uns alle vergiften. Auf diesen Streit freue ich mich zutiefst. Ich seufze innerlich. Sie ist eben anders als wir, muss ich mir selbst oft in Erinnerung rufen. Diese komischen Wörter, mit denen sie ständig um sich wirft, machen dies deutlich genug. Sie soll sich ja einleben, nur muss es ausgerechnet in den Küchen sein? Ich verstehe den Sinn darin nicht so richtig. Sie kann ihre Tage genießen wie andere Damen des Hofes, stattdessen wählt sie die Küchen? Keine Adelige, die ich bisher getroffen habe, hat so etwas getan. Und das selige Grinsen der Wachen geht mir auch gewaltig gegen den Strich. Schön, dass Alice anscheinend Anschluss findet, aber müssen es männliche Bekannte sein, die sie zudem mit Kuchen beschenkt? Es ist hier weder Sitte noch Brauch, dass Elbinnen anderen Elben solche Aufmerksamkeiten zukommen lassen. Es könnte falsche Signale senden.

Ich erreiche die Küchen, betrete sie mit einem grimmigen Gesicht und einige Köpfe wenden sich mir zu. Die Gespräche verstummen bei meiner Miene sofort. Alle halten inne, senken voller Ehrfurcht den Kopf, bis auf eine ganz spezielle rothaarige Albin, die fröhlich summend in einer Schüssel rührt, und von oben bis unten mit Mehl besudelt ist. Ich räuspere mich, versuche, ernst zu bleiben, was bei dem Anblick, als sie aufschaut, mich im Türrahmen entdeckt, und ihre grünen Augen vor Freude aufblitzen, schwerfällt. Sie stellt sofort die Schüssel ab, um auf mich zuzurennen. Sie ignoriert meinen Gesichtsausdruck, springt mir stattdessen schwungvoll in die Arme. Ich fange sie auf, versuche mühsam, vor den anderen mein Gesicht zu wahren und nicht über diese Art der Begrüßung zu grinsen. Wenn ich ehrlich bin, freut mich ihre Begrüßung nämlich sehr. Ich habe ihr gefehlt. Genau das habe ich mir erhofft.

»Endlich«, seufzt sie, zieht meinen Kopf mit Bestimmung zu sich hinab, um mich vor allen zu küssen. Zu gerne lasse ich sie gewähren, genieße die Zuneigung und drücke ihren schlanken Körper an den meinen. Er schmiegt sich perfekt an mich an, als ist sie für mich geschaffen worden, was sie als meine Gefährten ja auch ist. Sie seufzt selig an meinen Lippen und ich vernehme vereinzelnd Gelächter des Küchenpersonals, welches ich brummend quittiere. Wie lässt sie mich dastehen? Diese Frau wird mein Untergang sein, aber ich kann nicht anders, und meine Lippen verziehen sich ebenfalls zu einem Lächeln zwischen zwei Küssen, während ihr Duft mich einhüllt. Ihr weicher Körper schmiegt sich fester an den meinen, der direkt darauf reagiert, mein Blut kochen lässt. Sie schmeckt fruchtig und süß. Ich vertiefe den Kuss nur zu gerne. Oh Götter, diese Frau ist Qual und Geschenk zugleich. Sie kann mich um ihren kleinen Finger wickeln, ihre Lippen machen mich verrückt und das Schlimmste, sie ist sich dessen vollends bewusst. Ich lasse sie langsam hinab, lege meine Hand in ihren Nacken und beuge mich noch mal zu ihr, um sie erneut zu küssen, beiße ihr dabei sanft in die volle Unterlippe. Die angestaute Sorge und Anspannung lassen nach. Ihr geht es gut. Sie ist in Sicherheit. Glück breitet sich in meinem Körper aus, mischt sich mit heißer Lust – sie hier, jetzt und gleich auf einem der Tische zu nehmen, wenn wir alleine wären.

Nach einigen Minuten lösen wir uns voneinander, schauen uns an. »Crispin, du muffelst«, bemerkt sie leise lachend, hält sich die Nase zu und hinter uns stimmen Elben verhalten mit ein.

Ich verziehe das Gesicht. »Du willst mir sagen, das ich stinke? Nachdem ich dich seit geraumer Zeit suche? Ich bin auf dem Weg zum Baden gewesen und habe dich mitnehmen wollen«, teile ich ihr rau mit, woraufhin sie errötet.

»Ich äh … habe für dich gebacken.« Sie eilt von mir fort, kommt sogleich mit einem hellen Teil zurück, welches wie Brot aussieht, aber mit Früchten gefüllt ist. Es riecht verlockend, dennoch begutachte ich es skeptisch. Ich nehme den Teller, drehe ihn, um das Gebäck von allen Seiten zu mustern. »Das ist Kuchen.« Ihr Lächeln ist so glückselig, dass mein Herz sich vor Liebe zusammenzieht. Das hat sie für mich gemacht? Einfach so? Momente, in denen sie so strahlt, sind selten, wenn wir nicht alleine sind. Ich werte dies als gutes Zeichen. Sie wirkt nicht ansatzweise schuldbewusst, dass ich sie habe suchen müssen, was typisch ist.

»Danke, kleiner Schmetterling.« Ich nehme den Kuchen vom Teller, bemerke, die neugierigen Blicke der anderen. Es wird Zeit, meinem Ruf wieder gerecht zu werden. Knurrend drehe ich mich um. »Gibt es etwas, zu gucken? Warum arbeitet Ihr nicht?«, zische ich und schnell setzen sich alle in Bewegung. Alice blinzelt mich verärgert an, ich seufze innerlich. Jetzt wird sie mir eine Standpauke halten, dabei müsste sie wissen, dass ich zu anderen nie bin wie zu ihr – dass ich es nicht sein kann und nicht sein will. Ich bin ihr Herrscher, sie müssen sich ihres Platzes bewusst sein, was sie auch sind. Alice wird es ebenfalls noch lernen. Wir müssen einen gewissen Abstand wahren. Wir sind nicht wie die anderen. Wir werden eines Tages, so sagt es jedenfalls das Protokoll, herrschen, sollte mein Vater abdanken. Was er vermutlich niemals tun wird, aber wenn, liegt es an uns, das Volk zu führen.

»Geht es noch unhöflicher? Sie sind alle sehr nett zu mir gewesen.«

Ich fasse es nicht. Jetzt ist sie tatsächlich sauer auf mich? So schnell wendet sich das Blatt. »Ja, du hast hier nichts zu suchen. Das sind die Küchen. Bist du eine Dienstmagd? Und warum bringst du den Wachen Essen? Sie sollen das Schloss bewachen und nicht speisen. Es gibt Regeln, Alice, an die hält man sich. Auch du, ob du willst oder nicht.« Meine Stimme ist laut und barscher, als ich es geplant habe. Ich weiß genau, dass uns alle aufmerksam zuhören. Doch Alice wäre nicht Alice, wenn sie jetzt kuschen würde. Etwas, das ich zwar an ihr liebe, mich hingegen bis auf die Glut reizt. Vor allem, wenn sie sich vor anderen nicht zügeln kann.

Ihre Augen blitzen verärgert auf. »Ich kann machen, was ich will, Crispin. Ich habe dich mit dem Kuchen überraschen wollen, aber weißt du was? Wenn du so bist, hast du ihn nicht verdient.« Sie reißt mir Teller samt Kuchen aus der Hand, ehe ich überhaupt habe kosten können. Mein Magen rebelliert vor Hunger. Wir funkeln uns wütend an.

Ich ziehe den Teller wieder zu mir. »Es ist ein Geschenk gewesen und gehört jetzt mir. Nun lass mich wenigsten kosten, wenn ich dich dafür schon ewig habe suchen müssen. Und wehe, es schmeckt nicht gut, dann bin ich ehrlich wütend und werde darüber nachdenken, dir deinen schönen Hintern zu versohlen, Madame.«

Sie grinst schief, während ich in das Gebäck beiße. Süße mischt sich mit säuerlichem Obst und breitet sich in meinem Mund aus. So etwas habe ich noch nie gegessen. Verdammt, das ist wirklich lecker. Ich kenne das süßliche Brot, aber dieses weiche Stück hier, ist ein vollkommen anderer Genuss. Alice beobachtet mich ganz genau, und sieht, wie es mir schmeckt. Sie schaut so zufrieden aus wie eine Katze, die Milch genascht hat.

»Und?« Sie hebt eine Augenbraue.

»Nun gehen wir baden.« Ich stelle den leeren Teller ab, wische mir die Krümel von den Fingern und ziehe sie an meine Brust. Diesmal dulde ich keine Widerrede, und ich weiß, ihr gefällt es. Ich sehe es an ihrem Blick und dem sehnsüchtigen Ausdruck darin. »Dann zeige ich dir, wie sehr ich dich vermisst habe«, flüstere ich dicht an ihrem Ohr, streife dabei die zarte Haut mit meinen Lippen und ein Schauder geht durch ihren erzitternden Körper, was mir die aufgestellten Härchen an ihren Armen beweisen. Meine Hand wandert über ihre Seite, bleibt dicht unter ihrem Brustansatz liegen. Ihre vollen Lippen öffnen sich zu einem einladenden Lächeln. Verlangen schießt heiß durch meine Adern, als ich sie aus den Küchen führe, unsere Hände fest ineinander verschränkt.

SIEBEN

Kichernd lasse ich mich von Crispin durch die Gänge ziehen, als ich ihm nicht schnell genug bin, dreht er sich leise knurrend um: »Frau, machst du das extra? Du bist doch eine Albin, du kannst wohl etwas schneller laufen.«

»Ach, kann ich das?«, necke ich ihn und er verdreht die Augen. Ehe ich mich versehe, schiebt er seine Arme unter meine Beine und bettet mich an seine Brust. »Daran könnte ich mich gewöhnen,« lasse ich ihn wissen und ziehe seinen Geruch durch die Nase ein, wedle dann mit meiner Hand, denn Crispin riecht gerade wirklich fürchterlich. Er wirft mir einen belustigten Blick zu, beschleunigt seine Schritte, und in diesem Tempo erreichen wir die Quellen wahrlich zügig. Unterwegs weist er eine Zofe an, mir Sachen zu den Quellen zu bringen, ihm ebenso, aber das sie sich Zeit lassen kann – da stimme ich ihm zu.

Er tritt durch den Tunnel, der die Quellen vor fremden Blicken schützt und nur spärlich beleuchtet ist. Sehr genau erinnere ich mich an unsere erste Begegnung an diesem Ort, wo ich seinen gestählten Körper das erste Mal nackt gesehen habe. Die Anziehung zwischen uns, und die Frust, weil ich ihn nicht einschätzen habe können. Diesen Anblick kann man nicht vergessen. Und ich würde lügen, dass ich es nicht jedes Mal genieße, wenn ich ihn berühren darf. Er hält mich noch an seine Brust gedrückt und guckt erst aufs Wasser, dann zu mir. Ich erahne seine Gedanken. »Wehe dir! Ich schwöre, Crispin, das wird das kürzeste Bad der Geschichte, wenn du es wagst.« Er scheint kurz zu überlegen, wirft mich aber nicht ins Wasser, sondern tritt sogar einen Schritt zurück.

»Gut, ich mag es zwar auf jede Art und Weise, mein kleiner Schmetterling, aber nach einer Nacht ohne dich, klingt lang und langsam auch verlockend.« Sofort werde ich feuerrot. Das haben diese Elben so an sich, alles direkt auszusprechen, was mich immerzu in Verlegenheit bringt. Sollte es zweideutig klingen? Vermutlich.

»Crispin!« Ich verdrehe die Augen gen Himmel und er schaut mich unschuldig an, ehe er beginnt, seine Rüstung abzulegen.

Jetzt wird es interessant. Kann mal jemand Musik anmachen und Popcorn holen? Ich lehne mich an den Felsen neben mir und schaue ihm dabei zu, wie er seinen appetitlichen Körper Stück für Stück freilegt. Nachdem er den Brustharnisch, den Teil seiner Rüstung, der seinen Oberkörper schützt, ablegt, schnürt er langsam sein Hemd auf, welches er darunter trägt, und lässt es achtlos zu Boden fallen. Alles um mich herum ist bei dem Anblick, der sich mir nun bietet, sofort vergessen. Crispin steht vor mir, seine starken Beine leicht gespreizt, die Hände in die Hüfte gestemmt, und lässt meine Musterung mit einem leichten Lächeln über sich ergehen. Sein Oberkörper ist wie in Stein gemeißelt, Muskel wohin das Auge blickt, und an seinen Hüften läuft ein vielversprechendes *V* Richtung Hosenbund, der wirklich tief sitzt. Solche Bauchmuskeln gehören verboten und in meinen Fingern juckt es, sie nachzufahren. Nein, eher mit den Lippen entlang zu küssen und ihn zu erforschen, zu schmecken. In meinem Schoß beginnt es, zu pochen. Blut rauscht heiß durch meine Adern und ich atme unwillkürlich schneller. Crispin kommt langsam auf mich zu. Er wirkt fast wie ein Raubtier. Ich blicke beinahe geistesabwesend zu ihm auf, abgelenkt durch seinen wundervollen Körper, ehe er den Kopf neigt und meine Schläfe küsst. »Du hast mir gefehlt, kleiner Schmetterling. Sehr.«

Dieses Geständnis lässt die Schmetterlinge in meinem Bauch tanzen. So etwas sagt er nur, wenn wir alleine sind, doch ich liebe es. Langsam arbeitet er sich mit seinen Lippen zu meinem Hals vor, beißt sanft hinein, was meine Beine zu Wackelpudding erweicht. Seine Hand wandert meine Seite hinab, jagt kleine Funken durch meinen angespannten Körper, der sich ihm entgegen bäumt. »Crispin«, hauche ich. Er setzt seine Küsse unbeirrt an meinem Kehlkopf fort, ehe er mich unter den Achseln greift und hochstemmt. Reflexartig schlingen sich meine Beine um seine Hüfte. Seine harte Erektion drückt sich an meine weiche Stelle – ein verdorbenes Versprechen auf das, was kommen wird. Ich bin voller Vorfreude.

»Ich will dich meinen Namen schreien lassen«, lässt er mir knurrend wissend, zerteilt mein Kleid sodann mit einem Ratschen in zwei, als ist es ein Stück Papier. Statt verärgert zu sein, erregt mich dies nur noch mehr. Ich stöhne auf, als er seinen Blick bewundernd über meine Brüste gleiten lässt, seine rauen Hände ihnen folgen, und dann auch seine Lippen fordernd meine erregte Haut erforschen. Ich lege meinen Kopf in den Nacken, schließe die Augen und genieße das wohlige Ziehen in meinem Bauch. Seine Hände wandern abwärts, während sein Mund weiterhin ein Feuer in mir entfacht. Würde er mich nicht mit seinem Körper gegen den Felsen drücken, schwöre ich, dass ich vor zitterndem Verlangen zusammenklappen würde. Seine Hand wandert unter mein Kleid, schiebt sich mein Bein hinauf, und sein Daumen findet eine besonders empfindliche Stelle, die er behutsam umkreist. Mein Kopf neigt sich nach vorne, lehnt sich kraftlos gegen seine Schulter, ehe ich meine Zähne leicht in sein weiches Fleisch bohre. Ich kann ein Stöhnen nicht unterdrücken, was ihm offensichtlich gefällt, denn seine Erektion drückt sich durch den Stoff seiner Hose lasziv gegen meine Scham, als würde sie um Aufmerksamkeit betteln. Ein wohliges Kribbeln durchfährt mich.

»Crispin, bitte!«, flehe ich ihn an. Ich möchte ihn spüren, ihm näher sein, doch er hat augenscheinlich andere Pläne.

»Hast du mich ebenfalls vermisst? Ungehorsam, aufsässig und rechthaberisch bist du, das gehört bestraft«, neckt er mich, ehe er mich wieder aufjauchzen lässt und meinen Körper mit seiner Hand zum Beben bringt. In diesem Moment würde ich alles sagen, bin kurz davor, zu betteln. Er weiß genau, wie er mich anfassen muss! Zu seinem Daumen gesellt sich ein weiterer Finger. Er umkreist meine Mitte so gemächlich, dass ich das Gefühl habe, gleich zu explodieren oder ihn anzuschreien.

»Crispin«, hauche ich, versuche mit den Händen, an seinen Gürtel zu kommen, aber er schiebt sie mit der freien Hand weg und drückt sie an den Felsen über uns.

»Nein, ich bin dran. Ich habe mir den halben Tag ausgemalt, wie ich dich heute meinen Namen schreien lasse, dies ist erst der Anfang«, murmelt er leise, erhöht den

Druck, während seine Lippen auf die meinen treffen. Als der Höhepunkt über mich hinweg fegt, stöhne ich gegen seine leicht geöffneten Lippen. Mein Herz flattert so schnell wie ein kleiner Vogel. Sanft streicht er mir über die Wange, schaut mir eindringlich in die Augen. »Ich liebe dich, Alice, das weißt du, oder? Auch wenn ich manchmal ruppig bin. Ich … du wirst eines Tages verstehen, wie das Leben hier ist. Wie anders.«

Ich nicke, noch immer außer Atem, will viel mehr und bin noch lange nicht gesättigt. Mit einem Ruck hebt er mich höher auf seine Hüften, zerteilt mit seinem Dolch den schäbigen Rest von meinem Kleid, was unter uns zu Boden geht, ehe seine Hose folgt. Dann trägt er mich in die heißen Quellen, zeigt mir, was er sich unterwegs alles ausgemalt hat, macht mich so zur glücklichsten Frau Fegorias.

Die nächsten Tage sind friedlich und harmonisch, was eine reine Wohltat ist. Wenn Crispin und die anderen ihren Aufgaben nachgehen, verbringe ich meine Zeit in der Küche. Dies zu dürfen, hat einige Wortgefechte und Nerven gekostet. Crispin ist nicht begeistert gewesen, seine Eltern ebenso wenig, aber sie lassen mich vorerst gewähren. Auch wenn sie betonen, dass es meinem Stand nicht angemessen ist und ich sie beschäme. Es fühlt sich für mich allerdings toll an, etwas für die Gemeinschaft beizutragen. Ansonsten fällt mir, wenn ich nicht gerade irgendetwas zu erledigen habe, irgendwann die Decke auf den Kopf. Ich kann nicht nur hübsch aussehen oder trainieren. Ich fühle mich weniger nutzlos, nicht so fehl am Platz, und habe das Gefühl, geachtet zu werden, Anschluss zu finden. Liviel sowie der Rest der Küchenbesatzung sind wahnsinnig nett und hilfsbereit. Für sie ist das auch nicht leicht gewesen. Sie haben eine ordentliche Standpauke von Elon ertragen müssen, dass sie mich haben backen lassen, doch sie haben es hingenommen, ohne mich dafür auszugrenzen, was ich verstanden hätte. Schließlich habe ich sie wiederholt dazu gedrängt, mich dort gewähren zu lassen. Manchmal muss ich mich mehr zurückhalten, gerade hier. Das merke ich immer wieder. Auch wenn ich mich durchsetzen will, schadet es anderen. Das ist nicht meine Absicht, aber die Küchencrew nimmt es mir glücklicherweise nicht übel, ganz im Gegenteil. Sie lassen mich alles testen, was ich möchte und freuen sich, wenn ich ihnen neue Dinge zeige wie den Obstkuchen.

Noam und Cian trainieren mich jeden Abend abwechselnd eine Stunde, damit ich meine Leistungsfähigkeit steigere, was wichtig ist. Nicht meine liebste Tätigkeit, aber in Fegoria ein wichtiger Bestandteil. Allerdings handeln sie nur so, wenn Crispin nicht in der Nähe ist. Mit ihm können wir nicht vernünftig üben, denn er mischt sich immer wieder ein und ist wütend auf die anderen, wenn ich einen Schlag abbekomme. Das gehört nun mal dazu, was er normalerweise weiß, es nur oftmals schwer ertragen kann. Gänzlich ohne blaue Flecken werde ich nie so gut sein wie sie, auch wenn ich eine Ewigkeit zum Üben habe. Wer weiß, wann Castiell wieder angreift, dann will ich helfen können. Ich will nicht immer zurückbleiben, sondern jene, die ich liebe, beschützen. Ich will Seite an Seite mit ihnen stehen, kein Hindernis sein. Also findet das Training ohne Crispin statt. Das ist besser für uns alle. Langsam mache ich Fortschritte, bin selbst stolz auf meine Leistung und bemerke sogar die einen oder anderen neuen Muskeln an mir. Meine Pfeile treffen jetzt immerhin schon zu vierzig Prozent das Ziel, welches ich treffen will. In einer Welt wie dieser, wo schreckliche Kreaturen lauern, ist es wichtig, schnell zu lernen. Alleine der Zusammenstoß mit dem Troll ist mir gut in Erinnerung geblieben. Mein Leben könnte davon abhängen, wenn ich nächstes Mal auf solch einen Gesellen treffe.

Das Leben am Hof ist interessant, vor allem, Crispin zu beobachten. Manchmal setze ich mich in die Große Halle oder an ein Fenster und schaue ihm nur zu. Er ist wie zwei Seiten einer Münze. Zu mir ist er stets zuvorkommend und lieb, außer wenn wir uns wieder wegen irgendetwas in den Haaren haben, was uns andauernd passiert – was sich neckt, das liebt sich, oder wie heißt das? Meist wegen Dingen, die er für zu riskant erachtet, oder kleinen Lappalien. Zu anderen ist er ganz der Herrscher, zu dem sie aufsehen, und das machen sie aufrichtig. Leider gehört dazu auch, dass ihn einige Frauen anhimmeln, was mir ständig einen eifersüchtigen Stich versetzt, wenn ihm eine zuzwinkert oder ihn neckt. Auch wenn er mir versichert, dass sie nicht von Interesse für ihn sind, erwische ich mich oft dabei, wie ich mich frage, mit welcher von ihnen er wohl schon etwas gehabt hat. So ein blöder Gedanke, aber doch ist er da. Ich weiß, diese Gedanken bringen nichts, er hat eben auch ein Leben vor mir gehabt, ein langes Leben. Dennoch bin ich eifersüchtig, weil er mir einfach so viel bedeutet. Ein blödes und nerviges Gefühl, diese Eifersucht. Dabei kann ich mich nicht beschweren. Er würdigt anderen Frauen keinen Blick, gibt mir stets das Gefühl, die Einzige zu sein, trotzdem habe ich Zweifel, dass ich ihm genügen werde. Wer bin ich schon? Null Acht Fünfzehn.

Lona sehe ich Gott sei Dank selten. Ich glaube, sonst würden wir uns die Augen auskratzen, denn diese Kriegerin kann ich auf den Tod nicht ausstehen. Sie ist die Einzige, die es mir unverhohlen vor Augen geführt hat, dass sie und Crispin Sex gehabt haben. Laut ihren Erzählungen sehr ausgiebig und dreckig, wie sie mir bei unserer letzten Begegnung um die Ohren geworfen hat. Es ist nicht gut für sie ausgegangen, für mich aber auch nicht. Mein Honigwein in ihrem Gesicht, ihre Faust in meinem Bauch, ehe Cian uns getrennt hat und wir beide zu Elon zitiert worden sind. Der Gedanke an sie lässt mich innerlich vor Zorn toben. Ausgerechnet mit ihr, diesem alten Luder. Sie ist es tatsächlich gewesen, die Pix vom Zeltplatz mitgenommen hat, nachdem wir aus Escher gekommen sind. Wer braucht zwei Pferde zum Bericht erstatten? Ihre blöden Ausreden, dass ihr Pferd gelahmt hat, sind ihr sogar abgekauft worden, ganz sicher. In meinen Augen lächerlich und unglaubhaft, ich weiß es besser. Sie hat das nur getan, um mich zu piesacken.

Heute ist der erste Tag, den ich mit Königin Keona verbringen werde, ich freue mich überhaupt nicht darauf. Vor allem da ich keine Ahnung habe, was mich erwarten wird oder was sie plant. Viel lieber würde ich freiwillig viermal um das Schloss joggen oder den Stall ausmisten – selbst nackt. Weil ich keine Wahl habe, trolle ich mich und schlendere mehr als langsam zu ihr. Wegen fehlender Uhren kann auch niemand behaupten, ich wäre zu spät, immerhin bin ich sofort aufgebrochen, als sie ihren Diener mit der Botschaft, dass ich erscheinen zu habe, geschickt hat.

Mit einem aufgesetzten Lächeln betrete ich ihren Salon, stoppe prompt, denn er ist vollkommen verwaist. Na super, das geht ja gut los. Erst bestellt sie mich zu sich, dann ist sie nicht da. Und jetzt? Soll ich mich verziehen oder warten? Es ist keine Nachricht hinterlassen worden, deswegen gehe ich davon aus, dass sie gleich kommen wird. Unsicher trete ich von einem Bein auf das andere, nage an meiner Lippe. Ungeduld macht sich in mir breit. Na ja, ein paar Minuten mehr muss ich ihr wohl gestatten, also trete ich ein und schließe die Tür hinter mir. So halbwegs im Gang wartend, fühlt sich auch blöd an.

Ich setze mich in einen der weichen Sessel, nehme mir ein Buch vom Stapel, der auf dem kleinen Tisch liegt. Ich überfliege die Seiten, trommle nebenbei auf die Sessellehne. Geduld ist eine Tugend, die ich nicht besitze. Die Zeit verstreicht und ich seufze. Super, wenn ich jetzt abhaue, behauptet sie nachher, ich bin nicht hier gewesen – das fehlt mir noch, demzufolge bleibe ich besser. Vielleicht macht sie dies, um mich zu ärgern oder um mich zu testen. Wer weiß schon, was in ihrem Kopf vorgeht. Mal wirkt sie ganz nett, dann wie ausgewechselt. Vermutlich färbt das Leben mit Elon, diesem kümmerlichen Tyrannen, auf sie ab.

Irgendwann nimmt mich das Buch doch gefangen und ich schrecke auf, als die Tür aufgerissen wird. »Alice?« Noam wirkt sichtlich erleichtert, mich zu sehen, was mich überrascht. Wie viel Zeit ist vergangen? Ich schaue rasch zum Fenster. Die Sonne ist ein gutes Stück weiter gezogen.

»Ja?«, frage ich verwirrt, lege das Buch achtlos zur Seite. Obwohl es Schwachsinn ist, fühle ich mich schuldig, dass er so besorgt guckt.

»Wir suchen dich. Es hat einen Angriff gegeben. Du solltest dich bei jemanden abmelden, wenn du gehst.« Mir wird kalt. Ein Angriff? Wann und vor allem, wo?

»Geht es Crispin gut?« Mein Herz rast wie wild, meine Finger zittern. Wieso habe ich nichts mitbekommen?

»Ja, keine Sorge, nur wenige Verletzte. Komm mit, sonst wird es wahrscheinlich doch bald einen Toten geben, wenn Crispin dich nicht wohlbehalten sieht. Er macht mich schon ganz wahnsinnig, weil wir nicht wissen, wo du bist. Natürlich gibt Elon dir die Mitschuld.«

Mir? Wie soll ich denn Mitschuld haben? Ich beeile mich, aufzustehen, und folge Noam still durch die Gänge, mache mir Gedanken, wie Elon auf so etwas kommt. Noam brüllt im Laufschritt anderen Elben Befehle zu, ist völlig in seinem Element. Überall wuseln Elben umher, deren Stimmen von den Wänden widerhallen. Jeder scheint in Aufruhr zu sein. Ich bin so in das Buch vertieft gewesen, dass ich alles andere ausgeblendet habe. Immer wieder müssen uns die Leute Platz machen, die Gänge sind heute wie verstopft. Auch in solchen Momenten zollen die Elben uns Respekt. Sie neigen achtungsvoll das Haupt vor uns, was ich total albern finde, aber mich langsam daran gewöhne – der Preis dafür, Crispins First Lady zu sein. Ich bin keine Adlige, sondern eine von ihnen. Genaugenommen nicht mal das.

Wir laufen zum Thronsaal, treten sofort ein, ohne auf eine Aufforderung zu warten. Mehrere Köpfe wenden sich uns zu, unter anderem der meines Gefährten. Unsere Blicke treffen sich, und ihm ist die Erleichterung deutlich anzusehen. Seine blauen Augen glühen, er nickt Noam deutlich weniger angespannt zu als noch vor einigen Sekunden. Er steht in voller Kampfmontur neben den Generälen seines Vaters. Sein Blick wird weicher, als er mich erneut ansieht. Ich möchte gerne zu ihm gehen, glaube jedoch, der Moment ist der Falsche, also verharre ich neben Noam.

»Wo seid Ihr gewesen?«, zischt Elon, kommt dabei

wütend auf mich zu. Er greift nach meinem Arm, wobei ich aufschreie, weil sein Griff so fest ist, dass es mir Tränen in die Augen treibt. Ehe ich etwas erwidern kann, steht Crispin neben ihm und reißt ihn mit einem Ruck von mir fort, woraufhin der König taumelnd zum Stehen kommt – er muss sich an einem Sessel festhalten, weil er sonst stürzen würde. Alles im Raum hält die Luft an, wogegen Crispin den König finster anstarrt.

»Fass sie nie wieder an!«, knurrt er. Man sieht Elon deutlich an, dass er kurz vor einer Explosion steht. Er schnappt wie ein Fisch auf dem Trockenen kurz nach Luft.

»Du wagst es?«, brüllt er, doch Crispin stellt sich unbeeindruckt zu mir, sucht meinen Blick, versichert sich, dass ich wirklich okay bin. Ich nicke, zeige ihm, dass es mir gut geht. Sein Blick ist kälter als Eis, als er ihn hebt und seinen Vater anschaut.

»Ich wage viel mehr, Vater.« Seine Stimme ist gefährlich leise. »Ich habe dich mehrmals gewarnt in Bezug auf meine Gefährtin. Niemand legt Hand an sie, auch du nicht.«

»Das ist jetzt nicht der richtige Moment.« Kelalan tritt vor, legt seine Hand auf Elons Arm. Eine Geste, um ihn zu beruhigen. »Nicht heute. Seid vernünftig, er ist noch jung, muss erst lernen, was wichtiger ist, Hoheit.«

Ich wage es kaum, zu atmen. Mir ist ganz schlecht vor

Nervosität. Crispin wirkt, als wäre er jederzeit bereit, jemanden zu ermorden, dabei habe ich nur auf seine Mutter gewartet, das muss Elon doch wissen. Ich habe zur Abwechslung mal das getan, was sie verlangen und dafür bekomme ich gleich wieder Ärger. Bin ich dazu verdammt, hier immer noch Fehler zu begehen?

»Beantwortet die Frage, Albin. Wo seid Ihr gewesen?«, zischt er erneut. Seine Augen sind schmale Schlitze, die mich aufmerksam mustern. Wieso hasst er mich so sehr?

»Ich bin mit der Königin verabredet gewesen. Ihr könnt ihren persönlichen Boten fragen. Er hat mir das Pergament überbracht. Es liegt in unserem Zimmer. Ich habe sie heute begleiten sollen und deshalb in ihrem Salon gewartet, wie befohlen. Ich habe mich direkt dorthin begeben, bin da geblieben und habe gelesen.«

»Es stimmt, ich habe sie eben dort gefunden.« Noam senkt den Kopf und stellt sich zu uns, macht damit seine Position deutlich.

Ich spüre Crispins Wut, wie sie in ihm brodelt und pulsiert, während mein Arm pocht, fast körperlich. Das wird einen blauen Fleck geben. Ich verstehe nicht, was ich getan haben soll. »Was ist passiert, kann mich mal jemand aufklären?«, frage ich leise, richte meine Worte an alle.

»Die Albe, dein Volk, haben uns angegriffen. Einer

unser Beobachtungsposten ist vollständig zerstört worden. Sie fordern deine Freilassung. Nicht Auslieferung, Freilassung! Woher wissen sie, dass du hier bist? Hast du mit ihnen Kontakt? Ein merkwürdiger Zufall, nicht wahr? Was planst du hinter unserem Rücken?« Der König will vortreten, doch Crispin schiebt sich vor mich, schützt mich mit seinem Körper, versperrt mir damit gleichermaßen die Sicht auf seinen Vater.

»Sie hat nichts damit zu schaffen.«

»Sagt sie! Sie lügt! Wie jedem ihrer Rasse kann man ihr nicht trauen. Sie sind falsch und hinterlistig«, zischt einer der Berater.

»Ich habe keinen Kontakt zu den Alben. Wie auch?« Meine Stimme zittert leicht. Warum sollte ich so etwas Dummes in Betracht ziehen? Ich habe gerade angefangen, mich einzuleben. Außerdem werde ich mit Sicherheit nicht auf Asta treffen wollen. Ich würde Crispin nie verraten. Niemanden von ihnen, eher würde ich sterben. Habe ich das nicht schon bewiesen?

»Vater!« Cian habe ich bis zu diesem Zeitpunkt nicht bemerkt, aber er tritt nun ebenfalls hervor. »Beruhige dich. Und Ihr«, er funkelt den Berater an, »zeigt mehr Respekt vor der Gefährtin Eures Prinzen. Alles andere ist Hochverrat und Ihr wisst, wie dies geahndet wird.« Der Berater wird kreideweiß.

»Schluss jetzt!« Kelalan klingt ebenfalls zornig. »Wir müssen sie zurücktreiben, uns nicht gegenseitig beschuldigen.« Er lässt sich auf einen der Stühle sinken, während der König aufgebracht durch den Raum schreitet. Meine Hand schiebt sich in die von Crispin, und er drückt sie leicht.

An einem der Fenster bleibt der König stehen, schaut hinaus in den uns umgebenen Wald. »Crispin, du wirst sie mit deinen Männern zurücktreiben, hinaus aus dem Nebelwald. Wir können uns das nicht bieten lassen, nicht auf unserem Grund und Boden. Er verpönt uns, macht uns lächerlich vor dem Rest Fegorias. Die Späher berichten, dass es vielleicht an die zweihundert Albe sind. Sie wollen anscheinend nur Aufmerksamkeit, um ihre Forderung zu stellen. Die haben wir vernommen und abgelehnt. Das Balg gehört uns, ob wir wollen oder nicht, niemanden sonst. Sie werden mit leeren Händen zurück in die *Schwarzen Lagunen* reisen oder sie tot mitnehmen, was gegen dein Interesse ist, also bekommt er sie erst gar nicht. Castiell ist offensichtlich auf seine alten Tage verrückt geworden, dass er diese Forderungen vor unseren Toren stellt, dieser Narr.«

»Natürlich werden sie mit leeren Händen abreisen«, erwidert mein Freund eisig. »Und sie ist kein Balg und niemandes Eigentum. Behandle sie mit dem Respekt, der ihr als zukünftige Prinzessin dieses Reiches zusteht, Vater.«

»Sie ist das, was ich ihr zugestehe zu sein«, faucht der König zurück.

Ich lege meine Hand nun auf Crispins Arm. Ich weiß, dass er weiter für mich einstehen würde, aber diese Diskussion führt gerade zu nichts. Elon ist in seinem Hass gefangen. Wie geht es jetzt weiter? Das ist die viel wichtigere Frage, doch ich spreche sie nicht aus. Nachher unterstellt man mir sonst was. Schweiß rinnt meinen Rücken hinab und ich würde am liebsten wieder nach Crispins Hand greifen, meine Finger mit seinen verschränken, doch nicht mal das wage ich, weil die Luft zum Zerreißen gespannt ist. Wie ein Mäuschen vor der Schlange stehe ich völlig still, höre das Blut in meinen Adern rauschen und warte ab, welche Rolle der König mir in dieser Sache gedenkt.

»Ich werde Alice hier nicht alleine unter deiner Obhut lassen, Vater! Dieses Vertrauen hast du verspielt.« Crispins Stimme ist so kalt, dass sie mir eine Gänsehaut beschert. Seine Antwort klingt endgültig, er wird nicht mehr davon abweichen. Das ist beruhigend und beunruhigend zugleich.

»Natürlich wirst du das. Willst du sie mitnehmen? Mit ihr, vor deren Augen auftauchen? Ich bitte dich. Vielleicht noch mit einer Schleife? Du bist weich geworden, Sohn. Ich schäme mich deiner. Es ist nur eine verfluchte Frau, dazu eine Albin, und du widersetzt dich?«

So ungern ich das zugebe, Elon hat recht, jedenfalls in der Sache, dass ich ihn nicht begleiten kann. Der Rest ist völliger Schwachsinn, dieser Blödmann. Nur eine Frau? Ich will Crispin begleiten, aber in diesem Fall würde es alles schlimmer machen, viel schlimmer. Dabei alle, die mir etwas bedeuten, in Gefahr bringen und das will ich nicht. Egal, was Elon mir unterstellt. Einen Funken Vernunft habe ich doch in mir. »Ich werde hierbleiben.« Langsam schiebe ich mich an ihm vorbei, bis ich ihm Auge in Auge gegenüber stehe. Na gut, ich muss hochsehen und er ziemlich tief hinab, quasi Auge in Auge.

Ich schaue ihm fest ins Gesicht und sehe, wie er deutlich mit sich ringt und seine Augen vor Kummer überschattet sind. Er weiß, dass Elon recht hat und es nagt an ihm. Er sucht nach einer besseren Lösung, die es nicht gibt, deswegen bleibt mir nichts anderes übrig, als stark zu sein.

Die Albe müssen den Nebelwald verlassen und er ist der Heerführer der Elben, er gehört an die Spitze. Seine Grätsche zwischen seinem Platz als Prinz und mir ist eh schon ungeheuerlich groß, also will ich sie nicht noch verstärken. Vor Anspannung treten seine Muskeln am Hals hervor, er mahlt deutlich mit den Zähnen.

Die Königin betritt plötzlich den Raum, schreitet anmutig herein. »Schön, dass du dich auch zu uns gesellst,

Frau.« Elon funkelt sie nicht weniger unfreundlich an, als sie ihn. Liebe und Zuneigung sehen anders aus.

»Bring mich auf den neusten Stand«, fordert sie kühl und einer der Berater kommt ihrer Aufforderung sofort nach. Sie hört aufmerksam zu, ehe sie sich an Crispin wendet: »Alice wird mich zum *Violetten Ozean* begleiten.« Die Königin tritt entschlossen vor, ihre Miene ist ernst. »Sie müssen informiert werden, was vorgefallen ist, die Grenzen absichern, um sich vorsorglich zu schützen. Auch dort leben zu viele von uns, als dass wir dieses Risiko eingehen können. Alice muss lernen, wie eine Königin regiert, also wird sie mich begleiten. Das bedeutet, dass sie nicht alleine bei deinem Vater bleiben wird und du hast mein Wort, dass ich sie nicht aus den Augen lasse. Wir werden heute Nacht aufbrechen. Du kannst zwei deiner Männer wählen, die uns begleiten. Mehr nicht, das erregt zu viel Aufmerksamkeit. Wir werden die Flussroute hinter dem Sen nehmen und alsbald zurückkehren.«

»Auf keinen Fall!« Crispin Tonfall ist unnachgiebig.

Keona hat diesen Kampf verloren, ehe er richtig ausgefochten werden kann, aber er muss einlenken, und ich meine Furcht vor Elon und Kelalan bändigen. Durch seine Angst um mich sieht er gerade nicht klar, demnach liegt es an mir, zu handeln. Er ist an das Versprechen gebunden, welches er mir gegeben hat, also entbinde ich ihn davon. Er ist, wer er ist und so liebe ich ihn. Er lebt für sein Volk. Wer wäre er, wenn er es jetzt im Stich lässt? Er muss verstehen, dass ich dies akzeptiere. Mein Herz fühlt sich schwer an. »Ich werde deine Mutter begleiten. Sie hat recht. Wenn ich deiner würdig sein will, muss ich lernen, welche Aufgaben eine Königin hat.«

»Das ist nicht die Aufgabe der Königin, sondern die des Boten«, knurrt er, wobei Noam und Cian mich eindringlich anschauen. Sie verstehen mein Handeln, sehen die Notwendigkeit seiner Anwesenheit bei dieser Sache. Ich weiß, dass Crispin das selbst auch sieht, mich hingegen nicht im Stich lassen will und keinen Ausweg findet. Doch was genau erwarten Noam und Cian von mir? Mehr als das? Oder missbilligen sie es, genauso wie er? Ich will doch nur das Richtige machen.

»Du handelst wie ein verliebter Barde, der einzig seine Dudelei im Sinn hat und mit Liebesschwüren um sich wirft«, giftet Elon seinen Sohn an, woraufhin dieser vor Zorn errötet.

»Wenn du Mutter nur ansatzweise so lieben würdest, würdest du sie in dieser Situation nicht gehen lassen. Du weißt nicht mal, was Liebe ist, Vater.« Alle halten kurz den Atem an und warten, was jetzt passieren wird.

»Deine Mutter weiß sehr wohl, dass ich sie schätze.«

»Schätze? Du schätzt auch deinen Thron, deinen Braten zum Abendmahl und weiche Pantoffeln. Oh König, hörst du dich reden? Genau deshalb verstehst du nicht, was ich fühle. Du kennst diese Art der Liebe nicht. Du weißt nicht, was uns verbindet. Was eine echte Gefährtin in einem auslöst, magst du nicht ansatzweise verstehen! Bei den Göttern, du entehrst dieses Wunder, indem du dich darüber hinweg setzen willst und es ins Lächerliche ziehst, nur damit du deinen Thron hüten kannst, König.«

»Darüber bin ich froh. Wenn es mich so verweichlichen würde …«, schießt der König zurück. »Ich kann auf solch eine Bürde verzichten und wenn du schlau wärst, hättest du dir gewünscht, diese Bürde wäre gestorben, statt als Missgeburt einer Albin wiederzukehren und Zwietracht zu bringen. Deine Gefährtin beschmutzt unsere Familie und alles, wofür wir stehen. Ich schäme mich deiner, Sohn, bis ins Mark.«

Crispin will sich auf ihn stürzen, doch der König weicht zurück, Noam und Cian treten zwischen die beiden. Crispin lacht schallend auf, zeigt voller Anklage auf seinen Vater. »Verweichlichen? Das sagt mir ein Feigling ins Gesicht? Na dann, Vater, daran werde ich auf dem Schlachtfeld denken, während du in deinem sicheren Zuhause ein gemütliches Bad nimmst. Aber, bei den Göttern, meine Gefährtin wird ebenso in diesen sichereren Mauern sein, mit Wachen meiner Wahl. Eines Tages wirst du die soeben gesprochenen Worte vor mir wiederholen und das bekommen, was du verdienst. Nicht heute, nicht mit einem Feind vor der Tür, der unser Volk bedroht, aber ich schwöre bei den Göttern, eines Tages bereust du deine Worte und an diesem Tag werde ich frohlocken.«

»Crispin!« Seine Mutter holt entsetzt Luft, dann spuckt ihr Sohn dem König vor die Füße und ich frage mich, wie dies alles einst enden wird und ob die Chance besteht, dass der König mich jemals akzeptiert. Unter keinen Umständen, solange wir zusammen an diesem Ort leben, so viel ist sicher.

Nicht viel später sitze ich in meinen Gemächern, denn Cian hat eingegriffen und mich aus dem Raum geführt, bevor es eskaliert ist. Man hat sie auf dem gesamten Gang gehört. Am liebsten hätte ich mir die Ohren zugehalten. Ich hasse, dass sie sich wegen mir streiten, das will ich nicht. Ich will nicht die Schuld an diesem Zerwürfnis tragen. Es macht mich ganz krank, ich fühle mich unsagbar schlecht. Aber wie soll ich es verhindern? »Cian, ich habe das nicht gewollt«, flüstere ich mit einem dicken Kloß im Hals, und versuche mühsam, die Tränen hinunter zu schlucken.

»Was hast du nicht gewollt?« Er wirkt verwirrt und leicht besorgt.

»Dass Crispin sich mit eurem Vater streitet. Vielleicht bin ich hier doch fehl am Platz. Ich bringe euch nur Unglück und Unheil. Es verfolgt mich, seit ich diesen blöden Berg betreten habe. Es wäre besser für euch gewesen, wenn mich der Troll einfach gefressen hätte.«

Er schnalzt mit der Zunge, wirkt plötzlich furchtbar wütend. »Denk nicht mal im Traum an so etwas oder komm gar auf dumme Ideen. Crispin wartet seit Jahren darauf, dass er einen Grund hat, Vater die Meinung zu sagen. Du bist vielleicht der Auslöser gewesen, aber mehr nicht. Du bedeutest meinem Bruder alles und verstehst nur noch nicht, wie außergewöhnlich eure Verbindung ist. Wie solltest du auch, wo du jahrelang wie ein einfacher Mensch gelebt hast. Hör auf, die Schuld bei dir zu suchen. Was hast du getan, außer in unsere Welt gefallen zu sein? Nichts. Du trägst hierfür keine Verantwortung. Crispin hat recht mit seinen Worten. Unser Vater hütet den Thron und lässt meinen Bruder seine Kämpfe austragen. Das ist nicht sehr ehrenvoll und er fürchtet sich vor dem Moment, wo Crispin sich ihm gänzlich verweigert.«

Ich schaue auf meine Beine, weil ich Cian gerade nicht angucken kann. Außergewöhnlich? Das alles ist schwer für mich zu verstehen. Ich denke immer, dass ich Crispin das Leben durch meine bloße Anwesenheit unnötig erschwere. Was ich für ihn fühle, ist reine Liebe. Liebe und Verlangen, das gebe ich zu, auch pures Glück. Gefühle, die ich in diesem Ausmaß nie erlebt habe. Es fühlt sich so richtig an, bei ihm zu sein, ihn zu küssen und nahe zu sein, aber es muss doch eine Möglichkeit geben, Frieden mit seinem Vater zu schließen. Egal, was für ein Arsch dieser Mensch, äh … Elb ist.

Die Tür wird aufgestoßen, knallt laut gegen die Wand und ein Riss zieht sich durch das Holz. Wir zucken beide zusammen, während Crispins Gesicht eine Sekunde schuldbewusst zuckt, ehe er wieder finster dreinschaut. »Hier seid ihr«, knurrt er, seufzt dann mühevoll und lässt die Schultern sinken. Erschöpft reibt er sich durch das Gesicht, wirkt verletzlich, als er aufblickt. Er hat sich Sorgen gemacht. Noch etwas, das mir unsagbar leidtut – ständig muss er sich um mich sorgen, weil er seinem Vater nicht uneingeschränkt vertrauen kann. Ich bin nicht so stark wie die anderen. Im Vergleich zum Rest seines Volkes bin ich sogar nur ein Gartenzwerg, aber ich werde üben, bis meine Hände bluten, das schwöre ich mir still. Dann wird er diese Sorge irgendwann nicht mehr haben müssen. Immer wieder höre ich andere darüber tuscheln, doch eines Tages werde ich ebenso gut sein wie sie, meine Defizite ausgleichen. Ich spüre die ungläubigen Blicke anderer Frauen, warum ich diesen

Mann von ihren Göttern bekommen habe, statt einer der ihren, die würdiger wären als ich, die Halbalbin. Was auch immer das Schicksal sich dabei gedacht hat, ich verstehe es ja selbst nicht, aber werde ich mich beschweren? Niemals. Dafür liebe ich ihn zu sehr.

»Alles geklärt?« Cian schaut seinen Bruder mit einem schiefen Lächeln an. Mir wird bewusst, dass auch Cian das alles sehr mitnimmt. Er wirkt ebenso müde und ausgelaugt. Sie stehen sich so verdammt nahe und er würde alles für seinen großen Bruder geben, aber auf der anderen Seite ist ebenso sein Vater.

»Wie immer. Er betont, dass er mich hängen lassen würde, wenn ich nicht sein Sohn wäre. Leere Worte. Nichts als leere Worte.« Hängen? Mir wird ganz flau. Ich presse die Hand fest auf meinen Bauch, mein Magen fährt Achterbahn. Ich hasse die Grausamkeit in dieser Welt. Ob ich es will oder nicht, schreckliche Bilder tauchen vor meinem inneren Auge auf, wie Crispin mit gebrochenem Genick und leerem Blick am Galgen baumelt. »Alles okay, kleiner Schmetterling? Du bist vollkommen weiß im Gesicht.« Mit zwei Schritten steht Crispin vor mir, woraufhin ich mich sofort in seine Arme werfe und leise schluchze. Ich bette meinen Kopf an seine starke Brust, atme seinen herben Duft ein, schließe die Augen, aus denen heiße Tränen quellen, während er sanft meinen Scheitel küsst. »Es tut mir leid, ich wollte nicht grob sein«, flüstert er an mein Haar. Verschwunden ist der kühle Mann, der eben noch das ganze Schloss mit seinen Blicken hätte einreißen und Türen spalten können. Ihm darf nichts passieren. Niemals.

»Alles okay«, flüstere ich leise. Während er sanft mein Kinn mit seinem Zeigefinger anhebt, sodass ich ihm in die Augen sehen muss, beruhige ich mich langsam. Seine blauen Augen spiegeln so viel wider. So viel, was er nicht ausspricht.

»Sicher?« Ich nicke. Wenn ich jetzt etwas sage, werde ich weinen müssen. Das alles ist wie … verhext. Warum kann es nicht so einfach wie in einem Märchen sein? Sie leben glücklich, bis ans Ende ihrer Tage … Nein, stattdessen belagern die Albe das Schloss. »Wir brechen heute Nacht auf. Wir müssen die Albe zurückdrängen, so ungern ich meinem Vater recht gebe. Es ist untypisch für sie! Offen in unser Reich einzudringen, passt nicht zu ihrer sonstigen Raffinesse. Ich habe das Gefühl, etwas Wichtiges zu übersehen.«

Er ist beunruhigt, mir geht es nicht anders. Immerhin fordern sie meine Auslieferung. Kota hat mir ausführlich erzählt, was für ein Alb Castiell ist, da schlage ich mich lieber mit Elon herum, als mit einem weiteren Verrücktem. »Heute Nacht?«, hauche ich und könnte mir direkt auf die Zunge beißen, dass ich meine Klappe nicht halten kann, denn es klingt weinerlich und schwach.

Wieder richtet sich Crispins Blick auf mich, mustert mich genau. »Ich wünschte, es wäre anders. Racella und Enel werden dich bewachen, bis ich zurück bin. Ich möchte, dass du in ihrer Nähe bleibst, keine Widerrede. Das ist wichtig, Alice. Ich muss mich auf dein Wort verlassen können. Keine Alleingänge. Bei beiden weiß ich, dass sie zu einhundert Prozent hinter mir stehen, hinter uns. Sie würden für dich bis in den Tod gehen. Vertraue niemanden sonst. Ich werde, so schnell es geht, zurück sein. Es behagt mir nicht, so handeln zu müssen, doch ich finde keine andere Lösung.«

»Aber deine Mutter«, setze ich an. Seine Miene verdüstert sich augenblicklich.

»Denk nicht mal daran, sie zu begleiten. Ich meine es ernst. Die Reise ist sehr gefährlich, erst recht für zwei Frauen eures Standes. Solange wir nicht wissen, was hier gespielt wird, bleibst du im Schloss. Das ist der sicherste Ort für dich, umgeben von meinem Volk.«

Unmut brodelt in mir hoch. »Ich bin kein Kind, Crispin«, knurre ich, denke dabei du Macho, während er schief grinst.

»Das ist unübersehbar, kleiner Schmetterling, glaube mir.»

Ich ringe mit mir. Veranstalte ich jetzt ein Riesentheater, oder akzeptiere ich es einfach? Er macht mir schon Zugeständnisse und ich muss mich auf seine Erfahrung verlassen. Er ist nicht umsonst der Heerführer des Königs. Am liebsten möchte ich aus Prinzip noch etwas zicken, weil er so bestimmend ist, aber da er gleich in die Schlacht ziehen wird, erspare ich es mir … und ihm. Ich will nicht im Streit auseinandergehen, also gebe ich diesmal nach. Er soll nicht glauben, dass das jetzt zur Gewohnheit wird, aber ich verstehe sein Handeln.

»Okay«, brumme ich, woraufhin seine Mimik entgleist.

»Wie bitte?« Er macht ein Gesicht, als habe ich ihm offenbart, Pinocchio zu sein.

»Ich habe okay gesagt.« Die Silben ziehe ich dabei besonders lang.

»Cian, kneif mich! Das kann nicht meine Gefährtin sein. Niemals.« Ich lache prustend auf, zwicke ihm zur Rache für diesen Spruch fest in den Arm. Er zuckt nicht mal zusammen, dieser Mistkerl. »Sollte das wehtun, kleiner Schmetterling? Hast du meine Muskeln gesehen? Willst du es noch mal versuchen?« Alter Angeber.

Der Abend dämmert. Ich lehne mich gegen Dune, mustere meinen Freund, wie er letzte Befehle verteilt, Elben auf ihre Positionen dirigiert und strategisch die beste Aufstellung plant. Es ist sexy, wirkt absolut imposant. Alle handeln nach seinen Vorgaben. Er weiß genau, wie er vorgehen muss, ich kann nicht anders, als ihn zu bewundern. Er ist durch und durch ein König. Die letzten Sonnenstrahlen fangen sich auf seiner glänzenden Rüstung, blenden mich kurz und ich vergrabe mein Gesicht in Dunes Mähne, atme den Duft von Heu und Pferd ein. Ich streiche ihm über den Hals, woraufhin er leicht schnaubt und seine Nüstern an meine Hand schmiegt. Weich und zart kuschelt sich die Pferdenase an mich und der heiße Atem streicht über meine Hand. Silver schleicht um die Reiter herum, kommt dann ebenfalls auf mich zu getrottet, als er mich entdeckt. Seine Zunge hängt ihm schräg aus dem Maul, er hechelt leicht. Am Anfang habe ich Angst vor dem riesigen Tier gehabt, doch die ist verflogen. Er setzt sich genau vor meine Füße, seine dunklen Augen schauen mich eindringlich an, als würde er mit mir sprechen wollen. Wie viel ein Tier wohl versteht? Sein Blick wirkt wissend, wie er kurz innehält, den Kopf schief legt und mich mustert, als würde er seinerseits auch über mich nachdenken.

»Na, wirst du gut auf ihn aufpassen?«, frage ich, gehe dabei in die Hocke. Vorsichtig strecke ich meine Hand aus, lasse Silver an ihr schnuppern. Ich wage es kaum, zu atmen. Ob ich ihn endlich streicheln darf? Langsam nähert er sich mir, reibt seine Schnauze schließlich an meinem Bein, woraufhin ich erfreut jauchze. Das ist ein großes Privileg für mich. Ich hebe den Blick, begegne dem von Crispin, der wohlwollend nickt. Seine Augen scheinen fast ebenfalls zu lachen, so glücklich wirkt er für einen kurzen Moment. Anscheinend gefällt ihm, was er sieht. Leider ist Topas eher der eifersüchtige Typ, denn er stürzt sich vom Baum hinter uns auf Silver, knipst ihm mit seinen spitzen Zähnen in sein empfindliches Ohr. Der Wolf fährt herum, brüllt vor Zorn, während mein Drache über seinem Kopf umher flattert, ihn dabei immer wieder neckt und anstachelt. »Topas!«, ermahne ich meinen Drachen, woraufhin er eine letzte Rauchwolke in die Richtung des Wolfes bläst, der zweimal niesen muss, als diese ihn erreicht.

Beide werden Crispin begleiten – meine Bedingung, wenn ich sicher im Schloss bleibe. Oh weh, er wird einen Heidenspaß mit den beiden Rackern haben. Ich hoffe, Topas kann ihnen eine Hilfe sein, hier würde er sowieso nur schlafen und faulenzen. Noam ist sofort Feuer und Flamme für diese Idee gewesen und Crispin viel zu schnell davon überzeugt, was heißt, er findet sie auch gut. Die Armee beginnt sich ebenfalls an den ehemals kleinen Drachen zu gewöhnen. Auch wenn er manchmal noch schiefe Blicke ertragen muss, akzeptieren sie ihr neues Maskottchen. Sie sind nicht dumm, sie wissen außerdem, wie gefährlich er ist und was er leisten kann. Er bereichert ihre Reihen um ein vollwertiges Mitglied. Crispin hat mir erzählt, wie Topas den Greif erledigt hat, was mich mit Stolz erfüllt.

Genau diesen Moment sucht mein Gefährte sich aus, um auf mich zuzukommen. Mit großen Schritten stapft er durch den glitzernden Schnee. Kurz vor mir streckt er die Hand aus, zieht mich mit Schwung an seine Brust, was schon fast hollywoodreif ist. In seiner Rüstung sieht er verdammt scharf aus. In mir steigt ein vertrautes Kribbeln auf. Ich mag diese Seite an ihm. Auch im Bett ist er herrisch und dominant, Krieger durch und durch. Ich habe nicht erwartet, dass mich so etwas tatsächlich antörnt, tut es aber, unheimlich sogar.

Meine Hand legt sich auf seinen Brustpanzer. Er gibt mir immer das Gefühl, zartfühlend zu sein, weckt eine ganz neue weibliche Seite in mir, die ich früher nicht gehabt habe. So, als bin ich das erste Mal eine richtige Frau, die sich auf ihren Mann verlassen kann, der sie zudem beschützt. Vielleicht liegt es auch an dieser Welt hier, aber Crispin lässt mich zu jeder Zeit sein, was und wie ich will. Auf der einen Seite seine starke Kriegerin und auf der anderen Seite, im Schlafzimmer, lasse ich mich gerne von ihm dominieren. Wenn er mich hochhebt, als bin ich nur eine Feder, und mich an die rauen

Steine drückt, wenn wir beispielsweise in den Quellen sind, ist das wahnsinnig fesselnd. Männlich und königlich. Mein Bauch flattert verdächtig, als er seinen Kopf senkt und seine Lippen die meinen streifen, ehe er sie bedeckt und wir uns einem innigen Kuss hingeben. Meine Beine werden weich, während sein Mund Besitz von mir ergreift. Das Gefühl, dass er mich ebenso begehrt wie ich ihn, ist berauschend und machtvoll. Auch das genieße ich in vollen Zügen, dass er mir ebenso ausgeliefert ist wie ich ihm.

»Oh Gott, wie soll ich nur einen Tag ohne dich überstehen?«, stöhnt er an meinen Mund.

Ich fühle mich selbstbewusst wie nie, stark und weiblich. Seine Arme schließen sich fester um meine Taille. Die sexuelle Spannung zwischen uns müsste die Luft knistern lassen, mich verlegen machen, doch das macht es nicht. Die Welt um mich herum hört einfach auf, zu existieren. Crispin ist ein hervorragender Küsser. Leider Gottes ist er sich dessen bewusst, und sein Riesenego empfängt dieses Wissen schmeichelnd. Er weiß genau, was er in mir auslöst, reizt es bis aufs Letzte aus. Ich seufze voller Sehnsucht, unterbreche den Kuss und lege meine Stirn an die kalte Rüstung. Er hält mich fest, sicher und geborgen in seinem Armen, legt sein Kinn auf meinen Scheitel. Ich gebe mich einen Moment der Illusion hin, dass es immer so sein wird wie in diesem Moment, friedlich. Nur wir beide, frei von Angst.

Ein Räuspern lässt uns langsam auseinandergehen, Noam salutiert vor uns. »Es wird Zeit, außer ihr wollt vorher noch zurück in die Kammer, bei der Show, die ihr hier gerade abzieht. Schämt euch, ihr macht die anderen ja neidisch.«

»Halt die Klappe«, brumme ich und Crispin beugt sich nochmalig vor, um meine Stirn zu küssen, ehe er von mir wegtritt und sich ebenso räuspert. Ich glaube, er errötet leicht, als seine Männer ihn angrinsen, womit ich ihn, wenn er heimkommt, gnadenlos aufziehen werde. Wie niedlich. Jetzt muss ich mich der Realität stellen, dass er zu einer Mission reitet. Ich seufze enttäuscht, bin nicht bereit, ihn schon gehen zu lassen. Den Abstand zwischen uns überwinde ich abermals, lege Crispin meine Hand auf die Wange. »Pass auf dich auf. Ich liebe dich, du alter selbstherrlicher, eitler und arroganter Macho.«

Seine blauen Augen sind vor Verlangen noch ganz dunkel und zu meiner Überraschung geht er vor mir in die Knie, statt über meine Worte zu lachen wie sonst. Um uns herum scheint alles plötzlich zu verstummen. Was macht er da? »Alice, wenn das alles vorbei ist und ich zurück bin, bitte ich dich, meine Frau zu werden. Du hast gesagt, bei euch in der anderen Welt ist es Brauch, dass der Mann der Frau einen Antrag macht. Ich will nicht mehr ohne dich leben. Und ich möchte, dass alle wissen, dass du zu mir gehörst, mein bist – in jeder Welt. Von jetzt bis in alle Ewigkeit erhebe ich Anspruch auf dich. Ich werde der Einzige sein, der deine Lippen mit Küssen bedeckt, dir Kinder schenkt und für dich sorgt. Der, der deine Tränen trocknet und dich beim Schlafen im Arm hält. Darum bitte ich dich, heirate mich, Alice. So wie es Brauch in deiner alten Welt ist. Ich werde dir die Welt zu Füßen legen, dich vor allem schützen, was kommen mag. Vor allem, werde ich dich immer lieben, mit jeder Faser meines Körpers. Das verspreche ich dir.«

Ich halte die Luft an, kämpfe gegen das Wummern meines Herzens an. Damit habe ich nicht gerechnet. Ein Heiratsantrag? Dafür ist es doch viel zu früh. Nein, um ehrlich zu sein, ist es das nicht. Immerhin verbindet uns das Schicksal. Mein Mund ist trocken, während alles um mich herum erstarrt und auf meine Antwort wartet. Ich habe Crispin erzählt, wie es auf der Erde vonstattengeht. Hier lassen sich die Elben viel Zeit mit der Heirat, denn sie haben die Unsterblichkeit vor sich. Zeit hat hier eine andere Bedeutung als auf der Erde … Das kommt so unerwartet. Er ahnt nicht mal, wie viel mir das bedeutet, wo ich weiß, das Elben solche Anträge nicht machen. Für ihn ist diese Geste vor all seinen Männern mehr wert und aussagekräftiger als alles andere. Diese Zurschaustellung seiner weichen Seite unterstreicht die Ernsthaftigkeit, die in seinen Worten steckt.

Crispin nimmt meine rechte Hand, streift mir einen zierlichen Goldring über den Finger. Er ist perfekt! Alleine ihn an meinem Ringfinger zu sehen, verschlägt mir den Atem und lässt mich fast vor Freude schreien, doch stehe ich immer noch wie erstarrt vor meinem Traummann und bekomme keinen Ton heraus. Es bedeutet mir alles, dass er die Bräuche der Erde anscheinend für wichtig erachtet, denn für mich sind sie das allemal und er respektiert es. Er zollt damit meiner Vergangenheit Respekt. Mir schießen Tränen in die Augen, ich weiß, dass ich verrückt bin, dass wir verrückt sind, aber was solls, immerhin bin ich im verrückten Wunderland gelandet, oder nicht? Er ist zwar nicht der Hutmacher, sondern eher der Herzprinz, doch ich habe das Gefühl, ich werde meinem Namen gerecht. Die Liebe, die ich empfinde, wird morgen nicht weniger sein. Niemals. Sie steigt mit jeder Sekunde, die vergeht, und nachdem, was ich erlebt habe, will ich verrückt sein, leben und es mit jeder Phase meines Seins auskosten.

Tausende Augen sind auf uns gerichtet, jeder andere Mann wäre vermutlich nervös, weil ich nicht antworte, aber nicht mein Prinz. Selbstsicher schaut er zu mir auf, wobei seine Augen mich anlachen, während er schief grinst.

»Du willst jetzt noch Nägel mit Köpfen machen, oder?«, flüstere ich heiser, lache dann albern wie ein kleines Mädchen. Er stimmt mit ein, rau und herzhaft.

»Mir gefällt der Gedanke, dass – wie nennst du es? – meine Verlobte zu Hause auf mich wartet, voller Sehnsucht wohlgemerkt, dass mein Ring deine zierliche Hand schmückt.« Sein Daumen dreht den Ring an meinem Finger sanft, was ein wohliges Gefühl in mir auslöst.

»Wenn das so ist: Ja! Ja, verdammt, ich will! Ich will dich für immer in den Wahnsinn treiben!« Ich falle ihm um den Hals und habe erwartet, dass er wie ein Baum umfällt, doch er hält uns beide. Er küsst mich stürmisch, sein Heer applaudiert, auch wenn sie diese Geste vermutlich nicht so verstehen wie ich. Sie kennen die Bedeutung dahinter nicht, meine Vorgeschichte. Was sie begreifen, dass hier gerade etwas Gutes passiert ist, etwas, was sie vielleicht auch finden, wenn wir siegreich sind. Jeder von ihnen könnte seinen Gefährten finden, die Liebe seines Lebens. Obwohl uns eine schlimme Zeit bevorsteht, hat er mir wieder einen Hauch Hoffnung geschenkt.

ACHT

Ich spüre Alice' Blick in meinem Rücken, als wir davon reiten. Ganz bewusst drehe ich mich nicht mehr zu ihr um, denn ich will die Sorge darin nicht sehen, schließlich gibt es nichts, worüber sie sich sorgen muss. Das würde es uns beiden nur schwerer machen, als es sowieso schon ist. Mir wird nichts geschehen. Es ist nicht mein erster und nicht mein letzter Kampf. Wir sind ihnen zahlenmäßig weit überlegen, haben einen Vorteil, hier in unserem Zuhause. Zugegeben, genau das macht es in meinen Augen noch unverständlicher, weshalb die Albe dieses Risiko eingehen, aber wenn ich es vermeiden kann, soll heute kein Blut vergossen werden.

Topas verschwindet krachend in den Baumkronen. Vögel steigen laut kreischend hinauf in den Himmel, aufgeschreckt durch den Drachen. Cian und Noam reiten links und rechts von mir, während Silver gemächlich hinter uns her marschiert. Nicht mehr lange und auch er wird wie ein Schatten im Unterholz verschwinden, ein lautloser Mörder, der aus dem Hinterhalt angreift, sollten wir in solch einen geraten. Der Weg vor uns ist mit Schnee bedeckt, dämpft die Schritte der Pferde, und glitzert in der Sonne. Obwohl alles so friedlich wirkt, macht sich ein ungutes Gefühl in mir breit, verscheucht die Euphorie und Freude, die ich eben noch empfunden habe, als Alice eingewilligt hat, meine Frau zu werden.

Sie wird meine Frau! Meine! Vor den Göttern werden wir uns das heilige Wort geben und dann sind wir in der Elbenwelt, als auch in der Menschenwelt für alle Zeiten verbunden. Sie hängt an den Bräuchen ihrer alten Welt, also ehre ich diese ebenso wie unsere, wenngleich sie mir fremd erscheinen. Ich sehe sie jetzt bereits als meine Frau an, denn sie gehört zu mir. Als meine Gefährtin ist sie viel mehr als ausschließlich durch einen Ring an mich gebunden, daran kann niemand etwas ändern. Aber ich will die heiligen Bräuche ehren und vor allem will ich ihr ein Stück ihrer alten Welt geben. Sie versteht unser Schicksal noch nicht, den Ring hingegen schon. Ihre Augen haben vor Freude geglänzt, als ich auf die Knie gegangen bin. Allein dieser Anblick ist all das wert. Ein Alb und ein Elb treten vor den Altar. Ob es dies jemals gegeben hat? Wenn ja, ist es so lange her, dass es in Vergessenheit geraten ist und niemand mehr darüber spricht. Ich verdränge mein ungutes Gefühl und rufe mir stattdessen unseren letzten Abend ins Gedächtnis. Die Erinnerung hilft mir dabei, nicht sofort umzudrehen, um sie wieder an mich zu reißen. Ich würde jetzt lieber mit ihr feiern, da weitermachen, wo wir vor Stunden aufgehört haben. Ihr Duft haftet noch an meinen Kleidern, umweht mich ein Stück des Weges wie ein Geist – präsent, aber nicht sichtbar. Ich muss schmunzeln, als ich an ihren wunderschönen Körper denke, wie er sich in den grauen Morgenstunden unter mir gerekelt hat. Weich und kurvig, voller Verlangen. Sehnsucht breitet sich in mir aus, denn ich bekomme nie genug von ihr. Niemals, nicht in einer Million Jahren könnte dieser Körper seinen Reiz für mich verlieren. Immer wieder möchte ich jeden Zentimeter ihres Körpers mit Küssen bedecken. Sie schmeckt süß und frisch. Ich liebe es, an der weichen Haut ihrer Schenkel zu knabbern, ehe ich mich vorarbeite und sie mich um Erlösung anfleht. So sittsam wie damals in den Grotten mit Noam, ist sie bei Weitem nicht. Wenn sie nackt vor mir liegt, ist es, als sehe ich das erste Mal eine Frau bewusst an. Sie ist anders als die anderen vor ihr. Sie ist mehr, so viel mehr. Eine Sonne hinter Gewitterwolken. Sie ist so wunderschön und vollkommen, dass es mir den Atem raubt. Wenn ich mit Frauen zusammen gewesen bin, dann aus purem Verlangen, reine Lust, ein Zeitvertreib zur Zerstreuung. Ich liebe es, wenn sie heiser meinen Namen stöhnt und sich an mich krallt. Es erfüllt mich mit männlichem Stolz, ein Tier in mir möchte sodann brüllen. Es ist animalisch und besitzergreifend, was ich in diesen

Momenten empfinde. Es macht mich verrückt, wenn ihre Lippen nach unseren Küssen rot und angeschwollen sind, sie mich mit ihren grünen Augen verträumt anschaut, sich schläfrig an mich kuschelt. Nein, bei den Göttern, davon werde ich nie genug bekommen. All meine Gefühle sind neu, aufregend und auch ein wenig beängstigend. Vorher hat mein Leben daraus bestanden, für mein Königreich zu leben, jetzt hat es eine neue Bestimmung bekommen, eine bessere Bestimmung.

»Crispin?« Ich zucke ertappt zusammen, hoffe, dass die Rüstung meine männlichen Teile verbirgt, die sich bei meiner Tagträumerei beachtlich bemerkbar machen, und schaue schuldbewusst zu meinem Bruder.

»Ja?«, knurre ich unhöflicher als sonst. Ich räuspere mich, bin etwas verlegen. So als hätte er mich bei etwas Verbotenem erwischt, was albern ist. Meine Gedanken sind zu weit abgeschweift, jetzt aber muss ich mich zusammenreißen, denn es liegt wichtiges vor uns. Meine Gedanken müssen sich auf die Mission konzentrieren. Eine Regel, die jeder Krieger lernen sollte: alle Sinne auf die Mission vor dir. Bist du abgelenkt, machst du Fehler. Ein einziger Fehler könnte deinen Tod bedeuten, oder den eines Freundes. Ich mache keine Fehler.

»Ich rede seit fünf Minuten mit dir, was machst du? Grinst wie ein bekloptes Lamm. Was ist los mit dir?«

Ich antworte nicht, sondern atme tief ein. Mühsam vertreibe ich die letzten Bilder aus meinen Gedanken. »Was gibt es?«, frage ich grob, woraufhin er eine Augenbraue hebt. Er hat gut von mir gelernt, denn diese Geste ist die meine. Manchmal ist es so, als würde ich in mein eigenes jüngeres Abbild blicken. Ich frage mich, was die Götter für ihn vorgesehen haben.

»Mutter ist gestern Nacht aufgebrochen. Alleine«, teilt er mir mit, woraufhin ich grimmig nicke. Nicht mal dann verlässt mein Vater seinen sicheren Hof. Er schickt meine Mutter los, um Kunde zu überbringen, schutzlos. Mutiger und tapferer König, denke ich voller Sarkasmus. Meine Mutter ist zehnmal mehr Königin als er König. Sie ist es, die auf dem Thron sitzen sollte, mutig und stark. Wegen uns hat sie ihr Temperament gezügelt, aber in letzter Zeit ist sie immerhin zusehends angriffslustiger. Ich frage mich, ob es eventuell sogar an meiner Veränderung liegt, dass ich mich offen gegen meinen Vater, dem König auflehne, dass ich nicht mehr nur Befehle ausführe, sondern endlich zu mir selbst gefunden habe. Eines Tages werden die Götter über meinen Vater richten. Ich weiß, ich müsste ihn lieben, doch es fällt mir schwer. Er benimmt sich nicht wie ein Vater, der seine Söhne liebt. Wir sind für ihn nur Spielzeug, welches er einsetzt, wenn er es benötigt – nicht mehr, nicht weniger. Sollten die

Götter mir Söhne oder Töchter schenken, werde ich sie mit Liebe überschütten, das schwöre ich.

»Mutter handelt so nicht zum ersten Mal«, beruhige ich ihn, aber wohl ist mir dabei nicht. Immer, wenn es möglich ist, begleite ich sie zum Violetten Ozean, wo sich viele Elben niedergelassen haben und in Frieden mit den Nixen leben - von dort stammt meine Mutter. Taugenichtse, Diebe, Oger, Trolle, und was weiß ich nicht, lauert in den Wäldern. Mutter ist eine geübte Kämpferin, gleichermaßen eine Frau. Oh, wenn Alice das hören würde, sie würde mir - wie nennt sie das gleich? - den Marsch blasen. Vater müsste sie aufhalten, aber ihm ist es gleich, ob sie lebt oder stirbt. Sie hat ihm zwei Söhne geboren, das reicht ihm. Sollte mir etwas zustoßen, bleibt ihm Cian. Sie hat ihrem Zweck gedient, ist eine gute Partie gewesen. Der Weg hinter dem Sen ist wenigstens einigermaßen geschützt. Eine Person alleine kann im Schutz des Flusses verborgen bleiben, sich vor Blicken schützen.

Ich reibe mir die Brust, das ungute Gefühl in mir wächst stetig. Irgendetwas ist hier im Busch, doch ich vermag es nicht, zu begreifen. Haben sie uns eine Falle gestellt, die wir nicht erkennen? Es ist so, als würde mein Instinkt mich vor etwas warnen wollen. Habe ich etwas Wichtiges übersehen? Ich schaue mich um, mustere meine Männer, ihre ernsten, aber sorglosen Mienen, wie sie auf ihren Schlachtrössern sitzen und scherzen. Sie sind frohen Mutes, optimistisch, bald wieder heimzukehren. Alles ist wie immer. Über mir zischt Topas vorbei, Silver schnappt nach seinem Schwanz und knurrt aufgebracht, als seine Zähne ins Leere beißen, woraufhin Topas einen wilden Schrei ausstößt, als lacht er gerade. Plötzlich fällt mir auf, dass jemand in meinen Reihen fehlt, der sich heute Morgen zum Dienst gemeldet hat. »Wo ist Lona?« Ich runzle die Stirn, blicke mich genau um. Ihr Platz ist sonst in der vierten Reihe neben Yuno und Mogolas. Noam wirkt ebenfalls beunruhigt, mustert die Reihen hinter uns.

»Sie hat sich, kurz bevor wir aufgebrochen sind, entschuldigen lassen. Der König hat einen anderen Dienst für sie.«

»Ach, hat er das?« Ich hebe eine Augenbraue. Das ist neu. Seit wann befiehlt er Elben meines Heeres direkt? Sie unterstehen mir, nicht ihm. Mein Stirnrunzeln verstärkt sich. Das sieht meinem Vater nicht ähnlich. Er mischt sich nie in meine Heeraufstellung ein. Niemals. In dieser Angelegenheit vertraut er mir. Was plant er? Oder sehe ich Gespenster? Das ungute Gefühl verstärkt sich zusehend. Kelalan würde es nicht wagen, die Götter zu verärgern, indem er Alice etwas antut. Er glaubt an unsere heilige Verbindung, was mich zumindest minimal beruhigt. Er würde Vater daran hindern, solch entsetzliche Macht auszuspielen. Ohne Kelalans Einverständnis wird er nichts unternehmen, er vertraut dem alten Zauberer. Mehr, als ich es je wieder in Erwägung ziehen werde, aber in diesem Fall ist er ein zusätzlicher Schutz für Alice. Es ist mir schwer genug gefallen, ihn um Nachtsamenkraut zu bitten, und dies habe ich nur getan, weil Alice darum gebeten hat. Nachtsamenkraut nehmen die Frauen am Hof, um eine Schwangerschaft zu verhindern, solange sie noch nicht bereit für Kinder sind. In Alice' alten Welt gibt es eine runde Kugel, Tabelle, oder wie es heißt. Alles klingt sehr kurios, aber ihr ist es wichtig, dass wir aufpassen – allein dieses Wort: aufpassen. Man soll den Akt genießen und nicht aufpassen. Als würden wir unnatürliche Bedürfnisse nachkommen. Alles an diesem Akt und dem was daraus folgen kann, ist von der Natur so gewollt. Noch etwas sehr Menschliches, denn die Vorstellung, dass sie mein Kind unter ihrem Herzen tragen könnte, macht mich glücklicher, als ich je geahnt habe. Dass mein Samen sich mit ihr verbindet, ein Wunder in die Welt setzt, ist ein sehr männliches Gefühl. Bis vor kurzem ist der Gedanke an Kinder eine Last gewesen. Verrückt, wie sich Ansichten von heute auf morgen ändern können. Niemand, der sich bindet, nutzt normalerweise das Kraut, aber wenn es ihr Wunsch ist, werde ich mich vorerst beugen. Ihr Körper ist noch ausgelaugt von dem, was sie bei Asta erlebt hat, die Qualen, der Mangel an Nahrung und vor allem der Tod ihrer menschlichen Hülle. Ich glaube ihr, dass dies noch zu viel wäre und sie Kraft schöpfen muss. Sie lernt diese Welt erst kennen, irgendwann wird sie sie lieben wie ich. Mein Volk und ich werden ihr Zuhause sein. Wenn ihr Vater recht haben sollte, wird Fegoria ein Ort sein, in dem unsere Kinder friedvoll wachsen und gedeihen, und wo jeder Elb seinen Gefährten mit etwas Glück finden kann. Es wird ein neues, besseres Fegoria sein.

NEUN

Ich stehe noch lange im Hof, schaue dem Zug der Reiter hinterher, bis sie in der Ferne verschwinden. Schnee bedeckt meine Schultern und meinen Scheitel, doch ich merke es kaum. Mit gemischten Gefühlen schaue ich in die Ferne. Ob ich will oder nicht, mein Herz wird merklich schwerer. Ich reibe mir über die kalten Arme. Wie lange wird Crispin fort sein? Einen Tag, zwei Tage, oder gar länger? Ich hasse es, in Ungewissheit zu leben. An so etwas sollte ich mich wohl gewöhnen. Muss ich sogar. An der Seite eines Mannes wie Crispin werde ich öfter diejenige sein, die vor Angst und Bange geplagt wartet. Für sie ist es Alltag, für mich, als sei ich in einem Fantasy-Drehbuch des Mittelalters gefangen. Jetzt, wo alle fort sind, fühle ich mich plötzlich einsam. Cian und Noam sind, neben Crispin, zu meinen Vertrauten geworden. Es fällt mir schwer, mich nicht um die drei zu sorgen, oder um die fünf, denn Silver und Topas sind ebenso fort. Was, wenn einer von ihnen verletzt wird oder stirbt? Jetzt, wo ich sie ins Herz geschlossen habe, ein unerträglicher Gedanke. Zu gerne hätte ich sie begleitet, doch das Einzige, was ich habe ausrichten können, ist

Topas mitzuschicken. Es ist zumindest ein kleiner Trost, ein winziger Tropfen auf dem heißen Stein. Vielleicht wird er eine Hilfe sein, auch wenn mein entzückender Freund mich nicht verlassen hat wollen. Aber so habe ich zumindest das Gefühl, etwas beigetragen zu haben und die Machtlosigkeit zu bekämpfen. Ich fühle mich … nutzlos. Es ist auch mein Krieg, sie sind meinetwegen gekommen und ich bin die Einzige, die zurückbleibt. Eines Tages, ja, da werde ich an ihrer Seite reiten, ebenso stark und mächtig wie sie. Daran arbeite ich, immerhin bin ich Kotas Tochter, einzige Erbin seines Vermächtnisses, und wenn es stimmt, was Asta gesagt hat, wird sich der Zauber in mir weiter entfalten wie ein Schmetterling und ungeahntes Wissen freisetzen. Meine Gene sind dazu bestimmt, aus mir eine Kriegerin zu machen.

Eine Hand legt sich mir auf die Schulter. Ich lächle Racella von der Seite an. Neben ihr steht Enel, der seine blonden Haare kunstvoll zu zwei Zöpfen geflochten hat. Irgendwie steht ihm das ja, aber lange Haare bei Männern sind noch nie mein Ding gewesen. »Guck nicht so betrübt, Alice. Crispin ist schon in viele Schlachten geritten. Sie wollen die Albe nur vertreiben, mehr nicht. Es wird kein richtiger Kampf werden. Sie kommen bald zurück.« Ich weiß, dass sie mich beruhigen will, doch es mindert meine Sorgen nicht ansatzweise. Mit einem aufgesetzten Lächeln nicke ich dennoch. »Wozu hast du Lust? Willst du wieder in die Küchen? In die Ställe?« Sie versucht, mich aufzuheitern, dabei weiß ich, dass sie auch lieber an der Seite ihres Prinzen reiten würde, um ihn zu schützen. Trotzdem steht sie hier, beschützt mich, statt ihn. Ich verstehe noch nicht viel über ihr Ehrgefühl, aber wenn ich Geschichten höre, muss es für sie eine große Überwindung sein, diesen Platz meinetwegen aufzugeben.

Unschlüssig schaue ich mich um, weiß nicht so recht, was ich eigentlich will. »Ich glaube, ich werde in die Bibliothek gehen und lesen«, murmle ich den Tränen nahe. Ich gestehe, mich etwas dafür zu schämen, so mickrig und schwach zu sein. Ja, ein langes Buch wird mich ablenken.

»Wie, heute gibt es keinen Kuchen? Das habe ich davon, dass ich hiergeblieben bin«, brummt Enel scherzhaft, was mich schmunzeln lässt.

»Nur deswegen seid ihr beide geblieben? Ihr seid verfressen«, necke ich zurück.

»Nenne es, wie du willst, aber ich bin verdammt hungrig.« Enel reibt sich den schlanken Bauch und ich verdrehe die Augen. Elben haben einen verdammt guten Stoffwechsel. Ich habe noch keinen gesehen, der nur ansatzweise einen Bauch gehabt hat, und gefühlt essen sie ununterbrochen. »Wie wäre es, wenn du Racella zeigst, wie das geht?«, schlägt er vor.

»Warum mir? Weil ich eine Frau bin?« Sie verdreht die Augen. »Du kannst auch backen, Enel. Ich kann mit ihr Schwertkampf üben.«

Wenn ich eines über die Elben gelernt habe, dann, dass sie stur, treu und stets hungrig sind. »Wenn das so ist, werde ich zuerst kurz in den Küchen vorbei schauen und einen Kuchen für euch backen. Ihr dürft beide mitmachen.«

»Oh, Alice, nimm es nicht persönlich, aber nein, ich möchte nicht in den Küchen schuften.« Racella lacht. »Ich liebe mein Schwert, die Arbeit an heißen Öfen reizt mich gar nicht.«

»Dann werde ich dir einen Kuchen backen.« Enel schubst sie leicht und beide grinsen sich an. Mir ist schon oft aufgefallen, dass sie sich berühren und nahe stehen. Ob sie wohl ein Verhältnis miteinander haben? Ich mustere sie nachdenklich.

»Wird er genießbar sein?«, neckt Racella ihren Freund. Er zuckt mit den Achseln.

»Wir werden sehen. Das wissen nur die Götter.« Nach diesen Worten ziehen wir gemeinsam los.

Das Backen mit Enel ist eine reine Katastrophe. Für so einen hervorragenden Krieger ist er überraschend ungeschickt im Umgang mit dem Kochlöffel. Die kleinsten Aufgaben überfordern ihn. Statt Teig in der Schüssel zu kneten, rupft er ihn geradezu heraus, sodass er sich in der ganzen Küche verteilt und über die Tische fliegt. Liviel ist vorhin kurz davor gewesen, ihn an seinem Ohr aus der Küche zu schleifen. Beim Obst schneiden, sind die Stücke entweder so riesig gewesen, dass man sich das Schneiden hätte schenken können oder so winzig, dass ich Marmelade daraus machen könnte. Mehl! Himmel, Enel und Mehl, das ist keine gute Kombination. Er ist abermals fast aus der Küche geflogen, weil er den ganzen Sack aufgeschlitzt hat, als er mir eine Schüssel bringen hat sollen. Wie kann man auf solch eine dumme Idee kommen? Ein langer Schnitt, vom Boden bis zum Zugband? Bei so viel Ungeschick kann man nur lachen oder weinen. Dass wir tatsächlich geschafft haben, einen Kuchen zu backen, grenzt an ein wahres Wunder. Es ist mehr Mehl durch die Luft geflogen, als danach im Kuchen gelandet ist. Ich muss zu seiner Verteidigung sagen, dass der Kuchen überraschend lecker, aber grottenhässlich ist. Zum Glück kommt es auf den Geschmack an, nicht auf das Äußere. Enels Stolz ist dafür unbezahlbar, so sehr strahlt er.

Als einige Stunden später die Sonne untergeht, rolle ich mich zufrieden auf einem großen Sessel in Crispins altem Zimmer zusammen. Ich bin völlig fertig, meine Haare noch feucht vom Bad in den Quellen. Das habe ich jedoch bitter nötig gehabt, denn ich bin mit so viel Mehl bedeckt gewesen, das ich als Albino durchgegangen wäre. Mein Haar ist zudem so weiß gewesen, als hätte ich meinen einhundertsten Geburtstag vor ewigen Zeiten überschritten. Im Kamin knacken Holzscheide, während das Feuer sie verschlingt. Es verströmt eine wohlige Wärme und einen winterlichen Duft, der meine Nase kitzelt. Der Geruch erinnert mich an unsere Winterurlaube in der Blockhütte. Diese Erinnerung versetzt mir einen tiefen Stich mitten ins Herz. Meine Eltern … Okay, die Menschen, die ich dafür gehalten habe. Die Menschen, die jahrelang an meiner Seite gestanden haben. Freunde, Verwandte …

Meine Hand streicht abwesend über das ledergebundene Buch, welches ich eben noch habe lesen wollen, während mein Blick durch das Zimmer wandert. Ich weiß gar nicht, wieso wir immer in meinem Gemach sind. Ich finde Crispins viel gemütlicher, persönlicher. Alles hier spiegelt meinen Verlobten wider. Von den Waffen an der Wand bis zu den vielen Büchern, deren Rücken abgegriffen sind, im Regal. Seine raue und weiche Seite, wie Yin und Yang, der Kämpfer und der Durst nach Wissen – mein Verlobter. Wie das klingt, doch es zergeht mir dennoch auf der Zunge. Am liebsten würde ich einen Post auf Instagram verfassen und der ganzen Welt zeigen, wie sexy mein Verlobter ist.

#MeinSexyElbenprinzInFegoria!

Oje, das würde der Hit werden, das Netz im Sturm erobern. Neben mir auf dem kleinen Tisch steht ein Teller mit einem halb aufgegessenem Stück Kuchen. Ich lege das Buch dazu, in dem ich seit einiger Zeit lese. Ich glaube, ich werde Crispin vorschlagen, das andere Zimmer aufzugeben. Es ist töricht, beide zu besetzen.

Meine Gedanken wandern umher und ich lasse sie treiben, schweife wieder zu seinem Heiratsantrag und mir wird plötzlich restlos warm. Das ist wirklich eine Riesenüberraschung gewesen. Ich wünschte, ich könnte meiner Mum davon erzählen. Einfach zum Telefon greifen und mit ihr plaudern, doch sie wird es nie erfahren. Niemand wird es. Meine Güte, bin ich gerade melancholisch. Das ist ja furchtbar, aber meine Welt fehlt mir, sehr sogar. Die Kleinigkeiten. Ich weiß, dass es ganz normal ist, dennoch ein komisches Gefühl, sie alle auf einmal zu verlieren. Mein Vater wird mich nie zum Altar führen können, keiner von beiden. Meine Mutter wird mir nicht beim Kleid aussuchen helfen, es wird kein einziges Hochzeitsfoto geben. Oh Gott, und wenn ich mal Kinder bekomme, wo erblicken sie dann das Licht Fegorias? Es gibt ja keine Krankenhäuser. Kurz macht sich Panik in mir breit, ehe ein Klopfen mich aus meinen Gedanken reißt und ich verwundert aufblicke.

»Herein.«

Racella steckt den Kopf zur Tür hinein. »Brauchst du noch irgendwas? Ich will die Küchen aufsuchen, mich gelüstet es nach etwas Obst. Enels Kuchen ist so süß gewesen, mir klebt die Zunge am Gaumen fest.«

»Nein, nein. Ich habe alles. Danke.« Es gelüstet sie? Na dann! Ich kichere beinahe, kann mich gerade noch zügeln. Enel und Racella halten vor meiner Tür Wache, was ich ziemlich unsinnig finde, doch sie nehmen die Aufgabe sehr ernst. Zu ernst. Crispins Wort ist Gesetz. Dabei glaube ich kaum, dass mir jemand etwas antun würde. Jeder hat Respekt vor Crispin, na ja, fast jeder. Es gibt eben überall Ausnahmen und Elben, die mich nicht mögen, aber zwei Wachen, sind wirklich nicht notwendig. Nun ja … Ich bin heilfroh, dass sie mir hier wenigstens Privatsphäre lassen und dass es diese beiden, mit denen ich mich blendend verstehe, sind.

Ich atme tief ein, schaue mich abermals im Raum, der

dafür sorgt, dass ein Teil von Crispin bei mir ist, um. Wenn ich ehrlich sein soll, genieße ich die momentane Ruhe, dass die beiden mich einfach in Frieden lassen – ich brauche nicht immer Menschen um mich herum. Crispins Duft liegt noch in der Luft, ich ziehe ihn genüsslich ein. Mal vollkommen davon abgesehen, dass ich eines seiner Hemden trage. Es reicht mir bis zu den Knien, aber ich fühle mich damit pudelwohl, auch wenn er das befremdlich findet. Ich wende mich wieder dem Buch zu, esse nebenbei den Kuchen auf und genieße das Fitzelchen an Normalität.

Die Zeit verfliegt beim Lesen. Mit jeder Minute, die vergeht, rückt Crispins Wiederkehr näher. Perfekt. Als ich das Buch schlussendlich zuklappe, bemerke ich, dass es bereits spätabends sein muss. Mein Blick richtet sich auf das Fenster. Die Monde stehen glockenhell am Himmel, es ist still geworden im Schloss. Draußen im Wald hört man vereinzelt Nachttiere auf Beutejagd. Auf der Fensterbank hat sich ein kleiner bunter Vogel niedergelassen, scheint zu schlafen, denn seine Brust hebt und senkt sich gleichmäßig. Mit Topas im selben Raum wäre das undenkbar. Er hätte ihn verscheucht oder gefressen, an einem Stück. Sein Kopf steckt unter seinem Gefieder, bringt mich zum Lächeln. Er weiß, dass ihm hier keine Gefahr droht. Ich beobachte ihn einige Zeit, sein prächtiges buntes Gefieder, der kleine gelbe Schnabel, die scharfen Krallen. Draußen höre ich Enel und Racella im Flüsterton reden. Ab und zu vernehme ich sogar ein Lachen und dann kabbeln sie sich wieder. Ob Crispin wirklich glaubt, sein Vater könnte mir Schaden zufügen? Dieser Gedanke ist so krass, dass ich es mir kaum vorstellen mag, allerdings, was weiß ich schon über diese Welt. In der Geschichte gibt es genügend Herrscher, die sich ihrer Kinder entledigen. Die Königin ist ebenfalls abgereist, was Elon gleichgültig scheint. Wie es wohl ist, in solch einer Ehe Königin zu sein? Müsste sie nicht verbittern? Ich würde es nicht aushalten, in einer lieblosen Ehe gefangen zu sein. Allein der Gedanke stimmt mich trübselig. Ich muss zugeben, Keona ist die letzten Tage auf ihre Art und Weise nett zu mir gewesen. Jeder Mensch hat verdient, glücklich zu sein und geliebt zu werden, und dass sie ihre Söhne liebt, merkt man. Um seinetwillen sollte jeder geliebt werden, nicht wegen seines Ranges, aber so etwas gibt es ja selbst nicht in meiner alten Welt. Macht und Gier können blind machen.

Ich lausche den Stimmen. Racella verschwindet in ihrem Gemach, verabschiedet sich von ihren Kameraden, wie ich tuschelnd höre, und somit weiß ich nun, dass Enel allein die Wache übernimmt. Endlich haben sie Einsehen, dass einer von ihnen ausreicht. Da ich nicht vorhabe, zu verschwinden, wird er eine ruhige Nacht haben.

Gähnend strecke ich mich, stehe langsam auf und räume die Sachen zusammen. Das Buch stelle ich zurück in das deckenhohe Bücherregal, streiche mit den Fingern über all die alten Buchrücken, ehe ich mich der Abendtoilette zuwende. Mir mit Blättern die Zähne zu putzen, ist immer noch befremdlich, aber da alle Elben so weiße Beißerchen haben, scheint es ja zu funktionieren. Die Blätter schmecken leicht minzig, also werden sie mit unserer Minze verwandt sein, denke ich jedenfalls. Genau weiß ich es nicht und kenne mich dafür auch zu wenig mit Fauna und Flora aus.

Ich lösche die Kerzen, lege zwei Scheite im Kamin nach und husche unter Crispins Decke. Alles hier riecht wundervoll nach ihm. Mein Herz zieht sich vor Sehnsucht zusammen und ich kuschle mich tiefer in die Decken. Ob er mittlerweile angekommen ist? Oder reiten sie noch? Machen sie gerade Pause? Vermisst er mich? Ich erwische mich ständig dabei, Angst zu bekommen, dass er genug von mir haben könnte. Mein Kopf versteht einfach nicht, wie er mich lieben kann – ich bin vollkommen anders als sie, aber so ist mir das schon immer ergangen. Ich sehe mich nicht als besonders an, Komplimente sind mir unangenehm und ich falle ungern auf. Ich bin lieber die hinter den Büchern als die, über die Geschichten erzählt wird.

Müde kuschle ich mich tiefer in die Kissen, schließe meine Augen. Das Knistern im Kamin entspannt mich, lullt mich schwerfällig ein. Auch wenn ich gedacht habe, ich könne nicht schlafen, holt mich die Müdigkeit ein und ich dämmere sachte fort. Crispins warmer Körper fehlt hier, zu schnell habe ich mich daran gewöhnt, mich nachts an ihn zu schmiegen und seine Hitze zu genießen. Er ist wie ein Ofen. Es fällt mir schwer, eine Position zu finden, die bequem ist, denn normalerweise schlinge ich mein Bein um ihn und er zieht mich in seine Arme. Dann lausche ich seinem Herz, bis ich schlafe. So ruhe ich die ganze Nacht, bis die Vögel mich morgens wecken oder eben nachts die Albträume – aber Gott sei Dank werden sie allmählich seltener. Heute drehe ich mich länger als sonst hin und her, ehe ich in einen unruhigen Schlaf falle.

Im Unterbewusstsein vernehme ich ein Geräusch. Denke erst, es ist Teil des Traumes. Benommen erwache ich, versuche, herauszufinden, was mich mitten in der Nacht geweckt hat, denn vor meinem Fenster ist es stockduster, wie ich blinzelnd feststelle. Im Kamin glühen nur noch schwache Funken und das Zimmer ist merklich ausgekühlt. Normalerweise legt Crispin Scheite nach, damit ich nicht friere.

Ich will mich gerade aufrichten, zum Kamin gehen, um selbst nachzulegen, als ein großer Schatten über mich fällt. »Crispin?«, flüstere ich zeitgleich verwirrt und erfreut darüber, dass er schon zurück ist. Das ist überraschend.

Ehe ich wirklich wach bin oder realisieren kann, dass es nicht mein Gefährte ist, drückt sich eine große schwitzige Hand auf meinen Mund. Sie stinkt, ist harsch und rüpelhaft. Sofort breitet sich Panik in mir aus und ich strample die schweren Decken fort, doch der Mann drückt mich mit aller Kraft aufs Bett, dass die Federn unter mir quietschen und mein Rücken knackt. Wäre ich keine Albin, wäre ich mir nicht sicher, ob er mir mein Genick gebrochen hat. Ich schlage nach seiner Hand, aber er greift sich einen meiner Arme und nagelt ihn schmerzhaft mit seiner riesigen Pranke fest. Dies führt er mit so viel Grobheit aus, dass ich glaube, sie wird jeden Moment brechen. Tränen schießen mir in die Augen, während ich gegen seine Schweißhand anschreie, er sich über mich lehnt und mich mit seinem Körper tiefer in die Matratze drückt. Er ist mir nahe, viel zu nahe. Meine Schreie klingen dumpf, niemand wird sie hören. Nackte Angst lässt mich zornig kämpfen und ich habe das Gefühl, kaum atmen zu können. Was will er? Mich töten? Vergewaltigen? Schreckliche Bilder durchfluten mein Gehirn. Ich kann die Flut nicht aufhalten, aber sie hilft auch dabei, dass ich noch verbissener reagiere und mich wehre. Meine freie Hand kratzt ihm durch das Gesicht, welches im Schatten liegt, doch es scheint ihn nicht zu stören. Also kralle ich fester zu, höre ihn nach Luft zischen, was mir Genugtuung beschert. Ja, du Arschloch, ich bin kein leichtes Opfer. Sein Griff ist wie Stahl, aber mein Wille ist es ebenso.

Alice, konzentriere dich, rufe ich mir Cians Worte vom Training in den Kopf. Gerate nicht in Panik, Panik wird dich nicht retten. Panik lässt dich unüberlegt handeln. Gehe mit Bedacht vor, sei einfallsreich, nutze die Unterlegenheit deiner Körpergröße durch deinen hellen Verstand. Sie werden dich unterschätzen, nutze diesen Vorteil. Er hat recht, also lasse ich von seinem Gesicht ab, bäume mich auf wie ein junges Pferd und schaffe es, mit der freien Hand unters Kissen zu greifen, wo Crispin seinen Dolch versteckt. Jetzt verstehe ich, wieso er auf solche Maßnahmen besteht, auch wenn ich ihn als paranoid bezeichnet habe. Crispin und die anderen haben mir immer wieder eingetrichtert, vorsichtig zu sein. Ich habe es stets total lächerlich gefunden, sie ein wenig verspottet, und dabei an Monster unter den Betten meiner Kindheit gedacht. Nicht an echte Monster in Form dessen, was mir gerade begegnet. Jetzt bin ich dankbar, dass ich auf sie gehört habe und der Dolch tatsächlich dort liegt. Die Monster lauern nicht unterm Bett, nein, die Monster sind realer, als man glaubt.

Ich hole aus, steche dem Widerling dorthin, wo ich ihn erreichen kann, und treffe mehr blind als zielend sein Bein, welches er auf dem Bettrand abgestellt hat. Er knurrt voller Schmerz, was der erste Ton ist, der über seine Lippen kommt, lässt mich daraufhin fluchend los. Das reicht. Leck mich, du Bastard! Kampflos bekommst du nicht, weswegen auch immer du hier bist. Er will mich wieder greifen, doch ich bin schneller. Laut schreiend ziehe ich meine Beine an den Bauch und trete sie ihm dann so hart vor die Brust, dass er fluchend vom Bett taumelt und mir mehr Spielraum bietet. Neben meinen Schwertkünsten habe ich täglich Yoga gemacht, meine Muskeln trainiert und meinen Körper gefördert. Ehe ich aus dem Bett springen kann, trifft ein Faustschlag meine Schläfe, lässt mich Sterne sehen, doch ich krabble leicht benommen zum anderen Ende des Bettes, weit weg von ihm. Ich habe es fast erreicht, als der Angreifer meine Fußknöchel greift, mich daran schmerzhaft mit einem Ruck in seine Richtung zieht, während ich wie eine wildgewordene Furie schreie, trete und versuche, mich am Holz des Bettes festzuhalten. Warum hört mich denn niemand? Wo ist Enel? Mein Hemd rutscht nach oben, gibt nackte Haut frei, wodurch ich mich noch verletzlicher fühle. Sein Griff ist unbarmherzig.

»Halt still, du Miststück!«, zischt er mit einer mir fremden Stimme. Sie klingt blechern und trocken.

»Verpiss dich!«, kontere ich knurrend, während ich das Bettgestell loslasse, mich mit Schwung aufsetze und mein Dolch zielsicher seine Hand erwischt. Sein qualvolles Grunzen entlockt mir tiefe Befriedigung. Etwas Warmes läuft mir über die Schläfe, ich muss es nicht wegwischen, um zu wissen, dass es Blut ist – er hat mich mit seinem Schlag immerhin beachtlich getroffen. Es kann nur eine kleine Platzwunde sein, und die überlebe ich, auch wenn Kopfwunden stark bluten - damit komme ich klar. Mein Körper ist voller Adrenalin, ich spüre keinen Schmerz. Geruch von Blut liegt in der Luft. Sein Griff lockert sich, als ich wiederholt nach ihm steche. Das ist meine Chance. All meine Muskeln protestieren, als ich mich nach hinten werfe und mein Knie ihn am Kinn trifft. Seine Zähne schlagen lautstark aufeinander und ich hoffe, sie ihm ausgeschlagen zu haben.

Die Tür geht auf, lenkt den fluchenden Mistkerl ab und ich schaffe es, mich endgültig zu befreien und vom Bett zu rollen. Mit einem dumpfen Knall lande ich hart auf dem Boden, ignoriere das Ziehen in meinen Knochen, rolle mich so ab, wie Noam es mir gezeigt hat, und komme taumelnd wieder auf die Füße. Sie wären stolz auf mich. Ich fühle mich wie ein Ninja. Mein Kopf pocht. Geistesabwesend wische ich mir Blut aus dem Augenwinkel, einige Tropfen fallen zu Boden. Nur eine Platzwunde, beruhige ich mich abermals selbst, ich habe Schlimmeres erlebt. Mein Blick hastet zur Tür, Lona starrt uns entgeistert an. Gott sei Dank, es hat mich jemand gehört. Ich bin noch nie so froh gewesen, sie zu sehen wie jetzt. Sie wird mir helfen, sie gehört zu Crispins Heer. Wenn sie hier ist, muss er auch wieder am Hof sein, denn ich weiß, dass sie mit ihm geritten ist, er hat es mir erzählt. Ich mache zwei unsichere Schritte in ihre Richtung, doch statt mir zu helfen, wie ich erwartet habe, schlägt sie mir so kräftig ins Gesicht, dass die Welt um mich herum schwarz wird, und ich zusammensacke. Das Letzte, was ich höre, sind die Worte, die sie an meinen Angreifer richtet: »Die Abmachung ist gewesen, dass Ihr sie unauffällig wegschafft. Nennt Ihr das unauffällig? Sie schreit wie ein abgestochener Eber. Soll das ganze Schloss erwachen? Wollt Ihr, dass sie uns hängen?«

ZEHN

Der Morgen dämmert bereits über den Baumwipfeln, als wir die äußeren Wachposten, die zerstört worden sind, erreichen. Meine Muskeln sind vom langen Ritt hart und verspannt, mein Mund verzieht sich leicht, als ich die Schultern rolle, um sie zu locken und mir Linderung zu verschaffen. Wir sind zwar unsterblich, aber Schmerzen fühlen wir wie alle anderen. Ich lasse Dune anhalten, studiere die Umgebung akribisch. Meine Lippen pressen sich, bei dem Bild, welches sich mir bietet, vor Ärger zusammen. Ich mustere die Leichen der Wachen, die hier stationiert gewesen sind, und den Schaden, den die Alben angerichtet haben. Ohne ein Wort springe ich vom Pferderücken ab, meine Männer folgen meinem Beispiel sofort. Niemand sagt etwas, jeder zollt den Toten seinen Respekt. Sie sind gestorben, weil sie uns haben schützen wollen. Sie sind für uns gestorben, und das wissen wir. Ihre Seelen werden in den Heiligen Hallen ruhmreichen Frieden finden. Ich winke zwei meiner Männer heran: »Sorgt für ein Grab und sprecht die Riten des Begräbnisses«, weise ich sie an, denn die Leichen liegen schon zu lange auf dem Waldboden - er wird sich ihrer annehmen, neues Leben davon erschaffen. Der Weg zum Schloss ist zu weit, um sie mitzunehmen. Alles, was sie ausgemacht hat, ist längst fort, übrig sind nur die kalten Hüllen der Körper, in denen ihre Seelen gewohnt haben. Der Rest wird vergehen.

Langsam schreite ich die kleine Siedlung mit den Wachtürmen ab, mustere die Schäden an zwei der Türme, fahre mit den Fingern über das raue, wettergegerbte Holz, welches Spuren des Kampfes trägt. Die Schäden sind nicht groß, aber erkennbar. Blut wird vom Regen abgewaschen, der Rest muss gerichtet werden. Wir werden es zwar schleunig erneut aufbauen können, doch sammelt sich Wut tief in mir. Diese Toten sind unnütz. Wofür ist der Angriff gut gewesen? Ihre Forderungen sind lächerlich. Sie haben damit einzig unsere Aufmerksamkeit erregt. Sie sind sonst Meister der Tücke, greifen hinterrücks aus dem Schatten an. Nein, hier ist etwas faul. Ganz gewiss. Ich muss herausfinden, was sie planen. Sie haben uns keinen wirklichen Schaden zugefügt, die Wachen sind für sie Kollateralschäden. Das sieht ihnen einfach so unähnlich. Sie sind listig. Castiell ist schon sehr lange mein Widersacher. Den Fehler, ihn zu unterschätzen, mache ich nicht. Ich muss achtsam sein und wende meinen Blick erneut der Umgebung zu. Ich muss hinter all das blicken, aber was übersehe ich? Es muss mehr dahinter stecken, als ich begreife, ich spüre es. Ich habe erwartet, dass im Wald ein Hinterhalt lauert, doch nichts dergleichen. Die Vögel singen, Silver trotten gemächlich aus dem Dickicht heran - das würde er nicht, wären Albe in der Nähe. Alles deutliche Zeichen, dass wir alleine sind. Auch Topas Blick, von einem der Bäume, spüre ich. Er wirkt ebenfalls entspannt, sodass keine Gefahr droht. Alles wirkt zu friedlich. Was übersehe ich? Verdammt! Hat es hier etwas von Bedeutung für sie gegeben? Gibt es etwas im Wald, dass sie hätten haben wollen?

»Sie verharren einige hundert Meter vor den Grenzen des Nebelwaldes«, teilt Noam mir mit, als die Späher kurze Zeit später zurück sind. Sie haben dort ihr Zelte aufgeschlagen. Sie wissen, dass wir kommen werden, und erwarten uns anscheinend.

»Haben sie weitere Forderungen gestellt?« Ich setze den Helm ab und fahre mir durch das Haar. Noam schüttelt den Kopf. Er wirkt ebenso angespannt wie ich. Cian wirft uns ebenfalls einen Blick zu, hebt die Schultern und macht eine fragende Geste. »Ihnen muss klar sein, dass wir Alice nicht ausliefern werden. Das ist lachhaft, all das stinkt zum Himmel.« Ich raufe mir abermals die Haare, überlege fieberhaft, wie wir vorgehen. Alle schauen erwartungsvoll zu mir, erwarten weitere Befehle.

Diese Situation ist neu. Ich will nicht überstürzt handeln. Mein Blick richtet sich kurz zum Himmel, dann auf meine Männer, als ich eine Entscheidung treffe. »Ich werde mit ihren Hauptmann sprechen«, teile ich Noam mit, denn ich muss mir selbst ein Bild der Lage machen. Sie warten dort auf uns, auf mich. Sie wissen, dass ich das Heer anführe. Wer auch immer ihren Angriff leitet, wird wissen, dass ich es sein werde, der erscheint.

Bevor ich meine Männer in die Schlacht schicke, werde ich es diplomatisch versuchen. Sie haben eine Forderung gestellt, die werde ich offiziell zurückweisen, wie es sich gehört. Als Erbe des Königreichs und zukünftiger Gemahl der Albin, deren Auslieferung sie fordern, ist dies mein gutes Recht. Entweder werden sie vorerst abziehen oder angreifen. Wir werden es sehen, nur die Götter wissen, was passiert. Ich will so wenige Leben wie möglich opfern, das hat Priorität, aber ich werde auch um Alice kämpfen, wenn sie es fordern. Es bleibt eine kleine Chance, dass heute niemand verletzt wird und sie dann einen neuen Plan aushecken, was uns Zeit verschafft.

»Hältst du das für klug?« Cian tritt zu uns, seinen Helm unter dem Arm, und runzelt die Stirn. Er hält diese Idee nicht für die cleverste, das sehe ich ihm an.

Ich bin für andere Ideen jederzeit offen. »Hast du einen besseren Plan? Nichts an dem hier ist normal. Ich will mir selbst ein Bild verschaffen. Möglichst ohne unnötiges Blutvergießen.»

Mein Bruder nickt, aber die Sorge bleibt in seinem Gesicht gemeißelt. »Vielleicht wollen sie gerade das – dich herauslocken und töten.«

Ich lache auf. Dazu hätten sie auf etlichen Schlachten mehr Chancen gehabt als hier, vor den Türen meiner Heimat. Nein, auf mich haben sie es nicht abgesehen. Da bin ich mir ziemlich sicher. Er sollte mir etwas mehr vertrauen. Ich habe schon viele Kämpfe ausgetragen, wieso zweifelt er an mir und meinen Erfahrungen? Ach, kleiner Bruder, du musst noch viel lernen.

»Ich werde dich begleiten!« Noam kommt auf mich zu. Er wirkt entschlossen und nichts wird ihn davon abhalten, seinen Worten Taten folgen zu lassen.

»Das habe ich nicht anders erwartet. Ich schlage vor, wir lassen das Heer in Sichtweite, bereit zum Angriff. Sie sollen sehen, dass wir vorbereitet sind, dennoch warten wir vorerst ab.« Er ist ohnehin die Person, die ich erwählt hätte, mich zu begleiten – meine rechte Hand. Ich nicke abermals zustimmend, es ist ein hervorragender Vorschlag. »Wer führt ihre Truppe an, weißt du das?« Noam tritt von einem Fuß auf den anderen, wirkt sichtlich besorgter. Das macht mich stutzig.

»Grimm.«

Mir fällt alles aus dem Gesicht, aber ich fasse mich schnell wieder. Das kann unmöglich sein ernst sein, ich muss mich verhört haben. »Grimm? Der Grimm? Castiells Sohn? Habe ich das richtig verstanden?« Er wagt es, so dicht an meine Heimat zu kommen? Alleine das gleicht fast einer Kriegserklärung. Der Erbe der Albe, hier vor meiner Tür. Götter, was für eine verrückte Entwicklung. Es ist nicht das Verrückteste, was ich in letzter Zeit erlebe, aber wahrlich nichts, was ich erwartet habe.

»Genau der.« Noams Blick ist finster.

Ich schreite auf und ab. Ist das zu glauben? Grimm ist wie ein Mythos. Ich habe ihn niemals zuvor auf dem Schlachtfeld angetroffen. Noch nie. Sein Vater, im Gegensatz zu meinem, führt seine Schlachten selbst an, während sein Sohn Zuhause bleibt. Niemand weiß, warum. Ich habe ihn zu keiner Zeit gesehen, einzig Gerüchte gehört, dass er ebenso grausam ist wie sein Erzeuger. Gerüchte über verstümmelte Albe, die nicht mit ihm einer Meinung gewesen sind. Gerüchte, wie er Menschenfrauen geschändet und ihre Kadaver den Wölfen zum Fraß vorgeworfen hat. Trotzdem sind dies alles nur Gerüchte, denn ich habe nie jemanden getroffen, der ihn leibhaftig gesehen hat. Das Ganze wirft ein anderes Licht auf all das hier. Ist Castiell krank? Handelt Grimm vielleicht alleine? Sind die Albe gespalten? Will er zeigen, dass er nun die Macht hat? All das sind mögliche Szenarien, die ich bedenken sollte. Neugierde breitet sich in mir aus, das kann ich nicht leugnen, endlich den Kronprinzen der Albe zu treffen. Seit Jahren warte ich auf diesen Moment.

»Das stinkt doch bis zum Himmel«, wiederhole ich mies gelaunt, setze mir mürrisch meinen Helm auf. Er kann nicht wirklich geglaubt haben, dass wir Alice rausgeben. Dann hat sein Vater ihm nichts von seinem taktischen Wissen vermittelt. Und ich weiß, dass Castiell nicht dumm ist. Grausam ja, aber nicht dumm. Und sein Sohn … Was weiß ich schon von ihm? Nichts. Deswegen muss ich mir selbst ein Bild machen. Jetzt erst recht. Ich brenne darauf, ihn persönlich zu treffen. Ist er ein ernst zu nehmender Gegner oder ein kleines Licht im Schatten seines Vaters? Wissen sie bereits, dass Alice Kotas Tochter ist? Mit Sicherheit. Asta wird zu ihnen gelaufen sein und Bericht erstattet haben, dieser elende Verräter.

Nun aber zu Grimm: Er wird mir Rede und Antwort stehen, warum sie in unser Reich eingedrungen sind. Dass es eine Kriegserklärung ist, spare ich mir, denn wir sind seit langer Zeit im Krieg mit ihnen. Der Krieg hat weit vor meiner Geburt begonnen. Niemand, der noch lebt, erinnert sich daran, wann er angefangen hat oder was der Auslöser gewesen ist. Man munkelt, es hat zu der Zeit begonnen, als der König der Albe abgedankt und Castiell den Thron bestiegen hat. »Lasst Dune gesattelt«, befehle ich. »Ich werde gleich weiter reiten. Noam wird mich bis an ihre Zelte begleiten. Das Heer verbleibt tausend Fuß hinter uns, bereit zum Angriff, aber wartet auf mein Kommando.« Ich drehe mich zu meinem Bruder um. »Topas wird bei dir bleiben, verborgen in den Bäumen. Du hast das Kommando, sollte ich wider Erwarten fallen. Ich verlasse mich auf dich, Cian. Nach mir bist du der Befehlshaber.« Er nickt.

Dieses Gespräch haben wir bereits zu Hause geführt. Er muss wissen, was auf ihn zukommt, sollte ich je fallen. Er weiß, wo meine Spione sitzen, wer aus den Reihen meines Vaters gerne redet und wem er trauen kann. Er ist ein würdiger Nachfolger. Ich habe ihn mit Noams Hilfe perfekt ausgebildet, ohne den Schmerz, den meine eigene Ausbildung mit sich gebracht hat. Allen voran kann er Noam trauen, sollte ich fallen, wird er Cian leiten. Ich muss den Alben nicht auf die Nase binden, dass wir ebenfalls einen Drachen auf unserer Seite haben. Das gibt uns möglicherweise einen kleinen Überraschungseffekt im Notfall.

Ich pfeife. Silver kommt sofort mit schnellen Schritten

angerannt. Hechelnd setzt er sich vor meine Füße. Auch er wird mich begleiten. Silver ist so gut wie vier Mann, und er macht Eindruck. Seine Lefzen verziehen sich kurz, fast so, als lächelt er. Ich sitze auf, Dune wiehert markerschütternd, bereit zum Aufbruch. Die Männer ahmen es mir nach und nehmen die Formation an. Schnell versichere ich mich, dass ich alles habe, warte, bis der Zug bereit ist und mustere die Gesichter der Krieger. Ich bin des Krieges müde, das merke ich deutlich. Nach Jahrhunderten des Leides auf den Schlachtfeldern spüre ich zusehend, wie sehr mir dies zuwider ist. Als ich jünger gewesen bin, ein junger Elb, da habe ich voller Stolz das Schwert geschwungen, doch heute bin ich klüger als damals. Die Sucht nach Ruhm und Anerkennung ist gewichen. Heute habe ich andere Sehnsüchte. Es ist eine Pflicht, die ich erfülle, meinem Volk zu ehren, aber nichts, worauf ich stolz bin. Ich töte, weil ich es muss. Freude bereitet es mir keineswegs. Früher habe ich Ansehen erregen, mir einen Namen machen wollen. Lächerliche Gedanken eines Jünglings, der noch grün hinter den Ohren gewesen ist. Heute ist mein Namen in aller Munde, für Taten, über die ich mittlerweile anders denke. Ich setze mehr auf Verstand und Diplomatie als auf pures Blutvergießen, dennoch funktioniert es nicht immer.

»Bereit?« Ich schaue zu Noam, er lächelt. »Auf gehts.«

Wir galoppieren los, der Schnee wirbelt unter den Hufen auf. Links von mir dreht sich ein Schneewirbel von uns weg, hinein in den Wald. Ein neugieriger Luftgeist verabschiedet sich auf seine Weise, tanzt für uns, während der Wind ein Lied dazu singt, was nicht jeder vermag, zu hören. Ein Gefühl von Heimat überkommt mich. Der Wald ist mir so vertraut wie eine zweite Haut. Zu zweit kommen wir schneller voran als mit dem Rest der Truppe. Silver hält unser Tempo problemlos, während der Trupp schleppend nachrückt, wie geplant.

Kurz darauf verlassen wir bereits den Wald, halten an der freien Fläche davor und geben dem Heer hinter uns Zeit, aufzurücken, verschaffen uns dabei einen ersten Überblick. Die freie Fläche vor uns ist mit tiefem Schnee bedeckt, sodass Dunes Hufen darin versinken. In nicht allzu weiter Ferne ist eine bunte Zeltstadt aufgebaut worden – vereinzelt steigt Dampf in die Luft. Vögel kreisen über ihr am Himmel, kreischen auf der Suche nach Nahrung – Resten, die die Albe ihnen zukommen lassen oder die sie wegwerfen. Das Lager der Albe, so nahe an unserem. In jungen Jahren hätte ich diese Frechheit sofort rächen wollen, heute belächle ich das kindische Verhalten des Prinzen. Er denkt, er würde mich Triezen, doch das ist nicht der Fall. Er muss noch viel lernen. So offensichtlich und ungeschützt wie sie hier kampieren, frage ich mich, ob auch er nur so viel Hirn hat wie ein Troll. Selbst die hätten für mehr Schutz gesorgt. Noam scheint das Gleiche zu denken und schüttelt in stummen Unglauben den Kopf über dermaßen viel Torheit. Ist es doch eine Falle? Werden sie uns hinterrücks angreifen wie Feiglinge? Oder haben sie noch einen Funken Ehre im Leib? Bei den Alben weiß man schließlich nie. Wir sind auf alles gefasst.

Ich gebe Silver ein Zeichen, er stürmt rechts ins Dickicht. Er ist unsere Versicherung, wenn es hart auf hart kommen sollte. Schneller als er ist keiner, außer vielleicht Topas. Silver wird sich im Hinterhalt auf die Lauer legen, bis ich ihn brauche. Sollte es solch einen tatsächlich geben, wird er ihn uns verraten. Ich behalte das Überraschungsmoment gern auf meiner Seite, einer der Gründe, wieso ich oft siege. Ich habe immer ein Ass im Ärmel. Kleine Vorteile können Sieg oder Niederlage bedeuten, das sollte man stets im Hinterkopf behalten.

Dunes Atem steigt in kleinen Wolken in die Luft, wir setzen uns gemächlich in Bewegung, hören hinter uns die Hufen der anderen. Wir steuern auf das Lager zu, allerdings ohne Eile, denn wir wollen den Eindruck erwecken, dass uns ihr Erscheinen weder besorgt noch fürchtet. Die ersten Wachposten erspähen uns. Einer von ihnen rennt sofort los, um Meldung zu machen. Früher hätte ich ihn sofort mit Pfeil und Bogen zur Strecke gebracht, einfach so, weil ich es kann und um ein Zeichen zu setzen. Heute quittiere ich es nicht mal mit einem Zucken meines Mundwinkels.

Gemurmel erklingt zwischen den Zelten, die Albe tauchen nach und nach dazwischen auf. Kalte Gesichter, vor Wut blitzende Augen, schauen zu mir auf. Ich weiß, was viele von ihnen zu sehen glauben. Ein Elb, der einen von ihnen gefangen hält, gegen ihren Willen, doch sie täuschen sich - und wie sie sich täuschen. Alice ist so viel mehr, als sie auch nur erahnen oder glauben werden.

Wir bleiben zehn Meter vor dem ersten Zelt stehen und warten, wie es das ungeschriebene Gesetz bei Verhandlungen verlangt. Dies ist Niemandsland, vor den Toren des Nebelwaldes. Keine Seele wird uns angreifen, ehe wir vorgetragen haben, wieso wir hier sind. Das weiße Tuch an Dunes Sattel ist das Zeichen für Verhandlungen, und da sie die Auslieferung wollen, ist Verhandlung wohl angebracht. Wenn mir dieser Schwachkopf dumm kommt, können wir darüber verhandeln, wie schnell sein Kopf im Dreck vor meinen Füßen rollt. Tot, wohlgemerkt. Ich bin sehr offen für alles. Spielereien ermüden mich.

Grimm lässt mich nicht lange warten, das rechne ich

ihm fast positiv an, aber auch nur fast. Mein Gegenüber mustere ich genau, wie er lethargisch auf mich zu schreitet. Sein dunkler Umhang weht ihm hinterher, während seine Schritte den Schnee aufwirbeln. Sein Körper ist hochgeschlossen, schlaksiger als der meine, wie ich mit Genugtuung feststelle. Ihm fehlt es an Muskeln, die man auf den Kriegsplätzen sammelt, wenn man sich mit seinem Schwert verteidigen muss, dennoch wirkt er imposant. Sein Haar ist wie sein Gesicht so hell, dass es weiß erscheint - wie ein Geist, der ohne seine dunklen Augen und der Kleidung mit dem Schnee verschmelzen würde. Es liegt keine Wärme in seinen Augen, keine Zuversicht. Sie sind rabenschwarz, spiegeln womöglich seine Seele wider. Ein dunkler See ohne Grund, in dem Böses lauert. Er sieht seinem Vater äußerlich sehr ähnlich, es ist nicht zu bestreiten, dass er seinen Lenden entsprungen ist. Sein Gesicht zeigt keinerlei Sorge, sondern nur pure Arroganz, die mir ebenfalls nachgesagt wird, mich bei ihm aber verärgert. Er sollte Respekt vor mir haben, denn ich weiß, dass auch mein Ruf mir vorauseilt.

»Prinz Crispin, sieh an!«, begrüßt er mich herablassend, hält denselben Abstand wie ich. »Dass der hohe Elbenprinz persönlich kommt, freut mich. Endlich lernen wir uns kennen.« Er verbeugt sich leicht, eine Hand im Kreuz, eine vor dem Bauch, und seine Stimme trieft vor

Ironie. Er zieht die Begrüßung ins Lächerliche. Meine Finger um den Schwertgriff zucken kurz. Zu gerne möchte ich sein Gesicht in den Dreck drücken – als Dank dafür, dass hunderte Männer in Escher gestorben sind. Unter ihnen König Rinhold, mein langjähriger Freund, doch ich beherrsche mich, lege ein kaltes Lächeln auf meine Lippen.

»Wir hätten uns sicher schon eher getroffen, wenn Ihr nicht immer den Schlachtfeldern fern bleiben würdet, um bei Eurer Mutter am Rockzipfel zu hängen«, antworte ich souverän, woraufhin sich seine Augen verengen. Ich verkneife mir ein breiteres Lächeln, denn allein damit habe ich direkt ins Schwarze getroffen. Sein Kiefer presst sich deutlich zusammen. Er sollte dringend an seiner Mimik arbeiten, sie verrät ihn, seine Gefühle. Ich will ihn aus der Reserve locken, Wut ist ein gutes Mittel zum Zweck. Wer wütend ist, wird unvorsichtig, sagt unüberlegte Dinge.

»Sprecht nicht über etwas, von dem Ihr keine Ahnung habt«, zischt er, woraufhin ich verächtlich eine Augenbraue emporhebe und ihn kühl taxiere. Er gerät schnell in Rage, kein guter Charakterzug für einen Prinzen. Er sollte mit Bedacht antworten.

Überlegen lächle ich ihn an. »Ich kann es mir erlauben, im Gegensatz zu Euch. Ich habe mir meinen Ruf erarbeitet, während Ihr einen sinnlosen Angriff auf unseren Außenposten anführt, was, so verzeiht mir, nicht sehr ehrenvoll ist. Was hat Euch das eingebracht? So viele Mann gegen zwei Wachen? Durchaus tapfer. Seid Ihr alle gleichzeitig auf sie losgestürmt, werter Prinz? Ihr seid naiv, zu glauben, dass Alice uns verlässt oder dass Ihr in unserem Wald eine Chance gegen uns habt. Niemand will Euch hier haben. Nicht einmal die Waldgeister würden Euch passieren lassen, sondern Euch das Leben erschweren. Hier ist unser Reich, in welches Ihr unbefugt eingedrungen seid.«

Nun ist er es, der kühl und wissend lächelt. »Ich bin naiv? Ihr haltet eine der unseren gefangen, Crispin. Asta hat uns alles berichtet. Sie ist Eure Gefangene, also gebt sie frei, mehr wollen wir nicht. Sie ist unser. Wenn wir sie haben, werden wir friedlich von dannen ziehen. Vorerst. Denn ich bin mir sicher, eines Tages treffen sich unsere Wege erneut. Es fühlt sich wie Schicksal an, dass mein Schwert Euch eines Tages aufspießen wird.«

»Oh, hohe Worte für einen Jüngling ohne Kriegserfahrung. Ihr beschämt mich und Euch, wenn Ihr über etwas sprecht, von dem Ihr keinen Schimmer habt. Alice ist meine Gefährtin, keine Gefangene. Was uns verbindet, ist das heilige Band, keine Ketten«, halte ich dagegen, genieße den Augenblick, als sich Grimms Augen überrascht weiten. Davon hat er nichts gewusst. Gut so. Um uns herum wird Getuschel lauter. Alice ist die meine. Ich werde sie nicht kampflos aufgeben, niemals, desgleichen Kota ihr Vater gewesen ist. Dieses Wissen um ihren Vater verdränge ich meist tief in mir. Ich sehe in ihr Alice und nicht Kotas Kind. Auch wenn sie mir von ihrem Treffen oder die Wahl, ob sie mit ihm in die Heiligen Hallen gehen oder zu mir zurückkehren hat wollen, erzählt hat, so hat sie sich für mich entschieden. Für mich. Es ist kaum zu glauben, dass jemanden wie Kota, den ich blutüberströmt, getränkt in fremdem Blut, auf dem Schlachtfeld gesehen habe, so etwas wie tiefe Liebe empfindet.

»Eure Gefährtin? Eine Albin? Wo ist sie, um dies zu bestätigen? Ist sie hier?« Übertrieben guckt er sich um. »Nein, es steht Euer Wort gegen meines, dass sie eine Gefangene ist. Vielleicht zwingt Ihr sie, Eure Gefährtin zu sein und Euer Bett zu teilen. Redet Euch dieses Band, von dem Ihr sprecht und welches es längst nicht mehr gibt, nur ein. Sind die Elbinnen Euch zu langweilig, dass Ihr nun unsere Frauen wollt? Bei der Schönheit unseres Volkes ist es verständlich, dies gestehe ich Euch zu, dennoch gehört Alice mir. Sie ist mein Geburtsrecht. Ich bin der Thronfolger und Kota ist unser mächtigster Krieger gewesen. Eine Allianz zwischen unseren Namen ist weit vor unserer Geburt beschlossen worden.«

Vereinzelt lachen die Albe und ich spüre, dass Wut in mir hochkocht, aber ich zeige sie nicht, im Gegensatz zu ihm. Ich habe meine Mimik perfekt im Griff. »Als hätte ich es nötig, eine Frau zu zwingen, die meine zu sein. Ihr macht Euch lächerlich, Grimm. Ich habe gedacht, mein Ruf eilt mir voraus, doch vermutlich ist er nicht bis in Euer Kinderzimmer vorgedrungen, also sei Euch verziehen. Euch mangelt es anscheinend in jeglichen Lebenslagen an Erfahrung. Und glaubt mir, Alice ist alles andere als Euer Geburtsrecht, nur weil Euer Vater sie wie Vieh auf dem Markt bestellt hat. Ihr steht es frei, ihren Gefährten frei zu wählen, dies seid nicht Ihr, wie wir festgestellt haben.«

Stille breitet sich in den Reihen der Alben aus. Das hämische Lachen ist ihnen vergangen und Grimms Kiefer mahlt deutlich. Mir ist es gleich, ich fürchte keinen von ihnen. Noam räuspert sich leicht, ich hingegen lächle fast liebenswürdig in die Richtung meines Gegners. Es gibt verschiedene Arten von Kriegen. Verbal ausgeführt, können sie ebenfalls sehr wirkungsvoll sein. Grimm ist wütend, das zeigt mir seine Mimik, seine funkensprühenden Augen. Gut so, das ist mein Ziel gewesen. Ich mache ihn vor seinen Männern lächerlich, greife seinen Stolz sowie seine Männlichkeit an.

Noam beaugt mich von der Seite, sein Blick bedenklich, doch er kennt mich, weiß wie ich bin. Um uns herum herrscht eisige Stille, bis auf das Rauschen der Bäume im Wind und das Schnauben der Pferde. Vereinzelt hört man einen Vogel rufen oder Hufe scharren.

»Wir fordern Euch hiermit auf, unser Land augenblicklich zu verlassen. Wir geben Euch einen vollen Tag, bis die Sonne an diesen Punkt zurückgekehrt ist. Solltet Ihr danach noch hier sein, werden wir Euch vernichten und keine Gnade walten lassen, denn Ihr habt sie in Escher auch nicht gehabt. Das haben wir nicht vergessen, ebenso die Feigheit, andere Völker zu senden, um gegen uns zu kämpfen, statt selbst anzutreten. Das ist kein Ort, um diese Feindschaft auszutragen. Brecht auf, plant Eure Hinterhalte oder geht in Frieden, freut Euch Eures Lebens. Dies ist die letzte und einzige Chance, die ich Euch gewähre, aus Liebe zu meiner Gefährtin, die eine Albin ist, und aus Respekt vor ihrem Volk. Mir fällt dies gewiss nicht leicht. Zu gerne würde ich Euren Kopf vor mir im Schnee sehen. Wir im Nebelwald tragen unsere Kämpfe selbst aus, und solltet Ihr wieder solch eine Dreistigkeit besitzen wie heute, werden wir kämpfen. Das ist ein Versprechen. Wir sind keine Feiglinge. Alice wird uns nicht verlassen, sie wird an meiner Seite bleiben und eines fernen Tages mit mir den Thron besteigen, weit weg von Euch und Euren düsteren Lagunen. Meine

Forderung ist unverhandelbar. Lauft Heim zu Eurem Vater und richtet ihm dies mit meinen besten Grüßen aus. Ich hoffe, er erstickt daran und geht qualvoll zugrunde, denn das, ja, das würde mich wirklich erfreuen.«

Grimm will vortreten, doch eine Wache hält ihn fest, flüstert etwas, was ich nicht verstehen kann. Seine schwarzen Augen mustern mich. Eine Sekunde vermeine ich, Triumph in seinem Blick aufblitzen zu sehen, aber es ist ebenso schnell verschwunden, sodass ich mich getäuscht haben muss. Es behagt mir absolut nicht. Er wirkt plötzlich viel zu fröhlich, nickt mir zu, lächelt dabei fast glückselig. Ist er wahnsinnig? Ist es das, wieso er noch nie ein Schlachtfeld besucht hat? Ist er im Geiste verrückt?

»Ich werde es meinem Vater ausrichten. Lebt wohl, Prinz der Elben. Ich hoffe, wir sehen uns nicht allzu bald wieder. Und wenn, werden es scharfe Klingen sein, die unseren Weg kreuzen und nicht leere Worte oder Drohungen. Seid gewiss, auch ich halte meine Versprechen und dies ist meines. Wenn wir uns das nächste Mal begegnen oder Ihr mir nehmen wollt, was mein ist, werdet Ihr es mit Eurem Blut bezahlen, nicht mit meinem.«

»Ich freue mich drauf, es wird ein denkwürdiger Tag«, antworte ich emotionslos, obwohl mein Herz plötzlich wild wummert. Was hat er mir durch die Blume sagen wollen? Was sein ist? Nichts, was ich begehre, ist seines. Will er unser Land? Unseren Thron? Dann dreht er sich um und geht.

»Er geht?« Noam wirkt so ungläubig, wie ich mich fühle. Zwar ist das der optimale Ausgang, aber mal ehrlich, ohne Blutvergießen treffen die Alben nie auf Elben. Zu jähzornig ist dieses Volk, zu unberechenbar.

Ich pfeife nach Silver, der augenblicklich herbei stürmt, Vögel und Pferde erschreckt, während er auf seinen großen Pranken auf uns zu rast. Meine Gedanken wirbeln wie der Schnee unter seinen Pranken umher, denn ich bin mir sicher, dass sie etwas Größeres planen als solch ein belangloses Treffen. Eine andere Erklärung gibt es nicht. Dieser Auftritt und Abgang ist zu subtil. Er hält mich für dumm, für oberflächlich, aber ich habe es gemerkt. Nun gut, spiele deine Spiele, kleiner Prinz, ich werde für alles gerüstet sein, was dein kranker Kopf sich ausgedacht hat.

Verstohlen mustere ich die Zeltlandschaft vor mir. Nichts Auffälliges, nicht das Geringste. Es ist fast zu harmonisch. Die Albe mustern mich ihrerseits. Einige von ihnen fragen sich sicherlich, ob meine Worte der Wahrheit entsprechen.

Auch ich werde meine Vorkehrungen treffen und ja, es ist korrekt: Nächstes Mal wird es nicht so sein wie heute.

Meine Worte sind keine Lüge gewesen. Ich zolle meiner Gefährtin Respekt, sodass ich versuche, mit ihrem Volk ohne weiteres Blutvergießen zu verhandeln.

Werden sie wirklich abziehen oder verweilen? Nun, wir werden sehen. Einen Sonnenumlauf ist nicht viel Zeit, so viel Geduld werde ich aufbringen müssen. Ich bin zwar arrogant, aber glaube nicht, dermaßen furchteinflößend zu sein, dass er sein Heer einfach abzieht, jedenfalls nicht ohne Gründe. Nein, dieser kleine Lurch heckt etwas aus. Es liegt jetzt an mir, herauszufinden, was.

ELF

Mir ist verdammt schlecht, ich fühle mich benommen und schwindelig. Das ist das Erste, was ich bemerke, als ich langsam zu Bewusstsein komme. Übelkeit lässt mich wässrig schlucken. Sanft drücke ich mir die Hand auf meinen Bauch, versuche ihn mit kreisenden Bewegungen zu beruhigen, was mir nicht gelingt. Oh Gott, ich fühle mich furchtbar. Meine Zunge ist pelzig und trocken. Was ist passiert? Wo ist mein Bett? Alles riecht anders, nicht mehr nach Crispin, nicht mehr nach der Sicherheit unseres Gemaches. Und es ist kalt, verdammt kalt. Das warme Prasseln im Kamin ist verschwunden, mit ihm der Duft nach würzigem Holz. Ich drücke mir die Handballen auf die Stirn, Erinnerungen schießen schlagartig durch mein inneres Auge und ich ziehe scharf Luft ein.

Lona, dieses dreckige Miststück, hat mich verraten, hat Crispin verraten. Der Angreifer! Meine Hand wandert zu meinem Hals, an dem er mich gepackt hat. Er ist druckempfindlich, das Schlucken bereitet mir Schmerzen. Es ist kein Traum gewesen. Sie sind in mein Gemach eingedrungen und haben … und haben … was? Ich erinnere mich nicht, was dann passiert ist. Er ist in meinem Gemach gewesen und ich habe mich gewehrt, aber das Letzte, was ich weiß, ist, dass Lona mich geschlagen hat, und zwar verdammt hart, mitten ins Gesicht. Danach ist alles dunkel. Mein Körper brennt und schmerzt vom Kampf, Erinnerungen habe ich keine. Panik schießt durch meine Adern und ich versuche, in mich hinein zu hören, teste meine Muskeln, öffne blinzelnd die Augen und springe mühsam auf wackeligen Beinen auf. Zitternd, wie ein neugeborenes Fohlen, mache ich zwei Schritte vorwärts, weiter komme ich nicht, denn etwas reißt mich am Fuß zurück, sodass mein Bein einknickt und mein Knie schmerzhaft auf den harten Boden trifft. Ich beiße die Zähne zusammen, richte mich mühsam, so weit es geht auf, und fluche ungehalten, bevor ich bemerke, wer oder eher was mich aufgehalten hat.

Metall raschelt am Boden – eine Eisenkette fesselt mich. Sie haben mich wie einen räudigen Hund angekettet und mich auf den mit Frost überzogen Boden gelegt.

Ich schau mich mit schmerzendem Kopf um. Über mir ist ein dunkles Zeltdach. Probehalber reiße ich abermals an den Ketten, doch sie halten stand. Sie sind an einem Pfahl befestigt, der tief im Boden steckt. Ich bin also wieder eine Gefangene, diesmal ganz offensichtlich mit Ketten – nicht wie beim ersten Mal, wo es den Anschein erweckt hat, als bin ich frei gewesen.

»Hallo, Schönheit«, erklingt es hinter mir und so schnell ich kann, drehe ich mich zu der männlichen Stimme herum, während Kälte meinen Nacken kribbeln lässt. Es ist nicht der Mann, der mich angegriffen hat, den würde ich erkennen.

Dieser ist von beachtlich großer Statur. Sein schlanker Körper steckt in einer rußfarbenen Rüstung mit einem dunklen Umhang, bildet einen Kontrast zu dem schneeweißen Haar. Er gleicht einem Albino, wären da nicht die schwarzen Augen, die wie tiefe Löcher in seinem Gesicht wirken. Auf abstrakte Weise ist er reizvoll, aber gleichzeitig unheimlich und furchteinflößend. Er strahlt etwas Gefährliches aus. Mein ganzer Körper ist plötzlich mit einer Gänsehaut bedeckt. Derart muss sich eine Gazelle vor einem Raubtier fühlen, jedenfalls löst sein Anblick dieses Gefühl in mir aus. Er ist nicht so groß wie Crispin, ebenfalls nicht so muskulös, aber dennoch viel größer und stärker als ich, was heißt, dass er mir körperlich natürlich weitaus überlegen ist. Das vermerke ich mir in meinem Kopf und suche nach Schwachstellen, so wie die Jungs es mir beigebracht haben: Studiere deinen Feind genau, Alice, dann erst greif an. Überlege dir, wo seine Schwachstellen liegen, wo sind seine Stärken? Wie kannst du dieses Wissen für dich nutzen?

»Wer seid Ihr und was wollt Ihr von mir?«, zische ich,

stelle mich erhobenen Hauptes aufrecht hin, behalte ihn genau im Auge, wie er schleichend um mich herum läuft.

Er lächelt leicht und beißt geräuschvoll in einen Apfel, den er in der Hand hält, und der mir bis eben nicht aufgefallen ist. Saft läuft an den Seiten hinab, tropft auf den Boden und gefriert dort augenblicklich zu Eis. Wenn er denkt, mich einschüchtert zu können, täuscht er sich, und zwar gewaltig. Ich habe vor, ihm ordentlich Ärger zu machen, wenn er mich nicht frei lässt. Hitze steigt mir in die Wangen, als mir ziemlich spät bewusst wird, dass ich andere Kleider trage. Wie kann mir so etwas schon wieder passieren? Was stimmt mit dieser Welt nicht, dass sie einen bewusstlos entkleiden? Crispins Hemd ist fort, stattdessen trage ich ein langes schwarzes Kleid, mit einem Ausschnitt bis zum Bauchnabel. Der Ansatz meiner Brüste ist deutlich zu sehen, zeigt mehr, als ich zu zeigen bereit bin. Sie haben mich ausgezogen, nackt gesehen und meine Privatsphäre missachtet. Menschen, die andere Menschen entführen, haben offenbar armseliges Taktgefühl. Bastarde! Der Gedanke lässt mich fast in Tränen ausbrechen, aber nur fast. Ich zeige keine Regung. Die Zeit hat mich stärker gemacht. Ich fühle mich schrecklich bei dem Gedanken, was sie getan haben können, als ich bewusstlos gewesen bin, doch ändern kann ich daran ohnehin nichts. Wut, Angst und Scham vermengen sich in meinem Inneren zu einer gefährlichen Mischung, die darauf wartet, zu explodieren. Ich sammle meine Wut, greifbar, wenn sich eine Gelegenheit zum Angriff bietet. Tief atme ich ein, zähle bis zehn, versuche, ein Zittern zu unterdrücken, hebe stattdessen stolz mein Kinn. Er soll nicht merken, was ich fühle, denn ich ahne, dass ihm dies Freude bereiten würde, so wie er mich belustigt mustert. Vermutlich ist mein Gesicht nicht ansatzweise ausdruckslos, wie ich es mir wünsche.

»Ich?« Der Mann drückt sich von der Zeltwand ab, wirft den Apfel zu Boden und kommt auf mich zu. Langsam, mit lässigen Schritten, als sei es das Normalste der Welt, eine Frau in Ketten vor sich zu haben, was Schlimmeres erahnen lässt. Er bleibt vor mir stehen. Ich zwinge mich, zu erstarren und nicht zurückzuweichen, denn meine Fessel würde mich ohnehin stoppen, demzufolge mache ich das, was ich gut kann: trotzig, mit mehr Mut als Verstand, zu ihm aufsehen. Vermutlich färbt Crispin auch ein wenig auf mich ab. Wenn sie mich töten wollen würden, wäre ich schon tot, also haben sie etwas anderes vor. Ich werde abwarten müssen.

Er will nach meinem Kinn greifen, doch ich reiße den Kopf zur Seite und schlage nach seiner Hand. Überrascht weiten sich seine Augen einen Moment, ehe seine Lippe sich erfreut kräuselt. »Finger weg!«, knurre ich.

Anfassen geht deutlich zu weit, vor allem solch eine intime Geste, die nur meinem Verlobten zusteht. Crispin wird ihn dafür töten, dass er mich berührt hat, insbesondere, da sie mich entkleidet und entführt haben. Dieses Wissen lässt mich die Schultern zurücknehmen. Crispin wird sich rächen, und zwar fürchterlich. Sie werden erzittern. Ich an ihrer Stelle würde es, denn ich habe ihn kämpfen sehen, weiß, wie gnadenlos er mit seinen Gegnern sein kann. Und hierfür, ja hierfür wird Blut fließen. Ich bin die seine, habe ihm mein Wort darauf gegeben und der Ring an meinem Finger besiegelt es. Niemand wird ungeschoren davon kommen, wenn er sich mir nähert - das hat er oft genug beteuert und ich glaube ihm, er hat es ebenso oft bewiesen. Er wird jeden Stein auf der Suche nach mir umdrehen und nicht aufgeben, ehe ich sicher bei ihm bin. Dieses Wissen beruhigt mich zutiefst.

»Oho, eine Wildkatze. Asta hat mir nicht zu viel versprochen. Die mag ich am liebsten, musst du wissen. Die, die sich wehren, denken, sie könnten gewinnen. Sie zu brechen, ist berauschend. Der Moment, wo auch sie im Dreck kriechen und mir geben, was ich will und wie häufig ich es will. Das ist ein herrliches Gefühl.« Der Typ lächelt mich kühl an, während seine Worte und die Bilder, die sie verursachen, mir Übelkeit bescheren. Ich kenne ihn erst wenige Momente und möchte ihn am liebsten nie wieder sehen.

»Das klingt nach einem sehr ehrenvollen Mann, der es nötig hat, Frauen zu brechen, damit sie ihm Freude bereiten«, kontere ich.

»Ahnst du nicht, wer ich bin? Muss ich es dir wirklich sagen?«, höhnt er.

»Castiell?« In meinem Kopf macht es klick, meine Stimme bricht ein, was ihn erfreut lachen lässt.

»Das ist mein Vater. Ich, Schönheit einer Albin, bin Grimm, der Erbe der Dunkelalbe, und dein zukünftiger Gemahl. Schon vor deiner Geburt bist du mir versprochen gewesen, dieses Versprechen gilt es jetzt einzuhalten. Wir, du und ich, werden sehr viel Spaß miteinander haben. Ich werde dir zeigen, welche Freuden richtige Männer bringen können. Momentan allerdings stinkst du nach ihm, nach dem dreckigen Elbenprinz.«

Ich kann nicht anders und fange an, zu lachen. Schallend und ungehalten. Ich lache, bis meine Bauchschmerzen mich dazu zwingen, aufzuhören. Was glaubt er? Anscheinend gefällt ihm das weniger, denn mich trifft umgehend eine schallende Ohrfeige. Mein Kopf fliegt herum, ich schmecke Blut im Mund und spucke es ihm vor die Füße, ehe ich es bin, die trotz Schmerzen lächelt. »Du, mein Gemahl? Niemals, in tausend Jahren nicht!

Crispin wird mich finden, dann stehen dir die Götter bei, Grimm. Es ist mir gleich, wer du bist. Er wird dir deinen verdammten Arsch versohlen und dir die Eier abreißen.« Kurz verziehen sich seine Mundwinkel ärgerlich nach unten, ehe er sich fängt.

»Deine Art zu reden, ist … suspekt. Wird dein Prinz das? Bist du dir da sicher? Schau!« Er reißt grob an mir, sodass die Fessel meine Haut schneidet, und dreht mich zum Zelteingang, wo er mich loslässt und vortritt. Zwei Schritte bis zum Ausgang und doch unerreichbar für mich. Er reißt den Vorhang auseinander, Licht blendet mich kurz. Schmerzhaft umfasst er mein Kinn, dreht es dorthin, wo ich hinsehen soll. Seine Finger graben sich dabei tief in mein Fleisch. Ich versuche, mich zu wehren, aber sein Griff ist stahlhart. Er drückt schmerzhafter zu, bis ich aufhöre, mich zu wehren. »Schau hin, du leichtgläubiges Weibsbild. Da siehst du deinen Prinzen, wie er feige von dannen reitet mit den seinen.« Widerwillig folge ich seiner Aufforderung. Mein Herz wird schwer, als ich die Reiter sehe und Crispin erkenne, Noam und Silver sind bei ihm. Sie reiten nicht auf uns zu, nein, sie wenden ihre Pferde. Mit einem schnellen Galopp entfernen sie sich von mir. Silver folgt ihnen auf dem Fuß. Ich will schreien, nach ihnen rufen, doch eine kühle Hand legt sich auf meinen Mund. Er drückt kräftig zu, sodass kein Laut meine Lippen verlässt. Ein erdiger Geruch steigt mir in die Nase, widert mich maßlos an. »Spare dir den Atem. Wie du siehst, hat er dich aufgegeben. Sie sind nicht bereit, den Preis für dich zu zahlen, den wir wollen. Keine Albin ist dies in seinen Augen wert, was seine Worte gewesen sind, nicht meine. Du bist für ihn nur eine Trophäe gewesen, ein Spielzeug. Nett für kleine Stunden, in denen er die meine beschmutzt hat. Jetzt hast du ausgedient und nicht nur mich beschämt, sondern dein ganzes Volk, weil du dich ihm, unseren Erzfeind, wie eine billige Dirne hingegeben hast. Sei dankbar, dass ich so großzügig sein kann und darüber hinweg sehe. Jeder andere Mann hätte dich verstoßen, gar getötet. Meinst du, ich rieche ihn nicht an dir und weiß, dass er es mit dir getrieben hat? Ich werde, als guter Ehemann, vergessen, dass du eine widerliche Elbenhure gewesen bist, aber bete, dass ich dich nicht als solche behandle. Nein, ich habe größere Ziele, als dich zu zwingen, dich in mein Bett zu legen und mir Erben zu schenken. Mit dir, Kotas Tochter, an meiner Seite wird unser Volk zu uns aufsehen. Dein Vater, der Narr, ist in unseren Reihen überaus beliebt gewesen, deswegen hat man diese Verbindung geschlossen.«

Nein! Das kann ich nicht glauben. Crispin würde mich nicht verraten, Noam und Cian ebenso wenig. Ich glaube ihm kein Wort, diesem elenden Lügner. Tränen sammeln sich in meinen Augen, weil die Worte wie Gift in mein Herz eindringen, meine Unsicherheiten, die immer wieder an mir nagen, untermauern. Crispin würde mich nie verlassen, niemals. Grimm will mein Herz mit Angst füllen, es mit seinen Worten vergiften, einen Keil zwischen uns treiben und, verdammt, er ist sogar gut darin. Seine Worte verletzen mich gewaltig. Ein Dolchstoß hätte mir nicht weniger Schmerzen zugefügt. Er will mich schreckliche Dinge glauben lassen, doch ich habe mehr Glaube an Crispin, als er vielleicht ahnt. »Du lügst«, knurre ich, woraufhin er mich zu sich herumwirbelt und die Kette mir abermals ins Fleisch schneidet. Ich verziehe keine Miene. Tapfer recke ich das Kinn vor, wiederhole meine Worte: »Du lügst! Lüge so viel, du willst. Ihr glaubt an eure Götter, richtig? Dann sollten dir die Beine zittern. Crispin ist mein Seelengefährte und somit begehst du eine Straftat. Die Götter werden über dein Handeln richten, Grimm. Lass mich gehen, dann kannst du allenfalls davon kommen. Behalte mich hier als deine Gefangene und ich weiß nicht, wie dies für dich enden wird.«

»Ach, mache ich das, lüge ich? Wo ist er, dein stattlicher Held? Wenn du seine Gefährtin bist, wo ist dieses Band, welches euch angeblich verbindet? Wo? Spürst du noch etwas? Hör in dich hinein, kleines Mädchen. Nein, wenn mal etwas da gewesen ist, ist es nun fort, weil er dich aufgegeben hat. Es ist vielleicht ein Verlangen gewesen, aber Seelengefährten? Niemals. Oh, wie mir das auf der Zunge zergeht. Du bist nicht länger die seine. Das bist du ohnehin nie gewesen. Du bist schon vor deiner Geburt für mich bestimmt gewesen. Sie haben dich belogen. Du bist mein: Dein Herz, dein Körper und deine Seele sind von jetzt an mich gebunden. Und die Götter wissen, wie lange ich gewartet habe. Du stehst mir zu. Du und ich entstammen demselben Volk.«

Ich schaue in seine Augen, die tiefschwarz und ausdruckslos erscheinen. Jetzt breitet sich echte Furcht in mir aus.

Sie erinnern mich an Astas Augen, frei von jeglicher Wärme, grausam und ohne Liebe. Er hat unrecht. Ich spüre Crispin mit jedem Herzschlag. Unser Band, das immer unter Spannung zu stehen scheint, fühlt sich anders an, aber es ist nicht fort. Es spannt sich mit jedem Meter, der uns trennt. Es brennt tief in mir, doch das werde ich ihm nicht mitteilen. Weg ist es nicht, sondern einfach viel tiefer in mir verankert. Es fühlt sich fast an, als kämpfe es selbst gegen irgendetwas an, zischend und brennend. Wie haben sie das geschafft? Ich glaube kaum, dass alles eine Lüge gewesen ist oder gar Einbildung.

Nein, sie treiben einen üblen Zauber mit uns. Wäre es so unkompliziert, etwas Magisches nur durch eine Entscheidung zu beenden? Das widerspricht allem, was sie mich gelehrt haben. Allem, was ich gelesen habe. Elon hätte es sonst schließlich längst getan. Dies ist ein Trick, er trägt Astas Handschrift. Ich bin mir dessen sicher, derart sicher wie das Amen in der Kirche. Hier wird mit faulem Hokuspokus gespielt. Würden Cian und Noam mich ebenfalls hintergehen, mich ans Messer liefern? Nein, ich muss Vertrauen haben. Kota hat mich gewarnt, wie listig Castiell sein wird, und dieser Mann vor mir ist immerhin sein Sohn, also wird er die gleiche List und Tücke beherrschen. Sie können das Band nicht durchtrennen, es ist da, tief in mir verborgen. Was auch immer er vorgehabt hat, es ist misslungen, aber das werde ich ihm nicht auf die Nase binden. Ich handle so, wie er es erwartet, verziehe geschockt das Gesicht. Sie wollen Spiele spielen? Schön, pokern ist stets eine meiner Stärken gewesen.

»Du wirst ihn mit der Zeit vergessen. Ich werde deine Schmerzen mit meiner Aufmerksamkeit lindern.« Seine Hände gleiten an meiner Seite hinab, wofür ich ihn hart vor die Brust stoße, was ihn überrumpelt, denn er taumelt von mir weg.

Statt Wut blitzt abermals Belustigung in seinen Augen

auf. »Dein Feuer gefällt mir wirklich. Ich will dich doch nicht brechen, habe ich beschlossen. Ich habe andere Mittel und Wege. Wir beide werden sehr viel Spaß haben und man wird sich vor uns fürchten. Gemeinsam werden wir die Elben begraben, zu Asche verbrennen und auf ihren Gebeinen tanzen. Allen voran ihr Prinz. Sein Kopf wird am Tag unserer Krönung zu deinen Füßen liegen.«

Ganz bestimmt nicht, du Troll. Hört er sich selbst reden? Auf ihren Gebeinen tanzen? Er kann in der Irrenanstalt tanzen.

»Versucht es, doch es ist vergebens. Mein Herz gehört Crispin. Ich würde eher sterben, als dir zu dienen oder dir meinen Körper hinzugeben. Egal, was du tust, tief im Inneren wird es in meinem Leben nur den Einen geben.«

»Noch. Ein unsterbliches Leben kann sehr lange sein, meine Schöne. Irgendwann wirst du einsam werden und von selbst in meine Arme fallen. Dann wirst du anders über deine Worte denken. Du wirst mich um Zuneigung anflehen.«

»Niemals«, schnaube ich. Nicht in tausend Jahren. »Holt Crispin, holt ihn und lasst ihn es mir ins Gesicht sagen, dass es stimmt«, locke ich, doch er winkt ab.

»So wichtig bist du ihm nicht, Alice. Er würde nicht kommen, nicht deinetwegen.«

»Was hat Lona für ihre Hilfe bekommen? Macht oder

Gold?«, verlange ich zu wissen. Wie viel ist mein Leben wert gewesen.

Er gluckst. »Macht? Ein naives Elbenmädchen ist sie. Einer meiner Männer hat sie getötet, nachdem er dich geholt hat. Sie hat den Prinzen und mit ihm den Thron für sich gewollt. Jetzt wird sie unter der Erde zu Madenfutter werden - das passiert kleinen dummen Mädchen, die mit den Großen spielen wollen. Merke dir das, Alice.« Er zuckt mit den Schultern, als ist ein Tod nichts.

Lona ist tot? Wie sind sie an Enel vorbei gekommen? Ist er es auch? Nein, er darf nicht tot sein. Ich denke an den lebenslustigen Elben, mit dem ich Kuchen gebacken habe und dem Racella so nahe zu sein scheint. Ich merke nicht, dass mir Tränen die Wangen hinunter laufen, ehe er plötzlich wieder vor mir steht, sie mir wegwischt. »Ich mag es, wenn du weinst«, flüstert er und ich weiß, ich habe ein riesiges Problem. Ein krankes Problem, genau vor mir. Wieder schlage ich nach seiner Hand. »Es erregt mich sogar, also weine so viel du willst, meine Königin. Weine ganze Bäche von Tränen, erfreue mich damit.«

Dieser Arsch! Was stimmt nicht mit ihm? Wie kann er nur solch perverse Gedanken hegen? Ich muss hier weg, schnellstmöglich und dringender als vorher. Nein, besser ihn direkt kalt machen, denn mit der schweren Fußfessel ist eine Flucht im Augenblick undenkbar. Ich könnte ihn möglicherweise mit dem kalten Stahl erwürgen, ihn somit zum Schweigen bringen und auch gleich das Lächeln aus dem Gesicht wischen.

Plötzlich schnippt er mit dem Finger, direkt vor meiner Nase, und reißt mich aus meinen mörderischen Gedanken. Ein Rabe erscheint währenddessen zwischen den Zeltplanen am Eingang, lässt sich vor seinen Füßen nieder. Das Gefieder löst Ekel in mir aus, was auf meine Zeit bei Asta zurückzuführen ist. Ich werde nie wieder einen Raben ansehen können, ohne solch Ekel zu empfinden. Früher habe ich diese Tiere als anmutig und bildschön empfunden, heute ekeln sie mich an. Grimm tritt nach dem Tier, das erbost krächzt. »Zeig dich, Herr der Krähen. Brauchst du eine Einladung?«

Grauer Rauch wabert dem Vogel aus dem Schnabel, woraufhin er sich in die Länge zieht, ausdehnt und wächst. Knochen knacken, Federn fallen zu Boden und nehmen eine andere Form an. Er wird auf groteske Weise menschlicher, bis Asta vor ihm steht und sein Haupt verbeugt. Sein Kopf liegt schräg zur Seite, doch ich erkenne den Raben noch immer in ihm.

»Herr der Raben«, raunt dieser verstimmt.

Grimm schnaubt nur, winkt ab. »Raben, Krähen, Hühner. Es ist mir gleich, wie Euer Federvieh heißt. Es interessiert mich nicht. Ihr dient mir, und wenn ich Euch

Herr der Würmer nennen würde, müsstet Ihr den Boden küssen, auf dem ich stehe. Ihr habt uns Eure Dienste angeboten. Wir brauchen Euch nicht, Ihr aber uns. Jetzt, nachdem Ihr die Elben gegen Euch aufgebracht habt.«

Hass brodelt in mir hoch, intensiv und echt. Asta! Die Wurzel allen Übels, hier mit mir in einem Raum. Oh, wie sehr ich ihn verabscheue. Er hat mich verraten, meine Eltern ermordet, er ist der Teufel in Person. Ich balle meine Hände zu Fäusten. Meine Nägel bohren sich dabei in meine Handflächen, hinterlassen halbmondförmige Druckstellen, als ich mich zwinge, sie wieder zu lösen. Genau in diesem Moment dreht er sich zu mir um, lächelt sogar.

»Habe ich Euch zu viel versprochen? Sie ist perfekt geworden. Bildschön und durchaus attraktiv, oder? Ihr hättet die menschliche Hülle sehen müssen, keine Augenweide sag ich Euch, aber jetzt ist sie eine würdige Partnerin für Euch, Hoheit.« Er richtet das Wort an Grimm, ehe er sich mir zuwendet »Ich hoffe, Euer menschliches Ableben ist schmerzhaft und qualvoll gewesen. Ich hätte gerne zugeschaut.« In seinem Gesicht sehe ich Narben, rot und schwulstig - ein Andenken von Topas und dessen scharfen Krallen. Ich wünschte, er hätte seine Kehle aufgeschlitzt. Er bemerkt meinen Blick, fährt sich über eine der Narben.

»Ja, sie ist eine Schönheit, ganz nach meinem Geschmack. Ich werde viel Vergnügen mit ihr haben«, stimmt Grimm statt meiner zu. Seine Worte lassen mich fast würgen.

»Und Eure Nachkommen werden legendäre Krieger sein«, schmeichelt Asta ihm, dieser Lakai.

Kinder, mit dieser Ratte? Keinesfalls! In Jahrhunderten nicht. Ich werde keine Nachkommen mit ihm haben, vorher stürze ich mich von einer Klippe in den Tod. Bei den Göttern, das schwöre ich an Ort und Stelle. »Niemals!« Beide schauen mich belustigt an. Sie nehmen mich nicht ernst.

»Sie denkt, dass sie eine Wahl hat. Süß, oder?«, flötet Grimm, reißt an meiner Kette, bringt mich fast zu Fall, und ich strauchle auf ihn zu. Ob ich will oder nicht, ich muss mich mit den Händen an ihm abfangen, stoße mich jedoch gleich wieder weg. Ich will ihn nicht berühren. Wütend funkle ich die beiden an. Sie genießen es, mich so hilflos zu sehen.

»Crispin wird euch beide finden und töten, aber ich denke, das wisst ihr. Er wird keinen Stein auf der Suche nach mir umgedreht lassen. Das, was wir haben, würde er nie aufgeben. Ich weiß nicht, was ihr plant, oder wie ihr unser Band unterdrücken wollt, doch Crispin wird einen Ausweg finden. Euer Tod wird qualvoll sein, glaubt mir. Ich werde die sein, die dann neben ihm steht und lacht. Eure faulen Zauber mögen vielleicht wirken, aber es gibt immer einen Ausweg. Auch wenn ihr meinen Kopf täuschen könnt, mein Herz bekommt ihr nicht. Lasst mich gehen und wir vergessen diesen Schwachsinn. Das ist eure letzte Chance.« Ich bin fest von meinen Worten überzeugt, bis in die tiefen Winkel meines Herzens. Egal, wie lange es dauert, Crispin wird kommen. Es kann sein, dass ich mich oft im Leben getäuscht habe, aber nicht in ihm. Auch wenn es mir schwerfällt, ich spüre unsere Verbindung und glaube ihm mittlerweile, dass das, was uns verbindet, Schicksal ist. Bis er hier sein wird, muss ich die Zeit überbrücken. Ich will so hart erscheinen wie möglich, nicht hilflos, wie ich in Wirklichkeit bin.

Mein Daumen dreht den Verlobungsring, den er mir vor der Abreise gegeben hat. Er ist ein Versprechen auf eine Zukunft, für die es sich zu kämpfen lohnt, daran werde ich bis zum Ende festhalten. Ich habe schon viel Leid ertragen müssen, das schaffe ich auch noch. Crispin will, dass ich seine Frau werde, dieser Wunsch wird wahr werden. In seinem Blick hat nichts außer echter Liebe gestanden, als er mir den Antrag gemacht hat. Es ist nicht nur Verlagen und Spaß gewesen, das kann ich unterscheiden. Außerdem brauche ich etwas, an dem ich mich festhalten kann. Was auch immer sie planen, es wird nicht von Dauer sein. Wie an einem Rettungsanker klammere ich mich an die Flamme in mir. Das Glühen weiß, dass es Crispin gut geht. Er lebt, mehr muss ich vorerst nicht wissen. Einzig am Leben bleiben, das muss ich, auf ihn warten und für uns kämpfen. Das ist alles, was zählt. Ich habe Asta überlebt, also kann ich das hier gleichermaßen schaffen. Jede Wunde wird heilen, jedes Leid verblassen. Fegoria hat mir mehr als einmal seine grausame Seite gezeigt, diese wird mich zusätzlich stärker machen. Es überrascht mich beinahe selbst, wie tapfer ich bin. In meinem anderen Leben hätte ich gefleht, aber jetzt nicht mehr. Ich bin Alice, Albin und Tochter des Kota, zukünftige Königin der Elben, und werde genau so handeln. Schwäche ist fehl am Platz.

»Asta, gebt Ihr mehr von dem Trank, wir müssen es beschleunigen. Die Zeit sitzt uns im Nacken, wir reisen in wenigen Stunden ab.» Grimm nimmt einen Kelch vom Regal, füllt ihn mit einer giftgrünen Flüssigkeit, die Asta ihm reicht. Ich weiß zwar, dass es nicht tödlich ist – das würde allem widersprechen, was sie eben gesagt haben –, dennoch behagt es mir nicht.

»Trank? Was für einen Trank?« Vorsichtig entferne ich mich, bis die Kette an meinem Bein spannt.

»Zauber, wunderbare Zauber aus der alten Zeit, meine Liebe. Fast vergessen, aber nur fast. Sie lassen Euch nach und nach vergessen, was geschehen ist, löschen sanft die Erinnerungen an Euren so stattlichen Elbenprinzen, während ich Euch neue Erinnerungen schenke. Ich verspreche, sie werden ebenso qualvoll sein wie Eure vorherigen Erinnerungen. Ich bemühe mich sehr, es bessere, Eurem Wesen entsprechende, Erinnerungen werden zu lassen – mit neuem Gemahl an Eurer Seite. Komplizierte Magie, aber so wundervoll, wenn man sieht, wie sie sich entfaltet. Wenn Ihr mir nicht glaubt: Es beginnt schon! Versucht, Euch an Eure Kindheit zu erinnern. Morgen wird ein Teil verschwunden sein – Tag für Tag, Minute für Minute. Je länger Ihr ihn zu Euch nehmt, umso mehr nimmt er Euch. Eigentlich verabreicht man dies langsam und stetig, aber der junge Prinz ist voller Ungeduld. Wer kann es ihm verdenken? Also beschleunigen wir es ein wenig. Ihr seid unsterblich, Euer Geist wird sich erholen, sollte er Schaden nehmen. Wichtig ist, dies stets zu erneuern, um zu verhindern, dass die Wirkung nachlässt. Auch da überlege ich mir noch etwas. Wartet ab.«

»Crispin wird mein Gemahl werden, wir sind uns versprochen«, zische ich und halte meine Hand empor. Der Ring glitzert im Licht des Feuers und ich erkenne meinen Fehler – leider zu spät.

Grimms Gesicht verzieht sich zu einer Fratze, er stürmt auf mich zu. Ich bücke mich unter ihm weg, doch er reißt mich an den Haaren zurück, sodass mir die Tränen in die Augen treten und ich schreie. Beißend schlage und trete ich nach ihm, ohne Erfolg. Wir ringen miteinander. Dabei bekomme ich wieder einen Schlag gegen den Kopf, was meinem Gehirn sicher Freude bereitet. Ein Hoch auf meine elbischen Heilkräfte, die werde ich auch brauchen. Brutal reißt er mir den Ring vom Finger, schleudert ihn so heftig ins Feuer, dass Glut und Asche durch die Luft segelt, ehe er mein Gesicht zu sich zieht und seine Lippen hart auf meine presst. Abscheu erfasst mich und ich drücke meine Hände mit voller Kraft gegen seine Brust, doch er ist zu stark, also mache ich das Einzige, was ich noch kann und beiße ihm mit voller Kraft in die Lippe, woraufhin er lautstark brüllt. Blutgeschmack breitet sich in meinem Mund aus, ich wische mir mit der Hand über die feuchten Lippen, meine Finger glitzern danach rot. Auch Monster können bluten, sieh an! »Verpiss dich«, flüstere ich verhalten. Ehe ich mich versehe, liege ich auf dem eisigen Boden im Dreck und er beugt sich über mich.

»Da ist deine Liebe zu dem Elb, du Verräterin. Sie brennt lichterloh. Du gehörst jetzt mir! Ich hoffe für dich, du kommst bald zur Vernunft. Sonst würde es für dich qualvoller werden, als es ursprünglich müsste. Lerne, gefügig zu sein!«

»Da kannst du lange warten.«

Sie zwingen mich zu zweit, den Trank zu mir zu nehmen, indem Grimm mich festhält und Asta ihn mir in den Mund schüttet, dabei meine Nase zuhält. Einiges läuft an meinen Mundwinkeln hinab, aber irgendwann übernimmt mein Körper das Kommando und ich schlucke, ehe ich ersticke. Wütend auf mich selbst, krieche ich hustend von den beiden fort, sobald sie von mir ablassen. Meine Hände schürfen über den kalten Boden, doch ich spüre es bloß unbewusst. Beide beobachten mich, während ich würge und versuche, den Trank loszuwerden. Vergebens. Auch wenn mein Magen sich dreht, kein Tropfen kommt zurück. Müdigkeit fährt mir in die Glieder, das Zeug breitete sich offenbar aus.

»Sie muss ihn jeden Abend zu sich nehmen, um die Erinnerung zu blockieren. Hört Ihr mir zu, Grimm? Jeden Abend, für den Rest ihres Seins, bis ich eine andere Lösung gefunden habe. Nur so ist es von Dauer. Das ist wichtig. Die Müdigkeit wird mit der Zeit vergehen. Am Anfang ist es etwas stärker.« Das sind die letzten Worte, die ich höre, dann fallen mir meine Augen zu.

ZWÖLF

Mit gemischten Gefühlen reite ich heimwärts. Wie eine dunkle Wolke schwebt das Wissen über mir, dass hier irgendetwas komisch ist. Tief in mir spüre ich es. Wieder fährt meine Hand über meine Brust, dort, wo mein Herz sitzt. Ich spüre Alice, unser Band, aber es scheint in meinem Körper zu brennen. Es ist da, gespannt, heiß und lodernd, nicht friedlich wie sonst. Niemand hat Boten geschickt, sie wird sicher im Schloss auf mich warten, also muss es etwas anderes sein. Ich treibe die Männer an, zügiger zu reiten, denn ich möchte Alice erzählen, was passiert ist, und bin auch auf ihre dazugehörige Meinung gespannt. Sie sieht Dinge manchmal anders als wir, redet über irgendwelche Filme, welche ich nicht verstehe, doch die Ideen, die ihr dadurch erscheinen, sind mitreißend.

Nicht einmal einen halben Sonnenumlauf nach unserem Gespräch haben die Albe ihre Zelte abgebaut und sich auf den Weg gemacht. Kein Widerstand, nichts. Ungläubig haben wir das Geschehen aus der Ferne beobachtet. Ich bin fast bereit gewesen, daran zu glauben, dass mein Geist wirr ist. Wir haben den restlichen Sonnenumlauf abgewartet, mit einem Hinterhalt oder einem Überraschungsangriff gerechnet, doch nichts dergleichen ist passiert. Unsere Späher haben sie verfolgt, bis sie über den Bergpass verschwunden sind, friedlich, ohne Anzeichen von Gegenwehr. Wie es scheint, reiten sie geradewegs in die *Schwarzen Lagunen.* Ich zermartere mir das Gehirn auf der Suche nach einen Sinn und dem Bedürfnis, Grimm zu durchschauen. Es ist unübersehbar gewesen, wie tief er mich hasst. Ich, an seiner Stelle, wäre nicht einfach gegangen. Im Leben nicht! Er hätte mich ebenfalls vielmehr tot gesehen als lebendig. Wenn ich eine Forderung habe, setze ich sie durch, komme was wolle, und ziehe nicht den Schwanz ein. Er ist ebenso ein Thronfolger wie ich, warum hat er Alice sang- und klanglos aufgegeben? Aber was hätte ich ausrichten können? Bei einem Kampf hätten dort viele ihr Leben lassen müssen. Nein, ich finde es auch so heraus.

Was mich allerdings beunruhigt, ist Alice. Das stechen in meiner Brust, das Band, welches sonst friedlich warme Gefühle zu mir sendet, und ein loderndes Feuer, das ich jetzt spüre – anders als damals, als sie im Sterben gelegen hat, da sind es ihre Schmerzen gewesen, die mich im Innersten getroffen haben. Jetzt spüre ich ihre fast verzweifelte Liebe – ja, so kann ich es in Worte fassen. Ist es die Sehnsucht oder doch etwas anderes?

»Wenn du die Zähne noch fester zusammenbeißt, brechen sie dir ab.« Ich verdrehe die Augen über Cians blöden Kommentar, würdige ihm keiner Antwort.

»Es stimmt, grübeln bringt nichts. Freue dich lieber auf Alice. Wenn du Glück hast, hat sie wieder gebacken, und wenn ich Glück habe, lässt du mir etwas über, was mein Gaumen dir danken wird.« Noam lenkt sein Pferd neben meinem, ich muss schmunzeln. Ja, recht hat er. Das Kuchenzeug, wie sie es nennt, ist köstlich, aber noch mehr Gelüste verspüre ich nach ihrer Nähe, ihrem Duft und mit ihr zu reden. Ihr Lachen zu hören, wie sie mit mir schimpft, wenn ich sie necke – oh, wie ich es liebe. Auch unsere kleinen Streitigkeiten mag ich, das Gezanke um Lappalien.

»Das hast du gar nicht verdient. So oft, wie du mich vor den anderen ins Lächerliche ziehst. Toller Freund bist du, eher ein Blutsauger und ein Aasgeier.«

»Na, na! Zügle deine Worte.« Er wackelt mit dem Finger vor seinem Gesicht herum.

»Ist doch wahr. Aber ja, ich kann es kaum erwarten, Alice in meine Arme zu nehmen. Im besten Fall schließe ich uns sogar tagelang in unser Gemach ein, dann muss ich keinen von euch ertragen und habe wenigstens Ruhe.«

Wir necken uns hin und her. Meine Laune steigt beachtlich, bis es wieder tief in mir zieht, mein Innerstes zum Beben bringt, und ich unwillkürlich auf keuche.

»Was ist los?« Cian lenkt sein Pferd dicht neben meinem. »Alice?« Ich nicke, beiße abermals die Zähne zusammen.

»Unsere Verbindung brennt. Es … wird schlimmer.«

»Das klingt nicht gut. Es ist nicht wie damals, oder?«, versichert er sich und ich schüttle den Kopf.

Silver jagt Topas durchs Unterholz. Man hört nur ab und an sein Knurren oder Topas kreischen. Wie kleine Kinder. Ich bin paranoid, schelle ich mich selbst. Alice ist in Sicherheit, im Schloss, wo ich sie zurückgelassen habe. Vermutlich bin ich es, der unser Band in Flammen setzt. Wäre etwas passiert, hätten sie nach mir geschickt. Ich mache mich lächerlich, wenn ich jetzt voran reite. Das würde einzig unnötiges Gerede auslösen, was mein Vater letztlich gegen mich nutzen kann. Nein, ich muss meine Stellung wahren, mit meinem Heer zurückkehren. Nicht mehr lange, und ich habe es geschafft.

Ich bin gespannt, wie sie die Tage verlebt hat. Was hat sie wohl getrieben? Ich hoffe, sie hat mich ebenso sehr vermisst wie ich sie, auch wenn ich ihr das nicht auf die Nase binden werde. Ich verwette hundert Goldstücke darauf, dass sie Enel und Racella mit ihrem Temperament auf Trab gehalten hat. Der Gedanke lässt mich fast lachen und egal, was sie wieder ausgeheckt hat, nie und nimmer kommt meine Vorstellungskraft an die Realität ran. All ihre Ideen, wie das Backen zum Beispiel, sind weit entfernt von dem, was ich für sie in Betracht ziehe. Racella und Enel sind beide erstklassig ausgebildete Krieger, die mir Treue geschworen haben, ausnahmslos. Dieser Eid gilt bis in den Tod und bindet Elben. Ein beruhigender Gedanke, denn sie werden sie mit ihrem Leben beschützen.

Wie nennt Alice es, Urlaub. Ja, ich brauche dringend Urlaub und vielleicht werde ich mit Alice einige Tage durch Fegoria reisen und ihr die schönsten Ecken zeigen. Ecken, die sie nicht kennt. Die Schmetterlingshügel, die voll blutroter Schmetterlinge sind und abends in einem großen Meer in den Himmel steigen. Der unterirdische See im Sen Gebirge, der kristallklar ist und deren Wasser süß wie Honig schmeckt. Oder ich zeige ihr den Ort, wo mich einst das verfluchte Einhorn gebissen hat. Alice glaubt mir nicht, dass es Einhörner wirklich gibt. Es würde sie sicher erfreuen und mir täte dieser Ausflug ebenfalls gut. Nur wir beide, fernab von all den Pflichten. So etwas hat es für mich noch nie gegeben.

Wir erreichen das Schloss mit der Abenddämmung, die unser Land in warmes Licht taucht. Wir haben keine Rast gemacht, dafür bin ich zu beunruhigt. Ich nehme mir eine Sekunde zum Durchatmen, betrachte meine wunderschöne Heimat: Den Wald, den Frost und den Schnee, in dem das Licht sich fängt und rötlich glitzert. Alles ist friedlich, kein Grund zur Sorge. Die Vögel zwitschern, setzen sich zur Ruhe. Die Welt bereitet sich auf die Nacht vor. Raubtiere erwachen und das Leben nimmt seinen Lauf. Silver verschwindet ebenfalls im Unterholz, wird später satt und ausgepowert wieder auftauchen. Er braucht die Jagd, das liegt ihm im Blut, also lasse ich ihn gewähren. Ein Luftgeist wirbelt im Wald Schnee auf und dreht sich barbarisch im Kreis, ein anderer schließt sich seinem wilden Tanz an. Topas rast über mir durch die Baumkrone und zischt direkt zu unserem Gemach, der einzige Ort im Schloss, den er betreten darf. Meine Mundwinkel zucken, als ich sehe, wie er versucht, seinen Hintern in das Fenster zu zwängen, während Blätter und Schnee auf uns hinab rieseln. Bald wird er bei Dune im Stall schlafen müssen, denn er wird zu riesig für das schmale Fenster werden und dass er noch weiter wachsen wird, bleibt kein Geheimnis. Alice verdrängt diesen Gedanken, aber bald wird sie sich ihm stellen müssen.

Ich höre Getuschel und Gemurmel, spüre Blicke auf meinem Rücken, doch das ist mir gleich. Wer weiß, worüber jetzt wieder gemunkelt wird. Es gibt immer etwas zu reden. Mit Schwung steige ich ab, überlasse es Dune, selbst zu den Ställen zu traben. Die Stallburschen werden sich seiner annehmen und ihn verwöhnen.

Mit großen Schritten eile ich zum Tor, meine Lippen verziehen sich zu einem Lächeln, egal wie ernst ich gucken will. Zu groß ist meine Freude, Alice gleich in meine Arme zu schließen. Plötzlich höre ich einen qualvollen Schrei und bleibe abrupt stehen. Mein Blick schnellt gen Himmel, zu dem Wesen, welches so bitter brüllt – Topas. Sein Schrei zerreißt die Luft, lässt meine Ohren schmerzen und etliche Vögel fliegen erschrocken in den Abendhimmel. Es kommt direkt aus unserem Gemach. Der Schrei hallt Sekunden durch die Luft und mir gefriert das Blut in den Adern. Die Welt scheint zu verstummen. Ich laufe geistesabwesend los, renne, wie noch nie in meinem Leben, denn ohne Grund würde Topas diese qualvollen Laute nicht ausstoßen. Die Wachen wollen mich aufhalten, mir etwas sagen, doch dafür habe ich keine Zeit. Hart stoße ich einen der Wachen vor die Brust. Ich muss wissen, warum der Drache solche Schmerzen empfindet, renne dabei die um, die sich mir in den Weg stellen oder nicht schnell genug ausweichen. Meine Beine nehmen drei Stufen auf einmal, meine Schultern sind wie Rammböcke. Vor unserem Zimmer bleibe ich mit rasendem Herzen stehen, öffne rasch die Tür.

Leere!

Das Bett ist gemacht, wirkt wie bei unsere Abreise, und ich rieche eine Hauch Vanille, aber der Duft ist nicht frisch, steht schon längere Zeit im Raum. Ich runzle verwundert die Stirn, während Topas mich anklagend mustert und wieder einen jämmerlichen Schrei ausstößt, der meine Ohren klingeln lässt. »Still«, zische ich und halte mir die Ohren zu. »Topas, sie ist in meinem Gemach. Bleib ruhig. Ich hole sie.« Ich streiche über den Drachenkopf und heißer Dampf weht mir entgegen, rötet meine Hände. Unser kleiner Freund ist griesgrämig. »Kontrolliere dich! Wehe, du setzt das Zimmer in Brand«, mahne ich, wohl wissend, dass langsam die Flammen in ihm erwachen. Er wird erwachsen, doch wenn er das Schloss in Brand setzt, wird mein Vater ihn jagen lassen. Dann kann nicht mal ich ihm helfen. Bei den Göttern, ein Wunder, dass ich einen Drachen überhaupt in mein Herz geschlossen habe.

Ich drehe auf dem Absatz um, laufe den halben Weg zurück, ehe ich die Abzweigung zu meinem Zimmer nehme. Die Gänge sind überraschend unbelebt, das übliche Gewusel fehlt, was mir komisch erscheint. Keine Dienstmagd, keine Wachen, die in meinem persönlichen Trakt sonst umherlaufen. Manchmal verkriecht Alice sich lieber in meinem alten Zimmer, darauf hätte ich sofort kommen müssen. Sie sagt, sie fühlt sich mir dort näher verbunden. Vor meiner Abreise hat sie noch gegaukelt, dass sie es von oben bis unten durchsuchen wird, um mir jedes meiner Geheimnisse zu entlocken. Soll sie, ich habe nichts zu verbergen. Allerdings glaube ich, dass sie es nicht ernst gemeint hat. Stellenweise macht sie Scherze, die ich erst hinterher als solche erkenne.

Diesmal reiße ich in freudiger Erwartung die Tür auf, doch das Bild, welches sich mir zeigt, habe ich nicht kommen sehen. Ich taumle zurück in den Flur, greife mir an die Brust, bemerke einen großen bräunlichen Fleck unter meinen Füßen – getrocknetes Blut. Viel Blut. »Was, zum … », fluche ich laut, versuche das Bild, welches sich mir bietet, zu verstehen. »Alice?«, brülle ich und will wieder ins Zimmer treten, als ich mit Racella zusammenstoße. Sie prallt schwungvoll gegen die Wand, stöhnt kurz auf, ehe sie sich schwankend aufrichtet. Meine Wut und Frust richtet sich sofort auf sie. »Wo ist sie?«, presse ich mühsam zwischen zusammen gebissenen Zähnen hervor. Was zum Oger ist hier passiert? Wo ist meine Gefährtin und woher kommt all das Blut vor meinen Füßen?

Plötzlich sehe ich unser flammendes Band mit anderen Augen. Alice klammert sich an dem Band fest, an mir.

Sie braucht mich. Es steht nicht vor Sehnsucht in Flammen. Das Bild meines Zimmers hat sich in meinen Kopf eingebrannt. Reine Verwüstung. Der Baldachin ist zerfetzt, auf dem Laken, an den Wänden und auf dem Boden sind weitere sehr große Flecke von getrocknetem Blut. So viel Lebenssaft, vergossen in meinem Gemach, wo meine Gefährtin sein sollte. Es sieht aus wie nach einem Massaker, von Alice keine Spur. Wessen Blut ist das? Ich kann den Anblick kaum ertragen. Stuhl und Tisch sind umgeworfen, alles ist ein heilloses Durcheinander. Zerbrochene Erinnerungen, aus dem Schrank geworfene Bücher, und nichts ist, wie ich es vor meiner Abreise verlassen habe. Dazu, das Schlimmste an dem Bild, Alice Dolch mittig auf dem Boden. Blut, getrocknet und braun, klebt an ihm und ich kann es nicht mehr zurückhalten, übergebe mich schlagartig. Das ist mir beim Anblick von Blut noch nie passiert, aber der Gedanke, dass dies ihres sein könnte, setzt meinem Magen zu. Ich muss mich an der Wand abstützen, kalter Schweiß überdeckt meinen Körper, die Furcht ist wie ein Knoten in meinen Bauch. Es hat eindeutig einen Kampf gegeben. Es sieht aus wie einer um Leben und Tod, in meinem Gemach. Dem Gemach, in dem sie sich aufgehalten hat.

Wie im Nebel rennen Cian und Noam an mir vorbei,

während Racella etwas sagt, was ich nicht höre, weil mir das Blut in den Ohren rauscht. Langsam drehe ich mich um, sehe wie Cian sich die Hände über dem Kopf zusammenschlägt und Noam geschockt im Türrahmen steht. Ist das wirklich alles ihr Blut? Das hätte ich spüren müssen, wenn es so wäre. So viel Lebenssaft verliert man nicht, wenn man nicht des Todes ist, und ich weiß, wie es sich anfühlt, wenn es so wäre. Nein, der Schmerz ist ein anderer gewesen. So einen Schmerz hätte ich bemerkt. Was ich spüre, ist unser Band, lodernd. Eine weitere Welle der Übelkeit lässt mich erneut hart schlucken und ich greife Racella an den Schultern. »Wo. Ist. Alice?«, presse ich hervor, und Racella wird noch blasser, sie schluckt ebenfalls deutlich erkennbar.

»Es hat einen Angriff gegeben. Vorgestern Nacht.« Ihre Stimme ist fest, doch ich höre das Zittern darin, sie ist weiß wie die Wand. Schuld spiegelt sich in ihren Augen, die dunkel in den Höhlen liegen. »Enel hat Wache gehabt. Er … wir …. Er hat gemeint, ich könne zur Ruhe gehen. Alice ist in ihrem Gemach gewesen. Sie … haben ihn … Er ist tot«, haucht sie. Tränen sammeln sich in ihren Augen. »Er ist enthauptet worden, aber nicht kampflos gestorben, Mylord. Er hat versucht, sie zu verteidigen, aber Ihr seid verraten worden. Wir sind verraten worden. Er hat keine Chance gehabt. Es ist meine

Schuld, Eure Hoheit, ich hätte meinen Posten nicht verlassen dürfen, egal wie ruhig es gewesen ist.«

Ich versuche, ihre Worte zu verstehen, dennoch kann mein Kopf die Informationen nicht verarbeiten. »Ist sie?«, flüstere ich rau, mit der Hand um meinen Hals, während Noam mir eine Hand auf den Arm legt, mich stützt. Wie hat das passieren können? Ich lasse meine andere Hand fallen, gebe Racella frei und sie sackt plötzlich zusammen. Ich atme tief durch, sammle mich. Nein, sie ist nicht tot. Was rede ich hier? Das würde ich wissen. Kopflos zu sein, entspricht weder mir noch meinem Naturell, ich muss nachdenken.

»Nein, wir … Sie ist einfach fort. Niemand hat etwas geahnt, niemand. Lona hat uns verraten. Sie hat einen der Albe ins Schloss geführt, während man uns abgelenkt hat. All das hat zu ihrem Plan gehört. Enel hat die Gefahr nicht kommen sehen, er hat Lona doch gekannt. Sie ist unsere Freundin gewesen. Ich habe sie gekannt, zum Oger noch mal. Es hat einen Kampf gegeben. Alice hat sich augenscheinlich gewehrt, aber keine Chance gehabt. Sie hat viel gelernt, ist hingegen im Schlaf überrascht worden. Lona hat Euch gewollt, die Macht und den damit verbunden Rang, schon immer. Das ist stets ein offenes Geheimnis unter den Soldaten gewesen. Ihrer Meinung nach hat ihr der Platz an Eurer Seite zugestanden, nicht Alice. Sie hat nicht akzeptieren können und wollen, dass Ihr nun gebunden seid. Sie hat gedacht, wenn Alice fort wäre, würdet Ihr Euren Fehler erkennen und sie erwählen. Sie ist durch ihre Gier nach Macht geblendet gewesen. Sie … Kaum ist Alice anscheinend außer Gefecht gesetzt gewesen, hat der Alb sie verraten und ihr einen Dolch in den Körper gestoßen. Wie hat sie nur so naiv sein können? Er hat sie in ihrem eigenen Blut liegen lassen, doch zu unserem Glück hat eine Zofe sie gefunden. Bevor sie gestorben ist, hat sie uns, in der Hoffnung, dass die Götter ihr verzeihen mögen, alles gestanden. Sie nutzen einen Zauber, um Euch zu blockieren, Eure Verbindung zu unterbinden. Der Herr der Raben hat sich mit Castiell verbündet, ganz wie Alice es uns berichtet hat. Lona hat es Euch und Alice eingeflößt, mit Eurem Kelch, bevor Ihr losgeritten seid.«

Das erklärt, wieso sich unser Band anders anfühlt. Oh, wie sie sich täuschen. Es ist nicht unterdrückt worden. Es kämpft gegen die Wirkung des Trankes an. Wir sind von den Göttern füreinander bestimmt, diese naiven Bastarde. Solch ein Band kann durch einen bloßen Zauber nicht getrennt werden. Schlagartig wird mir etwas anderes klar, was mein Blut zu Eis gefrieren lässt. Das ist es gewesen, was Grimm die ganze Zeit gewollt hat: Ein Hinterhalt, aber einer, dessen Ausmaß ich niemals hätte kommen sehen. Lona, das verräterische Miststück! Mit vielem habe ich gerechnet, nur damit nicht. Grimm hat mich kalt erwischt. Seinen listigen Charakter habe ich deutlich unterschätzt. Ich reibe mir die Augen, schaue schmerzerfüllt zu Cian und Noam. Beide wirken ebenso betroffen. Wie hat das nur passieren können? Kein Wunder, dass Grimm einfach von dannen gezogen ist, er hat alles, was er je gewollt hat – Alice. Jetzt verstehe ich es, verstehe alles, sogar den Triumph in seinem Gesicht. Grimm hat nie angreifen wollen. Er hat mich abgelenkt, ist der Köder gewesen, den ich in meiner überheblichen Arroganz, dass ich ihm überlegen bin, blind geschluckt habe. Vielleicht bin ich auch durch all das, was hier im Schloss vorgeht, abgelenkt gewesen. Der Hass meines Vaters gegen Alice, meiner Sorge, allem gerecht zu werden, und meine Position zu untermauern. Das darf nie wieder passieren.

Ab jetzt muss ich einen klaren Kopf bewahren. Alice wird bei ihnen im Lager gewesen sein, so nah und von mir im Stich gelassen, abermals. Als ich da gewesen bin, haben sie sie vor meiner Nase fortgeschafft. Wie habe ich so blind sein können? Bei den Göttern, wenn ich an Grimm und seine kalten Augen denke … und an Asta, der sie schon einmal hat sterben lassen. Ich lasse die Arme sinken, stoße mit dem Rücken gegen die Wand und reibe mir erschöpft über die Augen. Ich muss mit Kelalan reden. Was für ein Zauber kann das sein? Wie kann ich ihn unterbinden. Oh Grimm, ich hole mir meine Gefährtin zurück, sodann werden Köpfe rollen. Und wenn ich ganz Fegoria bereisen muss, um sie zu finden, und es hinter mir niederreiße. Ab jetzt zählt für mich nichts anders, kein anderes Ziel steht über diesem. Götter, ich schwöre mit meinem Leben, ich werde nicht eher ruhen, bevor Alice sicher in meinen Armen liegt und wenn ich bei dem Versuch sterbe, soll es so sein. Diese Zerrissenheit zwischen meinem Rang als Kronprinz, meiner Gefährtin und dem, was mir wichtig ist, ist vorbei.

Hart werde ich geschüttelt. »Crispin!«, zischt Noam und ich zwinge mich, ihn anzusehen. »Du musst dich beruhigen. Es bringt niemanden etwas, wenn du jetzt mit einer Kurzschlussreaktion reagierst. Wir müssen das genau planen, auch wenn es schwerfällt.«

Ich atme tief ein. »Du hast leicht reden, sie ist meine Gefährtin. Meine. Du verstehst nichts, denn du hast deine Seelengefährtin nicht gefunden und zum zweiten Mal verloren, weil du für dein Volk eingestanden bist. Ich habe das Richtige machen wollen und doch das Falsche gewählt. Ich bin wie ein dummer Narr, nochmals den gleichen Fehler zu begehen, weil mein leidiges Ehrgefühl mich dazu zwingt. Verdammt!»

Der Knoten in meiner Brust hat die Ausmaße eines Felsens und ist kalt wie Eis. Was, wenn sie ihr Schmerzen zufügen, sie verletzen oder gar schänden? Oh Götter, warum handelt ihr da oben so grausam? Ist das unser Test, ob wir einander würdig sind? Sie ist gerade dabei gewesen, wieder aufzublühen, bedingungslos zu lachen. Ich hätte bei ihr bleiben müssen. Warum habe ich erneut solch einen Fehler begangen? Ich habe nur alles richtig machen wollen, für mich und mein Volk: einen Spagat zwischen meiner Liebe und meinen Pflichten, mein altes und mein neues Leben verbinden. Es ist schwer für mich, dies umzusetzen. Vorher habe ich einzig dafür gelebt, der Kronprinz zu sein und eben diesen Thron zu verteidigen.

Mit donnernden Schritten mache ich mich auf den Weg zum Salon meines Vaters. Er wird mir Rede und Antwort stehen. Warum hat man mir keinen Boten geschickt? Warum ist niemand ausgeritten, um sie zu retten? Man hätte die Albe aufhalten können, ich hätte Grimm aufhalten können, wenn ich Bescheid gewusst hätte. Wir hätten ihr Lager auseinandergenommen. Hinter meiner Schläfe pocht es.

Wie erwartet sitzt er auf dem Thorn, als ich den Kronsaal betrete, als ist nichts passiert und die zukünftige Frau seines Sohnes nicht in Hand der Feinde. Er nimmt unsere Verbindung nicht ernst, glaubt nicht daran, dass es sie nach all den Jahrhunderten wieder gibt, sonst würde er mir so etwas nicht antun. Ich bin sein Sohn, bei den Göttern! Wieso hat er nichts unternommen, dieser verdammte Narr? Hass und Wut nagen tief an mir, als ich ihn anblicke. Seine Miene ist reglos, als er mich kommen sieht, doch er nickt mir zu. Kelalan und einige andere Männer stehen bei ihm, diskutieren entrüstet. Ich hoffe für sie, dass es sich dabei um die Befreiung meiner Gefährtin dreht.

»Alle raus. Ich muss mit dir reden, Vater«, knurre ich harsch und sein Gesicht verdüstert sich sofort bei diesem Ton.

»Später. Nichts ist so wichtig, dass du das recht hast, mir Befehle zu erteilen. Ab jetzt wirst du Demut und Geduld lernen, Sohn«, erwidert er knapp, woraufhin ich unüberhörbar knurre.

Die Berater machen mir augenblicklich Platz, fühlen sich sichtlich unwohl. Er unterschätzt die Situation gewaltig. Ich bin rasend vor Zorn, während die Angst mich innerlich auffrisst. Und er redet von Demut? Er wird es sein, der lernt, was Demut und Respekt sind. Ich bin kein Jüngling mehr, sondern ein Mann.

»Das ist keine Bitte gewesen, Vater, sondern ein Befehl, denn ich bete zu den Göttern, dass du bereits ein Plan ausarbeitest, wie du meine Gefährtin befreien willst.

Du hast schon zwei volle Tage verschwendet, ohne Reiter nach mir zu senden. Ich bin gespannt, aus welchem Grund. Dafür gibt es in meinen Augen keine Entschuldigung, außer du bist in Lonas Plan involviert.« Cian und Noam treten hinter mich, stärken mir den Rücken und beziehen ganz klar Position. Ich mustere ihn genau, mir entgeht keine Regung seines Gesichtes. Seine Mimik wankt, während seine Berater sich sichtlich distanziert wegdrehen und untereinander verstohlene Blicke tauschen. Sie wollen nicht zwischen uns geraten, das will niemand. Ich kann es ihnen nicht verübeln.

»Was glaubst du, Sohn?«, zischt er zurück. »Dass ich riskiere, dass du dich wegen einer Frau, dazu einer verfluchten Albin, mit einer Armee Albe anlegst? Vielleicht hat sie dich nicht mehr ertragen und dies alles geplant? Egal, was Lona sagt. Unter Umständen haben sie sogar dich gewollt, oder mich. Nun ist sie fort und ich danke den Göttern, dass sie das Problem bereinigt haben, ehe es überhaupt eines geworden ist. Du bist nicht bei Sinnen, seid sie zu uns gekommen ist. Aufmüpfig wie ein Jüngling. Stell dir vor, sie hätte unseren Stammbaum mit Kindern geschändet. Alben-Elben-Mischlinge. Wo denkst du hin? Es ist Schluss mit dieser lächerlichen Spielerei! Es gibt keine Seelengefährten mehr und du willst die deine gefunden haben?«

Damit geht er zu weit. Mit zwei langen Schritten bin ich bei ihm, ziehe ihn an seinem Kragen aus dem Thron. Überraschtes Aufkeuchen seiner Berater hallt durch den Raum, bevor sie stürmisch zur Tür hinaus verschwinden. Vernünftig von ihnen. Kelalan bleibt zurück, ebenso mein Bruder und Noam. »Überdenke deine Worte, Vater. Ich bin auf deinen Wunsch fortgeritten und du dankst es mir so? Alice würde mich nie verlassen, sie könnte es nicht. Sie ist eins mit mir, unsere Seelen sind verbunden, auch wenn es nicht in deinen verbohrten Kopf geht. Das Band, welches uns verbindet, ist kein Märchen, alter Narr. Meinst du, ausgerechnet ich würde so etwas erfinden? Ich? Du kennst mich Vater! Überdenke deine Worte. Hätte ich eine Albin gewählt? Wohl kaum und doch bin ich froh, dass ich Alice gefunden habe. Ich bin Mann genug, mir einzugestehen, dass ich mich getäuscht habe. Alice ist anders als andere Albe. Ebenso habe ich mich in Lona getäuscht.« Vater versucht, sich von mir loszumachen, doch er hat mich deutlich unterschätzt. Mein Körper ist trainiert, während seiner über die Jahre auf dem Thron verkümmert ist. Schwächliche Muskeln, schwacher Geist.

»Crispin«, zischt Kelalan, legt mir eine Hand auf die Schulter. »Er versteht es nicht, Junge.«

Mit Schwung stoße ich meinen Vater von mir, er taumelt und fällt zurück auf seinen Thron. Sein Gesicht ist weiß, ihm ist nicht bewusst gewesen, wie sehr er mir körperlich unterlegen ist. Ich genieße es, maßlos. Endlich ist der Zeitpunkt gekommen, aus seinem Schatten zu treten. Es fühlt sich befreiend an. Ich bin nicht länger auf sein Wohlwollen angewiesen, und dies wird sowohl ihm, als auch mir jetzt klar. In mir brodelt Hass und Zorn. Auf ihn, auf Grimm und alle, die ihre Finger im Spiel haben. Selbst auf die Götter, die diese Scharade zulassen. Dies kann doch nicht ihr Wille sein.

»Wie fühlt man sich denn, wenn man plötzlich hilflos ist? So wird Alice sich gefühlt haben und du, Vater, hast sie im Stich gelassen. Ich habe dir vertraut. Jemanden wie dich nenne ich nicht mehr beim Namen. Du verdienst den Titel Vater in meinen Augen nicht länger. Mein Vater würde aus Liebe zu seinem Kind alles in seiner Macht stehende unternehmen, um einzugreifen. Egal, was er über unsere Verbindung denkt. Du hingegen siehst nur deinen Vorteil, wie immer. Also, Elon, bist du ab heute nicht länger mein Vater, merke dir meine Worte.«

»Crispin, Sohn«, flüstert er und wirkt zum ersten Mal ehrlich bestürzt, doch ich will nichts hören, hebe meine Hand, um ihn zu stoppen. Es ist genug.

»Nein, wage es nicht, mich anzusprechen oder mich mit deinen Ausreden zu beschmutzen. Niemand wird ruhen, ehe wir sie nicht zurückgeholt haben. Du willst meine Treue? Verdiene sie dir! Erst dann werde ich dich wieder Vater nennen, dich als meinen König ansehen, wenn du meinen Respekt erworben hast. Es liegt an dir: Entscheide dich für mich oder gegen mich. Es gibt keinen Weg dazwischen. Wenn du dich für mich entscheidest, auch für meine Gefährtin, dessen solltest du dir bewusst sein.«

DREIZEHN

Die nächsten Tage vergehen wie im Nebel. Ich habe das Gefühl, überhaupt nicht zu begreifen, was vor sich geht. Es gibt wache Momente, in denen ich esse und trinke, oder spüre, wie eine Hand sich um meinen Bauch legt, um mich auf dem Pferderücken zu halten. Allerdings bin ich so ausgelaugt und müde, dass mir alles egal ist. Jegliche Emotionen fehlen mir, weil es mir schier an Kraft mangelt, ich nur mit Mühe die Augen aufhalten kann.

Mein Rücken wird an die Brust des Reiters gedrückt, eine Möglichkeit, mich zu rühren, habe ich kaum. Immer wieder fallen mir die Augen zu und ich erwache später für winzige Augenblicke, um mich zu erleichtern, einen schrecklichen Trank eingeflößt zu bekommen und daraufhin weiter zu schlafen. Sie stellen mich ruhig, das ist mir bewusst, doch ich kann nichts an der Situation ändern. Sobald mein Kopf etwas klarer ist, verabreichen sie mir widerliches Gebräu und ich versinke im Dämmerzustand.

Die Landschaft zieht schemenhaft an mir vorbei, Tag und Nacht verschwimmen zu einem Gemisch. Die Droge, die sie mir einflößen, ist stark. Ich habe keine Chance, sie zu verweigern. An einem Tag meine ich, in einem Dorf Menschen gesehen zu haben. Dort, wo der Reiter, ein braunhaariger Typ, der mich bei meinem Namen genannt hat, Vorräte gekauft hat. Ich habe schwach den Kopf gehoben, ihn blinzelnd angesehen, doch ihn nicht erkennen können. Statt zu antworten, habe ich mich gefügt, dem Druck nachgegeben, und mich an die Brust des Reiters fallen gelassen, meine Augen geschlossen.

Wie viele Tage reiten wir schon? Einen, oder gar zehn? Ich weiß es nicht. Mein Körper ist taub, ich fühle weder Schmerz noch Sorge, ausschließlich Leere. Mit jedem Tag, der vergeht, wird diese Leere größer, Erinnerungen verblassen. Aber ich klammere mich an das heiß lodernde Band, welches mich mit Crispin verbindet, halte mich daran fest.

In meinen Träumen flüchte ich zu ihm, sehe sein Gesicht vor mir. Wenigstens das bleibt mir, meine Träume gehören mir. Dort sinke ich in seine Arme, glaube seinen Worten, dass er mich findet, und wünsche, ich könnte für immer an diesem Ort bleiben, schlafen wie Dornröschen, bis mein Prinz kommt und mich erweckt. Ständig erklingt seine Stimme in meinem Kopf. Ich höre sein Lachen und spüre seine Küsse, bis ich erwache. Dann falle ich wieder in das dunkle Loch, mit kreischenden Raben über unserer Kolonne.

VIERZEHN

Die Ankunft des Falken habe ich gleich als schlechtes Omen gesehen. Wie er die Kreise über mir gezogen hat, ehe er sich vor mir auf einem Ast nieder gelassen hat. Ich weiß, wer mir Falken sendet, Seth. Es sind die königlichen Tiere. Mit ihren scharf gebogenen Schnäbeln und dem dunklen Gefieder, würde ich sie überall erkennen. Lange Zeit, nachdem ich den Brief abermals gelesen habe, lasse ich ihn sinken, mein Herz ist schwer vor Kummer. Ich kann fast fühlen, wie es lethargisch unter der Last bricht. Ich muss Seth eine Antwort senden, so schnell es geht, aber vorher planen, die gelesenen Worte beiseite rücken, und mich konzentrieren. Ich bin ein Stratege. Noam hat recht gehabt, kopfloses Handeln würde alles noch schlimmer machen. Ein drittes Mal beginne ich, den Brief im Schein des Feuers zu lesen.

Crispin, mein Freund, der Grund, warum ich dir schreibe, ist besorgniserregend. Ich habe heute eine beunruhigende Beobachtung gemacht, von der du wissen solltest. Falls du bereits informiert bist, wieso zum Henker hast du uns nicht avisiert? Wir stehen an deiner Seite, mein Freund, vergiss das nicht. Erst recht in diesen finsteren Zeiten. An solchen Tagen spüre ich am

eigenen Leib, wie viel mein Vater all die Jahre geleistet hat, ohne zu klagen. Wie schwer es ist, manche Siedlungen zu halten oder sie für einen zu gewinnen. Wir sind als einfache Kaufmänner getarnt, am Rand des Reiches unterwegs, wollen schauen, wie die Stimmung über den Wechsel des Regenten hier angekommen ist. Dieses kleine Dorf ist bedeutsam. Es ist das, was dem Niemandsland am nächsten liegt - jenem Land, durch das viele Wesen reisen. Es bietet Nährboden für Informationen jeglicher Art. Du weißt, welches ich meine. Hier wird Handel mit jedem getrieben, der vorbei kommt und bezahlen kann, wie du weißt. Egal, welcher Rasse oder Stamm er angehört. Die Menschen hier fühlen sich uns nicht so zugehörig wie der Rest von Escher. Das ist oft ein Problem. Hier herrschen andere Regeln und doch gehört es zu meinem Herrschaftsgebiet. Wir sind dabei gewesen, aufzubrechen. Es hat nichts für uns zu verrichten gegeben, der Winter ist mit den Männern und Frauen gnädig gewesen. Sie haben genügend Vorräte, uns reichlich Ware dargeboten und sehen wohl genährt aus. Eine Gruppe Reiter hat meine Aufmerksamkeit erregt. In der Ferne habe ich eine große Horde von ihnen gesehen. Sie haben ausgeharrt, gehören zu dem Trupp, der sich gerade mit Vorräten eindeckt und diese mit Gold bezahlt hat. Weiße Gesichter, spitze Ohren. Ich habe die Zähne zusammengebissen, mein Freund. Albe, hier in meinem Reich! Wie können sie es wagen, nachdem sie am Tod meines Vaters, dem König, schuld sind, unser Land zu betreten? Wie kann der Händler solche Halunken bedienen? Ich schweife ab, das tut mir leid. Ich habe mein Pferd dichter heran gelenkt, um zu hören, was die Geier zu erzählen haben. Sie anzugreifen, wäre töricht gewesen. Wir sind nur an die zwanzig Reiter gewesen, sie hingegen mehr als das Vierfache, wenn ich es korrekt einschätze. Also habe ich beobachtet, versucht aufzuschnappen, wohin ihre Reise führt und ob wir handeln müssen. Der Händler hat lautstark diskutiert, aber die Albe haben unbeirrt Vorräte gepackt. Der Reiter an der Spitze hat dem Mann Gold zugeworfen, sich das letzte gepökelte Fleisch vom Hacken gerissen. Das Gold ist klimpernd auf der Erde gelandet, was ihn hat lachen lassen. Schadenfroh hat er den Mann gemustert, der vor ihm im Schnee und Dreck gekrochen ist. Wenn man sich auf ein Handel mit solchen Wesen einlässt, muss man damit rechnen, du Narr, habe ich mir insgeheim gedacht. Ich habe mich gezwungen, mich abzuwenden, dann sie gesehen. Eine Frau ist mit ihnen gereist, und zwar keine gewöhnliche Frau. Nein, diese roten Haare sind außergewöhnlich und ich habe sie bisher nur bei einer einzigen Frau gesehen, nämlich bei deiner. Ich habe mein Pferd dichter an die Gruppe heran getrieben, so nahe wie möglich, ohne erkannt zu werden. Die Frau auf dem Pferd ist schläfrig gewesen, immer wieder hat sie mit den Augen geklimpert. Das zarte, anmutige Gesicht, das leuchtende rote Haar, welches sich sanft wellt, die helle Haut. All das ist mir so vertraut vorgekommen, dass ich kurz den Atem habe anhalten müssen. Ich habe sie beim Namen gerufen, doch ihr Blick ist geistesabwesend gewesen. Sie hat mich angeschaut, aber mich

nicht erkannt. Ich bin mir sicher, sie betäuben sie, ich kenne die Anzeichen dafür. Ihr Gesicht zeigt Spuren eines Kampfes, erblasste Blessuren. Der Reiter hat mich bemerkt und geknurrt wie ein Tier: Sprich meine Gemahlin nicht an, du räudiger Abschaum eines Menschen.« Er hat sie zurückgerissen, sie an seine Brust gedrückt und dem Pferd ein Kommando gegeben. Hilflos habe ich sie ziehen lassen müssen, deine Alice. Was ist geschehen, Crispin?

Ich lasse den Brief sinken, stehe schwunglos auf und schreite zum Tisch, auf dem Feder und Pergament liegen. Müde lasse ich mich nieder und beginne, meinem Freund zu antworten, während die Sorge mich schier auffrisst.

FÜNFZEHN

Kälte und Einsamkeit sind das erste, was mich bei jedem Erwachen erwartet. Die Landschaft verändert sich, wir lassen das karge Niemandsland hinter uns, müssen, nachdem wir durch Ausläufer von Escher gekommen sind, auch die kalte Eisebene passieren. Unerbittliche Kälte, meterhoher Schnee und kein Rückzugsort, der Schutz bietet.

In wachen Momenten bekomme ich mit, dass es mehrere Pferde nicht schaffen. Sie verenden an den Strapazen, doch ihren Reitern ist es gleich. Das Klima in dieser Region ist unerbittlich und ich weiß nicht, ob ich es als Mensch durchgestanden hätte. Ich bezweifle es stark. Kelalan hat mir damals erzählt, wie gnadenlos die Winter in der Eiswüste sind, aber es nun zu erleben, ist etwas völlig anderes. Alle Albe sind bis auf die Augen komplett vermummt, Eiskristalle bilden sich sofort an den Stellen, wo warmer Atem auf Kleidung trifft. Es ist bitterlich kalt. Meine Haarspitzen, die unten aus der Kapuze heraus lugen, sind schwer vom Eis, welches sich daran gebildet hat. Der Schnee erreicht fast den Rücken der Pferde, meine Füße in den Stiefeln sind durchnässt und schmerzen vor Kälte. Ich weiß nicht, wie sie in dieser weißen Landschaft ohne Kompass den Weg finden, aber sie wandern stetig voran, allerdings nicht mehr in dem Tempo, welches sie in den anderen Regionen an den Tag gelegt haben. Das ist unmöglich.

Die Landschaft um mich herum beginnt sich zu verändern. Der Schnee zu unseren Seiten wird weniger, die Sonne kräftiger und die ersten Büsche erscheinen am Wegesrand. Bald knirscht Eis unter unseren Füßen, ehe wir einen Gebirgspass durchqueren. Hier ist es der Wind, der meine Haare tanzen lässt, während die Sonne meine Nase kitzelt. Es wird deutlich wärmer, als hätten wir eine neue Klimazone passiert. Die Luft enthält einen Hauch Salz, das Meer muss in der Nähe sein.

Als wir den Pass verlassen, erblicke ich statt des Eises schwarze breite Flüsse, die die Landschaft links und rechts einsäumen. Die Wege werden schmaler, Bäume und Sträucher sehen nicht mehr aus wie die im Nebelwald, sondern wie Palmen, nur dass ihre Blätter tiefviolett und groß wie Flugzeugflügel sind. Lange dunkle Dornen an ihren Rändern verursachen mir eine Gänsehaut. Auch wenn ich es ungern zugebe, berührt diese wilde Landschaft mein Herz. Es ist exotisch, mit bunten Vögeln, die unglaublich lange Schnäbel haben und über unseren Köpfen entlang ziehen. Aus den schwarzen Flüssen schauen mich giftgrüne Frösche mit vier Augen und kleinen Vampirzähnen an. Hier möchte man gewiss nicht baden.

Dies sind sie also, die Schwarzen Lagunen, die Heimat der Albe. Die Palmen säumen den Weg zwischen dem Wasser. Auf der einen Seite das aufgewühlte Meer, auf der anderen die schwarzen Flüsse. Immer wieder tauchen große Berge aus den Fluten auf, scheinen uns langsam einzukesseln, ehe wir geheime Wege bereiten, die wir passieren können - wenn man vom Pfad abkommt, ist man verloren. Es ist ein Labyrinth an kleinen Wegen, die dann im Wasser enden oder in Felsen und Berge leiten, die stetig größer werden. Hinter den Bergen glitzert der Ozean blau. Warum sind die Lagunen nur so schwarz? Was verbirgt sich in ihren Tiefen?

Nicht lange und wir werden von den Bergen umzingelt. Wassergeister spielen in schwarzen Gewässern, treiben Schabernack, bespritzen uns mit Wasser und schenken den Reitern Muscheln. An einer Stelle verbinden die männlichen Albe sich die Ohren, wirken beinahe ängstlich und mit Schaudern reiten wir über etliche Skelette. Ein Wesen - mit dem Körper einer Frau, dem Gesicht eines Fisches, ohne Nase, mit großen welligen Ohren - singt laut ein melodisches Lied in einer Sprache, die ich nicht verstehe. Eine Sirene. Mich lässt ihr Gesang kalt, doch einer aus unseren Reihen will plötzlich zu ihr eilen.

Er ist wie hypnotisiert. Sie lächelt raubtierhaft mit katzengleichen Zähnen. Seine Kameraden müssen ihn bewusstlos schlagen, um ihn davon abzuhalten, sich in seinen sicheren Tod zu begeben. Fische, so riesig wie Segelboote, sonnen sich an der Oberfläche des Wassers und ich meine sogar, eine Nixe gesehen zu haben, die ihren Kopf kurz wissbegierig aus dem Wasser gesteckt hat. Ihr grünes Haar hat in dem einzigen Sonnenstrahl, der durch die dunklen Palmen gedrungen ist, geleuchtet. Ich kann mich jedoch ebenso getäuscht haben.

Wieder versinke ich in seligem Schlaf und falle im Traum in Crispins Arme. Als ich das nächste Mal erwache, liege ich in einem weichen Bett, was für meinen vom Reiten schmerzendem Rücken eine Wohltat ist. Es stinkt feucht und salzig. Anders als der erdige Wald, den ich zu lieben gelernt habe. Es riecht nicht vertraut, sondern fremd. Kein natürliches Licht ist zu sehen, kein Fenster. Das Zimmer ist aus Stein, die Wände glänzen feucht. Im Kamin flackert ein schwaches Feuer, was nicht vermag, die klamme Luft zu vertreiben. Die Möbel bestehen aus Holz, Stein oder etwas, das wie Perlmutt aussieht, wie große Muscheln. Das ganze Zimmer wirkt kalt und düster, ich habe es aber auch nicht anders erwartet. Es ist so, als wäre das genau der Gegensatz zu Crispins warmen und einladenden Zuhause.

Er ist hell, Grimm ist dunkel. Yin und Yang. Ist es so? Brauchen sich beide Völker zum Ausgleich? Hier singen keine Vögel. Der Nebel lichtet sich allmählich in meinem Kopf und ich richte meinen Körper auf, sammle mich, ehe ich aufstehe. Wenn ich eines gelernt habe, dann dass blindes Handeln nichts bringt. Das habe ich bereits bei meinem ersten Fluchtversuch im Niemandsland gespürt, sehr schmerzhaft. Ich habe die erst beste Chance nutzen wollen, einen der Wachen niedergestreckt, aber bin nicht weit gekommen, da sie mich eingefangen haben. Es hat mit einer Tracht Prügel für mich und dem Kopf der Wache geendet, was dafür gesorgt hat, dass ich mich schuldig gefühlt habe.

Mein Geist tastet nach Crispin, nach unserem Band, es brennt lichterloh. Das Wissen, dass er da draußen ist, beruhigt mich. Auch, dass Asta und Grimm denken, sie hätten das Band gekappt. Alles zieht sich in meinem Körper zusammen. Ich will nach Hause. Ich quäle mich in eine aufrechte Position, mein Körper steif von dem langen Ritt, und stöhne leicht, rolle meine Schultern. Durch den Trank und dem damit verbundenem Schlaf bin ich unterwegs vollkommen schmerzlos gewesen, doch jetzt holt es mich mit einem Schlag ein. Ich fühle mich völlig verkatert und zerschlagen.

Mein Blick schweift abermals unsicher umher. Wir sind

also angekommen, in meiner persönlichen Hölle, in dem Zuhause meines Vaters, nur dass es nicht sehr heimisch wirkt. Jetzt liegt es an mir, Hilfe zu finden. Er ist sich sicher gewesen, dass es Albe geben wird, die mir helfen. Ich fröstle und reibe mir die Arme. Unbehaglich krieche ich aus dem Bett. Wut kocht in meinen Adern. Ich schaue an mir hinab, die Kleider des Ritts sind verschwunden. An ihrer Stelle trage ich ein blutrotes Kleid mit weitem Rock und einer engen, tief ausgeschnitten Korsage, die meine Brüste verboten hoch drückt. Vielleicht hätte ich es schön gefunden, wenn ich es unter anderen Umständen bekommen hätte, so lässt es mir aber die Galle hochkommen. Am liebsten möchte ich es mir vom Körper reißen und ihnen vor die Füße werfen, doch die Alternative, pure Nacktheit, verhindert es. Ich schlucke meinen Stolz einfach herunter, denn dieser wird mich sicherlich nicht retten. Allein das Wissen, dass jemand von ihnen meinen nackten Körper kennt, ist abstoßend.

Ich mustere das Zimmer und studiere jeden Winkel, halte Ausschau nach einer möglichen Waffe. Meine Finger fahren über den Stein, suchen vergebens nach großen Stücken, die ich nutzen kann. Sie sind schlau. Hier gibt es nichts, was mir helfen könnte. Nicht einmal einen Spiegel, den ich zerbrechen könnte, um die Scherben zu nutzen. Voller Zorn und Hilflosigkeit stampfe ich mit dem Fuß auf wie ein bockiges Kind. Ich fluche, knurre leise vor mich hin. Es gibt nicht mal einen Kleiderschrank. Nichts, außer dem Bett und einen Kamin. Ich reibe mir über das Gesicht. Mein Gehirn arbeitet auf Hochtouren, kommt langsam wieder in Gang. Sie erwarten, dass ich Grimm heirate? Das können sie sich abschminken. Sie wollen Crispin und meine Verbindung durch ihre Tränke blockieren, was Gott sei Dank nicht funktioniert, aber meine Erinnerungen, damit haben sie Erfolg und das macht mir Angst. Meine Kindheit ist wie ausgelöscht. Was, wenn ich vergessen werde, dass es Crispin gibt? Können wir unser Band aufrechterhalten? Er liebt mich, egal was Grimm und Asta sagen, und meinen Glauben an Crispin können sie nicht zerstören. Er ist der Einzige, der mich noch aufrecht stehen lässt. Und er wird einen Weg finden, jedes Problem zu lösen. Ich kann nicht fassen, dass ich vor kurzem glücklich gewesen bin und nun in diesem Kellerloch stecke.

Oh Fegoria, du machst es mir wahrhaftig nicht leicht. Alles sollte jetzt gut werden. Ist es gut? Nein. Ich hocke in einem modrigen Gewölbe, weit weg von dem Mann, den ich liebe. Das ist nicht fair! Ich fasse kurz an Kotas Kette, als könne sie mir Kraft geben, oder Antworten auf mein Leid. Crispins Ring fehlt mir ebenfalls. Sehr sogar. Ich habe mich an das Gewicht an meinem Finger gewöhnt, es schmerzt tief in meinem Herzen. Ich laufe weiterhin durch den Raum, mustere alles genau. Es muss etwas geben! Meine Hände fahren abermals über den nackten Stein, suchen nach losen Felsen, einem Geheimgang, irgendwas … Ich muss irgendwo unter der Erde sein, vermutlich in einem der riesigen Felsen, die unterirdisch in den Lagunen verschwinden. Wahrscheinlich unauffindbar. Das würde auch erklären, wieso es kein Fenster gibt, die Luft so abgestanden und modrig riecht. Mein Kopf wird immer klarer, das wird mir nun bewusst.

Mein Blick huscht zur Tür, doch ich mache mir nichts vor. Ich würde hundert Goldstücke darauf verwetten, dass hinter dem dicken Holz Wachen auf mich warten. Goldstücke … Klar, es ist offensichtlich, dass ich wirklich im Wunderland angekommen bin und mittlerweile sehr gut damit zurechtkomme. Ich denke nicht mehr in Dollar, Euro oder Pfund. Ich rechne in Goldstücke um. In jeder anderen Situation ein Grund zum Lachen, nur heute nicht. Denk nach, Alice, fordere ich mich selbst auf. Du bist schlau. Finde etwas, und zwar schnell. Ich reibe mir über die Augen und schaue zum Bett. Der Baldachin ist aufgezogen und … Moment. Mein Herz pocht plötzlich wild vor Vorfreude. Sie haben etwas übersehen. Oh ja, ihr schlauen Albe, habe ich euch. Mein Mund verzieht sich zu einem kühlen Lächeln. Idioten.

Ich stelle mich aufs Bett, behalte die Tür genau im Auge. Der Baldachin ist an Holzlatten befestigt, wenn ich ihn lösen kann … Das wäre eine ideale Waffe. Na ja, immerhin besser als keine Waffe. Noam und Cian haben mir viele Tricks und Hiebe gezeigt, womit ich erheblichen Schaden anrichten könnte. Vorsichtig ruckle ich an der Stange, doch sie sitzt bombenfest. Na warte, Hartnäckigkeit zählt zu meinen Stärken. Die nächsten Minuten versuche ich möglichst lautlos, das Holz zu lösen. Meine Finger sind nass vom Schweiß und meine Muskeln protestieren, aber ich mache weiter, hänge mich an das Holz, ziehe, zerre und ruckle was das Zeug hält. Mit Schwung baumle ich mich mehrmals daran, merke, dass es allmählich nachgibt. Neue Energie durchströmt mich, also beginne ich immer wieder von vorne.

Ziehen, zerren, ruckeln und dranhängen.

Ziehen, zerren, ruckeln und dranhängen.

Nicht aufgeben.

Ehrgeiz packt mich. Das Holz knirscht bereits, was mich wie ein Honigkuchenpferd grinsen lässt. Die werden sich wundern, denn ich bin kein hilfloses Püppchen. Ich bin nicht gestorben und auferstanden, um in diesem Keller zu hausen und die Zuchtstute eines Albinos zu werden. Nein, nicht mit mir. Ich habe es verdient, glücklich zu sein, und dieses Glück werde ich mir zur Not selbst verschaffen. Selbst ist die Frau, oder wie heißt es so schön? Wer will schon mit einem psychopathischen Alben verheiratet sein? Ich jedenfalls nicht, eher ende ich als verwahrloste Höhlenbewohnerin! Ich bevorzuge den verdammt scharfen Elbenprinzen, der mich zwar manchmal zur Weißglut treibt, aber auch meine Seele berührt. Grimm soll sich eine Trollin suchen, ebenso garstig wie er. Trollin? Gibt es das Wort? Gibt es weibliche Trolle? Ach, das ist mir eigentlich ohnehin egal. Die Hauptsache ist, ich kann hier verschwinden.

Ich nehme einen Schritt Anlauf, so gut es auf dem Bett geht, und hänge mich ein letztes Mal mit vollen Gewicht an die Stange. Ein lautes Knacken und Knirschen hallt durch den Raum, doch ehe ich reagieren kann, lande ich mit dem Rücken auf dem Boden. »Uff«, entfährt es mir und ich muss mich kurz sammeln, blende den Schmerz einfach aus. Der Sturz ist ziemlich hart gewesen, aber die Euphorie über den Erfolg verdrängt alles, denn die Stange ist aus der Verankerung gebrochen. Sieg auf ganzer Linie. Triumphierend halte ich sie mir vor das Gesicht. Das ist jeden Schmerz wert. Ich schwinge sie nach links, nach rechts, schaue, wie sich das Gewicht verteilt und wie ich den Stab am besten nutzen kann. Jetzt bin ich froh, dass Noam mich beim Training immer so getriezt und auch mit Stangen geübt hat.

Leider ist der Krach nicht unbemerkt geblieben. Ich höre Gemurmel vor der Tür und drehe meinen Kopf in diese Richtung. Jetzt muss ich schlau sein, vor allem flink. Also richte ich mich zügig auf, humple zur Tür und stelle mich dicht mit dem Rücken an die Wand. Vor Aufregung rauscht mir das Blut in den Ohren und mein Herz klopf wild. Es donnert geradezu gegen meine Rippen, als würde es jeden Moment durchbrechen wollen. Meine Hände zittern, so fest umklammere ich das Holz in meinen Händen. Hab kein Mitleid mit ihnen, sie haben auch keines mit dir, rufe ich mir in Erinnerung. In dieser Welt gibt es kein Mitleid. Hier herrscht einzig: friss oder stirb. Und ich bin nicht die, die gefressen wird. Nicht heute. Fast erschreckt es mich selbst, wie klar ich über so etwas mittlerweile denke, aber es gehört wohl zum Leben in dieser mittelalterlichen Welt, dass man sich schnell anpasst, sonst ist man verloren.

»Was treibt Ihr, Weib?«, höre ich eine männliche Stimme, doch ich antworte nicht. Er soll gefälligst nachschauen, was ich hier veranstalte. »Antworte, Weib!«, knurrt die Stimme erneut, dann folgt ein schweres Schnauben, ehe ein Schlüssel im Schloss herum gedreht wird. Sehr gut, du Trottel, komm nur her und hol dir deine Abreibung. Meine Finger verkrampfen sich um den Holzstab. Drei, zwei – ich zähle innerlich und kaum, dass der dunkle Haarschopf den Raum betritt, ramme ich ihm, mit aller Kraft die ich aufbringen kann, meinen Stab in den Magen. Er stöhnt auf, beugt sich vor. Ich denke nicht lange nach, sondern handle, wie ich es geübt habe. Um meine eigene Achse drehend, hole ich Schwung und der Stab trifft seinen Rücken, ehe ich ihm diesen in die Kniekehlen ramme und ihm so die Beine unter dem Körper wegziehe. Ja, so wird sich ein Ninja fühlen. Ich handle instinktiv, mein Körper macht das, wozu er geboren worden ist, er kämpft. Cian und Noam sind gute Lehrmeister gewesen, aber ich bemerke, dass da mehr in mir schlummert. Nicht alles ist dem Training mit ihnen zu verdanken und es muss so sein, wie mein Vater mir in der Zwischenwelt berichtet hat. Erinnerungen meiner Vorfahren erwachen in mir, wahrscheinlich durch Astas Zauber. Die Augen des Alben sind geweitet, als sie mich überrascht und erschrocken vom Boden aus anblicken, ehe ich ihn mit dem letzten Schlag in die Bewusstlosigkeit schicke. Bäm, da hast du es, Arschgeige! Das ist besser gelaufen, als ich erwartet habe. Ich würde mir am liebsten selbst ein High Five geben, doch plötzlich vernehme ich Applaus. Mein Kopf fährt herum, jeglicher Siegestaumel verfliegt, und ich drehe den Stock in meiner Hand erneut, weiche langsam zurück in den Raum. Ich habe mich zu früh gefreut.

»Eindrucksvoll!« Grimm lehnt sich an den Türrahmen, klatscht leise und macht sich über die Vorstellung, die sich ihm gerade geboten hat, ganz offensichtlich lustig. Er wirkt nicht, als hat er Angst vor mir, was mich irgendwie ärgert. Diese Belustigung, die er demonstriert, erreicht hingegen nicht seine Augen, diese erscheinen genau so kalt, wie ich sie in Erinnerung habe. Dunkle, seelenlose Teiche.

»Willst du der Nächste sein? Trau dich!«, fordere ich ihn heraus und seine Mundwinkel heben sich. Vielleicht finden andere Frauen ihn attraktiv, aber für mich ist er abstoßend.

»Du hast nicht den Hauch einer Chance, Liebste, nicht ansatzweise. Es amüsiert mich wirklich, dass du so denkst.«

»Sicher? Testen wir es doch.« Ich will ihn provozieren. »Oder hast du zu viel Angst, dass ich dich fertigmache, du feiger Entführer? Welcher Mann hat es nötig, sich die Braut eines anderen zu stehlen?«

Sein Grinsen verblasst. »Du weißt nicht, wovon du sprichst. Du bist die meine und er hat dich zuerst gestohlen. Du stehst mir zu, so der Plan. Dein Vater ist in die Irre geleitet worden. Dich fortzuschaffen, ist ein Fehler gewesen. Sich mit einer Nixe zu paaren, ebenfalls.«

»Ich habe mich bewusst für Crispin entschieden. Dich kenne ich doch gar nicht, wir haben uns nie nahe gestanden und werden es niemals. Die Götter haben Crispin an meiner Seite gestellt, für dich bin ich zu keiner Zeit bestimmt gewesen, Grimm. Nur weil dein Vater dies beschlossen hat, wird es nicht eintreffen.«

»Weil dein Vater dich mir weggenommen hat. Alles ist geplant gewesen. Perfekt vorbereitet und dann …« Er lässt den Satz unausgesprochen und ich schnaube auf.

»Geplant? Liebe kann man nicht planen. Liebe passiert.«

»Was ist schon Liebe. Man merkt, dass du rein gar nichts einer Albin in dir trägst. Macht! Macht ist es, was wirklich zählt, wonach wir streben.« Gier lässt seine Augen blitzen, die erste Regung, die ich ihn ihnen sehe, und es lässt mich noch mehr Abscheu empfinden.

»So etwas sagt bloß jemand, der die wahre Liebe nie getroffen hat. Lass mich gehen, Grimm. Crispin wird keine Ruhe geben, ehe ich zurück bin. Noch können wir einen Krieg verhindern. Wir können Verbündete sein, in Frieden leben. Die Elben und die Albe, Seite an Seite, verbunden durch die Hochzeit mit Crispin, und es würde Frieden herrschen. Ist es nicht das, was wir anstreben? Eine Welt, in der niemand grundlos sterben muss, wenn man es verhindern kann?« Ich appelliere an seinen Verstand, doch er lacht dermaßen ohrenbetäubend, dass die Wände wackeln.

»Herrlich, wie naiv du bist. Frieden. Wer will Frieden, wenn er grenzenlose Macht haben kann? Ich will keinen Frieden mit den anderen Völkern Fegorias. Nein, ich werde sie auslöschen, Volk für Volk. Niemand kann uns aufhalten. Die Elben können sich uns unterordnen, ja, dann wäre ich gewillt, sie als Sklaven zu dulden. Menschen, Zwerge und der ganze andere Abschaum wird zu Staub unter meinen Füßen werden. Für sie ist kein Platz mehr.«

So viel zum Thema Menschenverstand. Ein Versuch ist es wert gewesen. »Lass mich gehen«, flüstere ich eindringlich.

Er mustert mich, scheint kurz zu überlegen, ehe er antwortet: »Wenn du an mir vorbei kommst, lasse ich dich ziehen.« Sein Gesichtsausdruck ist so überheblich, dass ich ihm eine klatschen möchte. Ich weiß, dass er mit mir spielt, dass er lügt. Jemand wie er sagt nie die Wahrheit. Nein, er stellt mir etwas in Aussicht, für das ich bereit bin, alles zu machen – meine Freiheit. Er genießt es, Hoffnung in mir zu wecken, so klein sie auch sein mag.

Ich versuche, den Stab in meiner Hand, den ich insgeheim Albenbezwinger taufe, möglichst eindrucksvoll zu drehen. Obwohl ich mich wie eine Kriegerin fühle, sehe ich vermutlich aus wie ein Kleinkind mit einem Krückstock. Was habe ich für eine Alternative? Keine, die mir gefällt. Was habe ich zu verlieren? Nichts. Also los! Mit einem Schrei stürze ich mich auf ihn, doch er weicht mir mühelos aus. Ehe ich wenden kann, bekomme ich einen harten Tritt in den Rücken, pralle mit dem Gesicht voran gegen die Wand. Ich spüre, wie Blut aus meiner Nase spritzt und beiße die Zähne zusammen. Tränen schießen mir in die Augen. Ich wirble herum und schlage mit einer so wahnsinnigen Entschlossenheit nach Grimm, die ihm sein Grinsen aus dem Gesicht wischt. Ich will ihm wehtun, richtig wehtun, für all das, was er uns zufügt, dass er mich aus meinem neuen Zuhause gerissen hat. Dafür, dass ich von Crispin getrennt bin und er mich in diesen Keller gesteckt hat.

Er greift meinen Arm, reißt mich zu sich. Unsere Nasen berühren sich fast und er blickt mich hämisch an, siegesgewiss lächelnd. Die Hand mit dem Albenbezwinger hält er fest umklammert, also hole ich mit der freien Hand aus und meine Faust trifft auf seine Nase. Damit hat er nicht gerechnet. Ja, ich kämpfe mit allem, was ich habe, du Arsch. Er lässt mich los, flucht, während ich die Chance nutze und ihm den Albenbezwinger in den Bauch ramme. Mit einem lauten Schrei sackt er zusammen. Ich warte nicht ab, wie viel Schaden ich angerichtet habe, sondern renne los. Jede Sekunde zählt. Ich mache mir nichts vor, er wird mich trotz Sieges nicht gehen lassen. Ich werfe die Tür hinter mir zu, laufe nach links, doch weit komme ich nicht. Eine breite Brust taucht vor mir auf und ich drehe auf dem Absatz um, renne zurück. Dort steht Grimm und sein Gesichtsausdruck spiegelt alles Mögliche wider, nur keine Freude. Nein, er ist wütend. Sein Gesicht, eine Fratze des Zorns. Er reibt sich die Nase, aus der helles Blut tropft. Ich schlucke deutlich hörbar. Sie kesseln mich ein. Panik breitet sich in mir aus. Das kann es nicht schon gewesen sein. All die Mühe umsonst? Wieder umklammere ich den Albenbezwinger, aber gegen die zwei Albe habe ich verloren, das ist mir klar. So gut bin ich bei Weitem nicht. Meine Hände zittern wie Espenlaub. Während ich Grimm im Auge behalte, wird mir von hinten meine hart erkämpfte Waffe entrissen. Er knallt ihn mir in die Kniekehlen und dieses Mal bin ich diejenige, die zu Boden geht. Schmerzhaft prallt mein Knie auf dem Boden auf. Ich habe nicht den Hauch einer Chance. Tränen blinzle ich fort, Wut brodelt in mir hoch, und ich beiße die Zähne fest aufeinander.

»Was sollen diese Spielchen?« Die Stimme ist leise und eiskalt, richtet sich an den Prinzen. Langsam wende ich den Kopf, starre in ebenso schwarze Augen wie die von Grimm. Er gleicht seinem Vater wirklich bis aufs Haar.

Sie können fast Zwillinge sein, nur dass sich in Castiells Gesicht mehr Erfahrung ablesen lässt. Seine Augen wirken älter, aber nicht weniger wahnhaft als die seines Sohnes. Beide sind von großer Statur und von einer gefährlichen Aura umgeben. Der Unterschied ist einzig, dass Castiell eine weiß goldene Krone, die im Schein der Fackeln, die an der Wand befestigt sind, glänzt, auf seinem Kopf trägt.

»Hallo, Castiell«, knurre ich.

»Oh, du weißt, wer ich bin? Mein Ruf eilt mir voraus.« Er wirkt durchaus zufrieden.

»Nein, der Wahnsinn fällt nicht weit vom Stamm«, erwidere ich, woraufhin mich erneut ein harter Schlag im Rücken trifft.

»So redest du nicht mit mir, Weibsbild. Ich werde dir Respekt lehren, wie es sich für einem Vater gehört. Leider hat deiner verpasst, dir eine Tracht Prügel zu geben, die dir zugestanden hätte. Verweichlicht bis aufs Mark, das bist du. Jede Albin hätte weiter gekämpft.

»Einen guten Vater macht das nicht aus.« Diese Worte spucke ich ihm vor die Füße.

»Oh, so garstig? Ich bin der Vater deines zukünftigen Gemahls, und König über die Albe, also auch der deine. Dein Vater hat versäumt, dir zu zeigen, was unser Volk ausmacht. Du wirst von heute an lernen, was es heißt,

Respekt vor dem König zu haben. Du wirst im Dreck vor meinen Füßen kriechen, wenn ich es will, und lächeln, wenn ich es dir sage. Du wirst meine Marionette sein, mein Spielball. Kalt, gefühllos und ohne Gnade, wie alle anderen. Ich werde dich perfekt formen. Noch bist du ein unbeschriebenes Blatt, aber das wird sich bald ändern. Wir haben große Pläne mit dir, Tochter von Kota.«

Seine Worte jagen mir einen Schauer über den Rücken. »So könnte ich nie sein«, flüstere ich. »Niemals. Ganz egal, wie lange ihr mich festhaltet, das bin ich nicht.« Würde er mich kennen, wüsste er es. Ich könnte keinesfalls ohne Mitgefühl leben, ohne Liebe und Hoffnung. Es liegt nicht in meinem Wesen.

»Bist du dir sicher?« Er lächelt wissend, hält eine Phiole in die Luft. Der Inhalt funkelt kobaltblau im Licht der Fackeln.

»Noch ein fauler Zauber?«

»Mit der Zeit wirst du vergessen, wer du gewesen bist. Du wirst eine neue Alice sein, eine bessere Alice, eine echte Albin. Asta hat die Tinktur perfektioniert, sie stärker gemacht. Wenn du nicht mehr weißt, wer du bist, bist du formbar. Das, was dich ausgemacht hat, wird verschwinden. Es wird dein Denken verändern, dein Handeln.«

Jetzt bekomme ich Angst und krieche rückwärts zur Wand. Was Astas Tränke bewirken, habe ich bereits am eigenen Leib erleben müssen. Es hat mich immerhin getötet, was nicht besonders lustig gewesen ist. »Nein«, hauche ich, doch er lacht mich aus, nickt dann Grimm zu.

»Bring sie in ihr Zimmer. Ihre Wache wird ausgepeitscht. Zehn Hiebe für sein Versagen. Sollte so etwas erneut vorkommen, wird er hängen.«

»Jawohl, Vater.« Grimm neigt gehorsam den Kopf, greift nach mir, aber ich schlage seine Hand weg und wir beginnen miteinander zu ringen, ehe mich eine kalte Hand im Genick packt, runter drückt, bis meine Nase den Boden berührt.

»Na, na. Wer will sich da nicht benehmen?«, zischt Castiell, reißt mich schmerzhaft hinauf. »Es wird Zeit, deine Krallen zu stutzen, Kätzchen.«

SECHZEHN

Das Warten macht mich verrückt, ich bin krank vor Sorge. Ich fühle mich ruhelos und angespannt. Wenn ich könnte, würde ich alle mehr antreiben, aber unsere Pläne hindern mich daran. Die Idee, die Albe auf ihrem Land anzugreifen, braucht, so ungern ich es zugebe, Vorbereitung. Jede Minute, die vergeht, ist Alice mit diesem Mörder alleine.

Ich schreite im Raum auf und ab. »Seit neun Tagen ist sie fort, Noam. Neun verdammte Tage, seit wir Grimm getroffen haben. Mittlerweile müssen sie die Schwarzen Lagunen erreicht haben. Du kannst nicht verlangen, dass ich noch länger warte. Ich habe eingesehen, dass wir nicht kopflos losstürmen können, wir Hilfe unserer Verbündeten brauchen. Auch habe ich geduldig auf Seth gewartet. Wir werden Algrim und sein Zwergenheer auf der Eisebene treffen, doch morgen werden wir uns auf den Weg machen. Bis dahin müssen alle Reiter bereit sein und die Verteidigung des Schlosses stehen. Mein Vater hat genügend Zeit gehabt, Elben aus den anderen Reichen abzukommandieren. Die Reise wird lang werden. Jeder Tag, der vergeht, ist Alice dieser Kreatur ausgesetzt. Die Elben, die uns begleiten, sollen dies aus freien Stücken wollen.« Ich raufe mir die Haare. »Wer weiß, was sie ihr antun? Du kennst die Geschichten, die man über Castiell erzählt. Du weißt, was er seinen Widersachern auf dem Schlachtfeld zufügt. Du hast Seth gehört, er hat sie getroffen. Sie hat ihn nicht mal erkannt, weil sie sie anscheinend betäubt haben oder schlimmeres. Kaum ansprechbar hat sie auf seinem Pferd gehangen, an ihn gelehnt, in seinem verfluchten Arm. Weißt du, was dieses Wissen mit mir macht? Es bringt mich Stück für Stück um den Verstand, Noam. Und sie ist verletzt gewesen, das mal außen vor, ihr Gesicht voller Blutergüsse. Was würdest du an meiner Stelle unternehmen? Noch länger warten? Nein, Noam. Wenn ich könnte, würde ich Fegoria niederreißen. Ich bin so verflucht wütend und verzweifelt, dass ich am liebsten alles in Schutt und Asche legen möchte.«

Noam schaut betreten zu Boden. Er weiß, dass ich recht habe und ich stehe kurz vor einer Explosion. Ich muss handeln, die Zeit drängt. Länger ausharren, schaffe ich nicht. Wir haben unsere Freunde und Verbündeten zusammen getrommelt, dies in einer spektakulären kurzen Zeit. Obwohl ich am liebsten losstürmen würde, bin ich kein Narr. Alice kopflos zu retten, bringt ihr nichts. Es würde etliche Verluste geben, in beiden Reihen. Pferde, Verpflegung und vor allem Verbündete haben Vorrang gehabt. So ungern ich es mir eingestehe, haben wir auch das Schloss nicht schutzlos zurücklassen können. Frauen und Kinder leben hier, nicht nur mein Vater. Ich habe genügend Ehrgefühl, dies zu bedenken. Jetzt sind unsere Freunde bei uns, der Proviant gepackt und alles ist bereit. Die Zwerge werden auf uns warten, die Menschen an unserer Seite reiten. Sie treten abermals in die Schlacht, dieses Mal für mich, dem Erben des Königreichs und seine zukünftige Gemahlin. Das ist etwas, was es seit Jahrhunderten nicht gegeben hat, wenn überhaupt.

»Du musst dich mit deinem Vater versöhnen. Willst du dich ihm widersetzen? Ihr habt kaum ein normales Wort miteinander gewechselt. Wie gedenkst du, weiter vorzugehen? Deine Mutter hat einen Falken geschickt, sie bleibt vorerst in den Violetten Lagunen. Dabei könnte sie gegenlenken, ihr zwei seid solche verbohrten Dickköpfe. Einer von euch muss nachgeben. Die Männer deines Vaters könnten uns stärken, wenn er uns noch einen Teil des Heeres abtreten würde. Deine Männer stehen hinter dir, aber wir sind wenige, Crispin. Sprich mit ihm. Dieser Zwist trennt unser Volk, zwingt jeden Elb, sich für eine Seite zu entscheiden, wenn du es durchziehst, ohne vorher Frieden zu schließen.«

Ich schaue aus dem Fenster. Die letzten Sonnenstrahlen blitzen durch die Baumkronen. Der Schnee beginnt zu schmelzen und die Sonnenstrahlen werden kräftiger, doch die Wärme kann mein kaltes Herz nicht erreichen. Das einzige, was mich wärmt, ist das Band zu Alice. Bis ich sie wieder sicher und wohlbehalten bei mir habe, wird mein Herz voller Trauer sein. Morgen werden wir uns auf den Weg zu den Eisebenen machen, wo ewig Winter herrscht. Dort wird Algrim mit seinen Zwergen auf uns warten, bereit, sich uns anzuschließen. Dann werden wir Alice finden, weiter zu den Schwarzen Lagunen reiten, in denen wir nie gewesen sind, nur vom Hören und Sagen wissen, wie schwer es ist, sich in den unterirdischen Höhlen zurechtzufinden. Nicht bloß die Oberfläche ist ein Labyrinth aus schwarzen Teichen, nein, unterirdisch ist ebenso alles miteinander verbunden. Das macht es für Außenstehende uneinnehmbar. Wenn Topas größer wäre, würde ich mit ihm fliegen, aber noch ist der Drache nicht kräftig genug. Ich sehe ihm jeden Tag an, des er ebenso leidet wie ich, dass Alice fort ist. Er frisst kaum, ist zornig und unruhig. Außerdem weicht er mir nicht von der Seite. Wir müssen die Albe aus ihren modrigen Höhlen herauslocken. Unser Plan sieht vor, sie abzulenken, unser Heer so zu positionieren, dass sie sich bedroht fühlen und im Hinterhalt zuschlagen. Diesmal greifen wir an.

Morgen ist der zehnte Tag. Bis wir ankommen, werden bei der Masse an Reitern mindestens weitere zehn Tage vergehen, die Tage des Treffens mit den Zwergen nicht eingerechnet. Meist braucht es dort zusätzlich einen oder zwei Tage, ehe man aufbrechen kann. Und die Eiswüste ist nicht zu unterschätzen. Der Schnee wird schwer passierbar sein - vor allem für Zwerge und Menschen. Dieses Wissen ist furchtbar. Zwanzig Tage, in denen Alice in der Hand der Kriegstreiber ausharren muss. Zwanzig Tage mit Asta, der, wie wir wissen, mit seiner Zauberei üble Spiele treibt. Was wird mich erwarten, wenn wir uns wiedersehen? Wird sie noch die Frau sein, die ich zurückgelassen habe?

Ich halte mich an dem Glauben fest, dass Alice weiß, dass ich kommen werde. Sie ist schlau und gewieft. Sie wird durchhalten und es ihnen nicht zu leicht machen, auch wenn es mir lieber wäre, sie würde sich nicht mit ihnen anlegen. Die Schwarzen Lagunen sind weitläufig, aber ich werde jeden Stein umdrehen, wenn es sein muss. Jede Höhle werde ich durchkämmen und jeden Kiesel untersuchen, bis ich sie in meinen Armen halten darf. Mein Entschluss steht fest, unwiderruflich. Egal, was andere sagen.

»Mir ist egal, was der König will, Noam. Ich zwinge niemanden, mir zu folgen. Du weißt, ich würde alleine vor die Tore Castiells treten, um Alice zurückzufordern. Mein Leben ist verwirkt, wenn sie stirbt. Ich habe ursprünglich keine Gefährtin gewollt. Jetzt würde es mich umbringen, zu wissen, wie es mit einer gewesen ist, sie jedoch wieder zu verlieren. Damit kann ich nicht leben. Niemals.«

Ich wende mich vom Fenster ab und mustere meinen langjährigen Freund. Seine Miene ist trübsinnig, befangen, und er fühlt sich ebenfalls hilflos. Er ist im Zwiespalt, Freund und Berater. Auch er steht Alice nahe. Selbst Topas hat sie nicht finden können, er ist aufgebrochen und allein zurückgekehrt – kein gutes Zeichen. Dabei ist dies meine größte Hoffnung gewesen, eben so, wie er sie einst bei Asta gefunden hat, doch leider weiß ich zu wenig über Drachen. Möglicherweise ist er ihr damals direkt gefolgt.

Noam blickt gen Himmel, die Stimmung ist drückend. Das Thema ist kein leichtes, meine Entscheidung wird alles verändern, aber ich fürchte die Konsequenzen nicht. Nein. Ich habe eine Entscheidung getroffen und zu der stehe ich, vollkommen und kompromisslos. Ich spalte unser Volk, das ist mir bewusst. Jene, die mir folgen, werden in den Reihen meines Vaters nicht länger willkommen sein, ausgestoßen wie ich. Verlasse ich das Schloss, verlasse ich den Hof und gebe meine Stellung auf – da ist mein Vater mehr als deutlich gewesen. Dieses Wissen fühlt sich fast befreiend an. Weg von den Pflichten eines Prinzen, dem Streit mit meinem Vater und dem Zwang, allen gerecht werden zu müssen. Seit Jahrhunderten werde ich zum ersten Mal frei sein, das zu machen, was ich will, und dies ist einzig, Alice zu finden.

»Du stellst dich offen gegen ihn, teilst dein Volk, Crispin«, spricht Noam meine Gedanken abermals mahnend aus. Du weißt, dass ich dir folgen werde, aber dir muss auch klar sein, dass Elon vielleicht den Kopf eines jeden Elben will, der sich dir fügt. Ausgestoßen zu sein ist noch das kleinste Übel, welches sie erwartet.«

»Hast du Angst?«, necke ich ihn, woraufhin er die Lippen zusammenpresst.

»Mach keine Scherze, Crispin. Ich meine es ernst. Du bist schon eine Allianz mit den Nixen und Algrim eingegangen. Du, nicht der König der Elben. Du könntest dein eigenes Königreich aufbauen und viele würden dir folgen. Du wärst ein König, zu dem das Volk voller Stolz aufschauen kann. So viele neue Möglichkeiten würden sich uns offenbaren. Du könntest die Elben zu einer glorreichen Ära führen, einer neuen Epoche. Weg von den alten Leitbildern, hin zu etwas Neuem.«

Ich lasse die Worte auf mich wirken, schüttle dann den Kopf. »Ich will keine Macht, Noam. Das habe ich nie gewollt. Ich will Frieden und ein glückliches Leben. Dafür kämpfe ich. König sein? Ich habe genügend Kriege geführt, ich bin dieses Leben leid. Abenteuer erleben, ja, mit euch an meiner Seite. Aber herrschen? Nein.«

Cian betritt den Raum und wir wenden uns ihm zu. »Gibt es Neuigkeiten?«, will ich von meinem Bruder wissen und mich trifft ein ehrliches, zuversichtliches Lächeln. Eines der seltensten Lichtblicke der letzten Tage.

»Alles ist bereit, wie du es gewünscht hast. Seth wird im Morgengrauen zum Abmarsch bereit sein. Seine Männer kümmern sich um ihre Pferde, verladen Proviant und erhalten noch wärmere Kleidung von uns – die Kleidung der Menschen hält dem Wetter in der Eiswüste niemals stand. Liviel wartet auf deinen Befehl, wie viel Wegzehrung du noch brauchst. Ihre Öfen laufen heiß, Brot um Brot wird in feuchte Blätter gewickelt, damit es haltbar bleibt. Gepökeltes Fleisch, getrocknete Beeren, Sack um Sack, damit wir lange davon zerren können.« Ich nicke zufrieden.

»Noam, geh und trommle die Elben zusammen, die mir treu ergeben sind. Die, die freiwillig an meiner Seite kämpfen wollen. Entbinde diejenigen von ihrem Schwur, die zögern. Ich will nur die Krieger, die hinter mir und meiner Sache stehen. Und erinnere sie an die Konsequenzen. Ich weiß nicht, ob wir dies danach noch unser Zuhause nennen dürfen, aber ich werde einen neuen Ort für uns finden, wenn es sein muss. Einen besseren Ort, einen, für den es sich zu kämpfen lohnt. Einen, wo wir alle gleich sind, eine Gemeinschaft.« Noam nickt und entfernt sich mit eiligen Schritten in Richtung Schloss. Er wird mir später Bericht erstatten und alles in die Wege leiten. Ich weiß, dass ich viel von meinem Volk verlange: Sie sollen für mich und meine Braut kämpfen, eine Albin. Meine Albin. Allerdings sind es so viele, die meinen Vater nicht mehr als König respektieren und sich einen Umschwung wünschen, der somit greifbarer denn je ist. Eine Aussicht auf Gefährten und ein neues Leben. Es wird getuschelt, doch niemand wagt es, derart offen zu reden wie ich. Noam hat recht, ich gehe Allianzen ein. Ich regle die Dinge seit Jahren, habe hinter verschlossenen Türen die Fäden gezogen. Es ist mir ganz natürlich vorgekommen, diese Dinge für Vater zu regeln. Jetzt zahlt es sich aus. Mein Vater präsentiert sich gerne als König, aber wenn ich fort bin, wird ihn die Realität einholen. Wie es tatsächlich ist, hat er nämlich vergessen. Es wird Zeit, auch die Früchte meiner Bemühungen zu ernten. Meine Zeit ist gekommen, die Welt lernt mich nun richtig kennen. Ich würde sie niederbrennen und jeden töten, der mich auf meinem Weg aufhalten will. Im Gegensatz zu Vater strebe ich keine Macht oder Reichtum an, und ich glaube, deshalb folgen mir die Elben, weil sich viele ebenso wie ich nach einer Heimat ohne Kriege sehnen. Was nützt uns ein unsterbliches Leben, wenn wir immer von Blut und Tod umgeben sind?

Allerdings gibt es für mich Ausnahmen: Asta und Grimm, dicht gefolgt von Castiell selbst – ihre Köpfe werden rollen. Für sie wird es keine Gnade geben, kein Morgen oder Hoffnung. In der Zukunft, die ich anstrebe, ist kein Platz für sie. Alice hat recht, unsere Völker sollten keinen Krieg führen müssen, aber mit diesen Männern an der Spitze wird nie Frieden herrschen. Ihr Tod wird ebenfalls für die Albe eine neue Chance sein, zumindest wenn Kota recht hat und wir dort Seelenpartner finden können. Es würde neue Pforten öffnen, an die bis jetzt niemand gedacht hat. Vielleicht gibt es Albe, die Alice folgen würden, wenn sie wissen, wer sie ist und vor allem, was sie ist. Undenkbar, eine Kolonie aus Elben und Alben, doch ziehe ich diesen verrückten Gedanken in Erwägung. Sollen die alten Könige ihre Kriege ausfechten. Auf uns wartet mehr als der Tod und Schmerzen, eine Zukunft. Ein Königreich, dessen Tore jedem friedlich gesinnten Wesen offenstehen. Das ist es, was Alice sich wünscht, und mir gefällt dieser waghalsige sowie verrückte Plan mittlerweile, was letztlich nur an ihren Argumenten liegt. Zuerst bin ich strikt gegen den Plan gewesen, bei den Göttern, er klingt auch verrückt, aber sie hat mir aus ihrer Welt erzählt, wo Bündnisse geschlossen werden, damit Frieden herrscht. Dort gibt es zwar machthungrige Menschen, die dagegen angehen, dennoch genügend, die dafür kämpfen. Das hat mich immerhin überzeugen können, in Betracht zu ziehen, dass es nicht unmöglich ist. Ich sehe eine neue, eine bessere Zeit, Seite an Seite mit Alice in einem neuem Fegoria. Sollten wir verbannt werden, gibt es ein neues Heim für uns, dessen bin ich mir sicher.

»Wir werden es schaffen!« Cian legt mir die Hand auf die Schulter, drückt sie leicht. »Gemeinsam.«

Ich schaue meinem Bruder in die Augen, lächle leicht. »Du wirst hierbleiben, Cian. Mutter wird dich brauchen, falls ich nicht wiederkehre.« Zornig verengen sich seine Augen. Ich weiß, dass er nicht bleiben will, doch er hat keine Wahl. Nun muss er meinen Platz einnehmen. Die Zeit ist gekommen.

»Nein, das kannst du nicht von mir verlangen, Crispin. Auch ich bin ein Mann und habe das Recht, meine Seite frei zu wählen. Ich wähle dich, meinen Bruder.« Er wendet sich ab und plötzlich trifft seine Faust zielgerecht die Wand hinter ihm.

»Ich werde dieses Mal nicht hier verharren. Ich bin

ebenso ein Krieger wie ihr und kein Elbling mehr, Crispin. Ich treffe meine Entscheidungen selbst, ebenso wie du, Mutter oder Noam und jeder andere Elb in deinem Gefolge. Wenn du gehst, folge ich dir. Du bist mein König und Alice wird meine Königin sein. Das Schloss bietet mir nichts, wenn ihr alle fort seid. Es wird kalt und verlassen sein, jegliche Freude wird verschwinden. Also nein, Crispin, diesen Befehl werde ich nicht befolgen. Wenn du willst, steck mich dafür in den Kerker, aber ich werde nicht zurückbleiben. Das kannst du nicht von mir verlangen.« Cian schaut mich verstimmt an. »Was nun, willst du über mich lachen, Bruder?«

»Nein. Ich entdecke so viele Charaktereigenschaften in dir, die ich von mir selbst kenne. Ich kann dich nicht zwingen, zurückzubleiben, doch ich will, dass du weißt, ich würde es verstehen. Es wäre in Ordnung.« Er soll nicht glauben, dass er mir folgen muss. Genau wie er sagt, hat er wie jeder andere die Wahl, auch wenn er mein Bruder ist. Dennoch verstehe ich ihn, wir sind seine Freunde und Familie, mehr als unser Vater. An seiner Stelle würde ich ebenso gehen wollen. Er ist so oft zurückgeblieben. Wer bin ich, dass ich ihn überhaupt dazu zwingen könnte? Das kann ich nicht. Das würde dem widersprechen, was ich plane. Freier Willen.

»Dann ist das ja geklärt. Wir sehen uns im Morgengrauen.« Er nickt mir zu, schreitet sodann erhobenen Hauptes aus dem Raum, zieht schwungvoll die Tür hinter sich zu.

So sei es. Im Morgengrauen schreiben wir die Geschichte neu und betreten neue Pfade.

SIEBZEHN

Wie viele Tage vergangen sind, vermag ich nur anhand des Essens abzuschätzen. Die Dunkelheit und die Kälte zerren an meinen Nerven. Ich sehne mich nach Sonnenschein, dem Gesang der Vögel und frischem Wind. All das gibt es hier nicht. Rascheln der Mäuse im Schatten, feuchte Wände und modriger Geruch – allerdings ist all das allgegenwärtig. Das Essen ist fad, geschmacklos, und ich quäle es mir rein, um bei Kräften zu bleiben. Ich habe viel Zeit zum Nachdenken, vermisse meine Eltern, meine Freunde in der anderen Welt, träume von Crispin und Schokolade, würde sogar einen Mord für einen saftigen Cheeseburger begehen. Ich sehe keine Albe, außer Grimm, auf den ich wiederum gut verzichten kann. Sein helles Haar erleuchtet fast das gesamte dunkle Loch, in dem ich verharre. Sie haben mir die Holzscheite des Kamins genommen, einzig eine mickrige Kerze erhellt den kleinen Raum. Nicht mal ein Buch gesteht man mir zu. Leben denn alle so oder haben sie speziell für mich dieses Erdloch ausgehoben? Mit einem angerußten, winzigen Stock mache ich jeden Tag, wenn das Essen kommt, einen Strich an die Wand – ich verliere sonst jegliches Zeitgefühl. Mittagessen bedeutet also, ein Tag ist vergangen. Wieder ein Tag, der mich durchs Astas Trank mehr vergessen lässt.

Wenn ich die Reise richtig berechnet habe, bin ich nun dreizehn Tage fort. Es kommt mir viel länger vor, wie eine Ewigkeit. Ach was, es ist eine Ewigkeit und ich frage mich ständig, wie es Crispin geht. Ich trainiere weiter, mache Liegestütze, um meinen Körper fit zu halten. Ich habe ja sowieso nichts anderes zu erledigen. Jeden Abend zwingen Castiell und Grimm mich, die Phiole mit dem Trank zu trinken, ihn bis auf den letzten Tropfen zu leeren. Egal, wie sehr ich mich wehre, sie sind stärker und gewinnen stetig. Meine Arme sind bedeckt von dunklen Malen, wo ihre Hände mich ständig packen. Ohne Gegenwehr werde ich das Teufelszeug weiterhin nicht trinken, auch wenn ich wie eine Rächerin klinge: Der Tag der Vergeltung wird sie einholen. Der Trank schnappt sich alle Erinnerungen, Stück für Stück. Meine Kindheit, völlig verblasst, die Gesichter meiner Eltern verschwinden langsam, die Namen meiner Freunde … wie weggewischt. Nur ihre Gesichter erkenne ich schemenhaft. Bisher erinnere ich mich an Crispins Lippen auf den meinen oder die Farbe seiner Augen. Daran halte ich fest. Angst habe ich jedoch vor dem Moment, in dem sie schwinden und Castiell seine Drohung wahr machen wird, mich neu zu formen, wie sie es nennen. Ist mein Geist dann leer? Ein weißes Blatt? Wie kann das verschwinden, was mich ausmacht? Meine Menschlichkeit, Mitgefühl und Liebe. Verschwindet es, oder wird es nur unterdrückt?

Ich vermisse Crispin dermaßen, dass es mich fast umbringt. Den Klang seiner Stimme, seine schwieligen Hände und das Grübchen, wenn er lacht. Die kleine Narbe an seiner Lippe, die man ausschließlich sieht, wenn man ihm sehr nahe ist, ihn küsst. Wie kann man jemanden nach solch kurzer Zeit so zutiefst brauchen wie ich ihn? Ist es das, was sie hier Seelengefährten nennen, diese tiefe Sehnsucht? Verstehe ich unsere Verbindung endlich? Kleine Momente, an die ich mich erinnere, versuche ich, für immer festzuhalten. Der eine Morgen im Bett, wo er sich eine Wimper von meiner Wange stibitzt hat und sie hat wegpusten wollen, ich mich jedoch auf ihn geworfen habe, damit er mir meinen Wunsch nicht stiehlt. Kleine Albernheiten, die er vorher nicht gekannt hat, aber sie annimmt. Der Moment, wo er mir eine Pflanze, die wie Vanille duftet, vom Markt mitgebracht hat, damit ich sie zum Backen nutzen kann. Nur eine kleine Geste, doch damit hat er mein Herz gänzlich erobert. Es passt gar nicht zu dem Bild, welches ich anfangs von diesem Mann gehabt habe. Ich bin froh, jetzt diese Seite zu kennen. Die Nacht, in der er mir in die Küchen gefolgt ist, als Albträume mich nicht schlafen gelassen haben, und er alle Diener fortgeschickt hat, damit niemand sieht, wie er mit mir backt. Eine Mehlschlacht, Crispin mit weißem Haar und vor ungehaltenem Gelächter Tränen in den Augen, das sind Erinnerungen, die mir niemand nehmen darf, denn das ist einer der schönsten Momente im Schloss gewesen, einer der glücklichsten Momente. Ich, mit dem Kopf auf seinem Schoß, lesend in der Bibliothek und er gänzlich entspannt, meiner Geschichte am Lauschen. Kleine, wichtige Geheimnisse, wertvoller als alles Gold der Welt. Aber auch Erinnerungen mit Cian, als ich für ihn ein Raumschiff gemalt habe, oder Noam hat lernen wollen, wie eine Arschbombe funktioniert. Es ist so lustig, wenn Elbe alltägliche menschliche Dinge erledigen. Der Versuch, ihnen Pizza nahe zu bringen, indem ich eines der flachen Brote mit Käse überbacken habe. Oh, sie haben es furchtbar gefunden, was mich völlig in Unglauben versetzt hat. Irgendwie haben sich unsere Welten dadurch mehr verbunden, als wir gemerkt haben.

Ein Schlüssel wird im Schloss gedreht. Ich mache mir nicht die Mühe, aufzuschauen. Jemand anderes als Grimm betritt schließlich nie diesen Raum, niemals, und ich will ihn und seine schwarzen Augen nicht sehen. Ich ertrage es nicht. Er genießt es, dass ich leide, tritt mir mit Absicht zu nahe. Er überschreitet jegliche Grenzen, die es gibt. Umso überraschter zucke ich zusammen, als ich ein weibliches Räuspern höre. Mein Kopf ruckt nach oben und ich schaue in grüne Augen. Schmerz und Verlust durchzuckt mich bei diesem Anblick. Unwillkürlich denke ich an meinen Vater, Kota, den ich nur kurz in der Zwischenwelt habe kennenlernen dürfen. Vater, ich wünsche, ich könne mit dir reden. Du kennst diesen schrecklichen Ort besser als ich, könntest mir helfen, zu fliehen, oder mich leiten.

Stumm starre ich die Albin vor mir an, ohne etwas zu sagen. Wer ist sie und was will sie? Sich an meinem Leid ergötzen? Sie ist groß, von anmutiger und schlanker Statur. Ihre langen dunklen Wimpern bringen ihre funkelnden Augen zur Geltung, was vermutlich mit an ihren perfekten Augenbrauen liegt und sie guten Genen zu verdanken hat. Hohe Wangenknochen und blutrote Lippen lassen sie beinahe wie einen dunklen Engel erscheinen. Ihr ausdrucksstarkes Gesicht wird von gewelltem, dunklem Haar eingerahmt, das ihr weit über die Schultern fällt. Ihr Blick ist voller Neugierde auf mich gerichtet. Sie legt den Kopf schief, umkreist mich wie ein Raubtier.

»Was gibt es, zu gucken? Bin ich ein Zootier?«, brumme ich unfreundlich, wende mich wieder ab. Freundlichkeit muss man sich verdienen.

»Was ist ein Zootier? Ist es etwas Gutes?«

Fast muss ich Lächeln, denn diese Fragen hätten auch von Crispin kommen können … oder von Cian. Erinnerungen drohen mich zu überwältigen, ich muss hart schlucken. Er fehlt mir so sehr, doch ich will nicht mehr weinen. Vor allem nicht vor ihr. »Wer seid Ihr und was wollt Ihr?« Ich bemühe mich, die Albin kalt anzusehen, doch sie lächelt strahlend zurück, neigt den Kopf auf die linke Seite.

»Nun sagt, ist es etwas Gutes? Etwas, das Vergnügen bereitet?«

Das bringt mich vollkommen aus dem Konzept. »Was wollt Ihr?«

»Ich darf gar nicht hier sein«, flüstert sie plötzlich, lässt sich bedenkenlos in einer geschmeidigen Bewegung vor mir nieder. »Wenn Grimm oder Castiell das wüssten, würde ich riesigen Ärger bekommen, aber deine Wache ist ein Freund meines Bruders und …«, sie macht eine witzige Bewegung mit der Augenbraue, »so bin ich eben doch hier. Das muss unser Geheimnis bleiben.« Sie legt den Finger auf ihre Lippen. Ich bin vollends verwirrt über diese Nettigkeit, diesen Witz und der Freundlichkeit, die sie ausstrahlt. Es wirkt total deplatziert. Ist das ein Trick? »Zeig es mir! Ich habe es nicht glauben können, als ich es gehört habe«, wispert sie weiter, ohne Luft zu holen. »Mein Bruder glaubt es nicht. Es sind nur Gerüchte … Ich muss es selbst sehen. Zu lange schon warten wir, die Hoffnung haben wir längst aufgegeben, musst du wissen.« Sie hält mir ihre offene Hand vor die Nase, wirkt ungeduldig und aufgeregt.

»Wovon sprichst du überhaupt?« Ich mustere sie von Kopf bis Fuß, verstehe nur Bahnhof. Was will sie von mir? Worauf wartet sie?

»Zeig sie mir, die Kette«, haucht sie beinahe.

»Warum sollte ich?« Meine Stimme ist barsch, woraufhin sie zusammenzuckt. Ein Hauch schlechtes Gewissen nagt an mir, doch ich verdränge ihn. Egal, wie nett sie lächelt, sie ist eine Albin, die ich nicht kenne, und somit kann sie auch von Castiell geschickt worden sein.

»Weil …« Die Elbin schaut betrübt zu Boden. »Kota ist der Bruder meines Vaters gewesen. Wenn die Gerüchte stimmen, dann gehörst du zu meinem Geschlecht, bist von meinem Blut, Familie. Ich habe mir immer Familie gewünscht, es wäre wahrlich wunderbar. Meine Eltern sind im letzten großen Kampf unter den Opfern gewesen, sie fehlen mir fürchterlich. Mein Bruder und ich sind die Einzigen, die von unserer Blutlinie übrig sind und … du, wenn es stimmt, dass du Kotas verlorenes

Kind bist. Wenn du zu uns gehörst, muss ich das wissen. Ich will es wissen.« Überrascht mustere ich sie mit anderen Augen. Familie? Meine Cousine? Der Gedanke lässt mich fast vergessen, zu atmen. Jemand, der mit mir blutsverwandt ist. Da ich nicht antworte, rutscht sie dichter zu mir, zieht eine Kette aus ihrem weit ausgeschnittenen Kleid. »Schau, unser Familienwappen.« Sie hält die gleiche Kette in die Höhe, die auch an meiner Brust ruht. Kurz starre ich sprachlos auf den Anhänger. Ist das eine List, um mein Vertrauen zu erschleichen? Misstrauen und Freude mischen sich in mir. Wie sehr sehne ich mich danach, Familie zu finden. Hat Kota genau sie gemeint, meine Cousine, dass es Albe gibt, die zu mir gehören? Ein winziger Funke Hoffnung beginnt in mir, zu sprießen, doch ich mag ihn nicht zulassen, ihm keinen Raum schenken. Meine Finger zittern, als ich meine Kette aus meinem Ausschnitt ziehe und ihr meinen Anhänger zeige. Ihre Augen weiten sich ungläubig, ehe sie begeistert auflacht. Schlagartig wird mir bewusst, warum ich vorhin unwillkürlich an meinen Vater habe denken müssen: Ihre Augen gleichen denen Kotas und den meinen. »Du bist es tatsächlich, Kotas Tochter. Ein wunderbares Geschenk.« Ihre Stimme zittert leicht, Tränen stehen ihr in den Augen, als sie nach meiner Hand greift. »Wie schön du bist. So anders als wir, aber nicht weniger wundervoll. Ich bin Alliaria.« Alliaria, ein wunderschöner Name – ich lasse ihn kurz sacken. Sie ist ein Teil von mir? Der Gedanke ist beängstigend und unglaublich zugleich, auch wenn ich nicht weiß, was es für mich bedeutet. Sie ist die erste Albin, auf die ich treffe, die freundlich ist und Wärme ausstrahlt. Alles in mir will diese Freundlichkeit erwidern, doch habe ich Angst.

»Ich bin Alice.«

»Alize?« Sie zischt das C am Ende, ich lächle leicht.

»Ali-ce! Du musst das C weicher aussprechen. Nicht wie ein Zischen.«

»Aliiice«, versucht sie es erneut. Mein Name muss ihr wirklich fremd sein, so komisch, wie sie ihn wiedergibt. Ich lache auf.

»Alice.«

»Alice.« Beim dritten Anlauf klingt es schon mehr nach mir und ich nicke. Ich befreie meine Hände aus den ihren, rutsche unbehaglich von ihr weg. Auch wenn sie Familie ist, weiß ich nicht, ob ich ihr trauen kann. Du kennst sie nicht, ermahne ich mich selbst. Sie bemerkt meine Distanz, runzelt die Stirn.

»Hast du Angst vor mir?« Sie klingt ehrlich erschrocken, sogar etwas beleidigt. Was erwartet sie? Ich bin hier eine Gefangene.

»Kenne ich dich? Nur weil du meine Cousine bist,

muss ich dir noch lange nicht trauen. Vielleicht schickt Grimm dich, es könnte eine bitterböse List sein. Ich traue es ihm durchaus zu.«

»Wie kannst du so etwas Beleidigendes sagen? Tzz. Ich habe mich zu dir geschlichen und du beschuldigst mich einer Schandtat? Als hätte ich keinen Stolz. Unsere Blutlinie hält zusammen.«

Was will sie, blindes Vertrauen? Nicht in dieser Welt, das habe ich gelernt. Fegoria wird es dir doppelt heimzahlen, wenn du zu blauäugig bist. Ich traue keinem. »Vertrauen muss man sich erarbeiten«, teile ich ihr trocken mit. »Das habe ich in Fegoria ziemlich schnell gelernt.«

»Wir sind Familie, der Familie kann man trauen. Wenn es nichts mehr gibt, die Familie wird es immer geben. Hier!« Sie zieht die Nase kraus, legt ihre Hand auf ihre Brust und dann auf die meine, um damit den Herzschlag anzudeuten. Mit Distanz wahren, haben die Leute auch so ihre Probleme. Sie schaut zur Tür, ehe sie die Hand sinken lässt. »Ich muss gleich gehen. Lioma wird abgelöst. Sie dürfen nicht wissen, dass ich hier gewesen bin. Dafür würden sie uns alle bestrafen.«

Sie steht auf, läuft fast lautlos zur Tür. Abrupt breitet sich Panik in mir aus. Der Gedanke, wieder alleine zu sein, ist unerträglich. Es ist komisch, aber die paar Minuten mit ihr haben mir Kraft gegeben. Endlich mit jemanden zu reden, der mir nicht schaden will.

»Warte, Alliaria.« Ich springe auf, stolpere fast über meine eigenen Füße. Mit zwei Schritten bin ich bei ihr, greife verzweifelt ihre Hand. »Nimm mich mit«, flehe ich, obwohl ich die Antwort kenne. Ich sehe es an ihrem Blick. Sie wirkt zerknirscht, ihr Ausdruck entschuldigend.

»Du weißt, das geht nicht. Wo soll ich dich verstecken? Grimm würde mich und jeden, der mir nahe steht, köpfen. Ich werde bald wieder kommen, versprochen, Alize. Oh, Alice. Ich werde einen Ausweg finden und dir helfen. Gib mir etwas Zeit. Auch wenn es schwer ist, du musst dich Grimm fügen, Alice. Es wird dein Leben hier erleichtern. Spiele es ihm vor, erleichtere deine Gefangenschaft. Es ist keine Schande, dies so zu handhaben.«

»Das kann ich nicht.

»Das habe ich mir gedacht. Es liegt in unserer Familie. Wir sind Kämpfer.«

Ihre Hand schließt sich um den Türgriff, während ich die andere loslasse. Ich habe die Antwort gewusst, kann ihr nicht verdenken, dass sie mich zurücklässt. »Alliaria?«, flüstere ich und sie schaut noch mal zu mir, als sie schon annähernd aus der Tür ist. »Wirst du … mir wirklich helfen?« Meine Worte sind kaum zu hören, mein Herz klopft laut.

»Wenn ich kann, werde ich das machen.« Ihre Antwort ist ebenso tonlos, dann schließt sich die Tür hinter ihr, was mich mit aufgewirbelten Gefühlen zurücklässt. Kann ich ihr tatsächlich vertrauen oder mache ich einen riesigen Fehler? Kota hat gesagt, es gibt Albe, die gegen Castiell sind. Dass es sich lohnt, für sein, nein, für mein Volk zu kämpfen. Es ist mein Volk, das darf ich nicht vergessen, ich gehöre zu ihnen. Ich habe ihm mein Wort gegeben, zu helfen. Vielleicht ist Alliaria der erste Schritt in diese Richtung.

Ich gestehe mir selbst ein, sie bis jetzt alle gleich eingestuft zu haben, Grimm und seinen Vater. Was sagt das über mich aus? Bin nicht ich die gewesen, die sich eine faire Chance gewünscht hat, als sie nach Fegoria gekommen ist, und nur, weil ich anders als die Elben bin, man mich verurteilt hat? Moment … Wie bin ich nach Fegoria gekommen? Ich bin vorher … Wo bin ich vorher gewesen? Fieberhaft versuche ich, mich daran zu erinnern, doch es gelingt mir nicht. Wie bin ich in das Schloss der Elben gekommen? Ich bin dort gewesen, ja, aber … Wie bin ich dorthin gekommen?

ACHTZEHN

Kalter Wind wirbelt scharfe Eiskristalle in mein Gesicht. Ich ziehe die Schultern, in dem Versuch, mich vor der Kälte zu schützen, ein, doch sie ist unbarmherzig wie die Landschaft um uns herum. Zwei unserer Pferde lahmen, können ihre Reiter nicht länger tragen. Der meterhohe Schnee ist unerbittlich gewesen. Vor kurzem sind wir in der Eisebene angekommen, haben unsere Zelte mit blauen Fingern aufgeschlagen, Feuer entzündet, um uns und die Tiere zu wärmen.

Meine Männer rasten nun, versorgen die Pferde und ich suche Algrim, der seine Zelte bereits aufgebaut hat, um unser weiteres Vorgehen zu besprechen. Immer wieder puste ich in meine kalten Hände, schaue dann kurz in den grauen Himmel. Es wird bald schneien und das Vorankommen mühsamer werden. Vor allem für die von uns, die ohne Pferd unterwegs sind. Die Zwerge, mit ihrer mickrigen Größe, werden gewissermaßen vom Schnee verschluckt werden, wenn sie sich nicht vorab Schneisen freilegen und das braucht Zeit. Es laufen abwechselnd Krieger voraus, die diese freischaufeln, auch wenn der nächste Schneesturm sie wieder schließen wird.

Die Menschen haben es in der Kälte noch schwerer als wir. Eng stehen sie um die Feuer und pusten sich ebenfalls in die Hände, während ich auf das rote Zelt zusteuere, in dem König Algrim lebt, vor dem seine Fahne weht. Eine Schneewehe bläst mir fest ins Gesicht und ich vernehme ein Kichern. Ein Luftgeist ist auf Schabernack aus, doch dafür habe ich keine Zeit. Nicht heute.

Die Wachen lassen mich mit einem Nicken ein, hinter mir fallen die Vorhänge sofort zu Boden, sperren einen Teil der Kälte aus. In der Mitte vom Zelt prasselt ein Feuer im eisernen Gefäß. Wohlige Wärme empfängt mich und ich trete dicht heran. Warme braune Augen richten sich auf mich, des Wetters gekerbtes Gesicht des Zwergenkönigs lächelt mich an.

»Sieht an, junger Prinz, so sehen wir uns wieder. Früher als erwartet. Es freut mich, Euch wohlbehalten anzutreffen, auch wenn mir ein anderer Grund lieber wäre.« Überrascht lasse ich mich von dem kleinen Mann, der mir gerade bis zur Brust reicht, in eine Umarmung ziehen, brauche einen Moment, ehe ich die Umarmung erwidere. So viel Körperkontakt ist merkwürdig, nicht das, was wir Elben sonst machen.

»Danke, mein Freund, dass Ihr gekommen seid«, bedanke ich mich, woraufhin er nickt. Er tritt einen Schritt zurück, dichter an das Feuer, und ich verfahre ebenso –

heiße die warme Luft willkommen und öffne meinen bepelzten Mantel.

»Wie ich bereits erwähnt habe, sind wir für eine Allianz mit den Elben, mit Euch, gewappnet, Crispin. Also sind wir gekommen, als unser Verbündeter uns rief und wir kommen nicht alleine.«

Seine Worte sind mysteriös. Er ist nicht alleine da? Wen sollte er mitbringen? Wer würde sich noch auf unsere Seite schlagen? Die Nixen würden in diesem Teil Fegorias bitterlich erfrieren. »Was meint Ihr damit oder eher, wen meint Ihr? Mein Freund, Ihr sprecht in Rätseln.«

Er lächelt, dreht sich leicht zur Seite, schaut zu einem der dichten Vorhänge. »Komm heraus, meine Liebe. Komm heraus und begrüße den Mann, der Fegoria vereinen wird, wie es dir die Götter prophezeit haben.« Wie bitte? Wovon redet er? Wer wird Fegoria vereinen? Ich? Hat er zu viel Wein getrunken? »Seit unserer letzten Begegnung ist einiges geschehen, mein Freund, wartet ab und staunt«, verspricht er.

Hinter dem Vorhang tritt eine Frau ins Licht des Feuers. Sie hebt vorsichtig den Kopf, streift sich dann die Kapuze herunter. Kurz macht mich ihr Anblick sprachlos, nicht wegen ihrer Schönheit, sondern weil sie ein Mythos ist, längst eingegangen ins Reich der Legenden.

Ich kenne sie nur aus alten Büchern, die staubig in den hohen Regalen stehen. Das ist unmöglich! Es gibt Völker, die gelten selbst in Fegoria als Märchen, ausgelöscht und verschwunden. Und doch steht sie hier vor mir, in Fleisch und Blut, wenn man es so nennen kann.

»Ein Rankenwesen«, flüstere ich ehrfurchtsvoll, während blättrige Wimpern sich schüchtern heben und Augen, in der Farbe eines Sonnenaufgangs, mich mustern, ehe sich die tiefroten Rosenblätterlippen öffnen.

»Es ist mir eine Ehre«, haucht sie mit zarter, sanfter Stimme, die leicht raschelt, während ich sie weiterhin völlig perplex mustere.

Ihr Körper besteht aus Blättern und Blüten, wie ich erkenne, als sie den Umhang ablegt. Sie hat eine menschliche Form, und doch ist nichts an ihr menschlich. Ich kann den Blick nicht abwenden, weil es einem Wunder gleicht, dass solch ein Wesen hier im Zelt vor mir steht. Sie ist von Kopf bis zur Zehenspitze ein Wesen von Mutternatur. Sie atmet und dennoch ist sie mehr Pflanze als Lebewesen. Seit Jahrhunderten ist kein Rankenwesen mehr gesehen worden, seit den letzten großen Kriegen, als ihre Heimat in Drachenflammen aufgegangen ist. Feuer, etwas, wogegen keine Pflanze geweiht ist. Castiell hat sie geradezu ausradiert wie auch viele andere Völker nach ihnen. Ihre Heimat soll eine der schönsten Orte gewesen sein, die je gesehen worden sind, wenn ich den Geschichten glauben kann. Alles ist grün gewesen, blühend und mit riesigen Wasserfällen sowie Einhornherden, die dort gegrast haben. Heute ist dort nichts als verbrannter Boden, die Herden weitergezogen, das Wasser versiegt. Ganz so, wie Castiell es gewollt hat und wie er es für Fegoria plant.

»Wie ist das … seid Ihr … die letzte Eurer Art?« Ich bin ergriffen von diesem Wunder, dem Kindheitsmärchen, welches nun vor mir steht. Ihr Lachen klingt glockenhell.

»Nein, mein König. Es gibt nicht mehr viele von uns. In den Höhlen des Jeki, weit weg von Alben und Mördern, haben wir bei dem Orakel Osis eine Zuflucht gefunden. Tief im Berg leben wir in einem unterirdischen Garten, hunderte von uns. Viel zu wenig, aber gleichwohl genug. Lange haben wir auf diesen Moment gewartet, uns dem rechtmäßigen König von Fegoria anzuschließen. Osis hat uns Geduld gelehrt, ehe sie uns mitgeteilt hat, dass die Zeit gekommen ist und sie uns zu den Zwergen, den ersten Eurer Verbündeten, geschickt hat. Hier stehen wir nun gemeinsam, zu Euren Diensten, Eure Hoheit.«

Sie verneigt sich, bis ihre Blütenblätter am Kopf den Boden berühren. Ich bin wahrhaftig fassungslos und verstehe die Welt nicht mehr. Hinter mir bemerke ich Noam und Seth, deren Eintreten mir entgangen ist. Kann man mir dies verdenken? Und warum spricht sie mich mit König an?

»Klärt mich mal jemand auf?« Seth tritt vor. »Was passiert hier? Und wer oder was ist das?« Die Rankenfrau hebt langsam ihren Kopf, richtet sich auf und ihre Augen suchen denn Quell der Stimme.

»Ein Mensch, welche Freude. Wie lange schon habe ich keine Menschen mehr gesehen!« Die Blätter an ihren langen Beinen rascheln, als sie auf Seth zutritt, ihm über die Brust streicht, während er wie erstarrt dasteht. »Sie sind mir die liebsten Wesen. So zerbrechlich und doch stark, voller Liebe und waghalsige Geschöpfe. Und stattlich, oh ja. Ein schönes Exemplar Mensch.« Mit schief gelegtem Kopf mustert sie ihn fast zärtlich. »Ich bin Kalmia, erste Priesterin des Orakels, vermutlich die letzte ihrer Art. Wie wir hat es die verehrenden Kriege im Verborgenen überlebt. Castiell hat einst alle Orakel vernichten wollen. Zu mächtig ist ein Blick in die Zukunft, zu gefährlich bei seinen Plänen.« Sie tritt zurück, legt die Blätterhände auf ihren Bauch, faltet diese zusammen und lächelt uns an. »Nun hört, die Prophezeiung, die das Orakel einst ausgesprochen hat.«

Ich würde mich am liebsten setzen, als sich die Blätter

in ihrer Mitte entwirren und ein Strahlen das komplette Zelt erleuchtet. In ihr, in ihrem Inneren, lebt das Orakel, erleuchtet das Zelt. Ich muss blinzeln, traue meinen Augen kaum. Ein Wesen, klein wie mein Daumen, mit schillernden Flügeln und blauer Haut, schwebt empor. Die drei Augen, mit denen es uns mustert, weisen geschlitzte Pupillen auf, die uns neugierig und gütig entgegenblicken. Es breitet seine Arme aus, ehe seine Stimme erklingt. Nicht leise und zart, wie man bei dieser Erscheinung erwartet, nein laut und kehlig, geht sie bis ins Mark.

»Dunkelheit wird sich über Fegoria legen, Missgunst und Hass wird uns das nehmen, was wir uns wünschen: Liebe, Treue und den, der für uns bestimmt gewesen ist. Die Götter werden uns strafen, dass wir das Leben, welches sie uns geschenkt haben, nicht geachtet, sondern gar gegeneinander gekämpft haben. Rasse um Rasse, in der Gier, mehr Macht zu erlangen. Ausgelöscht. Dies ist nicht der Plan der Götter gewesen, als sie Fegoria Leben eingehaucht haben. Es wird der Tag kommen, an dem ein Prinz das Licht der Welt erblickt. Augen wie Eis und mit einem Herz aus Flammen. Gütig wie eisern. Versprochen, noch vor seiner Geburt, vom Schicksal erwählt, als neue Chance, altes Leid zu tilgen. Er wird der Erste seiner Rasse sein, dem die Götter abermals das

Geschenk machen werden, was sie einst zur Strafe genommen haben. Eine letzte Chance für die Völker, sich würdig zu zeigen, dankbar und willens, in Frieden zu leben. Das zu schätzen, was ihnen dargeboten wird. Ihm wird gegeben, was man Jahre verwehrt hat, aber sichtlich nicht umsonst. Ein Kind aus zwei Völkern, verschwunden aus der Welt und doch wieder auferstanden, soll sein Gegenstück sein. Erzfeinde werden zu Liebenden. Ihr Tod, durch des Raben schwarze Flügel, wird der Anfang sein, ihre Auferstehung sein Antrieb. Die Kunde sich verbreitet, dass das Unmögliche geschehen ist, dass es Hoffnung gibt. Hoffnung für alle. Hoffnung auf einen Neuanfang. Weitere Völker werden sich erheben, kämpfen und Seite an Seite in die letzte Schlacht ziehen, über die die Götter richten werden, wenn die letzte Stunde schlägt. Große Opfer, aus Liebe gegeben. Tiefe Verzagtheit und Mut, ihn aus den Fängen der ewigen Lande zu erretten. Hoffnung wird geboren, auch Verzweiflung. Es wird sich entscheiden, ob Fegoria einen neuen König haben wird, der es zum Frieden führt, oder es in der Dunkelheit versinkt. Der Prinz muss sich erheben, muss den neuen Weg beschreiten, dass andere ihn sich zum Vorbild nehmen. Prüfungen müssen überstanden und Leid ertragen werden, ehe das Glück ihnen hold ist.«

Alle halten den Atem an, während das kleine Wesen

über uns schwebt, bevor es sich wieder in seinen schützenden Kokon begibt und sich die Blätter schließen. Kalmia hebt den Blick, ihre Rosenlippen verziehen sich zu einem Lächeln und ein Schmetterling entweicht ihrem Mund. Oh, bei den Göttern, das ist zu viel.

Dann spricht Seth aus, was ich denke: »Wie, das ist es gewesen? Ich verstehe nur die Hälfte, geht es auch deutlicher? Das Ding spricht wahrlich in Rätseln. Oder bin ich nicht gescheit genug, es zu verstehen?«

»Du stattlicher Mensch, du musst lernen, zuzuhören.« Ihre Wurzelfinger tippen auf sein Ohr. »Orakel sprechen stets in Rätseln, die man lösen muss.«

»Ihr Tod, durch des Raben schwarze Flügel, wird der Anfang sein. Ihre Auferstehung sein Antrieb«, wiederhole ich. »Damit ist sicher Alice gemeint, hab ich recht? Ihr Tod und ihre Auferstehung durch Asta, aber … Ich soll der mögliche König sein? Das ist lächerlich, ich will kein König sein. Fegoria hat seit tausenden von Jahren keinen alleinigen Herrscher mehr gehabt, und das aus gutem Grund. Niemand wird nur einer Rasse folgen.«

»Das sind die besten Könige. Die, die nicht nach Macht streben, Hoheit, sondern die, die das Volk freiwillig erwählt. Und das wird es! Es wird Euch aus freien Stücken folgen. Wartet ab. Es hat Jahrhunderte keinen Regenten in Fegoria gegeben, auf den alle Völker geblickt haben. Die Kunde, dass Ihr, der Prinz der Elben, der erste König seid, der seine Seelengefährtin gefunden hat, ist das entscheidende Zeichen. Dass Ihr, der verbitterte, als kalter und Alben verachtender Krieger, gehandelter Mann, Euch zu Eurer Gefährtin, einer Albin, bekennt, für sie gegen Euer Volk einsteht, so etwas macht die Runde. Ja, schaut nicht so verwundert! Die Pflanzen, Tiere und alles in Fegoria redet, wenn man zuhört. Verlasst Euch darauf. Es wird eine große letzte Schlacht geben, bevor der nächste Winter Einzug hält. Bis es so weit ist, müssen wir Verbündete finden, die die alten Völker ausmachen, damit sie an unserer Seite stehen, denn auch das Böse schläft nicht. Vielleicht wird Freund gegen Freund auf dem Schlachtfeld stehen. Wesen, zuvor gleicher Herkunft, müssen sich jetzt endgültig entscheiden, ob sie für das Licht oder die Dunkelheit stehen wollen. Die Prophezeiung mag alt sein, aber viele Völker kennen sie, leben versteckt wie wir und warten auf Euch. Seit Jahrhunderten. Deswegen biete ich meine Dienste an, Hoheit. Ich weiß, wo sie leben und nun liegt es an Euch, sie zu überzeugen, ihnen zu zeigen, dass die Zeit gekommen ist, und Ihr es wert seid. Gemeinsam können wir Fegoria zu etwas Besserem machen, etwas Größerem, wo uns keine Grenzen mehr halten. Zu lange schon haben wir still zugeschaut, wie das Böse sich vermehrt, arglos vor Freude tötet. Zusammen sind wir stärker und Ihr wisst es. Mit der menschlichen Albin ist die Hoffnung nach Fegoria zurückgekommen. Jetzt seid Ihr es, der die Prophezeiung wahr machen muss. Es ist Eure Pflicht. Ob Ihr wollt oder nicht. Es ist der Wille der Götter. Wir alle sind einzig Spielbälle.«

Algrim klatscht in die Hände, wirkt viel zu fröhlich. »Ich habe gewusst, es steckt mehr in Euch, als dieses geleckte Aussehen, Bürschlein. Ihr seid doch nicht solch ein kleiner Bub, wie ich am Anfang gedacht habe. Aber lasst mich Euch sagen, nur Bärte machen richtige Männer.«

»Ich …« Mir fallen zu dem eben gehörten Vortrag partout keine Worte ein und er redet von Bärten? Ich straffe die Schultern, mustere die Anwesenden. Bärte, also ich kann es nicht glauben. »Wir müssen Alice befreien, das ist es, was oberste Priorität hat.« Wurzeln legen sich auf meinen Arm.

»Auch sie muss ihren Weg gehen. Weder dieser hier, noch die Schwarzen Lagunen sind Orte für den letzten Kampf. Hört auf mich: Von heute an bleiben uns zwei Umläufe bis zum nächsten großen Winter. Die Zeit ist knapp, rinnt uns durch die Finger. Wenn der Schwarze Reiter kommt, wird er Euch zu ihr führen. Euch wieder vereinen. Euch alleine. Das wird ein weiterer Test der Götter werden. Dies ist Eure Prüfung, nicht unsere.«

»Noch eine verrückte Prophezeiung?« Ich fluche ungehalten. »Ich lasse Alice nicht im Stich«, knurre ich, doch sie lächelt nur.

»Das werdet Ihr nicht, aber heute, mein König, bitte ich um Euer Vertrauen. Einen Vorschuss, so kann man es nennen. Schenkt dem Schicksal einen Tag Eurer Zeit.«

»Redet Ihr immer so? Das bereitet mir Kopfschmerzen«, stöhne ich auf, schicke währenddessen ein Gebet zu den Göttern, dass sie mir ein Zeichen senden mögen, dieses Orakel existiert wirklich und die Geschichte stimmt. Schwarzer Reiter? Ich alleine gegen eine Armee Albe? Verflucht, für Alice würde ich dies vollbringen, aber … Es ist einfach verrückt.

Ein Aufschrei von außerhalb lässt mich zusammen zucken. Ich frage mich, ob das ein Zeichen der Götter ist oder ob noch mehr passieren wird, was mich an meinem Verstand zweifeln lässt. Ein König – ich bin nicht ihr König. Ja, Alice hat den gleichen Plan wie dieses Orakel gehabt, aber … Verdammt, doch nicht in diesem Ausmaß. Ihr geht es um das, was ihr Vater gesagt hat, um Albe und Elben. Jetzt soll sich ganz Fegoria verbinden? Können das Zufälle sein, Alice' Vision und die des Orakels?

Ich trete aus dem Zelt, unsere Männer stehen mit ihren Waffen um uns herum, starren auf etwas vor ihnen, schützen uns. Sie machen mir sofort Platz, bis ich neben

Cian trete, der in der ersten Reihe steht. Als er mich sieht, greift er, im Gesicht weiß wie Schnee, nach meinem Arm.

»Bitte kneif mich«, fleht er.

Eigentlich muss mich jemand kneifen, denn ich habe das Gefühl, in einem außergewöhnlichen Traum gefangen zu sein. Hunderte Rankenwesen stehen auf dem Eis, welches mit einer dicken Schneedecke überzogen ist, ihre Wurzeln graben sich hinein, während sie uns ihrerseits mustern. Sie sehen wunderschön und angsteinflößend zugleich aus. Vereinzelt steigen Schmetterlinge empor, wenn eines der Wesen sich bewegt. Sie scheinen in ihren Blüten zu leben, doch hier an diesem eisigen Ort sind sie verloren. Was mich jedoch fast in die Knie zwingt, kommt von rechts, die vereisten Berge hinab.

Yetis!

Dutzende klettern die Abhänge hinab, reihen sich neben den Rankenwesen ein, mustern uns aus ihren dunklen, menschlich wirkenden Augen, die unter zotteligem Fell herausblicken. Ihre Körper sind groß, mit dichtem Fell bedeckt, das sie vor Eis und Kälte schützt. Riesige Füße, esstellergroße und mit langen Krallen versehene Hände, die einem Gegner den Kopf mit einem Schlag abreißen können. Sie sind eindrucksvoll und ich schaudere. Es sind so viele, und es werden immer mehr.

Die Minuten verstreichen, wir stehen nur stumm da, schauen dem Spektakel, welches sich uns bietet, zu. Sie wollen uns nicht angreifen, das ist deutlich. Algrim legt mir die Hand auf die Schulter. »Junge, die kommen wegen Euch, denke ich. Das Orakel hat recht gehabt.«

Topas schreit, landet fauchend vor mir, pustet heißen Rauch in Richtung der Yetis, woraufhin ich meine Hand auf seinen warmen Kopf lege, ihm das Zeichen gebe, dass es vermutlich Freunde sind, doch sicher bin ich mir nicht. Ich habe um ein Zeichen gebeten, die Götter antworten nun mal auf ihre Art und Weise. Ob ich will oder nicht, sie haben anscheinend größere Pläne, als mir bewusst gewesen ist. Bin ich überhaupt bereit für solch eine Bürde und die Opfer, die ich dafür bringen muss?

NEUNZEHN

»Warum hasst Ihr mich, Alice? Wisst Ihr das überhaupt?« Astas Kopf zuckt von links nach rechts, die Bewegung ekelt mich an, kratzt an Erinnerungen in meinem Kopf, die nicht greifbar sind, aber sich nach Schmerzen anfühlen. Dieser Mann hat mir wehgetan, da bin ich mir sicher. Alles in mir schreit, vorsichtig zu sein.

»Ich … weil…« Ich suche in meinem Kopf fieberhaft nach der Antwort, finde sie zwar nicht, doch vertraue ich meinem Gefühl. Er ist keiner von den Guten. Ich sitze neben ihm in der Bibliothek. Das erste Mal, dass ich etwas anderes sehe als meine Gemächer. Dieser Raum wirkt überraschend wohnlich. Der Kamin nimmt fast die komplette Wand ein, wärmt den Raum, in dem es nicht feucht und moderig riecht, sondern wundervoll nach Büchern.

»Soll ich Euch sagen, wieso?«, fragt er und ich verenge die Augen.

»Nein, du würdest lügen.« Das spüre ich. Er lacht auf.

»So ein kleiner Körper und so viel Willenskraft, sich mir zu widersetzen. Heute beginnen wir damit, Euch neu zu formen. Mal sehen, wie viele Erinnerungen Ihr noch besitzt. Die doppelte Dosis des Trankes hat wahre Wunder bewirkt. Erzählt mir von Eurem Prinzen. Wie habt Ihr ihn getroffen?«

Ich verschränke die Arme vor der Brust, weigere mich, weiter zu reden. Statt sich darüber zu ärgern, wirkt der Zauberer eher belustigt. Ein Rabe lässt sich auf seiner Schulter nieder, schaut mich aus dunklen Augen an. Zu meinem Schrecken muss ich feststellen, dass ich mich nicht erinnere. Wie haben Crispin und ich uns getroffen? Kälte wabert in meinen Adern. Ich kämpfe gegen das Vergessen an, gegen die Wirkung des Trankes. Heiß und lodernd brennt die Verbindung weiterhin in mir, glüht und erinnert mich daran, dass es da draußen jemanden gibt, für den ich kämpfen muss. Mein Kopf ist allerdings wie leer gefegt, ich erinnere mich nur an … den Nebelwald, warme Lippen auf den meinen, einen Crispin, der mir, weil es mein größter Wunsch gewesen ist, eine Hose geschenkt hat statt all die Kleider. Topas, meinen kleinen Drachen, und seine wunderschönen Augen. An Noams Lachen, Cians Faszination für meine alte Welt und an einen Tag, an dem Crispin fortgeritten ist. Warum ist er ohne mich fort? Mit jeder Minute scheinen die Bilder weiter zu verblassen. Alles in mir stemmt sich gegen das Vergessen, versucht Verbindungen zu ziehen, mir Kleinigkeiten zurückzuholen. Cian mag Raumschiffe, doch Raumschiffe gibt es hier nicht, also denke ich an meine alte Welt. So schaffe ich es, mir immer wieder Vergessenes zurückzuholen.

»Du hast mich entführt«, werfe ich dem Zauberer vor und der Rabe schreckt auf, als ich meine Hand vorwurfsvoll vorstrecke und auf ihn zeige.

»Haben wir das? Seid Ihr sicher, Kindchen?« Er schaut mich fragend an, weckt eine Unsicherheit in mir, für die ich mich selbst hasse. Aber ja, haben sie. Ich wäre nicht freiwillig mit ihnen gegangen. Niemals. »Ist es nicht eher so gewesen, dass Ihr mit uns habt gehen wollen, dass Ihr gefangen gewesen seid, von der Elbenkriegerin angegriffen, und wir Euch gerettet haben? Erinnert Ihr Euch nicht, wie sie Euch ins Gesicht geschlagen hat?«

In meinem Kopf sind Bilder von Lona, ihrer Faust, die auf mich zukommt. Sind sie wahr? Es ist schwer, dies zu unterschieden. Wieso sollten sie mich retten? Nein. Das muss anders gewesen sein.

»Erinnert Euch! Grimm ist wegen Euch gekommen, hat dem Elbenprinzen die Schranken gewiesen und dieser ist dann von dannen gezogen. Feige, wie Elben sind. Erinnert Euch. Denkt nach. Sucht in Eurem Kopf. Erinnert Euch an den Moment, wo Ihr aus dem Zelt geschaut, er sich von Euch abgewendet hat und fortgeritten ist. Er hat sich nicht einmal umgeschaut, so gleichgültig seid Ihr ihm gewesen.«

Ich presse mir die Hände an die Ohren, will seine Worte nicht hören, die wie Gift in meinen Kopf steigen. Crispin und Noam, sie haben die Pferde gedreht, sind davon geritten. Ja, aber … Wo bin ich da gewesen? Warum haben sie mich nicht mitgenommen? Ich bin in einem Zelt gewesen, richtig, mit Grimm. Stopp! Ich bin wie ein Hund an einer Kette befestigt gewesen. Crispin hat nicht gewusst, dass ich dort gewesen bin. Es macht mir Angst, wie sehr Asta meine Erinnerungen gegen mich benutzt, sie manipuliert und in falsche Richtungen lenkt. »Halt den Mund«, zische ich, schlage nach ihm, diesem widerlichem Wesen, doch er weicht aus und sein Kopf zuckt von links nach rechts. Neben uns auf einem der Sessel lümmelt Grimm, wirkt durchaus amüsiert.

»Ihr haltet an etwas fest, das Euch die Elben in den Kopf gesetzt haben, Kind. Erinnert Euch an die Liebe, die Ihr für Grimm empfunden habt, ehe die Elben Euch geraubt haben. Erinnert Euch an den Tag, als Ihr Euch im Wald versteckt und sie Euch niedergeschlagen, Euch gequält haben, um an unseren Prinzen zu gelangen. Sie haben uns schaden wollen. Sie haben das Unverzeihliche getan und Euch geraubt. Euch, die ihm versprochen gewesen ist. Sie haben Euch geschlagen und über Wochen, während Grimm vor Angst und Trauer fast wahnsinnig geworden ist, eingesperrt.«

»Niemals, ich bin Crispin versprochen! Seht ihr, der Ring!« Ich halte meine nackte Hand in die Höhe, zweifle langsam an mir, denn der Ringfinger ist nackt. Dabei bin ich mir so sicher, dass dort ein Ring sein müsste. Ein zierlicher Goldring. Wo ist … Werde ich verrückt?

»Welcher Ring, meine Teure?« Asta schüttelt den Kopf. »Armes Kind. So verwirrt, so durcheinander.«

Grimm steht auf, kniet sich vor mich. »Hier, dies ist dein Ring gewesen, ehe sie dich fortgeschafft haben. Ich habe ihn zusammen mit deinem Blut am Fuße eines Baumes im Nebelwald gefunden.« Er greift nach meiner Hand und ich lasse ihn gewähren. Sanft schiebt er einen Goldring über meinen Finger, in dessen Mitte ein Blutdiamant funkelt. »In diesem Stein wohnt ein Zauber, meine Liebe. Nie wieder werden sie deinen Geist brechen«, beteuert er. »Du darfst ihn niemals abnehmen. Versprich es!« Seine schwarzen Augen fordern eine Antwort, einen Schwur, aber er kommt mir nicht über die Lippen. Es fühlt sich falsch an. Wieso ist in meinem Kopf alles so durcheinander? Der Ring an meinem Finger scheint zu pulsieren. Mein Kopf hingegen, er fühlt sich an, als würde sich Eis in ihm bilden. In mir tobt ein wildes Feuer, das versucht, gegen die Kälte anzukämpfen. Wie ein wütendes Tier wehrt sich die Hitze, lodert zornig gegen das an, was sich in mir ausbreitet. All das ergibt keinen

Sinn. Ich bin wie sie. Was habe ich bei den Elben getan? Warum hänge ich so sehr an dem Prinzen der Elben?

»Sag es!«

Der Druck um meine Hand wird fester. Ich reiße mich los, raufe mir an den Haaren und schreie. Sie sollen aufhören! Ich werde verrückt. Bilder, die keinen Sinn ergeben. Erinnerungen an warme Küsse. Augen, die nicht schwarz, sondern grün sind und doch wieder verblassen. Ein unterirdischer See, eine nackte Männerbrust. Ein Bett und ein Mann an meiner Seite, der um mich weint, die Götter anfleht, mich zu verschonen. Ein Drache, tausende Raben, die mich angreifen. Alles ergibt Sinn, wenn sie es erklären, aber wieso tauchen diese Bilder in meinem Kopf auf?

»Asta, wie lange noch?« Grimm steht auf, deutlich verärgert, während ich mich auf einen Sessel fallen lasse, versuche, nicht vollkommen geisteskrank zu werden.

»Gebt Ihr maximal zwei Tage. Der Trank festigt sich, und zusammen mit dem Ring wird verhindert, dass sie die Erinnerungen zurückkommen. Solange sie ihn trägt, was Ihr Eurer Dame an Herz legen solltet, wird es halten. Der Trank wird sich verflüchtigen, wenn sie ihn nicht zu sich nimmt, aber der Zauber im Ring hält dennoch an. Solange sie ihn trägt, wird alles vergessen bleiben. Oh, was ist es für eine gute Idee gewesen, die alten

Bücher noch mal zu studieren. Dieser Zauber, zum Bannen von Erinnerungen, ist Gold wert. Erst löschen, dann bannen. Besser hätten es die Götter nicht ausführen können.«

Stein? Welcher Stein? Es fällt mir so schwer, ihnen zu folgen. In mir tobt ein wilder Kampf. Lodernde Flammen gegen eisige Kälte. Es fühlt sich an, als würde sich das Feuer um mein Herz schließen, es einkesseln. Wieder wendet Grimm sich mir zu, geht in die Hocke. »Alice, Liebling, der Ring.« Er zeigt auf meine Hand und ich schaue verwundert hinab. An den Ring erinnere ich mich gar nicht. Hat er eben schon so vertraut mit mir gesprochen? »Er sichert dein Überleben, hörst du. Wenn du ihn abnimmst, wirst du sterben. Sie haben dir ein Gift eingeflößt. Ein furchtbar tödliches Gift, das dich allmählich von innen verbrennen wird. Nur der Ring verhindert, dass dies eintritt. Willst du leben oder sterben?«

Ich nicke beunruhigt. Wie hinterhältig von dem Elbenpack. Natürlich will ich leben, das erklärt auch das Feuer in mir! Es wird das Gift sein, welches mich töten will.

ZWANZIG

Der gestrige Tag ist mehr als qualvoll langsam vonstattengegangen. Jeglicher Augenblick hat sich gefühlt eine Ewigkeit hingezogen. Wie jeden Abend stehe ich auf dem höchsten Berg neben dem Lager, schaue hinab auf unsere Armee. In der Ferne suche ich nach einem Anzeichen oder diesem verfluchten Reiter. Was, wenn ich mich täusche, dem Orakel zu viel Glauben schenke oder wir die Prophezeiung falsch interpretieren? Die Sonne geht allmählich unter, der Himmel ist blutrot. Wie wird mein Weg weitergehen? Welche Richtung soll ich einschlagen? Morgen früh werden wir endgültig aufbrechen, ich habe ihnen die Zeit gegeben. Wenn bis dahin nichts passiert, halte ich an meinem eigentlichen Plan fest. Das Einzige, was ich weiß ist schließlich, dass ich keinen Weg ohne Alice einschlagen werde. Erst wenn sie wieder in meinen Armen liegt, werde ich mir weitere Gedanken machen. Ich werde nur für ein Leben mit ihr an meiner Seite kämpfen. Ein Leben ohne sie, das wäre keines mehr, wofür ich kämpfen möchte. Ich weiß sowieso nicht, was ich von all dem Gehörten halten soll. Ich möchte diese Macht nicht.

»König?«

Eine Stimme lässt mich herum fahren, Kalmia verbeugt sich tief vor mir. Frost setzt sich auf ihren blättrigen Körper, ihre Wurzeln graben sich tief in den Schnee zu ihren Füßen. Ein besonders robuster Schmetterling thront auf ihrem linken Ohr und hat die Flügel angelegt.

»Nennt mich nicht so. Ich bin weder ein, noch Euer König«, herrsche ich sie an. »Und wo ist Euer verfluchter Reiter?« Sie zuckt kaum merklich zusammen, fängt sich augenblicklich wieder. Ihre blättrigen Wimpern zittern im kalten Wind.

»Er wird kommen. Vertraut mir.« Ich wende mich von ihr ab, behalte den Horizont im Blick. »Wollt Ihr meinen Rat hören, Kö… Crispin?«

»Nein, aber was nützt es? Ihr werdet ihn mir dennoch geben, oder? Alle haben immer Ratschläge für mich, die mich nicht wirklich weiter bringen.«

»Harte Worte, die ich in Eurer Lage durchaus verstehe, aber ja, das werde ich«, antwortet sie ehrlich, tritt noch näher an mich heran. »Versammelt Euer Heer an einem Ort, an dem Euch alle Völker folgen können. Schafft eine neue Heimat für Euch und Euer neues Volk. Weit weg, von alldem hier. Schickt sie dorthin voraus, Eure Männer. Lasst sie andere für den großen Tag trainieren und heißt jeden willkommen, egal, von welcher Rasse er sein mag. Ihr werdet jeden brauchen, egal von welcher Gestalt. Schafft eine neue Heimat, baut Häuser, schickt nach Verbündeten.«

»Ach, soll ich jetzt auch Orks und Oger zu Tisch bitten?« Ein lächerlicher Gedanke und doch zeigt mir ein Blick in das Gesicht der Rankenfrau, dass sie genau das erwartet. Was verlangt sie als Nächstes?

»Wenn sie für Eure Sache eintreten wollen, dann ja. Seid nicht so verbohrt wie die alten Männer. Euer Vater wird untergehen, wenn er diese Richtung beibehält und Ihr wisst es. Versucht, alles aus einem neuen Blickwinkel zu betrachten. Meint Ihr, jeder Elb ist gut? Schaut Euch die an, die Euch verraten hat. Die Zeiten ändern sich. Fegoria ist im Wandel.«

Das ist ein Volltreffer, denn das Wissen, dass Lona mich hintergangen hat, nagt immer noch an mir. Ich frage mich sogar, ob es meine Schuld gewesen ist, ob ich sie nicht ausreichend ihrer Schranken gewiesen oder falsche Hoffnungen gesetzt habe. Ich versuche stets, die Balance zwischen Thron und meinem Heer zu halten. Ich will dazu gehören, aber bin auch ihr Anführer. »Und wo soll dieser Ort sein? Ich werde im Nebelwald kein Zuhause mehr haben, wenn ich dies realisiere. Wenn ich Anspruch auf den Thron erhebe, bin ich offiziell ein Verräter und jeder Elb in meinem Regiment, der mir folgt, ebenso. Wir sind gleichwie zu Tode verurteilt, wenn wir das Land meines Vaters wieder betreten.«

Sie will nach meiner Hand greifen, doch ich entziehe sie ihr. Ich mag Berührungen von anderen Wesen nicht, ertrage sie kaum. Alice bildet die Ausnahme, meine Freunde ebenfalls, und gegen den Zwergenkönig kommt man, trotz seiner mickrigen Größe, ohnehin nicht an, aber jetzt hört es auf. Ich bin kein Kuschelbär, wie Alice immer scherzt, ich bin ein Krieger.

»Schaut!« Mit ihren Wurzelfingern malt sie einen Kreis in den Schnee. »Das ist die Wüstenebene. In ihr, einige harte Tagesmärsche westwärts, unter dem Stern des Cresu, liegt verborgen im Sand die Oase und der Tempel der Reptanier. Starke, furchtlose Krieger, die unter sich bleiben, aber keine Gefahr fürchten. Vor langer Zeit sind sie ebenso wie Ihr des Kampfes müde geworden und haben sich zurückgezogen. Dennoch würden sie sich Euch anschließen, um dazu beizutragen, endlich Frieden zu bringen. Dort sind wir willkommen. Euer Heer könnte dort im Schatten der Palmen trainieren. Es wäre eine Zuflucht, genügend Essen und Wasser ist vor Ort und es gibt einen unterirdischen Tunnel zum großen Meer, das selbst Meereswesen zu uns stoßen könnten. Kaum einer traut sich in die heißen Winde der Wüste, doch wir kennen einen Weg, der unterirdisch, nicht durch den glühenden Sand, sondern tatsächlich unten durch führt. Er ist lang und düster, aber es wäre eine Zuflucht. Wir sind mehrfach dort gewesen. Meine Schwester Aronia lebt dort, Seite an Seite mit ihnen, pflegt unser Bündnis. Die Oase ist groß, größer als Ihr Euch ausmalen könnt. Dort könnt Ihr Unterkünfte bauen. Kinder würden dort in Sicherheit spielen, Familien wären geschützt. Sogar mehr als im Nebelwald.«

Reptanier, noch mehr Wesen, die seit Jahrhunderten verschwunden sind. Was treibt große Krieger dazu, sich zu verstecken? Wirklich die gleichen Beweggründe wie meine? Müde von der Schlacht?

Ich schaue weiter in die Ferne, wiege das Für und das Wider ab, verschränke dabei die Arme vor der Brust. Oh Götter, wie soll ich wissen, welcher Weg der Richtige ist? Ehe ich antworten kann, erscheint ein schwarzer Punkt am Horizont. Rasant wird er größer und mir plötzlich klar, nach dem falschen Reiter Ausschau gehalten zu haben, denn er kommt nicht auf einem Pferd – nein. Im Licht des aufgehenden Mondes rast ein Drache auf unser Lager zu und ich bete, dass sein Herr uns friedlich gegenüber steht.

»Drache«, brüllt es unter mir, woraufhin ich geistesabwesend losrenne, den Berg mehr hinab rutsche, als zu klettern. Schnee und Eis, welches meine Kleider durchnässt, wirble ich auf.

»Topas«, brülle ich im freien Fall nach unten, finde einen Vorsprung und halte mich baumelnd fest, ehe ich mich weiter hinab hangle. Wo steckt dieser Barbar? »Topas«, brülle ich noch lauter, denn so abwegig der Gedanke ist, fühle ich mich wohler, wenn er an meiner Seite weilt, sobald wir dem Drachen gegenüber treten. Ist das nicht ein Zeichen, dass wir friedlich gesinnt sind, sogar Drachen willkommen heißen? Ein Schrei dröhnt mir in den Ohren, als Topas dicht an mir vorbei zieht, mich fast mitreißt. Trotteliger Mistkerl, grummle ich, überwinde die letzten Meter und lasse mich einfach fallen. Der Schnee dämpft meine Landung ab, geht mir dennoch durch Mark und Bein, zieht durch meine Wirbelsäule bis in den Kopf, aber Eile ist geboten. »An die Waffen«, rufe ich »Alles hört auf mein Kommando. Sie kommen in Frieden.« So hoffe ich, wenn ich den Worten Kalmias Glauben schenken kann. Ich greife mit der Hand meinen Schwertknauf, bahne mir laufend den Weg durch Männer und Frauen, um an die Spitze zu gelangen, während der Drache immer näher kommt. Ein Yeti stößt beinahe mit mir zusammen und grunzt erschreckt auf. Für so etwas habe ich keine Zeit, ich bin auf den Drachen fixiert. Die Gestalt auf ihm ist kaum zu erkennen, vollkommen in Schwarz gehüllt. Cian schließt zu mir auf, wir wechseln einen Blick, verständigen uns stumm, und er verschwindet wieder zwischen den Reihen unserer Leute, macht einigen unserer Männer durch Zeichen klar, ihm zu folgen. Er wird die Flanke sichern, mir mit Bogenschützen Rückendeckung geben, sollte der Reiter entscheiden, doch nicht friedlich gesinnt zu sein. Trotzdem würde sein Drache erheblichen Schaden anrichten, das steht außer Frage. Ich verlangsame meinen Schritt, trete nach vorne, aus dem Heer hinaus. Algrim und Seth ahmen es mir nach, Seite an Seite schreiten wir voran. Ein festes Bündnis, unterstrichen durch diese Geste. Elb, Zwerg und Mensch. Hinter uns unsere bunte Armee, an deren Seite nun ebenfalls Rankenwesen und Yetis stehen, die uns den Vortritt lassen. Was für ein Bild das abgeben muss. Topas kreist über uns, schreit fast erfreut, als er den anderen Drachen erspäht, bleibt dennoch bei uns. Wir stoppen, zwanzig Fuß von dem Rest entfernt, und warten. Silver schleicht von der Seite heran, schiebt sich zwischen uns durch und stellt sich vor mich, während Topas hinter uns landet. Ja, ich gebe zu, das gefällt mir. Es wirkt gefährlich, zwei solch wilde Tiere zu meinen Gefährten zu zählen.

Der Drache landet, wirbelt Schnee auf und bedeckt uns mit einer dünnen Schicht der kleinen Eiskristalle. Sein heißer Atem schlitzt das Eis vor seinen Füßen, aber innerhalb von Sekunden friert es erneut ein. Der Drache ist riesig, allein sein Kopf ist so groß wie mein ganzes Pferd. Seine geschlitzten Augen mustern uns eindringlich, bleiben an Topas hängen und der Drache schnaubt. Warmer rußiger Atem bläst uns ins Gesicht, lässt unsere Umhänge nach hinten wirbeln und den Schnee zu unseren Füßen ebenfalls schmelzen. Silver knurrt leise. Seine Nackenhaare stellen sich bedrohlich auf. Der Körper des Drachen, blau und schuppig, senkt sich und gibt seinem Reiter die Möglichkeit, abzusitzen. Geschmeidig springt er hinab, eine Kapuze verdeckt sein Gesicht noch immer.

Die ersten Sterne erscheinen am Himmel über ihm, die Sonne ist vollständig fort, als er vor uns zum Stehen kommt. Ein paar Sekunden verstreichen, ehe er den Kopf hebt, langsam die Kapuze abstreift. Einige Männer ziehen scharf Luft ein. Ich höre ein Rascheln und hebe die Hand – ein Zeichen, Stellung zu halten, und mustere den Alb vor mir. Seine grünen Augen ähneln denen meiner Gefährtin, doch da hört die Ähnlichkeit auch schon auf. Er hat ein majestätisches Gesicht mit hohen Wangenknochen, eine Nase, die leicht schief steht, als ist sie vor kurzem gebrochen gewesen, und befindet sich noch in der Heilung. Sein Körper ist hochgeschlossen, steht meinem in nichts nach, und steckt in der pechschwarzen Rüstung der Albe. Auf seinem Rücken blitzt ein Bogen hervor, während in seinem Waffengürtel ein Langschwert steckt.

»Prinz Crispin, so treffen sich unsere Wege erneut. Auf dem ein oder anderen Schlachtfeld habe ich schon Blicke auf Euch erhaschen dürfen, aber nie das Vergnügen gehabt, Euch gegenüber zu stehen.« Er mustert mich, tritt jedoch nicht näher. Ist er friedlich gesonnen?

»Leider kann ich dies nicht erwidern, Ihr seid mir gänzlich unbekannt. Mit wem habe ich das Vergnügen?«

Hinter mir wird Topas unruhig, schiebt seinen Körper immer näher zu uns, und ich ahne, was er will: Er möchte den anderen Drachen begrüßen. Auch der Alb bemerkt dies und kurz zuckt sein Mundwinkel.

»Sind so jung wie Euer Kamerad, wie Kinder, neugierige Rudeltiere. Lasst ihn zu meinem Freund, er wird ihm keinen Schaden zufügen. Ihr habt mein Wort.« Ich wäge seine Worte ab, versuche eine Lüge zu erkennen, doch sein Gesicht verrät nichts dergleichen und daher gebe ich Topas ein Zeichen, dass er gehen darf. Sofort rennen die kurzen Beine los und er quietscht aufgeregt, als sein Kopf gegen den großen Drachen stößt. Dieser brummt und ich schwöre, er verdreht kurz die Augen, aber das kann ebenso Einbildung gewesen sein.

»Nun, seid Ihr Freund oder Feind? Seid Ihr ein Freund, so nennt mir Euren Namen«, verlange ich.

»Seid Ihr immer so gastfreundlich, Prinz?«, kontert er mit einem Lächeln und ich knurre leise.

»Dies ist meine gastfreundliche Seite, glaubt mir, sonst würdet Ihr bereits durchlöchert vor die Götter treten und Einzug in die Heiligen Hallen halten.«

Der Alb lacht auf. »Ich mag Euren Humor. Ob ich Freund oder Feind bin, vermag ich noch nicht zu entscheiden. Das liegt vielleicht an Euch, Prinz. Was uns verbindet, ist wohl Familie.« Jetzt werde ich hellhörig.

»Sprecht«, fordere ich kühl und er blickt über meine Schulter.

»Nicht hier, dies ist nur für Eure Ohren bestimmt. Von mir aus auch für Euren engen Berater. Dies überlasse ich Euch. Aber vor Eurem Heer werde ich nicht sprechen. Das Land hier hat Ohren. »

Ich nicke, trete zur Seite und zeige auf die Zelte hinter uns. »Wenn Ihr Euch traut, nach Euch. Mein Zelt liegt voraus.« Er nickt.

Schweigend machen wir uns auf den Weg zu meinem Zelt. Die Elben, Menschen, Zwerge, Rankenwesen und Yetis ziehen uns eine Schneise, schauen dabei so finster, dass der Alb mir zu raunt:« Ich gestehe, ein … eindrucksvolles Heer. So unerwartet, was meine Augen hier erblicken.« Das entlockt mir fast ein Lächeln, denn ich weiß genau, was er meint. All die fast vergessen Wesen, vereint, Seite an Seite. »Wie habt Ihr es geschafft, einen Drachen an Euch, einen Elb, zu binden«, will er wissen, als wir eintreten. »Das ist recht ungewöhnlich und ich gebe zu, erlebt habe ich es noch nie.«

»Ich habe ihn nicht an mich gebunden, er gehört zu meiner Gefährtin.« Schmerz wallt auf, weil ich über Alice spreche.

Hinter uns betreten Noam und Algrim das Zelt, dicht gefolgt von Cian und Kalmia. Der Alb schaut uns der Reihe nach an, reibt sich dann die Hände und lässt sich lässig auf meinen Stuhl fallen, was mir durchaus missfällt.

»Mein Name ist Elil. Unschwer zu erkennen, gehöre ich zu der Rasse der Albe, Euren offensichtlichen Feinden. Tatsächlich behagt es mir ebenfalls genauso wenig, heute hier zu sein, allerdings … manche Situationen erfordern eben sonderliche Handlungen. Stimmt Ihr mir da zu, Prinz, der eine Albin ehelichen zu gedenkt?«

»Ich wüsste nicht, wieso ich mit Euch über mein Liebesleben debattieren sollte, Elil. Aber ja, manches, was für mich vor einem Jahr noch undenkbar gewesen ist, ist heute Realität, und ich schäme mich nicht dafür, dass ich eine Albin liebe. Darum, ja, meine Gefährtin ist eine Albin. Sie ist viel mehr als eine Partnerin. Die Götter haben mir dieses Geschenk gemacht. Ich weiß, dass Ihr sie habt und ich habe vor, sie zurückzufordern.«

»Bevor ich dazu komme, weshalb ich hier bin, nicht ganz freiwillig wohlgemerkt, möchte ich von Euch selbst hören, was für eine Zukunft Ihr andenkt. Mir ist zu Ohren gekommen, Ihr fantasiert davon, Albe und Elben den Frieden zu geben, den sie seit Jahrtausenden nicht gehabt haben. Ihr redet von dem Geschenk der Götter. Ich bin ganz Ohr.«

»Er ist der wahre König von Fegoria.« Kalmia schiebt sich vor. »Er wird nicht nur Eure Rassen vereinen, nein, alle wird er vereinen. Sie alle werden ein Banner tragen, in Frieden leben. Wir werden uns wieder als würdig erweisen, die Geschenke der Götter zu empfangen, ihre Achtung zurückerobern.« Elil schnaubt, steht ruckartig auf.

»Das ist Euer Plan, die Macht übernehmen? Ein Elb als Herrscher über uns alle. Ihr seid nicht besinnen.«

Bevor Kalmia weiter reden kann, stoppe ich sie.« Nein, mein Plan ist es, meine Gefährtin zu finden und ein langes, glückliches Leben zu führen. So die Götter es mir schenken, Kinder zu bekommen, sie in Frieden aufwachsen zu sehen, doch stattdessen werde ich zum Spielball des Schicksals. Glaubt mir, ich strebe den Thron nicht an, und trotzdem werde ich mich dem Willen der Götter beugen müssen. Nun redet oder geht von dannen, ich habe für Plauderstunden keine Muße oder Zeit. Wenn

Kalmia und das Orakel recht behalten, werden wir alle Völker vereinen.«

»Ich kann nicht leugnen, Eure direkte Art zu mögen, dabei heißt es immer, Elben wären das nette Geschlecht. Ihr seid nicht weniger unwirsch als wir.«

»Jungs!« Algrim hebt die Augenbrauen, mustert uns wie ein Vater, der seine Kinder ermahnt. Was für eine lächerliche Vorstellung.

»Ihr habt von Familie, die uns verbindet, gesprochen«, erinnere ich den Alben, woraufhin er nickt.

»Ja, so widerwärtig die Vorstellung ist, einen Elb als Teil meiner Familie zu sehen, besteht meine Schwester darauf, dass ihr, der Seelengefährte, einer unseres Blutes seid. Alice ist eine der Letzten unserer Blutlinie, und obwohl man uns einiges nachsagt, gibt es sehr wohl Albe, bei denen Familie über alles steht. Meine Schwester, wie Frauen eben sind, kann äußerst überzeugend sein, um ihren Willen durchzusetzen. Seid ihrer Ankunft schleicht sie sich zu Alice, sie sprechen, lernen sich kennen und Alice hat sie davon überzeugen können, dass Friede zwischen unseren Völkern möglich ist. Ich sehe dies noch skeptisch, aber das Wort Friede lässt jemanden, der durch Kriege alles verloren hat, aufhorchen. Frieden. Ein Wort, das ich nicht mal zu denken gewagt habe, ebenso Seelengefährten. Doch wenn es den Hauch einer Chance gibt, Glück zu widerfahren, so will ich mein Leben dafür geben. Ich selbst habe Alice nicht getroffen, aber meine Schwester hat mir dies gegeben, um es Euch als Beweis zu überreichen.« Er greift in seinen Umhang. Meine Hand liegt am Schwert, sicher ist sicher, dann reicht er mir einen Beutel. Das Leder fällt in meine ausgestreckte Hand. Kurz zögere ich, ehe ich es öffne.

Alice Kette liegt in ihm, die, jene Kota ihr einst gegeben hat, als sie von den Toten auferstanden ist. Ein kleines Stück Pergament ist darin eingewickelt und meine Finger zittern leicht, als ich es öffne. Es ist vergilbt, eilig auf einer ausgerissenen Bücherseite geschrieben, und enthält nur einen kurzen Satz: Vertraue ihnen, es ist nicht deine Schuld, ich warte auf dich. Ich schlucke, erkenne ihre großzügig geschwungenen Buchstaben, die Schrift ebenso, auch ohne ihrem Namen darunter. Sie hat gewusst, was für eine Last mir von den Schultern fallen würde, in dem sie mir sagt, dass es nicht meine Schuld ist, obwohl ich sie mir gebe. Sie lebt, sie wartet auf mich! Jetzt liegt es an mir, sie zu finden und nach Hause zu holen.

Vorsichtig hänge ich mir die Kette um, sie verschwindet in meiner Rüstung, bleibt auf meiner Brust, meinem Herzen, liegen. »Wie lautet der Plan?« Ich hebe den

Blick, schaue Elil in die grünen Augen, woraufhin er seinen Mund zu einem boshaften Lächeln verzieht.

»Nun, Prinz, ist all Euer Mut gefragt. Ich kann Euch ins Schloss bringen, aber nur Euch, niemanden sonst. Danach seid Ihr auf Euch allein gestellt, müsst mit Alice den Weg zurückfinden, denn ich habe andere Aufgaben, um die ich mich kümmern muss. Wir haben ausschließlich diese eine Chance.«

»Werdet Ihr Euch uns anschließen?«, will ich wissen, mustere ihn dabei genau.

»Vielleicht. Das vermag ich heute noch nicht zu sagen. Ich traue Euch nicht, Prinz der Elben. Ebenso wenig wie Ihr mir. Wie Ihr sagt, sind wir wohl die Spielbälle der Götter geworden.«

»Wann brechen wir auf?« Ich stecke den Zettel ein, stelle mich aufrecht hin. Angst verspüre ich keine. Mein Schwur ist deutlich gewesen: Ich rette Alice oder sterbe beim Versuch. So oder so wird es enden. Ich bin bereit.

»Stopp!« Cian reißt an meinem Arm, bringt mich vor dem Alb mit seinem Gefühlsausbruch in Verlegenheit. »Du willst nicht ernsthaft allein mit ihm fort? Woher weißt du, wer er ist? Er könnte der Kommandant ihrer Truppen sein, dich unterwegs vom Drachen stoßen. Wer weiß, ob der Zettel wirklich von Alice stammt.«

»Tatsächlich bin ich das, erster Hauptmann von Castiells Truppen. Was mich … nun ja … wohl zu einem Verräter macht. Das behagt mir nicht. Ehre bedeutet mir viel, doch Freiheit und Frieden mittlerweile mehr. Und glaubt mir, ehe ich ihn vom Drachen stoße, würde er ihn verspeisen, denn er vergöttert Frischfleisch. Warum also etwas verschwenden?«

»Da hörst du es«, zischt mein Bruder aufgebracht, ohne auf seinen Humor einzugehen. »Du wirst nicht mit ihm gehen.«

»Ich halte das auch für unklug, Crispin«, mischt Noam sich nun ein und selbst der Zwerg reibt sich nachdenklich den Nacken. Seth stimmt den anderen zu, nur Kalmia enthält sich, schaut mich einzig eindringlich an. Was sie will, weiß ich. Dass ich den Göttern vertraue, dies mein Weg ist und nicht der meiner Freunde. Ich schaue auf ihren Bauch, wo das Orakel ruht und weiß, wie es weitergehen wird. Es ist Alice' Schrift, ich kenne sie. Es ist die Kette, an der unten eine kleine Einkerbung weilt, als hätte vor Zeiten ein Schwert sie gestreift. Vielleicht sogar zu der Zeit, als Kota sie getragen hat.

»Das, Bruder, hast du nicht zu entscheiden.« Ich lege ihm beide Hände auf die Schultern, schaue ihn fest an. »Dies ist mein Weg, nicht deiner. Sollte es eine Prüfung sein, so muss ich sie bestehen. Wie soll ich den Willen der Götter erfüllen, wenn ich nicht anfange, meinen

Feinden zu vertrauen. Irgendwo muss ich beginnen. Elil ist hergekommen, alleine. Wohl wissend, dass es ihn hätte den Kopf kosten können.«

»Sollten wir erwischt werden, werde ich nicht zu Euch stehen«, wirft er ein, was Noam fluchen lässt, mich allerdings zum Lächeln bringt. Ich bin ein Freund von klaren Verhältnissen, er hingegen spaßiger, als ich einem Alb zugestehen würde.

»Gut zu wissen. Wenn ich um mein Leben kämpfe und mir dann aus Versehen Euer Kopf in die Quere kommt, ist dies Euer Risiko. Ich muss handeln.« Ich wende mich nun Seth und Noam zu, beide schauen finster drein. Mir behagt die gesamte Situation nicht.

»Du bist lebensmüde! Ich frage mich, ob du verrückt oder einfach nur so von deinem Können überzeugt bist, dass du denkst, du könntest dich und Alice alleine durch das Reich der Albe lotsen.« Noam verschränkt die Arme vor der Brust. Sein Kiefer ist angespannt.

»Beides, schätze ich«, ist die Antwort, die ich ihm gebe, denn es trifft wohl zu. »Noam wird mit einem der Rankenwesen vier Tage am Rand der Lagunen auf uns warten. Sollten wir bis dahin nicht dort sein, wird er hierher zurückkehren und ihr werdet Kalmia in die Oase folgen. Ich werde euch dort finden. Ihr habt mein Wort, vertraut mir. Ich weiß, es klingt waghalsig, aber nicht weniger verrückt, als hier mit Yetis, Rankenwesen, Zwergen und Menschen zu stehen.«

»Dein Wort? Bei den Göttern, lebensmüde bist du«, schimpft mein Bruder, rauft sich wütend die Haare. Sein Blick sagt alles - er hält mich für übergeschnappt. Vielleicht bin ich das. Wer weiß. »Du bist nicht Gott, Crispin, auch wenn du dich vermutlich selbst so siehst. Du bist verwundbar, sterblich, wenn ich dich daran erinnern darf.«

»Es gibt keinen anderen Weg, außer wir marschieren mit der Armee in die Lagunen, was deutlich mehr Opfer fordert als nur meines. Meinen Tod könntet ihr verkraften. Tausende Männer verlieren, allerdings nicht, das können wir uns nicht leisten.« Darauf haben sie keine Gegenbemerkung und ich weiß, wann ich einen Krieg gewonnen habe – diese Runde geht eindeutig an mich. Jeder Mann wird am Ende wichtig sein. Ein Leben gegen viele. Eine einfache Rechnung, die in jedem Fall aufgeht.

»Es gibt da noch etwas, dass Ihr vielleicht wissen solltet.« Elil reibt sich den Nacken, weicht meinem Blick aus und schaut zu Boden. Das heißt, es wird etwas Unangenehmes sein, etwas, das mir nicht gefallen wird. Ich atme tief ein, wappne mich.

»Erzählt.«

»Es könnte sein, dass Alice Euch nicht mehr begleiten will.« Alle ziehen überrascht die Luft ein.

»Wie bitte?« Das kommt unerwartet. Warum sollte sich mich nicht begleiten wollen? Ich spüre sie, unsere Verbindung, lodernd wie eh und je. Das … ist nicht möglich. Niemals würde sie sich aus freiem Willen Grimm und Castiell anschließen. Nein.

»Castiell und Grimm bereitet die Trauung vor. Alice denkt mittlerweile, Ihr habt sie entführt und misshandelt. Sie weiß nichts mehr von ihrem Leben vor Fegoria, von ihrem menschlichen Ableben, dafür hat Asta gesorgt. Meine Schwester sagt, ein Zaubertrank hat ihr sämtliche Erinnerungen genommen, ein Ring schützt die falschen Erinnerungen, die ihr täglich eingeflüstert werden. Ein fauler Zauber, aber wirkungsvoll. Nur sie kann diesen Ring, der sie manipuliert, abnehmen. Sie hat tagelang widerstanden, gekämpft, doch Asta ist stärker gewesen. Sie ist nicht mehr die, die Ihr zu kennen glaubt. Ich möchte Euch vorwarnen, bevor Ihr diesen Weg beschreitet, dass sie eine andere sein kann, die Ihr dort erwartet. Ihr könntet bei dem Versuch, jemanden zu retten, der nicht mehr zu retten ist, sterben.«

EINUNDZWANZIG

»Sag Alice, liebst du Grimm?« Ich mustere die Albin hinter mir, die mir vage bekannt vorkommt. Grüne, viel zu sanfte Augen für eine echte Kriegerin, blicken mich aus dem Spiegel an, während sie mein Haar bürstet, anschließend zu einem festen Zopf flechtet, wie ich es mag.

»Was geht Euch das an? Mit welchem Recht richtet Ihr Euer Wort an mich?«, zische ich, denn sie ist unter meinem Stand, ihr Verhalten respektlos. Grimm ist in diesen Dingen mehr als deutlich.

»Ach herrje, da hat aber jemand schlechte Laune«, murmelt sie und meine Augen verengen sich zu Schlitzen.

»Wie bitte?«

»Nichts. Verzeiht, Mylady. Wie ich sehe, ist Euer letzter Besuch bei dem Herrn der Raben sehr … einprägsam gewesen. Es ist mir eine Freude, Euch heute zu Diensten zu stehen.« Ich schweige sie an, doch sie schnattert dreist weiter. »Wie ist das mit dem Elb gewesen, bei dem Ihr gelebt habt, bevor Ihr zu uns gekommen seid? Erzählt mir die Geschichte noch mal.« Sofort spüre ich Hass und Wut in mir brodeln.

»Ihr meint den, der mich eingesperrt, gequält und sich mir aufgezwungen hat? Sollte ich ihn je wieder treffen, wird sein Blut von meinem Schwert tropfen und den Boden rot färben. Nicht, dass ich so etwas mit jemanden wie Euch besprechen würde, Zofe.«

Entschlossen schlage ich mit der Faust auf den Frisiertisch. Sie verstummt, beginnt mein Haar erneut zu flechten. Ich mustere mein Spiegelbild. Man sieht noch die Spuren meiner Gefangenschaft, doch langsam verblassen sie. Ein Bluterguss unter meinem linken Auge, der sich über meinen Wangenknochen zieht. Mein Jochbein, das gebrochen gewesen ist, und sich allmählich richtet – dank meiner albischen Wurzeln. Male von Händen, die mich gehalten haben, Kratzer. Ja, sie haben mir übel mitgespielt, die Elben, aber ich habe überlebt. Sobald diese Makel verschwunden sind, wird es meine Pflicht sein, Grimms Gemahlin zu werden, die ihm zusteht. Es ist eine Ehre für jede Albin, erwählt zu werden, und diese Ehre wird mir zugeteilt.

Ich drehe den Ring an meinem Finger, mustere ihn. Kurz meine ich, es müsste Weißgold sein, was jedoch dümmlich ist. Es ist mein Verlobungsring, dies und kein anderer. In mir brennt das Gift der Elben, allerdings verursacht es keine Schmerzen, nein, es wärmt mich, macht mich stärker.

Kaum ist die Albin fertig, stehe ich auf, lasse mir von ihr die Rüstung anlegen, die man für mich maßgeschneidert hat. Tiefschwarz, glänzend, mit dem Wappen meines Hauses geprägt. Ganz wie es meinem Stand gebührt. Heute werde ich vor das Volk treten, ich, die Tochter von Kota, dem größten Krieger unseres Volkes. Mit Ehrgefühl werde ich sein Erbe antreten und ihn mit Stolz erfüllen. Ich werde ebenso legendär werden wie er.

»Seid Ihr sicher, dass Ihr das wollt?« Die Albin lässt einfach nicht locker, ihre grünen Augen verwirren mich zudem immens.

»Kennen wir uns? Ihr kommt mir bekannt vor. Seid Ihr gestern schon bei mir gewesen?

»Nein, ich bin eine unbedeutende Dienerin im Schloss, nur dazu abgestellt, Euch zur Hand zu gehen. Ihr habt meine Frage nicht beantwortet. Liebt Ihr Grimm?«

Ich verdrehe die Augen über so viel Dreistigkeit, aber gut, eine Antwort werde ich ihr, in der Hoffnung, dass sie dann hoffentlich aufhört, geben. »Liebe? Daran glauben die Schwachen. Liebe, ein Märchen aus Kindertagen. Asta hat recht, wer nach Macht strebt, kann nicht auf Liebe warten. Liebe macht schwach, ist ein erbärmliches Märchen. Ihr, als Albin, solltet es besser wissen.« Kurz blitzt ein lachendes, mit Mehl beschmutztes Gesicht in meinen Gedanken auf, aber es ist genauso schnell wieder verschwunden. Ich presse mir eine Hand an die Stirn, höre fast deutlich eine dunkle Stimme: Ich liebe dich, kleiner Schmetterling. Von jetzt bis zu meinem letzten Atemzug. Keuchend beuge ich mich vor, presse die Hand auf meine Brust, halte mir mein schmerzendes Herz. Die Flammen in mir lodern, der Ring an meinem Finger brennt und doch darf ich nicht abnehmen. »Was zum …«, fluche ich, als weitere Bilder folgen: ein Kamin, zwei nackte Körper, die sich davor aneinanderschmiegen.

»Alles okay?« Die Albin nimmt meinen Arm, führt mich vorsichtig zu einem Stuhl und schenkt mir Wasser ein. Mit großen Schlucken trinke ich eilig.

»Danke, Alliaria, es geht gleich wieder«, hauche ich, die Hand immer noch auf meinem rasenden Herzen.

»Was habt Ihr gesagt?«, fragt sie und ich schaue sie nur verwirrt an.

»Wie bitte?«

»Wie nanntet Ihr mich?« Plötzlich ist der Schmerz verschwunden, ich kann frei atmen. Was ist das für ein Hexenwerk gewesen?

»Geht zur Seite!« Ich stehe auf, schlage ihr das Wasserglas aus der Hand und mache mich auf den Weg zum Großen Saal. Das Glas zerschellt am Boden hinter mir. »Räumt das auf, sofort.« Meine Schritte hallen laut von den dunklen, feuchten Wänden wider. Diese Albin macht mich wütend. Ich werde mit Grimm sprechen, dass ich eine neue Zofe wünsche, eine mit mehr Respekt. Was soll die Fragerei? Liebe, dass ich nicht lache. Liebe kann sich jemand wie ich nicht erlauben. Mein Platz ist an der Seite des Prinzen, mein Körper dient dazu, den Thron zu schützen. Durch meine Unachtsamkeit hat man mich gefangen genommen, meinem Volk habe ich Leid zugefügt, dies gilt es wieder zu bereinigen. Ich werde mich bemühen, nun vorsichtiger zu sein, meinem Vater Ehre zu erweisen, auch wenn er über mich in den Heiligen Hallen wacht.

Mit erhobenen Kopf betrete ich den kleinen privaten Raum, in dem Grimm und Castiell auf mich warten.

»Alice, du siehst eindrucksvoll aus.« Castiell kommt galant auf mich zu, nimmt meine Hand und führt sie an seine Lippen. »Eine wahre Kriegerin. Die Schmiede haben für deine Rüstung ganze Arbeit geleistet.«

Grimm legt seinen Arm um mich und etwas in mir erwacht, will ihn abschütteln, was keinen Sinn ergibt. Wir sind schon immer einander versprochen, ich erinnere mich daran. Seit meiner Gefangenschaft ist vieles verschwommen, aber Asta sagt, es wird besser werden. Sie haben mich gefoltert, hungern lassen, gequält - daran erinnere ich mich, wenn auch kläglich, doch es hat mich stärker gemacht, also gebe ich dem Gefühl nicht nach, sondern schmiege mich in seinen Arm, der sich so fremd anfühlt. Nicht vertraut, muss es hingegen auch nicht. Es gilt, eine Pflicht zu erfüllen. Ich zwinge mich zu einem Lächeln, als ich in seine schwarzen Augen blicke.

»Ich bin beeindruckt, was Asta in kurzer Zeit geschafft hat. Nun ja, ist der alte Narr letztlich noch zu etwas nutze.« Castiell gießt sich blutroten Wein in seinen Kelch, leert ihn mit einem Schluck.

»Wann werden wir angreifen, Vater?« Grimms Hand wandert meinen Körper hinab, legt sich auf meinen Po, drückt so fest zu, dass es schmerzt. Ich ertrage es, ohne das Gesicht zu verziehen.

»Geduld, mein Sohn. Zunlogg ist nach den Vorfällen in Escher verstimmt gewesen, doch woher hätten wir wissen sollen, dass diese Fischwesen sich auf die Seite der Elben schlagen? Zu gern wüsste ich den Preis dafür. Und dann die Zwerge, aus ihren Berglöchern kriechen sie hervor. Es wird für sie Zeit, ebenfalls in die Geschichtsbücher einzugehen, während ihre Knochen verrotten und vermodern.« Seine Worte gefallen mir nicht, das werde ich allerdings niemals zugeben. Albe müssen widerstandsfähig sein, wir kennen kein Mitleid!

Asta kommt herein, nickt uns zu. »Alice, es wird Zeit für Euren Trank« Er reicht mir eine blaue Phiole und ich verziehe das Gesicht.

»Muss das noch sein? Die Wunden verheilen bereits.«

»Der letzte Trunk. Trink!« Grimm drückt mir das Fläschchen an den Mund, brav kippe ich das widerliche Gebräu runter und es schüttelt mich. Kälte breitet sich in mir aus, und als Grimm seine Lippen auf meine drückt, spüre ich nichts.

Mein Körper ist betäubt von der Kälte. »Wir werden mehr Verbündete brauchen. Crispin wird nicht ruhen, du hast seine Ehre gekränkt, Vater. Er wird Rache wollen. Astas Raben berichten, er hat den Nebelwald längst verlassen. Sein Heer marschiert derzeit durch die Eiswüsten. Er ist auf dem Weg zu uns.«

»Ehre, lachhaft. Sollen sie kommen. Sie werden den Weg hinein nie finden, vorher werden wir hunderte von ihnen abschlachten. Ich werde auf ihren Gebeinen tanzen, seinem Vater den Kopf mit besten Grüßen heim senden.«

»Das klingt verlockend. Vielleicht möchte Alice den letzten Schlag selbst ausführen, wo er es doch gewesen ist, der sie so gequält hat.«

Ich nicke mit einem Lächeln auf den Lippen. Oh ja, und wie ich das will.

ZWEIUNDZWANZIG

Wir fliegen in völliger Dunkelheit. Ich halte mich an Elil fest, was mir fast ein wenig unangenehm ist, aber nachdem ich bei dem ersten Luftloch in die Luft geschleudert worden bin, gehe ich dieses unerfreuliche Arrangement ein. Besser als am Boden zu zerschellen, weil ich von seinem Drachen falle, was ihn sicherlich amüsieren würde.

»Ich habe das Gefühl, ihr kuschelt Euch gerade an mich heran«, zieht er mich auch sogleich auf und ich knurre eine unfreundliche Antwort. Er lacht nur und fliegt noch schneller.

Das Reisen auf Pferden gefällt mir besser, den Boden dicht unter meinen Füßen. Alice redet von Reisen zu den Sternen, doch mir ist dieser Flug schon nicht geheuer. Der kalte Wind weht mir entgegen, meine Gedanken bleiben bei Alice und dem, was Elil mir erzählt hat. Was wird mich dort erwarten? In welchem Zustand wird sie sein? Wenn sie nicht weiß, wer ich bin und mit ihm … mit Grimm … Nein, daran kann und will ich nicht denken. Dass er seine Hände an sie gelegt hat, lässt mich beinahe mein Abendessen hochwürgen.

Vor meiner Abreise ist der Streit mit Cian eskaliert,

selbst Silver hat schwer beleidigt gewirkt. Wie zum Henker soll ich ihn auf einen Drachen bekommen? Noam wird sich um Topas und ihn kümmern, bis wir uns an den Grenzen oder in der *Oase* treffen werden. Topas ist ohnehin zu auffällig, Asta würde ihn sofort erkennen. Nein. Das Orakel ist mehr als deutlich gewesen: Es ist meine Prüfung! Ich will, dass sie meinen Befehl befolgen. Sie sollen im Schutz der Wüste trainieren, Kräfte sammeln und in Sicherheit sein. Ob dort unsere neue Heimat ist, vermag ich nicht zu sagen, ohne mir ein Bild davon gemacht zu haben. Sie ungesehen dorthin zu senden, fällt mir schon schwer, aber habe ich eine bessere Alternative? Einen besseren Ort? Nein. Dort sind wir sicher und nur Eingeweihte können uns finden. Castiell wird das zweifelsfrei wütend machen. Uns bleibt nicht viel Zeit, der nächste große Winter naht. Wir müssen den Ort kennenzulernen, trainieren und Verbündete finden.

»Festhalten, jetzt wir es ungemütlich. Wir müssen Bararod in den Drachenhain bringen und von dort, nun ja, laufen und hoffen, dass uns niemand sieht. Wenn doch … Wir werden sehen. Vielleicht muss ich dich dann töten.«

»Tolle Aussichten«, brumme ich, klammere mich an ihn, als er zum Sturzflug ansetzt. Elben sind wirklich nicht für so etwas gemacht. Ich verstehe Cians Begeisterung für Alice Geschichten zur Mondreise nicht. Alleine der Gedanke, noch höher in der Luft zu sein ist … schrecklich. Ich bleibe lieber auf dem Rücken eines Pferdes. Egal, wie groß Topas wird, ich werde Alice am Boden festbinden, auch wenn ich ahne, dass sie das Fliegen lieben wird.

»Gleich ist das Kuscheln vorbei. Sicher, dass Ihr meine Cousine ehelichen wollt, so wie Ihr mit mir auf Tuchfühlung geht?«

»Ich schwöre bei den Göttern, noch ein Wort und …« Ich komme nicht dazu, den Satz zu beenden, denn er lenkt Bararod so, dass er einen halben Looping durch zwei Bäume macht. Ich habe das Gefühl, mein Magen ist an einem der Äste hinter uns hängen geblieben.

Als wir endlich landen, gleichen meine Beine einem Wackelpudding und ich muss mich an einem Baum abstützen. Ehe ich mich versehe, landet mein Abendessen sogleich dahinter und der verfluchte Alb lacht bis ihm die Tränen in die Augen schießen. Wie ich Albe hasse …

Er klopft mir auf den Rücken. »Ja, bleibt lieber bei Euren Pferden, Crispin. Ich wünschte, ich könnte das beim nächsten Trunk erzählen, der große Prinz der Elben würgend zwischen zwei Bäumen nach seinem ersten Ritt auf einem Drachen. Meine Männer würden diese Geschichte lieben.« Ich kicke ihm die Beine unter dem

Körper weg, woraufhin er im Dreck landet. Jetzt bin ich der, der lacht. »Passt bloß auf!« Er warnt mich mit dem Finger. »Ihr seid auf mich angewiesen.«

»So schnell beleidigt? Kein guter Charakterzug.« Er schnaubt und ergreift meine ausgestreckte Hand. Mit Schwung ziehe ich ihn auf die Beine und er klopft sich den Staub von den Kleidern, während ich ein Minzblatt aus meinem Beutel, der an meinem Gürtel hängt, ziehe. Ich schiebe es mir in den Mund und kaue es hastig, um den Geschmack des Erbrochenen loszuwerden. Das Wissen, dass ich zurücklaufen muss, ist plötzlich das reinste Geschenk der Götter.

»Wie geht es jetzt weiter?«

Ich folge ihm ins Dickicht, während sein Drache in die andere Richtung verschwindet und ich urplötzlich Gebrüll höre, welches die Bäume wackeln lässt. Anscheinend leben dort noch mehr der Echsen. Er gibt mir ein Zeichen, in die Hocke zu gehen und still zu sein. Mit einem Satz hangelt er sich einen Ast hinauf und verschwindet in einem der Bäume. Ich höre es leise rascheln, warte angespannt. Nicht lange, und er landet fast lautlos neben mir. Seine Stimme ist kaum vernehmlich, als er mir erklärt, dass der Wald dort vorne endet.

Wir schleichen uns weiter, bis wir die letzte Baumreihe erreichen, uns im Schatten der Stämme verstecken. Vor uns liegen Berge auf der einen, das Meer auf der anderen Seite. Palmen wiegen sich im Wind und alles wirkt friedlich und verlassen. Ein Trugschluss.

Er zeigt nach oben, ich folge seinem Blick. Im Schatten der Felsen sitzen sie, Bogenschützen. Bereit, jeden Eindringling zu töten – wie wir es uns gedacht haben. Unbemerkt wären wir nie so weit vorgedrungen. Bei dem Versuch, Alice mit dem Heer zu befreien, hätte es ansonsten viele Tote gegeben.

»Wie soll ich da durch kommen?«, zische ich. Er beginnt seinen Umhang zu lösen, hält ihn mir hin.

»Ihr müsst mir vertrauen. Kein Wort, habt Ihr gehört? Egal, was sie sagen, nickt nur und folgt mir.«

»Ja, ja …«, setze ich genervt an, doch er greift meinen Arm.

»Ich meine es ernst, Crispin. Kein Wort. Ich muss Euch vertrauen können. Ergreifen sie mich, werden sie auch meine Schwester töten. Das ist äußerst kritisch. Ich riskiere viel, indem ich Euch helfe.« Das ist eine Angst, die ich verstehe.

»Ich verspreche es.«

Er nickt zufrieden. »Elil, wartet!« Ich halte ihn auf, als er aufstehen will. »Was?«, zischt er.« Wollt Ihr hier Wurzeln schlagen? Die Zeit drängt und Ihr wollt schwatzen?«

»Ich … nun ja, kommt mit uns, mit Alice und mir. Ihr

müsst nicht hierbleiben. Bei uns seid Ihr sicher, Ihr und Eure Schwester. Werden sie Euch nicht sowieso verdächtigen?« Überrascht öffnet er den Mund, sucht nach Worten und ich bin selbst über mein Angebot verblüfft.

»Das … ehrt Euch, Crispin. Aber ich gehöre hier her.«

»Das habe ich auch vor gar nicht allzu langer Zeit gedacht, dass es für mich nur den einen Ort gibt, doch es ist falsch gewesen. Wenn Ihr es Euch anders überlegt, nehmt diese.« Ich reiche ihm eine Karte, die Kalmia mir gezeichnet hat, und ich mir bereits eingeprägt habe.

»Was ist das?« Er schaut auf das Stück Pergament.

»Die Karte, die zu uns führt, zu unserem neuen Zuhause. Hier brauche ich Euer Wort, dass ausnahmslos Ihr sie einsetzt. Für Euch, und … Eure Lieben, denn dort leben die, die ich schützen werde, ehe der große Krieg beginnt. Dort bauen wir unsere neue Heimat auf, in der …«, die Worte kommen nur schwer über meine Lippen, »jeder willkommen ist.«

»Werdet Ihr etwa sentimental? Ich habe große Stücke auf Euch als Krieger gehalten. Ihr habt eine überraschend weiche Seite an Euch, Prinz.«

Wütend funkle ich ihn an. »Gebt die Karte zurück, sofort«, brumme ich, doch er klopft auf meine Schulter.

»Schon gut, mein Elbenfreund. Ich weiß, diese Geste zu schätzen. Von allen Elben hasse ich Euch nun am wenigstens. Ich hoffe, das lässt Euch nachts besser schlafen.« Er steckt die Karte ein, klopft sich auf die Brusttasche. »Die verwahre ich behutsam. Ihr habt mein Wort.«

»Ihr seid Eurer Cousine von der Art her sehr ähnlich, sie kann auch nie die Klappe halten und hat ein freches Mundwerk.«

»Das muss wohl in der Familie liegen. Nun kommt!«

Ich streife mir die Kapuze über, trete hinter ihm aus dem Dickicht. Dass mein Herz vor Aufregung etwas schneller schlägt, kann ich nicht leugnen. Aus den Augenwinkeln sehe ich, wie die Wachen sich vorbeugen. Jetzt könnte er mich problemlos verraten und ich würde von einem Pfeilhagel durchbohrt werden. Wehrlos, das wäre für die Albe ein großer Sieg gegen mein Volk, doch er macht nichts dergleichen.

»Setzt Euch! Wir sind auf einem Rundflug gewesen und haben die Gegend erkundet. Alles still. Nicht mal die Todeswölfe jagen in dieser Nacht«, ruft er laut.

»Wie Ihr befehlt, Kommandant«, antworten sie ihm, nicken und nehmen ihre Plätze wieder ein.

Mir liegen fiese Bemerkungen auf der Zunge, aber ich halte mein Versprechen, sage keinen Ton. Er führt mich über den weichen Sand, vorbei an den mit Kokosnüssen behangenen Bäumen, in denen kleine Affen sitzen und schlafen. Er folgt meinem Blick in die Baumkronen.

»Wir werden die Viecher einfach nicht los.«

»Gleich und Gleich gesellt sich gern«, murmle ich, folge ihm weiter. Wir nähern uns den Felsen, doch mehr als nackter Stein ist dort nicht. Er läuft weiter, wird wahrscheinlich gleich gegen die Wand prallen … und plötzlich ist er fort. Was für ein Hexenwerk ist das? Ich zögere eine Sekunde, ehe auch ich durch eine kühle Mauer weitergehe und mich in einem mit Fackeln beleuchtetem Gang wiederfinde. »Was zum …«, fluche ich, blicke zurück und sehe die Palmen.

»Asta, der Herr der Raben, hat den Eingang getarnt. Sehr wirkungsvoll. Deswegen findet man uns nicht. Es ist der einzige Eingang. Sie suchen sich die Füße wund und dann erschießen wir sie, sollten sie es versuchen.«

»Und Ihr nennt mich nicht gastfreundlich.«

Wir laufen durch die feuchten, kühlen Gänge. Wie kann man hier leben, frage ich mich, und eine leichte Gänsehaut breitet sich auf meinen Armen aus. Immer tiefer geht es in den Berg hinein, Wasser tropft von der Decke und ich versuche, mir die Abzweigungen zu merken, die wir passieren – ein Labyrinth aus Gängen und Fluren.

»Sollen wir den gleichen Ausgang nehmen?«, flüstere ich.

Er zögert kurz. »Nein, Ihr geht durch unsere Abwasserkanäle. Es wird dort bestialisch riechen, aber glaubt mir, dort wird man Euch nicht suchen.«

»Wunderbare Aussichten.«

»Still jetzt! Lasst uns erst mal einen Überblick verschaffen, egal was Ihr seht, handelt nicht unüberlegt. Hört Ihr? Und bei allen guten Göttern, nehmt nicht diese Kapuze ab.«

»Haltet Ihr mich für lebensmüde?«, frage ich ehrlich entrüstet.

»Na, was man über Euch hört, lässt Rückschlüsse zu.« Okay, so gesehen, eilt mein Ruf mir voraus. »Wir müssen abwarten, bis sie sie fortschaffen, in ihre Gemächer. Von dort werden wir Euch zu den Schachten führen. Von da an seid Ihr auf Euch gestellt, Prinz. Ich wünsche Euch nur das Beste, für das Wohl meiner Cousine.«

Ich nicke, ziehe die Kapuze tiefer und folge ihm in einen großen Saal voller Albe. Sie alle haben sich um ein Podest versammelt, warten auf etwas. Es werden die Becher erhoben, angestoßen und von einem großen Tisch Essen genommen. Ich habe weder Hunger noch Durst. Ich bin angespannt wie die Sehne eines Bogens vorm Abschuss. All meine Sinne sind geschärft und alarmbereit.

»Elil!« Mein neuer Freund wird freudig begrüßt. Ich wende mich unauffällig ab, sodass niemand auf die Idee kommt, wir gehören zusammen. Abseits suche ich mir eine dunkle Ecke, warte ab, was passiert, die Hand stets auf meinem Schwertgriff. Es fühlt sich komisch an, mitten unter den feiernden Alben zu stehen und sie in so etwas Normalem zu beobachten. Sonst kenne ich sie nur vom Schlachtfeld, mit Blut bedeckt und gnadenlos. Hier lachen und scherzen sie wie wir.

Nicht viel später wird links vom Podest eine Tür geöffnet und Castiell betritt den Raum, besteigt die Stufen. Oh, wie sehr ich diesen Mann hasse. Ich verstärke den Griff um mein Schwert. Er steht für alles Böse und Schlechte in Fegoria. Wie gerne hätte ich die Möglichkeit, ihm an Ort und Stelle den Kopf von den Schultern zu schlagen. Wie viel Blut klebt an seinen Händen? Der Versuch würde mich mein Leben kosten, aber hätte ich Erfolg, immerhin auch viele Leben retten. Hinter ihm erscheinen Asta, Grimm und …. Alice. Mein Herz setzt kurz aus. Sie ist es, doch ist sie es irgendwie nicht. Sie wirkt wie eine völlig andere auf mich. Ihr Gesicht ist nicht wie sonst von einem leichten Lächeln erhellt. Es wirkt ausdruckslos und kalt. Selbst ihr Gang erscheint härter, nicht so leicht und federnd, wie sie ansonsten beschwingt durch die Gänge des Schlosses schreitet. Als ich sie verlassen habe, ist sie in schöne Kleider gehüllt gewesen, hat ein warmes Schmunzeln getragen, während sie jetzt wie eine wilde Kämpferin ausschaut, die wachsam in die Reihen der Albe blickt. Sie trägt eine enge Rüstung, tiefschwarz. Unter ihrem Auge ist ein tiefer Bluterguss, der sich über ihre gesamte Wange zieht. Sie wirkt hagerer, ihren Augen fehlt das lebendige Leuchten, das sie eigentlich ausstrahlen – wie ein finsterer Schatten ihrer selbst. Ihr Haar, das sie meist offen trägt, ist zu einem festen Zopf gebunden, verstärkt den harten Eindruck noch zusätzlich. Was haben sie mit dir gemacht, kleiner Schmetterling? Oh, sie werden dafür bluten, jeder von ihnen.

»Ruhe!« Castiell hebt die Hände, die Albe verstummen augenblicklich. Elil sucht mich mit seinen Blicken. Ich hebe unauffällig die Hand und er tritt erleichtert auf mich zu.

»Ihr solltet bei mir bleiben, was ist daran nicht zu verstehen gewesen?«

»Und dann? Mich Euren Freunden vorstellen? Sie hätten wahrlich gern mit mir angestoßen.«

Ehe wir weiter zanken können, lenkt Castiell uns ab: »Mit großer Freude darf ich heute verkünden, dass unser längst verlorengeglaubtes Kind, die Tochter von Kota dem Großen, den Weg zu uns zurückgefunden hat. Sie, die von unseren Kontrahenten, den Elben, gefangen gehalten und gefoltert worden ist, ist zu uns zurückgekehrt, an die Seite ihres zukünftigen Gefährten, meinem Sohn, Grimm. So, wie Kota es sich bestimmt gewünscht hat. Wir werden ihn ehren und ihm diesen letzten Wunsch nicht verwehren.« Applaus erklingt, während ich am liebsten nach vorne stürmen würde, aber Elil hält mich wohl wissend fest. Lügen, alles Lügen. Kota hat sein Leben gegeben, um Alice in die andere Welt zu schicken, ist dafür gestorben.

Grimm tritt vor, seinen Arm um Alice' Taille gelegt. Sie wirkt kalt, unnahbar und doch ist sie wunderschön, wie sie dort aufrecht und stolz steht. Bei den Göttern, wie sehr sie mir fehlt. Gerade jetzt, wird mir das umso mehr bewusst. Unser Band wärmt mich von innen, scheint zum ersten Mal nicht mehr bis zum Ansatz gespannt zu sein, weil sie mir so nahe, aber dennoch unerreichbar ist. Die heißen Flammen sind wieder ein heißes, freundliches Glühen. Ich zwinge mich, Castiells Rede weiterhin zu folgen, auch wenn ich nur Augen für sie habe.

»Zusammen werden sie die Heere anführen und Vergeltung gegenüber allen, die sich uns in den Weg stellen, üben. Wir, die Albe, werden regieren und wer sich uns nicht beugt, der wird vernichtet.« Wieder ertönt Applaus und für mich klingt das nicht nach einem baldigen Waffenstillstand. Nein, es klingt nach Krieg und Blutvergießen. »Nun feiert meinen Sohn und seine zukünftige Gemahlin. Auf das sie mir viele Enkel schenken, die ebenso legendär werden wie ihre Vorfahren.« Flammen der Wut kochen in mir hoch, als Grimm Alice fester an sich zieht und sie stürmisch auf den Mund küsst. Seine Hand legt sich auf ihren Po, die Menge feuert ihn an, und er genießt es sichtlich. Das Bild, welches sich mir zeigt, frisst sich tief in mein Herz, es bringt mich fast um, auch wenn ich weiß, dass Alice nichts dafür kann, da sie durch einen Zauber gefangen gehalten wird, denkt, sie handelt richtig. Und doch lässt es mein Herz bluten. Ich ziehe scharf Luft ein, versuche mich, zu kontrollieren, was verdammt schwerfällt.

»Lasst das Schwert sofort los!«, zischt Elil und ich merke, dass ich es unbewusst ein Stück aus der Schneide gezogen habe. Ich löse den Griff, es rutscht zurück, dabei würde ich es am liebsten in Grimms dreckigen Körper rammen. »Wollt Ihr in ihren Gemächern warten?«, flüstert Elil, doch ich verneine. Ich werde Alice keine Sekunde mehr aus den Augen lassen. »Ihr quält Euch selbst, das wisst Ihr, oder?«

»Haltet den verfluchten Mund!«

»Oh weh, ich hoffe für uns beide, dass dies ein gutes Ende nehmen wird. Ich muss verrückt gewesen sein, Euch zu helfen. Ihr seid unberechenbar und vermutlich unser Untergang.«

Wir bleiben den ganzen Abend über am Rand stehen, während die Menge feiert und tanzt, Grimm meine Verlobte wie ein Stück Fleisch vorführt. In meinem Kopf entstehen viele mögliche Szenarien, wie ich sein Leben auslöschen werde, eines schmerzhafter als das andere. Ich habe sehr kreative Ideen, und eine davon werde ich in die Tat umsetzen. Er wird sterben, das ist so sicher wie der Sonnenaufgang. Nicht heute, aber beizeiten wird er durch mein Schwert in die *Heiligen Hallen* geschickt werden.

DREIUNDZWANZIG

Schon den ganzen Abend spüre ich Blicke auf mir, die durch Mark und Bein gehen, mir eine Gänsehaut verschaffen, mich verwirren und gleichzeitig verärgern. Das Gift, welches sonst heiß in mir brodelt, ist heute eine warme, friedliche Flamme. Zart und sanft. Zuerst ist es mir schwergefallen, zu orten, woher die Blicke kommen, die ich auf meinem Körper spüre, doch dann habe ich den Schuldigen entdeckt. Es scheint, als zieht mich ein warmes Band, geschaffen aus eben dieser Flamme, die sonst in mir wütet, direkt zu ihm.

Im Schatten der Säulen steht er, etwas abseits der feiernden Menge, die dunkle Kapuze tief ins Gesicht gezogen. Nichts verrät mir, wer sich darunter verbirgt oder weshalb mein Körper so reagiert. Ich nehme mir die Zeit, ihn immer wieder verstohlen zu mustern, bis ich wirklich sicher bin, dass er männlich ist. Sein Körper ist hochgewachsen, mit breiten Schultern und einer stolzen Haltung. Neben ihm steht ein Alb, scheint auf ihn einzureden, gestikuliert dabei mit den Händen, was mich neugierig macht. Worüber sprechen sie? Warum wirkt sein Kamerad so aufgebracht? Er stößt ihn sogleich leicht zurück, fast, als würde er ihn von irgendetwas abhalten wollen. Sehr interessant.

Ich werde kurz abgelenkt, schaue zur Seite und bleibe mit den Augen an einer der Tänzerinnen hängen, genauer gesagt an ihrem Gürtel. Sie trägt tiefblaue Edelsteine, in denen sich das Licht fängt, wodurch sich in mir etwas regt, mich abermals dazu bewegt, zu dem Fremden zu sehen. Ich bin mir plötzlich sicher, dass seine Augen ebenso blau sind wie diese Steine, obwohl ich sie von hier nicht erkennen kann. Es ist, als erwacht eine kurze Erinnerung in mir, die allerdings geradewegs versinkt. Ein kleines Bild, ein Sonnenstrahl am Morgen. Blaue Augen, die sich über mich beugen. Ein warmer, suchender Mund, der mich sanft im Morgengrauen küsst. Ein wohliges Kribbeln rinnt meinen Rücken hinab. Ehe ich weiter drüber nachdenken kann, ist die Erinnerung vollends verblasst. Was ich weiß, ist, dass dieser Mann mir Schauer über den Rücken jagt, obwohl er eine unglaubliche Wut in unsere Richtung ausstrahlt. Ich spüre sie fast körperlich bis hierher. Seine Haltung wirkt angespannt, wie er da so aufrecht steht. Er feiert nicht, trinkt nicht, steht nur dort, schaut in unsere Richtung. Das, was seine Blicke auslösen, müsste ich bei Grimm verspüren.

Vorsichtig blicke ich zu eben diesem und den anderen. Merkt es keiner oder bilde ich mir all das ein? Jedes Mal, wenn Grimm mich besitzergreifend an sich zieht, scheint der Alb, der bei dem anderen Mann steht, ihn wieder zurückziehen zu müssen, was mich noch neugieriger macht. Es ist, als würde mein Blick, durch etwas in mir, wiederholt zu ihm lenken. In mir erwacht das Bedürfnis, herauszufinden, wohin sich das entwickelt. Liebt er Grimm, ist es das? Bisher ist Grimm frei von solchen Pflichten wie eine feste Partnerin gewesen. Wer weiß, ob er seine Gunst nicht an männliche Albe verschenkt hat. Ich schmiege mich bewusst dichter an ihn, lege meine Hand auf seine Brust, lache mit, wenn alle lachen, obwohl ich nicht zuhöre. Nein, ich lasse diesen Mann an der Säule nicht aus den Augen. Ich spiele mein eigenes Spiel an diesem Abend und genieße es. Er strahlt etwas Bedrohliches aus. Längst habe ich das Schwert an seiner Seite bemerkt, ebenso die Hand, die sich immer wieder um den Knauf legt und wütend zudrückt. Warum ist er so aufgebracht? Neugierde wallt in mir auf. Alles in mir schreit danach, mehr über ihn zu erfahren, mit ihm zu spielen.

»Ich gehe mir die Nase pudern«, teile ich Grimm mit, woraufhin er die Stirn runzelt.

»Was machst du?«

»Ich … habe keine Ahnung, woher das gerade gekommen ist. Ich habe sagen wollen, ich mache mich frisch.« Nase pudern? Wovon rede ich da?

»Komm sofort zurück, verstanden?«, knurrt er, während er meinen Arm kräftig drückt. Kurz zucke ich zusammen, was ihm Genugtuung verschafft, so wie er mich ansieht, ehe er mich entlässt. Er braucht diese Demonstrationen seiner Macht.

Betont langsam verlasse ich das steinerne Podest, bahne mir meinen Weg durch die Menge der Feiernden. Sie sind ausgelassen, was mir zugutekommt. Wenn ich will, kann ich verschwinden, warte ab Fremder. Dieses Spiel können wir beide spielen. Wer bist du? Ich spüre seine brennenden Blicke unablässig auf mir, lasse mich bewusst anrempeln und schubse dabei einen anderen um. Mein Knie hebe ich geschickt, befördere damit ein Glas zu Boden, welches jemand in der Hand gehalten hat und dessen rote Flüssigkeit sich nun über seinen Nebenmann ergießt. Ich stifte Chaos und Verwirrung, genau das, was ich vorgehabt habe, um abzutauchen. Doch das reicht mir nicht, denn ich stelle einer Albin zusätzlich ein Bein. Im Fallen reißt sie ihren Nebenmann mit, sodass ein wildes Handgemenge entsteht, in dessen Folgen ich vom Erdboden verschwinde, jedenfalls aus Sicht des Fremden. Ich ducke mich, zack, mit vier Schritten bin ich verschwunden, kniend unter einem der Tische, nicht mehr sichtbar für ihn. Jetzt bin ich es, die dich beobachtet, Fremder. Wie ein Raubtier auf der Jagd lasse ich mein Opfer nicht aus den Augen. Jetzt finden wir mal heraus, wer du bist, denke ich erfreut. Ich erhebe mich auf der anderen Seite des Tisches. Geduckt richte ich mich erst wieder hinter einer der Säulen auf, spähe drum herum, fasse mein Ziel ins Auge. Er sucht hektisch mit den Blicken den Saal ab, jedenfalls vermute ich es, denn sein Gesicht ist verborgen, wandert aber über die Menschen im Saal. Zufrieden stiehlt sich ein Lächeln auf mein Gesicht. Vom Jäger zum Gejagtem. Vorfreude breitet sich in meinem Körper aus. Ich kann nicht leugnen, dass mir dies gefällt. Unauffällig umrunde ich den Saal, Säule für Säule, ohne ihn aus den Augen zu lassen oder bemerkt zu werden. Mein Herz klopft vor Aufregung, ebenfalls noch vor etwas anderem, das ich nicht benennen kann. Nervenkitzel lässt mich mutiger werden. Es fühlt sich an, als sind wir zwei Magneten, die von einander angezogen werden, denn immer wieder trifft sein Blick in meine Richtung, auch wenn ich mich geschickt verberge. Die letzten Meter überwinde ich ebenfalls unentdeckt, bleibe hinter beiden stehen, ohne dass sie mich bemerken, unauffällig wie ein Schatten. Beide diskutieren im Flüsterton, doch es wird Zeit, mich zu zeigen.

»Sucht Ihr jemanden, oder wollt Ihr mir lieber sagen, wieso ihr Todesblicke in meine Richtung werft, Fremder?«, frage ich gefährlich leise, woraufhin beide merklich zusammen zucken, was eine Genugtuung für mich ist. Ich habe sie überrascht und das gefällt mir.

»Alice!« Der Alb stößt erschrocken meinen Namen aus, während sein Kapuzenfreund körperlich erstarrt. Wortlos fokussiert er meine Richtung, das Gesicht fast komplett verborgen. Ich sehe, wie sein maskuliner Kiefer angestrengt mahlt und wie er seinen, soweit ich erkennen kann, schöner Mund fest zusammengepresst. Kurz verharrt mein Blick auf seinen Lippen und ich meine, mich zu erinnern, dass sie sich sanft anfühlen, was völlig absurd ist.

»Nehmt die Kapuze ab. Ich befehle es Euch.« Ich lege so viel Autorität wie möglich in meine Stimme und straffe die Schultern. Die geschwungenen Lippen, die ich eben noch bewundert habe, die weich und einladend wirken, verziehen sich zu einem schiefen Lächeln, ehe er mit rauer Stimme, die mir einen Schauer über den Rücken jagt, antwortet: »Ich hätte wissen müssen, dass du neugierig wirst. Du lernst nie dazu, kleiner Schmetterling. Du musst Dingen immer sofort auf den Grund gehen.« Seine Worte rühren etwas in mir, doch es ist nicht richtig greifbar, ebenso ärgert es mich, dass er mich mit diesem hilflosen Tier vergleicht.

»Wer seid Ihr, sprecht oder ich rufe die Wachen. Mir steht nicht der Sinn nach sinnlosem Geplänkel mit Euch.«

»Wir sollten gehen, augenblicklich!« Der Alb greift nach dem Arm seines Freundes, aber dieser schüttelt ihn ab.

Stattdessen richtet er sein Wort abermals an mich. »Wollen wir draußen weiter reden? Es ist laut hier drin.« Mit einem gefährlichen Lächeln will er mich offensichtlich von der Gesellschaft fortlocken. Hält er mich für so töricht?

Seine Stimme löst ein angenehmes Rieseln in mir aus, was mich an mir zweifeln lässt, denn Grimm ist keine hundert Meter entfernt. Würde er mich bei diesen Männern erwischen, wäre es nicht gut für mich, für sie ebenfalls nicht. Für keinen von uns. Er würde sie auspeitschen lassen oder gar ihren Kopf fordern. Was mir blühen würde, weiß ich: Castiell würde mich daran erinnern, wie ich seiner Meinung nach zu handeln hätte. Dies wird er mit einem Stock betonen, wie die Striemen auf meinem Rücken bezeugen können. Stets zu meinem Besten, wie er gerne betont. Man lernt durch Schmerz und ich lerne bei ihm reichlich.

»Ihr weicht mir aus.« Ich verschrecke die Arme vor der Brust. »Wir gehen nirgendwo hin.«

»Wie gerne würde ich meine Lippen jetzt auf deinen störrischen Mund drücken«, teilt er mir frech mit.

Ich ziehe scharf Luft ein. Weiß er nicht, wen er vor

sich hat? Grimm würde ihn allein für diese Worte an den Pranger stellen. »Was erlaubt Ihr Euch?«

»Oh, wenn du wüsstest. Ich werde mir noch viel mehr erlauben, bevor der Tag vorüber ist, Liebste.« Er hebt den Kopf leicht an, hat dabei ein betörendes Lächeln auf den Lippen. Sofort trete ich vor Schreck zurück, mein Rücken prallt an die Wand hinter mir und mein Herz pocht wie verrückt. Nein. Erkenntnis wallt in mir auf. »Du hättest es uns ja auch einfacher machen können, aber nein, selbst jetzt musst du solch einen Dickkopf haben.«

»Oh, das wird jetzt ein Spaß werden«, brummt der Alb, stellt sich vor uns, verbirgt uns vor Blicken der Feiernden, während mein Herz panisch pumpt.

»Du!«, zische ich, will die Wachen rufen, doch er ist schneller.

Seine Hand drückt sich fest auf meinen Mund, sodass kein Ton rauskommt, während sein warmer fester Körper mich an den kalten Stein der Wand hinter mir drückt. Er ragt vor mir auf, ist viel größer als ich. Mein Versuch, ihn von mir wegzudrücken, scheitert. Ich spüre nur seinen muskulösen Brustkorb unter meinen Fingern und hinter mir den unebenen Stein der Wand. Mein Körper reagiert derweil völlig unwillkürlich. Das Feuer in mir wallt auf, fühlt sich an wie ein glühendes Band, das mich zu ihm zieht, dabei kämpfe ich gegen dieses Verlangen an. Was ist das für ein Hexenwerk? Was macht er mit mir? »Still! Du willst doch nicht unnötig Aufmerksamkeit auf uns ziehen, oder?«

Ich trete ihm kräftig auf den Fuß, aber er zuckt nicht mal zusammen. Wütend schaue ich zu ihm auf. Dann spüre ich etwas Scharfes, was sich unter meinen Harnisch schiebt, auf meine Haut darunter drückt. Es ist kalt. Unverwechselbar – ein Dolch, ein scharfer, der schnell meine Haut zerteilen würde. »Spürst du meinen Dolch? Wir beide werden jetzt dieses Fest verlassen, kleiner Schmetterling. Ganz gesittet und friedlich. Verstanden? Du wirst mir sicherlich keinen Ärger machen wollen.« Seine Lippen streifen mein Ohr, lassen meine Beine zittern. Ich verstehe mich selbst und mein klopfendes Herzen nicht. Er müsste mich anwidern und ich müsste Hass empfinden, kein Verlangen. Sein Daumen streicht leicht über die erhitze Haut meines Rückens. Wir starren uns an. Er wirkt viel zu vergnügt, wie er mich mit seinen blauen Augen mustert, so als würde er gerade darüber nachdenken, ob er mich tatsächlich küssen soll. Anscheinend hat er doch einen Funken Verstand in sich, denn er macht es nicht. Voller Wut beiße ich in seine Hand, freue mich, dass er leise flucht und sie schüttelt. Bevor ich etwas anderes unternehmen kann, liegt sie wieder auf meinen Mund. Er hebt seine andere Hand. Ich erwarte, dass er mich zur Strafe schlägt, wie er es in meiner Gefangenschaft getan hat, jedoch streicht er einzig über mein blaues Auge, wirkt betrübt. »Oh, dafür werde ich ihn bluten lassen. Dieser Bastard eines räudigen Wolfes.« Er sucht meinen Blick. »Aber ich schwöre, wenn du mich noch mal beißt, versohle ich dir deinen niedlichen Hintern.«

Mein Herz pocht, ich bin restlos verwirrt. Er handelt vollkommen anders, als erwartet. Warum ist sein Blick so sanft, wenn er mich anspricht? Ich drehe den Kopf weg, so gut ich kann. Wer wird dafür bluten? Er ist der gewesen, der mich gefangen gehalten hat – Crispin, der verdammte Prinz der Elben. Asta hat mir alles berichtet. Er ist hier, mein Peiniger, mitten unter uns Alben, und mein verfluchtes Herz rast wie verrückt. Nicht vor Angst oder Wut, nein, ich fühle mich zu meinem Feind hingezogen. Das ist irrsinnig. Ach was, er ist lebensmüde, verrückt oder einfach bloß ungeheuerlich von sich selbst überzeugt, anders kann man nicht erklären, dass er es wagt, hier aufzutauchen. Sollte ihn auch nur einer sehen, wird er dieses Fest nicht lebend verlassen. Was glaubt er, wer er ist? Ein Magier, der sich in Luft auflösen kann, wenn es brenzlig wird? Dass er einmal mit den Finger schnipst, und zack, weg ist er? Wohl kaum. Seine Arroganz wird ihm den Kopf kosten. Hass und Begehren tummeln sich in meinem Bauch, was so widersprüchlich ist wie alles, was ich fühle, wenn ich ihn ansehe. Das helle Band, das uns zu verbinden scheint, ich spüre es in mir. Warm, einladend und fest gespannt. Es lockt mich, ihm näher zu kommen. Das Feuer, welches sonst heiß lodert, ist jetzt zu diesem Band geworden. Sein Blick verwirrt mich noch mehr, denn tiefe Sehnsucht liegt in ihm. Warum verzehrt es ihn nach mir? Er redet so vertraut, als stehen wir uns nahe, dabei bin ich eine Gefangene in seinem Kerker gewesen. Ich erinnere mich nicht an all das Leid und den Hunger, den ich erlitten habe, aber Asta hat es mir berichtet. Erinnerungen an schwarze Vögel, die meine Haut geschnitten haben, an unmenschlichen Hunger und glühende Schmerzen. Das alles passt nicht zu seinem Verhalten.

»Beeilt Euch! Bald wird Grimm sie suchen«, zischt der Alb, nein Verräter, verbessere ich mich, präge mir sein Gesicht genau ein. Wie kann er mit dem Prinzen zusammen arbeiten? Dafür gibt es keine Entschuldigung. Hochverrat! Darauf steht die Todesstrafe.

»Haben wir uns verstanden? Keinen Ton«, wiederholt der Prinz an mich gewandt, seine Kapuze rutscht dabei ein Stück zurück, gibt sein markantes Gesicht frei, woraufhin ich widerwillig nicke. Was habe ich für eine Wahl?

Der Dolch bohrt sich fest in meine Seite, sodass ich einen Schritt gehen muss. Auch wenn ich schreie, er wird zustoßen, ehe jemand bei mir ist. Sein Arm legt sich um mich, verbirgt, wo seine Hand wirklich steckt, während der andere Alb hinter uns geht, ihm den Rücken deckt. Ich nage an meiner Lippe, suche einen Ausweg, nach etwas, das ich gegen ihn unternehmen kann. Ja, ich habe spielen wollen, doch diese Runde geht an ihn, nochmals.

»Ich hasse Euch«, zische ich, als mir bewusst wird, dass sie am längeren Hebel sitzen und es keinen Ausweg gibt.

Wir verlassen den Saal. Er lacht bitter auf. »Tust du nicht, kleiner Schmetterling. Das lassen sie dich glauben. Tatsächlich bekommst du nicht genug von mir, vertraue mir. Eines Tages werden wir hier drüber lachen und es unseren Kindern erzählen.«

»Ach, wirkt das so auf Euch?«, knurre ich, suche seinen Blick. Kinder? Mit ihm? Ein Elb? Soll ich lachen?

»Du bist verwirrt«, kontert er, sehr von seinen verrückten Worten überzeugt. Ein Leben mit einem Elb? Himmel, er ist tatsächlich wahnsinnig.

»Ich bin klar wie nie«, teile ich ihm hochnäsig mit.

»Ich rette dich, kleiner Schmetterling.«

»Wenn man jemanden retten will, sollte dieser ebenfalls gerettet werden wollen. Das ist eine Entführung. Abermals.«

»Du hast mir, in unserem Bett und in meinem Arm wohlgemerkt, von einem Dichter erzählt, einem aus deiner alten Welt. Warte … Wie heißt er? Goethe, ja genau. Seine Worte sind gewesen: Man kann nicht immer ein Held sein, aber ein Mann. Also bin ich der Mann, den du brauchst, Alice, auch wenn es dir gerade nicht heldenhaft vorkommt. Ich habe es nicht nötig, eine Frau gegen ihren Willen zu entführen, und glaube mir, wenn dein Kopf wieder klar ist, wirst du dich freuen, dass ich dich aus diesem feuchten Loch heraus geholt habe.«

Ich schnaube, habe keine Ahnung, wovon er redet oder wer Goethe sein soll. Verwechselt er mich? Ist es das?

»Ihr habt die Falsche! Nichts davon ergibt Sinn.«

»Oh doch. Denk mal nach, du bist stärker als sie. Ich erkenne es an deinen Augen, wenn du mich ansiehst. Dein Feuer ist noch da, ungebrochen. Es lodert hinter dem, was sie dir weismachen wollen. Das bist nicht du. Vertrau deinem Gefühl. Spürst du nicht, was uns verbindet?«

Meint er das Band? Spürt er es auch? Nein, unmöglich.

»Tsss!« Was soll ich einem Wahnsinnigen sagen, der so überzeugt von seinen Worten ist? Vielleicht ist er einfach unterbelichtet, plemplem, was weiß ich.

»Wo müssen wir lang?«, richtet er sein Wort an den Verräter.

Wir gehen zügig, wobei ich keinen Ausweg aus meiner Misere finde, ohne mir seinen Dolch in die Rippen zu rammen. Mit zusammen gebissen Zähne füge ich mich, bis ich eine Chance sehe, mich zur Wehr zu setzen.

»Lasst uns in ihre Gemächer, das alles geht zu schnell. Ich muss nachdenken. Verflucht, der ganze Plan ist im Eimer«, knurrt der Alb. »Nur, weil Ihr nicht habt aufhören können, sie anzustarren. Ihr habt keinerlei Selbstbeherrschung für einen Mann Eures Ranges. Verflucht sollt Ihr sein.«

»Sie ist meine Gefährtin, die von diesem Strolch geküsst worden ist. Was hättet Ihr gefühlt? Hättet Ihr tatenlos zugesehen? Wenn Ihr jetzt ja sagt, seid Ihr ein Lügner. Er gaukelt ihr Gefühle vor, nutzt sie wie eine Marionette, hat Gott weiß was mit ihr getan, als ich nicht habe auf sie aufpassen können. Ich wette, Ihr wärt geistesgegenwärtig ruhig geblieben. Erzählt das Eurer Amme«, braust der Prinz auf, während ich unwillkürlich und eisig auflache.

»Ein Scheiß bin ich, Ihr wahnsinniger Trottel. Ihr, mein Lieber, seid mein Feind, von Anbeginn der Zeit. Mein Gefährte? Dass ich nicht lache. Quält man seine Gefährtin, hält sie gefangen?«

Er bleibt abrupt stehen, sodass ich kurz stolpere, ehe er mein Gesicht mit seinen großen Händen umfasst, was mein Herz rasen lässt. Dass dies meine Chance zur Gegenwehr wäre, ist mir in diesem Moment nicht bewusst. Ich bin zu erschrocken über diese unerwartete Geste. Sein Blick spiegelt ungefiltert alles wider, was er fühlt. Liebe, Verzweiflung, Wut. Er ist wie ein offenes Buch für mich, wie er mich so eindringlich ansieht. Er glaubt an das, was er sagt. Er scheint noch etwas von sich geben zu wollen, entscheidet sich aber anders, stattdessen drückt er fast grob seine Lippen auf die meinen, was in meinem Körper ein Feuerwerk explodieren lässt. Diese Gefühle machen mir Angst, mehr Angst, als alles andere. Atemlos stoße ich ihn fest vor die Brust, doch er weicht keinen Schritt zurück. Langsam, ohne Eile, löst er seine Lippen von meinen. Ich bin völlig verwirrt über die Reaktion meines Körpers auf meinen Peiniger. Das Feuer in mir wärmt mein Herz, welches wie wild klopft. Der Kuss … Alles fühlt sich vertraut an, nicht verhasst oder fremd, wie es sollte, eher warm und unfassbar betörend. Es fühlt sich richtig an, das ist es, aber widerspricht allem. Warum fühle ich mich nicht von ihm abgestoßen? Warum reagiert mein Körper so anders? Es dürfte sich nicht gut anfühlen. Mein Körper sollte sich nicht nach mehr Zuneigung sehnen und dennoch tut er es. Diese Verwirrtheit sorgt dafür, dass ich mich verletzlich fühle, was ich absolut nicht leiden kann.

»Fass mich nie wieder an.« Meine Stimme klingt so aufgewühlt, wie ich mich fühle, heiser, was er sichtlich bemerkt.

»Ich fasse dich an und werde noch viel mehr als das, versprochen. Wenn all das überstanden ist, werde ich tagelang nichts anderes machen, als dich mit Küssen zu überschütten.« Frust wallt in mir auf, als er mir diese Worte um die Ohren schleudert.

»Crispin, Ihr spielt wahrlich mit dem Feuer. Kommt jetzt endlich, verflucht, und hört auf, zu kuscheln. Wir sind hier nicht zum Spaß, falls ich Euch daran erinnern darf. Götter, was findet meine Cousine nur an Euch? Ihr seid selbstherrlich und verrückt, das seid Ihr. Verfluchte Elben.«

»Wer seid Ihr eigentlich, Ihr armseliger Verräter?«, richte ich mein Wort an den Alben, dessen Gesicht ich mir genau merke.

»Er ist dein Cousin, also etwas mehr Respekt, auch wenn er ein Arsch ist, wie du es immer so schön nennst.«

Ich mustere den Alb misstrauisch. Sie spielen ein teuflisches Spiel mit mir. »Ich habe keine Familie.« Seit mein Vater tot ist, bin ich alleine. Castiell hat mich großzügig bei sich aufgenommen, nachdem ich zur Waisen geworden bin. Ich bin ihm zu Dank verpflichtet, egal, wie harsch und brutal er sein kann. Albe beschweren sich nicht.

»Wir sind deine Familie. Du hast mehr Familie, als du gerade ahnst.«

Wir erreichen meine Gemächer. Die beiden schieben mich eilig hinein, schrecken dabei meine neugierige Zofe auf. Gott sein Dank, jemand der mir helfen kann, ist das Erste, was mir bei ihrem Anblick in den Sinn kommt. »Schnell«, zische ich, »mein Schwert.« Doch statt mir zur Hilfe zu eilen, bleibt sie stocksteif stehen.

»Ihr seid zu früh!« Sie wirkt erschrocken, schreitet zurück zur Tür, schaut hinaus in den Gang, ehe sie diese leise schließt. Sie wirkt ganz blass um die Nase und mir geht ein Licht auf.

»Was zum …. Steckt Ihr mit denen unter einer Decke?« Ich bin fassungslos. Zwei verräterische Albe in unseren Reihen? Der Tag hat so gut angefangen, jetzt entwickelt es sich zu einem, bei dem man lieber im Bett bleiben sollte. »Verräterin, miese, armselige Verräterin. Ich habe gleich gewusst, mit Euch stimmt etwas nicht. Euer loses Mundwerk, die neugierigen Fragen. Hängen werdet Ihr! Ihr alle. Wenn Castiell und Grimm Euch erwischen, werdet Ihr am Galgen baumeln. Wie kann man nur so töricht sein?«

»Alice, beruhige dich, sie sind deine Familie. Dir bedeutet so etwas alles. Hör in dich hinein. Du bist so nicht! Du bist herzlich, gut und großherzig.« Der Prinz lässt mich nicht los, was mich laut die Zähne knirschen lässt. Auch der Dolch ist wieder an Ort und Stelle.

»Still«, schnaubt die Verräterin nun, legt ihr Ohr an die Tür.« Verdammt, da kommt jemand. Was machen wir jetzt? Wieso habt ihr euch nicht an den verdammten Plan gehalten?«

Sehr schön. Ich feixe unwillkürlich, während Crispin sich hinter mir deutlich anspannt. Ich spüre die harte, warme Brust an meinem Rücken. Sein Duft kriecht mir in die Nase, ich atme ihn tief ein. Es riecht betörend, männlich und nach etwas Frischem … Es erinnert mich an den Duft von Bäumen im Frühling. Mein Bauch schlägt Purzelbäume. In meinem Unterleib zieht es gefährlich, als sein Atem heiß meinen Hals streift. Ich versuche, mich zu zügeln, schließe kurz die Augen und zähle innerlich bis zehn. Was ist bloß in mich gefahren? Als ich die Augen wieder öffne, ist mein Innerstes noch genauso aufgewühlt, aber nach außen trage ich die perfekte Maske. Der andere Alb wirkt ebenfalls angespannter als vor einigen Sekunden.

»Vielleicht gehen sie vorbei.« Er richtet seine grünen Augen auf mich.

Möglicherweise hat er recht und sie haben Glück, denke ich, bevor es an der Tür klopft und sich dieser Wunsch auch schon zerschlägt. »Alice?« Ich erkenne die dunkle herrische Stimme sofort. Jetzt wird es ungemütlich. Selbst ich fürchte mich, werde es aber nicht nach außen tragen.

»Grimm!« Die Albin gerät deutlich in Panik, ringt mit ihren Händen. »Was machen wir jetzt? Oh ja, wir werden hängen. Verflucht. Elil, es tut mir leid, dass ich dich mit reingezogen habe.« Ihre Augen sind mit Tränen gefüllt. Mitgefühl regt sich in mir, ob ich will oder nicht. Sie liebt ihn.

Ehe ich überhaupt etwas sagen kann, presst der verdammte Kerl hinter mir seine Hand wieder auf meinen Mund, unterdrückt jeden Laut. Abermals versuche ich, ihn zu beißen, doch diesmal ist er vorbereitet. Seine Lippen berühren meine empfindlichen Ohren, was eine sehr intime Geste ist »Wimmle ihn ab, kleiner Schmetterling. Wir wissen beide, dass du nicht wirklich willst, dass hier heute jemand stirbt. Egal, wie verärgert du gerade bist.« Ich schüttle bestimmend den Kopf. Das kann er vergessen. Bis hierhin und nicht weiter. Sie haben mich einmal gefangen gehalten, das lasse ich nicht erneut zu. Abstand, das ist es, was ich von diesem Mann brauche, der mich völlig durcheinanderbringt. »Ich kenne dich besser, als du denkst. Du willst keine Schuld an ihrem Tod tragen.« Sein Kopf nickt zu den beiden verräterischen Alben, die sich, wenn ich es genau betrachte, sehr ähnlichsehen.

Geschwister, wird mir jetzt klar. Es ist mir egal, was mit ihnen passiert, rede ich mir selbst zu, aber tief in mir schlummert etwas, das dem Prinzen recht gibt. Mein Gewissen meldet sich, wehrt sich wild. Ich verfluche mich dafür. Castiell wird mich auspeitschen lassen, wenn er dies lediglich erahnen würde, und sie ohne zu zögern abschlachten. »Außerdem werde ich dir ansonsten den Dolch in den Rücken stoßen«, droht er, doch er blufft, da bin ich mir sicher. Er hätte mich nicht derart geküsst, wenn er mich töten wollen würde. In seinem Blick hat so viel Liebe und Sehnsucht gestanden, er würde mich nicht verletzen. Wieso auch immer, aber nein.

»Alice!« Es donnert nochmals an der Tür. »Ich weiß, dass du da bist. Öffne augenblicklich die Tür oder ich trete sie ein. Ist es das, was du willst? Mich wütend machen? Sind meine Worte so schwer zu verstehen? Bist du so einfältig, dass meine Worte nicht in deinem Kopf ankommen? Du weißt, was passiert, wenn du dich mir widersetzt.«

Kurz wallt Furcht in mir hoch. Ja, das weiß ich nur zu gut. Aber so sind wir Albe, also steht es mir nicht zu, zu jammern. Ich bin stark, ich bin Kotas Tochter. Eine Kriegerin. Der Prinz dreht mich zu sich um, mein Bauch schlägt Purzelbäume bei seinem eindringlichen Blick. »Lass nicht zu, dass sie gewinnen, kleiner Schmetterling. Es ist noch nicht das Ende. Du wirst es bereuen, wenn du die beiden verlierst, vertrau mir. Auch wenn du mich gerade hasst, ich lüge nicht. Du glaubst mir nicht, musst aber wissen, wenn du ihn jetzt nicht fortschickst, wird es viele Tote geben. Ich werde dich nämlich nicht kampflos aufgeben. Niemals. Ich würde eher sterben, als dich bei ihm zu lassen. Bis zu meinem letztem Atemzug werde ich für das«, er zeigt von mir zu sich, »mein Schwert tanzen lassen. Dabei werde ich einige Albe mit in die *Heiligen Hallen* nehmen und mit einem Lächeln vor die Götter treten. Es liegt bei dir. Wenn du nur einen Hauch von dem spürst, was ich fühle.« Er legt seine Hand auf mein Herz, wovor ich ihn nicht abhalte. Wegen dem Messer rede ich mir ein, die Wahrheit wird eine andere sein. »Dann schick ihn fort. Du weißt, tief in dir, dass das zwischen uns mehr ist als Hass. Du kannst es jetzt vielleicht nicht erfassen, aber ich sehe dir an, du fühlst, dass da etwas ist, was du nicht verstehst.«

Verdammte Axt! Ich ringe mit mir, meinem verdammten Gewissen, was ich nicht haben dürfte. Kalt, berechenbar, stark, gefühllos – das sind wir. Wir sind mächtige Albe und lassen uns nicht von Gefühlen beherrschen.

»Bei drei werde ich die Wachen holen«, brüllt Grimm erbost und ich nicke seufzend. Es muss eine bessere Lösung geben, ohne Tote. Castiell würde mich für diesen Gedanken tagelang zu den Ratten ins Verlies stecken.

Die Schulter der Albin sinkt erleichtert hinab. »Löse ihr Haar. Schnell«, haucht sie, läuft auf mich zu und zieht mit flinken Fingern den Zopf auseinander. »Sie ist fast so weit, Eure Hoheit«, ruft sie. »Ich helfe ihr gerade dabei, sich umzukleiden.«

»Arme hoch«, knurrt der verdammte Prinz hinter mir und ich komme seiner Aufforderung widerwillig nach. Was bleibt mir anderes übrig? Ich hebe die Arme und stehe plötzlich nur noch in dünnem Untergewand vor ihnen. Kühle Luft trifft auf meinen reichlich unbekleideten Körper, doch ich empfinde keine Scham. Ich schaue auf, begegne den blauen Augen, die sich bei dem Anblick, der sich ihnen bietet, verdunkeln. Ein gefährliches Feuer beginnt in mir zu brodeln. Kurz streift seine Hand über meine Seite. Sanft wie eine Feder, ehe er zurücktritt und nickt. Er lässt mich nicht aus den Augen, als er rückwärts geht. Die Männer verstecken sich hinter der Tür, wobei ich wirklich nicht weiß, was mich davon abhält, sie alle zu verraten, aber ich öffne die Tür mit einem falschen Lächeln. Gespielt unbedarft, fahre ich mir durch das Haar, blinzle überrascht.

»Grimm, was führt dich zu mir? Ist das Fest schon vorbei? Ich bin gerade dabei gewesen, mir etwas Bequemeres anzuziehen. Diese Zofe hat die Korsage viel zu eng geschnürt, ich habe kaum Luft bekommen. Sie wird sich später dafür verantworten müssen, was sicher in deinem Interesse ist«, rede ich einfach drauf los. »Du musst nicht gleich meine Tür zu Kleinholz verarbeiten.« Sein Blick gleitet an meinem Körper hinab, bleibt auf Höhe meines Busens hängen, da das mit Spitze versetzte Gewand meine Brustwarzen beinahe offenlegt. Dieser Blick fühlt sich nicht an wie der des Prinzen. Ich empfinde sogar Abscheu, als er sich über die Lippen leckt. Am liebsten möchte ich die Arme vor meinen Brüsten verschränken. Das lodernde Feuer in mir verfällt zu kalter Asche, doch ich bleibe aufrecht stehen, lasse ihn gewähren und recke dabei stolz das Kinn in die Höhe. Ich bin eine gute Spielerin.

»Oh, das klingt verlockend. Lass mich ein, dann werde ich dir behilflich sein. Es wird Zeit, dass ich dich komplett in meinen Besitz nehme. Zu lange schon ist mir dieses Vergnügen verwehrt.«

Ich höre ein leises Knurren hinter der Tür, räuspere mich laut und bin kurz davor, die Augen zu verdrehen, lächele aber stattdessen. »Ich bin nicht alleine.« Meine Rolle spiele ich vorbildlich, zwirble mir leicht eine Strähne meines Haares um den Finger. »Meine Zofe ist hier. Ich brauche sie zum Umsaumen meines Hochzeitskleides«, lüge ich wie gedruckt.

Hinter mir tritt die Albin ins Licht der Fackel, sie hält

den Kopf gesenkt. »Majestät.« Sie verbeugt sich hingebungsvoll vor ihm, doch er würdigt ihr keinen Blick. Sie ist ebenso eine gute Schauspielerin wie ich.

»Wie unerfreulich für mich. Schick sie fort, augenblicklich. Oder lass sie teilhaben, ganz wie du es wünschst.« Seine schwarzen Augen blicken mich abwartend an. Er will seinen Willen durchsetzen, wie immer.

»Das würde dein Vater nicht gut heißen, seine Worte sind unmissverständlich gewesen. Die Hochzeit hat Vorrang vor allem anderen – seine Worte. Außer du sprichst mit ihm, holst seine Erlaubnis ein. Dann werde ich alles stehen und liegen lassen und deiner Bitte Folge leisten.«

Ehe ich mich versehe, greift er in meine Haare, zieht meinen Kopf dicht an sein Gesicht, wobei ich scharf die Luft einziehe. Meine Zehenspitzen berühren kaum noch den Boden, Tränen steigen mir in die Augen. Meine Kopfhaut brennt wie Feuer. Trotzig blicke ich zu ihm hinauf. Es genießt meinen Schmerz sichtlich. »Du unterstehst mir, hast du verstanden? Ich brauche von niemanden die Erlaubnis. Wenn ich wollen würde, könnte ich dich hier an Ort und Stelle auf den Boden drücken und dir die Kleider vom Leib schneiden. Verstehst du das? Du bist mein. Doch zeige ich mich großmütig und werde dich nicht wie eine Dirne auf dem Boden nehmen. Wenn dieser Schnickschnack vorbei ist, begibst du dich augenblicklich in meine Gemächer, dort kannst du auf meine Rückkehr warten und dir überlegen, wie du mich erfreuen wirst. Verstanden? Gnade dir Gott, solltest du mich verärgern oder noch mal auf die Idee kommen, mir zu widersprechen. Du bist mein und es wird Zeit, dass du deinen Platz verstehst, unter mir.«

Alles in mir wehrt sich, aber ich zwinge mich, zu nicken. »Verstanden.« Meine Stimme zittert vor Schmerzen. Mit einem Ruck lässt er mich los und ich taumle zurück. Meine Kopfhaut pocht unangenehm.

»Unterstehe dich, auch nur eine Träne zu vergießen wie ein jämmerliches Kind. Du musst noch viel lernen. Du hast dich mir zu unterwerfen. Lerne dies, schnell. Du wirst meine Frau sein. Und du«, sein Blick richtet sich auf die Zofe. »An deiner Stelle würde ich flink arbeiten, wenn dir dein Leben lieb ist.«

VIERUNDZWANZIG

Alice schließt die Tür leise. Ich sehe, wie sie mit sich kämpft und tief einatmet, ehe sie sich umdreht. Sie schaut keinen von uns direkt an, sondern strafft die Schultern. Sie mimt die Gefühllose, dabei merke ich, wie es in ihr tobt. Alles in mir schreit danach, sie an mich zu reißen, ihr zu sagen, dass es nie dazu kommen wird. Grimm will sie zu einem Werkzeug machen, doch er kennt sie nicht so wie ich - Alice ist stark. Ich habe auch erst lernen müssen, wie belastbar und mutig sie ist. Sie will nicht hinter einem Mann stehen, sondern mit erhobenen Hauptes neben ihm. Ich will die Tür aufreißen, diesen Bastard dafür, was er ihr angetan hat, zur Rechenschaft ziehen, aber ich weiß, das würde unsere Chance, hier lebend raus zu kommen, schmälern.

»Diesen Mann willst du heiraten?«, stoße ich hervor, lache dann bitter auf. »Wenn du das wirklich vorhast, machst du dich lächerlich. Du weißt selbst, dass du nichts für ihn fühlst. Das soll Liebe sein? Er wird dich verschlingen, alles von dir, bis du eine leere Hülle bist.«

Ihr Kopf dreht sich mit ausdrucksloser Miene zu mir.

»Es ist meine Pflicht. Ich habe nie von Liebe gesprochen. Liebe ist etwas für Kinder.« Wo ist die Frau, die mir gepredigt hat, es ist meine Pflicht, glücklich zu sein? Die Frau, die beschworen hat, Liebe ist das höchste Gut?

»Nun geht, Prinz. Nehmt Eure Verräter mit, mehr Gnade habe ich nicht für Euch.«

»Oh, wir werden gehen, doch nicht ohne dich. Du wirst mich begleiten. Ich lasse dich keinen Tag länger in diesem feuchten Loch.«

»Hey!« Elil wirkt entrüstet, aber ich bin ganz auf Alice konzentriert. Es ist mir gleichgültig, ob ich damit seine Gefühle verletze.

»Dann werdet Ihr mit mir kämpfen müssen,« Sie hebt den Blick und ich sehe die Kampfeslust darin blitzen. »Mein Volk braucht mich.«

»Fordere mich nicht heraus. Zur Not werde ich dich bewusstlos schlagen. Ich möchte so nicht handeln, werde es jedoch in Kauf nehmen.«

Sie lässt als Antwort ihre Finger knacken, »Versucht es, Prinz. Jetzt habe ich keinen Dolch mehr im Rücken, das gleicht unsere Chancen etwas aus. Was meint Ihr? Oder habt Ihr Angst?«

Ehe wir weiter streiten können, verdreht sie die Augen und bricht vor meinen Füßen zusammen. Alliaria steht hinter ihr, lässt die Vase sinken, die sie ihr an den Hinterkopf geschlagen hat. »Du hättest es nie gewagt. Die Zeit drängt, also …« Entschuldigend hebt sie die Schultern.

Ich gehe neben Alice in die Hocke, fühlen ihren Puls. »Aber gleich so fest?«, knurre ich. Was stimmt mit diesen Alben nur nicht?

»Meine Schwester macht eben kurzen Prozess.« Stolz strahlt er sie an.

»Ihr müsst uns begleiten. Ihr seid hier nicht mehr sicher. Er kennt ihr Gesicht.« Ich zeige zu Alliaria, diese seufzt, weiß, dass es stimmt.

»Er hat recht, es tut mir leid, Elil, das wollte ich nicht. Ich habe dich da mit reingezogen. Du kannst bleiben, ich gehe alleine fort. Sie wissen nicht, dass du uns geholfen hast.«

»Was für ein Bruder wäre ich, würde ich dich alleine mit diesem Elb ziehen lassen? Ich bin mir des Risikos bewusst gewesen, Schwesterherz, aber ich werde Bararod nicht zurücklassen. Prinz?« Er wendet sich mir mit ernster Miene zu. »Du hast gesagt, ich und meine Lieben sind willkommen, dort, wo du meine Cousine hinbringen wirst. Gilt dies auch für meine Männer, jene, die mir treu ergeben sind? Es gibt genügend Albe, die sich nicht mehr vor Castiell beugen wollen, gute Männer und Frauen, die sich an meine Seite stellen würden. Ihr habt gesagt, Ihr seid des Kampfes und des Blutvergießens müde, das sind viele hier. Niemand wagt es, offen darüber zu reden, weil sie ansonsten keine Zuflucht mehr hätten. Bietet Ihr jedem ein neues Zuhause, der sich entschließt, sich mit Euch zu verbünden?« Ist das eine der wichtigsten Entscheidungen meines Lebens? Wird sie alles verändern? Ist sie so bedeutend? Heiße ich Albe willkommen oder verwehre ich es ihnen, sich uns anzuschließen? Ist es nicht das gewesen, was ich Alice versprochen habe? Das, wozu mir das Rankenwesen geraten hat? Offen zu sein, meine Vorurteile zu begraben? Ich atme tief ein, antworte zähneknirschend: »Jedem, dem Ihr Eurer Leben anvertraut, soll willkommen sein.« Das zu sagen, fällt mir nicht leicht, aber ich stehe zu meinem Wort.

Er nickt anerkennend. »So sei es. Wir werden Euch folgen, sobald wir alles geregelt haben. Ein paar Stunden bleiben uns, doch nun solltet Ihr aufbrechen, ehe unser Sonnenschein wach wird. Ich vermute, sie wird über diese Entwicklung nicht erfreut sein. »

»Richtet Ihr meine Entschuldigung aus.« Alliaria streicht ihr durch das Haar. »Bald, liebste Cousine, werden wir uns wiedersehen.« Vorsichtig hebe ich Alice auf meine Schulter. »Der Ring! So lange sie ihn trägt, sind ihre Erinnerungen blockiert. Sobald sie ihn abgenommen hat, und der Trank nachlässt, wird alles wiederkehren. Sie hat die letzte Dosis heute Abend bereits verpasst. Ich habe gehört, wie Asta mit Castiell darüber gesprochen hat. Auch Euer Band wird nicht mehr blockiert werden.«

»Unser Band ist nie blockiert gewesen. Schön, dass sie das gedacht haben. Dann nehmen wir den verfluchten Ring ab.« Ich greife nach ihrer Hand, doch Alliaria stoppt mich.

»Das geht nicht! Das kann nur sie selbst. Asta hat einen Zauber auf ihn gelegt. Sie denkt, er schützt sie vor Euch. Vor dem, was Ihr ihr angeblich angetan habt. Asta ist geschickt darin, Menschen andere Dinge glauben zu lassen. Sie denkt, sie stirbt, sollte sie ihn abnehmen. Sie haben ihr gesagt, dass Ihr sie vergiftet habt, dass einzig der Ring ihren Tod aufhält. Sie hat sich lange gewehrt, aber sie sind stärker gewesen. Tief in ihrem Innersten ist sie jedoch noch die gleiche Frau.«

»Was für tolle Neuigkeiten!« Ich bin nicht gerade hoch erfreut über diese Offenbarung. Können die Götter nicht einfach mal gnädig sein und die Hand über mich halten?

»Los jetzt!« Elil ist schon an der Tür, späht in den Flur hinein, winkt uns dann zu sich.

Wir folgen ihm leise durch die Gänge, immer tiefer in den feuchten Berg hinein. Modriger, feuchter Geruch liegt in der Luft und ich kräusle unbewusst meine Nase. Die steinernen Wände sind mit einem feuchten grünen Film überzogen, der stärker wird, desto länger wir laufen.

Es begegnet uns niemand, was uns endlich mal zugutekommt, dennoch behalte ich die Hand auf meinem Schwertknauf. Alle scheinen noch zu feiern, obwohl man auch davon nichts mehr hört. Bis auf unsere Schritte und das gelegentliche Tropfen von der Decke ist kein Geräusch wahrzunehmen. Keiner von uns wagt es, zu sprechen. Die Zeit drängt. Vor einer Biegung stoppt Elil plötzlich. »Wartet.« Er verschwindet augenblicklich, während ich unruhig stehen bleibe. Kurz darauf höre ich ihn mit jemanden reden, spitze die Ohren, um mehr vom Gespräch mitzubekommen. Ich glaube nicht, dass er mich betrügen würde, zu weit hat er uns gebracht. Aber Vorsicht ist besser als Nachsicht. »Lioma, du musst mir vertrauen. Du darfst keine voreiligen Schlüsse ziehen, egal was gleich passiert, hörst du. Ich werde es dir erklären, versprochen. Wir sind Freunde, schon seit Kindeszeiten. Lass sie passieren, auch wenn es dir widerstrebt. Du weißt, ich würde nie so handeln, wenn ich nicht überzeugt wäre, das richtige zu tun.«

»Wen?« Die Stimme ist eindeutig männlich. Misstrauen schwingt in ihr mit. »Was geht hier vor, mein Freund? Bist du in Schwierigkeiten?«

Ich warte nicht auf ein Zeichen, sondern trete um die Kurve, beschleunige damit die Vorstellung, woraufhin Elil bitterlich wettert, als der Alb sein Schwert zieht.

Zorn erreicht sein helles Gesicht. Er spuckt mir wütend vor die Füße und stößt einen Fluch aus, während Elil sich die Haare rauft und mich fassungslos anstarrt.

»Crispin, was stimmt nicht mit dir? Kannst du nicht warten?« Anscheinend ist er derart aufgebracht, dass er mich plötzlich unbeirrt duzt.

»So bin ich eben. Ich habe gedacht, die Zeit drängt.«

»Was soll das, Elil? Weißt du, wer das ist? Das ist der verfluchte Prinz der Elben!« Der Alb wirkt verwirrt, aufgewühlt und deutlich verärgert. »Das ist … Er ist es tatsächlich. Hier, mitten in unserem Zuhause. Wie ist er hier hineingelangt? Und wen hat er … Oh, bei den Göttern, Kotas Tochter. Seid Ihr von Sinnen? Ihr alle? Man wird uns alle hinrichten und das wäre noch das Gnädigste, was uns passieren kann.«

»Wird man nicht. Wir werden dann nicht mehr da sein. Komm mit uns, Lioma. Du hast die Gerüchte und das Getuschel doch ebenfalls vernommen, dass es wieder Seelengefährten, Hoffnung gibt und der Krieg ein Ende finden könnte. Das«, er zeigt auf Alice, »ist meinen Cousine und der hässliche Oger da …« Ich schwöre, das bekommt er später zurück. »Das ist ihr, so ungern ich es sage, Seelengefährte. Peinlich und unangenehm, aber so ist es. Ja, er ist ein Elb, doch ich sehe plötzlich eine neue Perspektive, ein besseres Leben für uns alle. Hast du dir nie gewünscht, die Eine für dich zu finden? Dein Gegenstück? Tief im Innersten? So, wie es in den alten Büchern steht?«

»Ich bitte dich, selbst dein Freund wird erkennen, dass ich deutlich attraktiver bin, als du mit deiner schiefen Trollnase«, versuche ich, die Situation aufzulockern.

»Oh Gott, ihr seid beide wie Kinder.« Alliaria tritt vor. »Lioma,?« Sie ergreift seine Hand. »Geh, pack deine Sachen. Wir brechen im Morgengrauen auf. Begleite uns, aber lass sie«, sie zeigt auf uns, »passieren. Vertrau auf uns. Vertraue mir. Lass uns für eine bessere Welt kämpfen, in der wir nicht wie Abschaum behandelt werden. Castiell ist nicht der König, den wir verdienen. Zu lange schon beugen wir die Knie unter ihm. Zu lange behandelt er uns wie Unrat zu seinen Füßen. Weißt du noch, was er deinen Eltern angetan hat? Er hat sie hängen lassen, nur weil sie sich geweigert haben, ein menschliches Kind hinzurichten. Dies ist nicht das Leben, das wir verdienen, oder?« Er mahlt deutlich mit seinen Zähnen. Mustert erst sie, dann mich. »Wir verlangen viel, haben jedoch keine Wahl. Elil und ich sind schon zum Tode verurteilt. Wenn wir uns nicht sputen, hängen wir in den Morgenstunden am Galgen, wenn sie merken, dass wir Crispin Einlass gewährt haben und das haben wir, mein Freund. Wir haben ihm die geheimen Wege gezeigt.

Wenn du ihn ausliefern willst, musst du auch uns ausliefern. Wir werden nicht gegen dich kämpfen. Niemals.«

»Bei Freunden wie euch braucht man keine Feinde, was?«, werfe ich ein, woraufhin Alliaria mir einen Schlag auf den Arm gibt, einen äußerst harten Schlag.

»Da gebe ich dem Elb recht. Geht, bei den Göttern, bevor ich wieder zu Verstand komme.« Er reibt sich über das Gesicht, wirkt plötzlich noch blasser. Langsam öffnet er die Tür, die er zuvor bewacht hat, wobei ich mir wünsche, er hätte es nicht getan.

»Himmel, was habt Ihr angestellt, dieses Jauche bewachen zu müssen? Warum muss man sie überhaupt bewachen?«

Ich würge bei dem Gestank, der mir entgegen weht. Er zuckt mit den Schultern. »Es ist ein alter Tunnel zum Meer. Recht verzweigt. Nachdem einige Albe bei Erkundungen darin verschwunden sind, hat man ihn aufgegeben. Aber wenn Ihr Euch an den Flusslauf haltet, kann nichts passieren. Der Hauptweg sollte sicher sein. Kommt nur nicht vom Weg ab, bleibt auf gerader Strecke. Es ist wie ein Labyrinth in dem Berg. Unerforschte Gänge aus alten Tagen gibt es reichlich.«

»Meint er das ernst?« Ich drehe mich zu Elil um.

»Leider, ja. Einen anderen Weg gibt es nicht, ohne dass man euch sieht.«

Ich verlagere Alice von der einen auf die andere Schulter, binde mir ein Tuch vor Nase und Mund. Himmel, wie soll ich das schaffen? Meine Augen tränen, mein Magen rebelliert wild. Es riecht nach Verwesung und Tod. »Was ist das für ein Raum?«

»Es ist ein alter Versorgungstunnel, im dem Kehricht beseitigt worden ist. Wir bewachen ihn, damit nichts hineinkommt und niemand hindurch geht. Wie Ihr merkt, ist er für die Not zu wichtig, um ihn gänzlich aufzugeben. Der Fluss fließt unten in die Lagunen, andere Biegungen führen an die Klippen und wieder andere, nun, das werden wir nie erfahren. Ihr müsst dort entlang.« Elil zeigt auf ein dünnes Rinnsal. »Bis zum Ende folgt ihr dem Weg, müsst den Rest alleine bewältigen. Aber es wird dann nicht mehr weit sein. Relevant ist, nur diesem Fluss zu folgen. Er führt Euch auf den richtigen Weg.« Ich nicke, wage es nicht, den Mund zu öffnen, damit ich nicht einatmen muss.

»Bis bald, Freund.« Elil nickt mir zu. Freund. Diese Worte aus dem Mund eines Alb zu hören, ist komisch. Ich nicke ihm ebenso zu. »Seid auf der Hut und achtet auf unsere Cousine, wir werden uns bald wiedersehen.«

Dann schließt die Tür hinter uns, worauf der Gang in Dunkelheit versinkt. Meine Augen müssen sich an das wenige Licht gewöhnen, welches von einigen leuchtenden Kristallen zurückgeworfen wird, bevor ich mich auf den Weg mache. Mein Fuß landet in einer stinkenden Pfütze. Sehr schön. Ich möchte lieber nicht wissen, durch was ich noch latschen werde. Das Licht ist kaum als solches nennbar, meine Stiefel versinken bei jedem Schritt in Dingen, die ich nicht genauer betrachten will. Unter mir knackt es und ich befürchte, dass es Knochen sind. Ich komme an Abzweigungen vorbei, halte mich strickt daran, was Elil gesagt hat, doch dann erreiche ich eine Stelle, die komplett geflutet ist, somit muss ich zwischen drei Gängen wählen – das bereitet mir Kopfzerbrechen. Egal, in welchen Gang ich schaue, überall scheint Wasser zu sein. Welches ist der richtige Fluss? Welcher führt uns zum Ausgang? Wo geht es hinaus aus dieser stinkenden Hölle? Es schmatzt unter meinen Füßen. Ich höre aufgeschreckte Nagetiere, die ich beim Fressen störe. Was sie fressen, möchte ich besser auch nicht wissen. Es ist so widerwärtig. Ich habe noch nie etwas Vergleichbares erlebt. Nicht in all den Jahren auf dem Schlachtfeld, als ich durch Blut und Eingeweide gewandert bin. Dieser Geruch ist schlimmer. Alice kann dankbar sein, dass sie bewusstlos ist, denn ich werde es fast von dem Gestank.

Gefühlt laufe ich ewig durch diesen schleimigen Morast, meine Füße sind nass und die Stiefel werde ich verbrennen müssen. Ach was, alles was ich trage, wird dem Feuer zum Opfer fallen. Ich hoffe, dass ich den abartigen Geruch je wieder vom Körper bekomme. »Oh Alice, sei froh, dass ich dich so sehr liebe, um das hier durchzuziehen«, brumme ich.

Als hat sie nur drauf gewartet, ertönt ihr Stöhnen. Herrlich, jetzt wird es lustig werden. Alice erwacht und sie wird nicht erfreut darüber sein, dass ich sie durch diese dunkle Grotte trage. Ich beschleunige meine Schritte, denn ich glaube, Tageslicht zu erkennen. Anscheinend ist meine Wahl richtig gewesen. »Was … stinkt hier so?«, ertönt es leise von hinten, begleitet von einem würgendem Geräusch.

»Halt lieber den Mund, dann ist es nicht so schlimm«, rate ich, aber sie reagiert, wie sie eben ist: Sie bockt wie ein Pony.

»Ihr«, knurrt sie, trommelt dabei auf meine Rüstung »Lasst mich runter. Sofort. Wie bin ich hierhergekommen? Ihr habt mich niedergeschlagen, nicht wahr? Oh, was seid Ihr nur für ein Mann.«

»Das willst du nicht, glaub mir«, stöhne ich, vor Ekel ganz flau im Magen. »Bleib, wo du bist, vertrau mir. Und ich habe dich nicht geschlagen. Das ist deine werte Cousine gewesen.«

»Oh Gott, wie es hier stinkt«, motzt sie. Kurz hält sie still, ehe sie abermals beginnt, sich zu winden.

Plötzlich greift sie in meine Haare, reißt und zerrt mir aller Kraft daran, krallt sich darin fest, bis mir die Tränen in die Augen schießen. Will sie mich skalpieren? Oh, sie kann so ein Biest sein. »Alice«, fauche ich, versuche ihre Hand zu greifen, sie mit der anderen zu halten, aber sie buckelt und wehrt sich so, dass sie mir von den Schultern rutscht, mitten in den brackigen, verwesenden Bach. Oh Prinzessin, das ist deine eigene Schuld. Mit einem lauten Platschen landet sie darin. Wasser schwappt über ihren Kopf, bedeckt sie von oben bis unten. Hustend und würgend kommt sie wieder an die Oberfläche, krabbelt heraus und spuckt währenddessen Wasser aus. Statt sich zu entschuldigen, oder meine ausgestreckte Hand zu greifen, die ich ihr immer noch hinhalte, tritt sie mir liegend ihren Stiefel mitten in den Magen. Mit einem Uff pralle ich gegen die Wand und kleine Steine rieseln zu Boden. Das ist unerwartet gekommen und zudem ziemlich hinterhältig. Irgendwie bin ich dennoch stolz auf sie, dass sie solch einen Kampfgeist an den Tag legt, denn ich vermute stark, dass sie Grimm und Castiell nicht weniger Widerstand entgegengebracht hat. Momentan ist nicht der richtige Augenblick, wir müssen hier raus. »Oh, jetzt reicht es, kleiner Schmetterling!« Ich reibe mir den Bauch, bin trotz allem erzürnt, will diese Jauche endlich hinter mir lassen. Sie versucht, wegzukriechen, doch ich erwische ihr Bein, ziehe sie, durch Dreck, der zu allen Seiten spritzt, zurück zu mir. Es ist mir in diesem Moment egal, sie hat es nicht anders gewollt.

»Lasst mich los!« Erneut tritt sie nach mir, verfehlt mein Gesicht nur knapp. Ich will ihr nicht wehtun, aber wenn sie nicht aufhört, fessle ich sie, verdammte Trolljauche. Jetzt fluche ich schon wie sie.

»Hör auf, dich zu wehren.« Ich ziehe sie, so dicht es geht, zu mir, doch sie ist glitschig von dem, was um uns herum schwimmt. Immer wieder entgleitet sie mir. Weil sie meinen Kopf nicht trifft, holt sie aus und tritt mir fest gegen mein Knie. Ich spüre ein Knacken und ein scharfer Schmerz durchzieht mein Bein. Zischend atme ich Luft ein. Mit peinigendem Blick sinke ich nach vorne. Beeindruckt, woher sie diese neuen Tricks kennt und wütend sogleich, dass sie es an mir demonstrieren muss, beiße ich die Zähne zusammen. Mit voller Wut stürzt sie sich auf mich, woraufhin wir beide im Wasser landen. Es dringt mir in die Nase, aber ich spucke es umgehend aus, darf nicht darüber nachdenken, was ich gerade geschluckt habe. Wir ringen miteinander. Kurz schafft sie es, auf mir zum Sitzen zu kommen, schaut siegesgewiss auf mich hinab. »Das gefällt mir«, lasse ich sie wissen, denn auch ich möchte sie aus dem Konzept bringen.

Sie kneift die Augen zusammen und faucht wütend,

versucht mit ihren Nägeln, mein Gesicht zu zerkratzen. »Das findet Ihr witzig? Ich lasse mich nicht wieder einsperren, vorher verrecke ich in diesem Loch. Und Ihr mit mir, elender Elbenabschaum.«

»Ich will dich retten! Hör endlich zu!« Jetzt drehe ich sie herum, sodass sie unter mir zum Liegen kommt, platziere mich zwischen ihren Beinen, woraufhin sie diese hinter meinen Rücken kreuzt und zusammendrückt, um mich zu verletzten, doch so viel Kraft, um mir Schmerzen zuzufügen, besitzt sie nicht. Also nagle ich sie fest, presse ihre Hände an den Handgelenken in den Uferschlamm. Sie drückt den Rücken durch, wirft den Kopf vor, aber jetzt habe ich sie. Sie ist hilflos. Ihr Haar klebt ihr im Gesicht, während bestialischer Gestank von uns ausgeht. Ich lasse sie ihre Wut heraus schreien, bis sie unter mir erschlafft. Wütend funkelt sie mich an, atmet dabei hektisch. Ich weiß, dass sie nicht bereit ist, aufzugeben. Sie plant etwas und ich muss auf der Hut sein. Wenn ich eines über die Frau unter mir weiß, dann dass sie schlau ist und nie einfach aufgibt. »Das letzte Mal, als du unter mir gelegen hast, haben wir mehr Spaß gehabt«, lasse ich sie wissen und kassiere dafür eine Kopfnuss. Ich schmecke Blut im Mund, was ich wohl verdient habe.

»Lasst mich gehen«, fordert sie und ich will gerade antworten, als ich etwas Beunruhigendes höre. Ein lautes

Brüllen hallt durch die Tunnel. Sie versteift sich unter mir, lauscht ebenfalls, wo das Brüllen, welches die Wände wackeln lässt, hergekommen ist. Wir sind hier nicht alleine. Das ist schlecht, ganz schlecht.

»Still«, zische ich. Ich rapple mich auf, reiße sie mit mir hoch und drücke sie mit dem Rücken an die kalte Wand. Sie wehrt sich nicht, lauscht wie ich. Ihre Augen weiten sich ängstlich. Ich lege eine Hand auf ihren Mund, mit der anderen gebe ich ein Zeichen, ruhig zu sein, woraufhin sie nickt. Immerhin sind wir uns einmal einig, eine Premiere. Langsam lasse ich die Hand runter, taste nach meinem Schwert. Ein langes Zischen, gefolgt von einem Klappern weist auf nur ein Tier hin, welchem ich weder hier noch sonst wo begegnen möchte. Die Albe sind verrückt, sie haben ein Schlaraffenland für Monster geschaffen! Geschützt, im Berg verborgen, siedeln sich Wesen an, die man nicht in seinem Palast haben möchte – nirgendwo. Kein Wunder, dass die Tür bewacht wird. Sie ahnen nicht mal, mit wem sie hier im Schloss zusammen leben.

Wir hören ein Schnuppern. Alice flüstert fast lautlos: »Was ist das?«

Es kommt auf uns zu, knurrt abermals leise. Ich schaue Alice in die Augen, drücke dann meine Stirn kurz gegen die ihre, was sie geschehen lässt. Ein Waffenstillstand? Sie hört ebenso wie ich, dass das, was dort im

Dunkeln lauert, verdammt groß sein muss und wichtiger als unser Disput. Verflucht, verflucht, verflucht. »Bleib stehen! Genau hier, hörst du?«, flüstere ich und blicke ihr tief in die Augen, suche ein Zeichen, dass sie versteht, wie wichtig das ist. Die wilde Kämpferin ist verschwunden. Sie nickt, atmet schnell und abgehackt.

Ich spähe in den nächsten Gang. Er ist ziemlich lang, aber dort gibt es eine Abzweigung, aus der Tageslicht dringt. Aus einem anderen peitscht ein Schwanz, nur dass es keiner ist, sondern ein Albtraum in Form einer Chimäre. Ich überlege, wie die Chancen für den Rückweg stehen, einen anderen Weg zu testen oder mich durchs Schloss zu kämpfen, als hinter uns ebenfalls ein Brüllen erklingt. Mir wird eiskalt. Eine Chimäre gleicht fast einem Todesurteil, bei zwei der Viecher ist es so gut wie sicher. Unser einziger Vorteil ist die Enge der Gänge, Chimären sind riesig. Sie wird Probleme haben, sich flink zu bewegen. Sie haben den Kopf und die Pranken eines Löwen, den Körper einer Ziege und wenn das nicht reicht, sitzt am Ende die giftige Natter. Götter, steht uns bei!

FÜNFUNDZWANZIG

Mir ist kalt, ich stinke und zittere wie Espenlaub. Geistesabwesend streiche ich mir über die Arme, versuche mich durch die Reibung zu wärmen. Crispin ist hinter der nächsten Ecke verschwunden, doch ich mache mir keine Illusion, er wird wieder kommen. Wenn ich ehrlich bin, bin ich über diese Gewissheit sogar froh. Ich will nicht alleine in diesem Tunnel gegen das kämpfen, was dieses Brüllen ausgestoßen hat. Was auch immer es gewesen ist, es hat verdammt groß und übel gelaunt geklungen. Ich wische mir das brackige Wasser aus den Augen, verziehe dabei das Gesicht. Meine Finger kleben und meine Augen brennen. Wo eben noch tiefer Hass in mir gewesen ist, ist jetzt etwas anderes.

Als er auf mir gelegen hat, ist es so vertraut gewesen, dass ich abermals an meinem Geist zweifle. Wie kann ich mich ihm so nahe fühlen, wo ich ihn doch verachten sollte? Er, der mich meinem Volk entrissen hat? Ich verstehe es einfach nicht. Gar nichts von dem, was gerade passiert. Bevor ich jedoch weiter nachdenken oder habe handeln können, ist das Brüllen hervorgedrungen. Crispins vor Schreck geweitete Augen haben mir bestätigt, dass es nicht gut für uns ist, was auch immer dort lauert. Wieder eine Reaktion, die nicht zu dem Bild passt, das ich von ihm habe. Warum hat er mich mit seinem Körper geschützt? Warum handelt der Prinz der Elben so? Warum bin ich ihm wichtig? Ich wünschte, ich würde mich an die Zeit vor meiner Entführung besser erinnern. Asta sagt, vielleicht irgendwann. Manchmal blitzen Erinnerungsfetzen oder Gefühle auf. So wie jetzt.

Furcht, tief in meinem Bauch verankert, ausgelöst durch das Brüllen. Dunkel erinnere ich mich an einen anderen Tag, ein anderes Wesen mit einem blutigem Stück Fleisch im Mund, das mich angebrüllt hat. Ich erinnere mich an die Todesangst, die ich dabei gespürt habe und an das Gefühl, nicht sterben zu wollen. Wann ist das gewesen? Wo kommen diese Erinnerungen her? Wann habe ich dies erlebt? Wieso erinnere ich mich nicht an meiner Zeit bei den Elben oder die Zeit, in der ich angeblich glücklich an Grimms Seite gewesen bin? Wenn wir so glücklich gewesen sind, wieso machen Grimms Worte dann keinen Sinn? Er begehrt mich und redet davon, dass ich endlich ihm gehöre. Das passt nicht ins Bild, und doch ist das Puzzle in meinem Kopf völlig durcheinandergewirbelt.

Ich höre Schritte, starre angestrengt ins Zwielicht. Crispin kommt zurück, umfasst mein Gesicht mit seinen großen Händen. Ich könnte, nein, ich müsste mich wehren, mache es aber nicht, sondern schaue in seine besorgten Augen. Es tobt ein Sturm in ihnen. Er streicht mit dem Daumen über meine Wange, mustert mich kurz. »Selbst mit dem ganzen Unrat an dir bist du die schönste Frau der Welt für mich«, flüstert er. »Wir haben ein Problem. Wenn wir zusammen halten, können wir es schaffen. Kämpfen wir gegeneinander, sieht es schlecht für uns aus«, teilte er mir mit, woraufhin ich nicke. Wenn sogar dieser arrogante Mistkerl ängstlich wirkt, sind wir offensichtlich am Arsch.

»Gebt mir einen Dolch. Ich weiß, dass in Eurem Stiefel einer steckt«, fordere ich ihn leise auf.

Er hebt eine Augenbraue, als will er sagen: Aha, was du nicht alles weißt. Da stellt sich mir gleichwohl die Frage, woher weiß ich das eigentlich? »Nein, lieber nicht.« Seine Antwort ärgert mich. Maßlos.

»Ihr habt gerade gesagt, wir müssen gemeinsam kämpfen, also gebt ihn mir. Soll ich mit bloßen Händen kämpfen oder wie habt Ihr Euch das vorgestellt?« Ich halte die Hand auf, schaue ihm fordernd in die Augen.

»Damit du ihn mir danach ins Herz stoßen kannst? Vergiss es. Obwohl, ich würde tauschen. Mach diesen Ring ab, dann gebe ich ihn dir. Das ist ein fairer Handel, den ich bereit bin, einzugehen.«

Mein Blick wandert zu meiner Hand. »Nein.« Er muss doch wissen, dass er es gewesen ist, der mich einst vergiftet hat. Ich spüre das Brennen. Nur dieser kleine Ring rettet mich. Will er es jetzt beenden? Er könnte es viel leichter haben. Dafür hätte er den weiten Weg nicht auf sich nehmen müssen.

Der Prinz greift in seine Tasche, hält mir dann einen kleinen Goldring vor die Nase »Dies ist der Ring, den du tragen solltest. Er gehört dir.« Meine Finger zittern. Ich erinnere mich an diesen Ring. Sein Anblick lässt mein Herz warm werden. Alles in mir schreit danach, nach ihm zu greifen, doch ich halte mich im letzten Moment zurück. Ist es ein Trick? Warum fühlt es sich so an, als würde er mir gehören?

»Ihr macht etwas mit mir. Wie beeinflusst Ihr meinen Verstand, lasst mich Lügen sehen? Ist es ein Zauber? Ihr manipuliert mich.«

»Das bin nicht ich, sondern der verdammte Ring, den du trägst und das, was sie dich haben trinken lassen. Du hast meine Frau werden wollen, verflucht. Ich liebe dich. Darüber sind wir hinaus, zwischen uns gibt es keine Lügen. Du hast dein Bett mit mir geteilt, die Nächte in meinem Arm geschlafen und mit mir von Kindern und einer Zukunft geträumt. Wach auf, Alice.« Er schlägt seine Faust neben meinem Gesicht gegen die Wand,

Steine rieseln zu Boden. Ich zucke vor Schreck zusammen. Vorne in der Höhle zischt und raschelt es, aber es kommt nicht näher. Mein Herz klopf, mein Kopf wummert. Er lügt. Es müssen Lügen sein. Oder … ist da ein Funke Wahrheit. Umso mehr ich das in Betracht ziehe, desto mehr schmerzt mein Kopf. Kinder? Mit einem Elb? Liebe? Das klingt nicht nach mir, nicht so, wie Castiell mich erzogen hat. »Mach ihn ab. Sofort, Alice!«

»Dann werde ich sterben«, zische ich, verstecke meine Hand hinter meinem Rücken. Ich brauche mehr Zeit, um nachzudenken, die ich jedoch nicht habe. Alles geht zu schnell.

»Einen Scheiß wirst du. Du wirst die sein, die an meine Seite gehört. Mach ihn ab, oder ich schneide ihn dir vom Finger. Wir müssen uns aufeinander verlassen können. Da vorne, da sind zwei Chimären, hörst du? Die sind nicht nur giftig, sondern widerlich blutrünstig. Ich will verdammt sein, dass ich vielleicht sterbe, ehe ich nicht dafür gesorgt habe, dass du hoffentlich die Alte wirst. Also, zieh ihn ab. Du wirst nie wieder zurück zu Grimm gehen, egal was mit mir passiert. Du sollst frei sein, das habe ich dir geschworen, und falls ich sterben werde, will ich diesen Schwur einlösen. Der Ring fesselt dich. Wenn ich zugrunde gehe, werden Noam und Cian dich finden. Sie werden dich nicht im Stich lassen, das weiß ich. Neben mir kannst du auch ihnen blind vertrauen. Wir sind deine Familie, Alice. Du gehörst zu uns.«

»Niemals! Ihr versucht, mich auszutricksen«, werfe ich ihm vor, woraufhin er sich von der Wand abstößt, sich dann durch die dreckigen Haare fährt, die in allen Richtungen stehen bleiben. Sein Gesicht ist grau vom Schlamm, der langsam trocknet und die ersten Risse aufzeigt. Trotzdem ist er, so glaube ich zu erkennen, der schönste Mann, der mir je begegnet ist. Sein kantiges Gesicht, die ausdrucksstarken Augen, der Bartschatten. Alles passt zu ihm. Die breiten Augenbrauen, die hohen Wangenknochen, diese Lippen, die er gerade fest aufeinanderpresst und die einen dazu einladen, von ihnen zu träumen. Träume, die nicht für kleine Mädchen gedacht sind. Und ja, ich verzehre mich nach ihm, meinem Feind.

Er schaut über seine Schulter, wendet sich dann wieder mir zu, seine Miene ist schmerzerfüllt, doch seine Stimme eisig. »Alice, es bringt mich fast um, dass du mir nicht vertraust. Was muss ich noch machen? Wie kann ich mich beweisen? Sag es mir und ich vollbringe es. Ich bin her gekommen, alleine, um dich zu retten. Jetzt stehe ich im verdammten Nest einer Chimäre, flehe dich an, mir zu vertrauen, ein einziges Mal in dich zu gehen und zuzuhören. Du kennst meinen Ruf, Grimm wird es dir erzählt haben. Würde ich dies tun, wenn ich dich hasse?

Nein, ich würde dir wohl eher die Kehle durchschneiden und gehen. Nichts liegt mir ferner als das. Ich habe mein Volk hinter mir gelassen, nur für dich, und du … hast so wenig Vertrauen in mich? Ja, sie haben dich verhext, aber das, was wir haben …« Er kommt auf mich zu und drückt mir seine Hand auf die Brust, unter der mein Herz wild wummert. »Das ist stärker als ihr Trank. Viel mächtiger. Verflucht, wir beide sind stärker als die, die gegen uns sind. Wir haben so viel zusammen geschafft, dies wird nicht unser Ende sein. Lass es nicht zu. Kämpfe! Hör in dich hinein. Spürst du das Feuer? Das sind wir.« Dann drängt sich sein Körper an mich, umarmt mich so fest, dass mir fast die Luft wegbleibt. Er drückt seine Lippen auf meinen Scheitel, während ich mich unbewusst an ihn klammere. Mir kommen die Tränen, ich schluchze leise, bin gerade völlig überfordert.

Wie soll ich mich verhalten? Ja, ich fühle das Feuer in mir. Jeden Tag. Aber ich habe angenommen, es ist das Gift. Er hat recht. Es hat sich in seiner Gegenwart verändert, ist friedlich, warm und tröstlich geworden, nicht mehr heiß und zischend. Ich fühle mich angekommen, nicht mehr so, als bin ich auf der Suche. Liegt es an ihm? »Schhhhh…. Es tut mir leid. Wir kriegen das hin, hörst du. Ich … wir finden einen Weg. Ich habe nicht so barsch sein wollen.«

Warum passt das alles nicht zu den Bildern, die ich durch Astas Erzählungen in meinem Kopf trage? Warum lässt mich mein eigener Kopf im Stich? Es ist einfach gewesen, ihn aus der Ferne zu hassen, doch mit jedem Moment, in dem ich bei ihm bin, fühle ich mich mehr zu ihm hingezogen. Er tritt ein Stück zurück, sodass ich zu ihm aufsehen kann.

»Küss mich!« Seine Stimme ist fordernd. Es ist keine Bitte, sondern ein Befehl. So verrückt es sein mag, aber ich komme ihm nach, will seine Lippen auf meinen spüren. Also stelle ich mich auf die Zehenspitzen, schmiege mich an seinen starken Körper und drücke meine Lippen sanft auf die seinen. Gequält stöhnt er auf, schlingt seine Arme fest um mein Leib. Bei den Göttern, es fühlt sich richtig an und ist gleichzeitig so falsch.

Ein Brüllen erschüttert die Höhle erneut, zwingt uns, der Realität wieder ins Auge zu blicken. »Uns läuft die Zeit davon, sie wittern uns.« Crispin löst sich von mir, lässt mich mit meinen verzweifelten Gefühlen zurück. »Wenn du auch nur einen Funken gespürt hast, nimm diesen Ring ab. Zeige mir, dass es sich lohnt, zu kämpfen. Wenn du nichts gefühlt hast, lasse ihn auf. Ich gehe gerne für dich bis in den Tod, Alice, denn wenn du dich von mir abwendest, habe ich nichts mehr, für das es sich zu kämpfen lohnt. Ich möchte für uns einstehen und nicht aufgeben, für uns und unsere Zukunft. Eine bessere Welt, die wir zusammen erschaffen.« Seine Worte treffen mich bis in die tiefsten Winkel meines Herzens. Würde er mich tot sehen wollen, würde er so etwas niemals sagen. Nein, er spricht die Wahrheit. Ich sehe es klar vor mir. Er wartet kurz, nickt dann. Kummer lässt ihn vor meinen Augen in sich zusammenfallen. »Ich verstehe.« Er zieht die volle Unterlippe in seinen Mund. »Ich greife sie an. Du siehst zu, dass du den Ausgang erreichst. Finde Noam und Cian. Sie werden dich fortbringen, sodass du vor Grimm sicher bist.«

Er zieht sein Schwert, ich bekomme unwillkürlich Panik, dass er sterben wird. Auch wenn ich seinen Tod vorher herbei gesehnt habe, so kann ich dies keinesfalls zulassen. Nicht bevor ich weiß, ob er recht hat. Oh Gott, warum ist in meinem Kopf solch ein Durcheinander? »Stopp!« Ich greife nach ihm, nach seiner Hand, und habe möglicherweise gerade selbst mein Todesurteil unterschrieben, vielleicht sagt er aber auch die Wahrheit. Genau das werde ich jetzt herausfinden, also drücke ich ihm den verdammten Ring in seine dreckige Hand. »Dies könnte mein Ende bedeutet. Ich weiß nicht, was richtig und was falsch ist, doch ich spüre irgendetwas in mir.«

Ungläubig starrt er einige Sekunden auf den Ring, ehe ein Lächeln sein Gesicht erhellt. Ich habe nie etwas

Schöneres als diesen Ausdruck von Hoffnung in seinem Gesicht gesehen. »Oh, kleiner Schmetterling.«

In meinem Bauch löst sich ein Knoten, befreit durch sein Lächeln, gibt mir neuen Mut, denn es liegt nichts Hämisches darin. »Dafür habe ich mir den Dolch verdient«, brumme ich gespielt, will mir meine Emotionen nicht anmerken lassen. Er wiederum lacht auf.

»Ja, hast du.«

SECHSUNDZWANZIG

Voller Freude starre ich auf den verfluchten Ring in meiner Hand, werfe ihn dann hochkant in dieses stinkende Wasser, wo er hingehört. So Grimm, du bist aus dem Rennen, deine Zaubertricks können uns nicht besiegen. Ab jetzt wendet sich alles zum Guten. Ich fühle mich voller neuer Energie.

»Das hat gutgetan.«

»Schön, dass das größte Problem, diesen Ring wegzuwerfen, gelöst wurde.« Ich höre den Spott in Alice Stimme, drehe mich unwillkürlich grinsend um.

»Gib mir deine Hand.« Sie scheint kurz zu zögern, doch überraschenderweise kommt sie meiner Bitte, na ja gut, meiner Aufforderung nach, streckt mir die langen schlammigen Finger entgegen. Ich schiebe ihren Verlobungsring, den ich damals in dem rußigen Haufen auf dem Zeltplatz gefunden habe, wieder dorthin, wo er hingehört: an ihrer Hand. Der Anblick, ihn dort zu sehen, erfreut mich so wahnsinnig, dass ich sie an mich reißen will, aber ich zügle mich. Er glänzt an ihrer mit Schlamm verkrusteten Hand und gibt mir so viel Hoffnung. »Jetzt ist alles so, wie es sein sollte.« Fast.

»Das wird sich zeigen«, flüstert sie. »Her mit dem Dolch.« Da ich nicht erwarte, dass sie mich hinterrücks ersticht, ziehe ich ihn aus meinem Stiefel. Sie nimmt ihn, wiegt ihn in der Hand ab. »Wird schon klappen«, murmelt sie.

Plötzlich donnern Hufe durch die Höhle. Aus Reflex werfe ich mich auf sie, versuche uns, so gut es geht, im Schatten einer Nische zu verstecken, und ziehe mir dabei die vor Dreck stehende Kapuze über. Es ist düster hier drin und ich bete, dass uns das Biest noch einen kurzen Aufschub gibt. Das Donnern der Hufe kommt näher, ebenso das Gebrüll. Steine rieseln auf uns hinab. Ich ziehe Alice fester an mich, spüre unter dem dünnen, durchnässten Unterkleid ihr Herz pochen und ihre Brustwarzen, die sich hart gegen den Stoff drücken. Das sollte mir vermutlich gerade nicht auffallen, aber … so ist es nun mal. Ich kann kaum erwarten, sie erneut zu erforschen, wenn all das vorbei ist. Sie hat mir so sehr gefehlt. Ihre Nähe, ihr Lachen, die Neckereien, unsere Gespräche, ihr Fluchen… Alles hat mir gefehlt.

Das Vieh stürmt an uns vorbei. Erst glaube ich, die Götter haben Nachsehen mit uns, doch dann wendet es, hebt die katzenhafte Nase in die Luft, nimmt unsere Witterung auf. Der Schlangenschwanz zischt in unsere Richtung, aus den langen Zähnen tropft grünes Gift.

Wenn uns das Biest damit trifft, wird uns ein einziger Biss lähmen, damit es in Ruhe fressen kann. Kein Tod, den ich in Betracht ziehe, gefressen bei lebendigem Leib. Die Chimäre dreht sich zu uns, hebt den Blick und faucht. Um es noch schlimmer zu machen, kommt ihr Gefährte, größer als das Weibchen, um die Ecke stolziert. Nun stehen beide zwischen uns und dem Weg in die Freiheit.

Ich löse mich von Alice, ziehe mein Schwert und meinen Kurzsäbel, denn ich werde alles brauchen, was ich habe. Ich rolle meine Schultern und mache mich bereit. Alice strafft ihre ebenfalls, geht neben mir in Position. Ihre Füße versinken tief im Uferschlamm. Wir schauen uns kurz an. »Was auch passieren wird, ich habe dich immer geliebt, kleiner Schmetterling. Egal was sie sagen.« Sie will etwas erwidern, doch ich schüttle den Kopf. Lieber will ich mich daran erinnern, wie sie mir die gleichen Worte entgegen gehaucht hat, als sie jetzt widersprechen zu hören. »Weißt du, bevor alles den Bach runter gegangen ist, hast du eingewilligt, meine Frau zu werden. Jetzt bereue ich, dass ich an diesem Tag nicht einfach mit dir nach oben gegangen bin, wir uns eingeschlossen haben. Dann stünden wir jetzt nicht hier.«

»Wer weiß, wo das endet, wenn wir überleben. Ich werde dich nicht töten«, erwidert sie trocken, duzt mich zudem unerwartet, was ein gutes Zeichen ist, wirft mir aber ein Stückchen Zukunft vor die Füße. »Alles, was im Leben passiert, passiert nicht ohne Grund.«

Ich lache heiser über diese Antwort, woraufhin die Chimäre unser Geplänkel unterbricht und angreift. Fauchend springt sie auf uns zu, dicht gefolgt von ihrem Gefährten. Schlamm und Dreck spritzen hoch. Ich federe von Boden ab, während sie nach mir beißt. Mein Fuß trifft ihren Kopf, schmettert ihn auf den harten Boden. Ihre Zähne schlagen laut scheppernd zusammen, während ich mich in das Fell kralle und mich auf den Rücken ziehe, während sie unter mir vor Zorn brüllt. Die Chimäre buckelt wie wild, während die Schlange nach mir schnappt. Sie verfehlt mich um wenige Zentimeter und ich biege meinen Rücken, soweit es geht, nach hinten, während der Kopf der Schlange abermals eine Sekunde später über mich hinweg zieht und ihre Zunge fast meine Nase streift. Das ist perfekt, besser hätte ich es nicht planen können, und mein Kurzschwert durchtrennt den Schlangenhals mit einem kräftigen Schlag. Der Körper unter mir schreit vor Wut und Pein, bäumt sich so auf, dass ich mich abrollen lassen muss, um nicht hinunter zu fallen, und lande auf den Füßen im Schlamm. Sofort versinke ich tief im Morast, was alles erschwert. Neben mir liegt der abgetrennte Schlangenkopf. Das grüne Gift läuft aus dem offenen Mund und vermischt sich mit braunem, zähem Schleim. Die Giftzähne sind schon mal aus dem Spiel, was das Ganze etwas ausgleicht. Wir umkreisen uns, der Rest des Schwanzes peitscht ungehalten hin und her. Blut besprenkelt die Wände, während der Schlangenkopf auf dem dreckigen Wasser in Richtung Ausgang treibt.

»Heute sind nicht wir es, die sterben«, knurre ich, drehe das Schwert in meiner Hand. Als sich das Löwenmaul vor mir öffnet und scharfe Zähne offenbart, fliegt mir Speichel ins Gesicht. Statt zurückzuweichen, drücke ich hochkant den Säbel hinein, verkeile ihn in dem Mund. Eine der Pranken trifft mich an meinem Oberschenkel, reißt die Haut auf, wirft mich fast zu Boden, doch ich fange mich taumelnd. Zischend ziehe ich Luft ein. Das Knie pocht sowieso seit Alice ihrem Tritt, wird Tage zur Heilung brauchen, aber dafür ist jetzt keine Zeit, also beiße ich die Zähne zusammen, stemme mich wieder hoch. Ich merke, wie warmes Blut mein Bein hinab läuft. Die Wunde ist tief, doch ich werde es überleben. Mit einem lauten Ratschen reiße ich ein Stück meiner Kleidung ab, binde es eilig um die Wunde, um die Blutung einigermaßen zu stoppen. Die Chimäre versucht währenddessen, sich das Schwert aus dem Maul zu drücken, jault auf, gibt mir so die Chance, zu Alice zu schauen.

Perplex verfolge ich mit den Augen, wie sie sich wie ein Wirbelsturm dreht und der zweiten Chimäre den Dolch mitten ins Auge rammt. Es ertönt ein schmatzendes Geräusch und ich zucke zusammen, denn das sieht wirklich fies aus. Ihr Gesicht ist voller düsterer Entschlossenheit, als Siegerin aus diesem Zweikampf hinaus zu gehen.

»Nicht schlecht, kleiner Schmetterling.«

»Kümmere dich um dein Vieh«, erwidert sie, woraufhin sie mir einen Mittelfinger zeigt. Sie hat mal gesagt, in ihrer Welt ist es ein böser Finger, doch in meiner ist es nur irgendein Finger.

Ich packe mein Schwert, will es der Chimäre in die Seite rammen, aber sie ist zu schnell. Sie sieht Alice als leichteres Opfer an als mich, also ändert sie ihre Angriffspläne. Ich hebe mein Schwert, doch das Biest springt gegen die Felswand, ist aus meiner Reichweite, stößt sich sogleich wieder ab und fliegt über mich hinweg. Ich hebe mein Schwert höher, drücke mich ebenfalls vom Boden ab. Wenn sie denkt, dass sie mir so entkommt, hat sie sich geschnitten, nein, sie serviert mir sogar ihren schutzlosen Bauch. Unsere Vorteile sind die Enge der Gasse und die massigen Körper der Tiere. Auf freier Fläche wären wir fast chancenlos, doch hier läuft es besser, als erwartet. Mein Schwert schlitzt den weichen Bauch von unten auf, aber sie will einfach nicht sterben. Blut schwappt mir ins Gesicht, vernebelt mir kurz die Sinne. Krallen treffen Alice in dieser kurzen Sekunde am Rücken, vom Nacken bis zum Steißbein ziehen sie fünf blutige Wunden hinab, ehe das Drecksvieh zuckend zusammenbricht. Die Chimäre atmet schwer, ihr Ende naht, also erlöse ich es von sämtlichen Qualen. Mein Schwert schlitzt gezielt ihren Hals auf, ihr Lebensfunke erlischt. Das andere Biest schreit gequält auf, doch meine Sorge gilt Alice, denn sie schwankt, versucht an ihren Rücken zu kommen. Sie ist durch den Schmerz unachtsam, sieht die Klauen nicht kommen. Ich werfe mich vor sie, nehme den Angriff auf mich und stoße sie zur Seite. Sie schlägt auf dem Boden auf, landet unsanft am Uferrand. Die Pranke trifft mich mit voller Wucht, aber ich habe meine Rüstung an, also bringt sie mich nur zu Fall, drückt mich unter das dreckige Wasser. Mein Schwert rutscht mir aus der Hand, wird fortgespült. Ich brauche beide Hände, um die Krallen von meiner Kehle abzuhalten, während das riesige Maul nach mir schnappt und ich die Luft anhalte. Kurz komme ich wieder hoch, knapp atmend, sammle meine ganze Kraft. Alice kann kaum stehen, ihr Blick ist fiebrig.

»Lauf, verdammte Scheiße, lauf! Bring dich in Sicherheit«, brülle ich sie zornig an. Worauf wartet sie? Wenn sie überlebt, ist all das wenigstens nicht umsonst gewesen. »Nun hau endlich ab, ich schaff das schon. Ich komme nach«, lüge ich, denn meine Chancen sinken mit jeder Sekunde. Meine Muskeln beben vor Anspannung. Erneut werde ich unter Wasser gedrückt, die letzten Worte gehen in einem Gurgeln unter und die Krallen schneiden in meine Hände. Verbissen kämpfe ich, bis die Luft knapp wird. Meine Position ist denkbar ungünstig, meine Beine nutzlos, denn die Chimäre liegt halb auf ihnen, während Zähne meinen Hals bedrohen. So dicht wie in diesem Moment, bin ich den *Heiligen Hallen* noch nie gewesen. Ein Kratzer und ich bin tot. Nach und nach verschwimmt mein Sichtfeld, meine Arme werden schwerer, die Luft ist verbraucht. Luftblasen steigen aus meinem Mund empor. Urplötzlich lastet kein Gewicht mehr auf mir, sofort komme ich prustend an die Oberfläche, ziehe gierig Sauerstoff in meine Lungen. Mein Blickfeld wird klarer und ich blinzle einige Male.

Die Chimäre, der nun mein Schwert in der Seite steckt, schlägt nach Alice. Wir sind beide angeschlagen. Ich sehe nur eine Chance für uns, hier lebend raus zukommen, also springe ich wackelig auf, renne los. Wir werden nicht siegen, nicht gegen das kräftige Männchen. Die Chimäre schaut zu mir, ich hebe im Laufen Alice ihren Dolch auf, der am Boden liegt, schleudere ihn dem Vieh in die Brust, doch es ist keine tödliche Wunde, leider. Meine Hand umschließt die von Alice, die andere reißt das Schwert aus dem Körper der Bestie, denn mein Schwert lasse ich nicht zurück. Dann ziehe ich Alice hinter mir her. Wasser spitzt zu allen Seiten, als ich uns durch den Fluss zerre. Die Chimäre, dank Alice auf einem Auge blind, schüttelt sich, muss sich selbst sammeln, gibt uns jedoch einen Vorsprung von wertvollen Sekunden.

»Ich kann nicht«, hustet Alice, wird langsamer. Ich will ihr keinen Schmerz zufügen, aber wenn ich muss, werde ich es.

»Das ist mir egal, du rennst. Und wenn ich dich mit mir schleifen muss«, knurre ich. »Du hättest weglaufen können, aber nein, du verdammter Dickschädel. Also gibst du jetzt nicht auf. Beweg dich. Sofort!«

Wir schlittern um die letzte Kurve, treten ins Licht und ich kann Alice gerade so abfangen, ehe wir in den Abgrund stürzen. Ich reiße sie in meine Arme, ihr dreckverkrustetes Haar wird vom Wind hochgewirbelt.

»Echt jetzt?« Ihre Stimme zittert.

Wir schauen hinab. Unter uns tobt das Meer. In mir schreit alles danach, mich einfach auf den Boden fallen zu lassen, denn meine Kraft ist am Ende. Wie können die Götter uns das antun? Es gibt kein Zurück für uns, die Chimäre setzt nach. Ich schaue Alice an, die so zerschlagen aussieht, wie ich mich fühle. Ihr ansonsten seidiges Haar ist nicht länger rot, sondern schwarz, vor Dreck versteht sich. Wir bluten aus mehreren Wunden, doch wenn wir hierbleiben, sind wir so gut wie tot. Die Chimäre wird nicht aufgeben, ehe einer von uns sein Leben lässt. In unserer jetzigen Verfassung stehen ihre Chancen besser als unsere.

»Vertraust du mir?«, flüstere ich, woraufhin sie erstickt auflacht.

»Habe ich eine andere Wahl?«

Ich ziehe sie fester an mich. Als die Chimäre aus der Höhle schießt, lasse ich uns über die Klippen fallen, ziehe Alice auf meine Brust, fange den Aufprall ab, während wir in die Fluten eintauchen.

SIEBENUNDZWANZIG

Crispins Arm ist fest um meinen Körper geschlungen. Ich wage es nicht, den Kopf zu heben. Der Aufprall ist hart, doch er lässt mich nicht los, nicht mal, als das Wasser über unseren Köpfen zusammenschlägt. Er wird uns beide umbringen, wenn er mich nicht frei gibt und sich rettet, also nehme ich meine ganze Kraft zusammen und stoße mich von ihm ab. Selbst im tobenden Nass erkenne ich seinen wütenden Blick.

Das Meer ist aufgewühlt, wirbelt uns herum wie Spielbälle. Mein Rücken brennt wie Feuer, das Salz verursacht höllische Schmerzen. Mühsam versuche ich, nach oben zu kommen, an die Oberfläche, spüre das panische Klopfen meines Herzens. Meine Muskeln schreien, mein Körper ist am Ende. Sauerstoff, ich brauche Luft. Zug für Zug kämpfe ich, meinen Rückenmuskeln fehlt Kraft. Crispin hat nicht vor, mich sterben zu lassen, taucht verbissen hinab, greift nach mir, zieht mich zu sich und kämpft uns beide abermals an die Oberfläche. Sofort bricht eine Welle uber uns, druckt uns wieder unter Wasser, als würde das Meer uns nicht loslassen wollen.

Meine Mutter ist ein Teil des Meeres gewesen, sollte

ich da nicht besser klar kommen? Erneut stoßen wir durch die Wasserdecke. Crispin hustet Wasser aus, hält mich aber eisern an sich gedrückt. Ich schaue mich um. Der Strand ist weit entfernt, wir sind von oben, von den Klippen gekommen und mitten in das aufgewühlte Meer gesprungen, nicht in die sanften Lagunen, die auf der anderen Seite leben, geschützt vor den Gezeiten. Es ist ein Wunder, dass wir diesen Sprung überlebt haben. Ehe ich untergehen kann, zieht Crispin mich hoch. Er muss mich loslassen! Ich sehe ihm an, dass er ebenso an seine Grenzen geht. Langsam weiß ich, dass Asta mir nicht die Wahrheit gesagt hat. Kein Mann würde so für eine Frau kämpfen, die er nicht liebt, oder? Wäre das ein Spiel, würde er mich einfach untergehen lassen und sich retten. Was auch immer mit mir passiert ist, ich muss herausfinden, wie die Wahrheit aussieht. Wieder trifft uns eine Welle, will uns trennen, doch sein Griff ist eisern. Wütend beißt er die Zähne zusammen. Er bekommt eine Ladung Wasser ins Gesicht, hustet abermals lautstark. Seine Augen sind vom Salz im Wasser gerötet, er blinzelt gegen das Brennen an.

»Lass mich los«, keuche ich, aber er schüttelt den Kopf. Das dunkle Haar hängt ihm nass ins Gesicht.

»Niemals.« Sein Ausdruck ist entschlossen. Er wird nicht nachgeben, vorher geht er mit mir zusammen unter.

»Du bist verrückt! Alleine schaffst du es.« Nochmals werden wir runter gedrückt, ich schlucke dabei eine Menge Wasser, doch der Prinz zieht mich an seine Brust.

»Halt dich an mir fest«, fordert er, was ich verweigere, denn wir werden hier nicht beide sterben. »Alice, ich schwöre dir, das ist nicht der richtige Moment, trotzig zu sein. Halt dich an mir fest! Ich bringe uns zu dem Felsen dort.« Er zeigt auf einen Felsen, nicht weit entfernt im Wasser, den ich bisher nicht gesehen habe. »Du erschwerst es uns erheblich, wenn ich dich dabei festhalten muss. Ich lasse dich gewiss nicht ertrinken. Wo ist dein Kampfgeist? So oder so, wir stehen das gemeinsam durch. Wir sterben oder leben zusammen. Also, die Wahl liegt bei dir. Ich kann uns hier raus bringen.«

Kampfgeist? Ich habe das Gefühl, das Vieh hat mich bis auf die Knochen aufgeschlitzt. Das Salzwasser lässt mich weinen wie ein kleines Kind. Es brennt wie Feuer und ich habe wirklich keine Kraft mehr. Mein Körper schreit danach, zu regenerieren, Pause zu machen. Woher nimmt er diese Kraft? Sein Bein ist ebenfalls übel zugerichtet, tiefe Schnitte bis auf die Muskeln.

»Crispin«, hauche ich, doch er kneift die Lippen zusammen.

»Halt dich an mir fest, bitte.«

Dieser Elb macht mich, mit seinem Willen, uns hier

raus zubringen, uns beide, wirklich sprachlos. Ich habe das Gefühl, er versucht etwas aus der Vergangenheit gut zu machen. Egal was es ist, es lastet auf ihm. »Deine Sturheit wird dein Untergang sein«, beklage ich und schlinge meine Arme um seinen Hals.

»Das sagt die Richtige. Du hast damals, um mich zu retten, halb tot einen Wald durchquert, bist danach in meinen Armen gestorben. Also erzähl mir nichts von Sturheit.«

»Ist es das, was dich quält?«, flüstere ich, doch bekomme keine Antwort. Hast du mich dort retten wollen? Hast du es nicht gekonnt? Oh Crispin! Ob ich will oder nicht, Zuneigung übermannt mich. Seine Geschichte weckt Erinnerungen von einem kleinen Drachen, eisigen Waldboden und einem Wolf, einem sehr großen Wolf, in mir. »Topas«, entfährt es mir lautstark. Crispin stoppt abrupt, was uns kurz untergehen lässt.

»Du erinnerst dich!« Er klingt so begeistert, dass mir ganz warm wird. »Das ist ein gutes Zeichen.«

Ich schmiege mich an seinen Rücken, antworte nicht. Genieße, dass er da ist, und verlasse mich auf ihn. Zug für Zug schwimmt er zu dem großen Felsen. Hievt dann erst mich hinauf, ehe er sich selbst nachzieht. Seine Muskeln spannen sich deutlich an, während das Wasser an seinen Armen entlang läuft. Er lässt sich neben mir auf den flachen Fels fallen, atmet schwer. Einige Minuten sagt keiner von uns etwas, man hört nur unser Keuchen und die wilden Wellen, die wütend gegen den Felsen schlagen.

»Danke«, wispere ich, woraufhin er seinen Kopf zu mir dreht, mich mustert. Mutig hebe ich meine Hand, streiche ihm das nasse Haar aus dem Gesicht. Ich fühle plötzlich so viel mehr. Wir schauen uns an. Er lächelt, ja, er lächelt tatsächlich, dieser verrückte Kauz. Es ist ja nicht so, als sind wir fast gestorben.

»Ich glaube, ich lasse dich nie wieder aus den Augen. Das ist heute der schlechteste Tag überhaupt gewesen, aber irgendwie auch der beste Tag meines Lebens. Ich schwöre es. Grimm, der meine Frau küsst, zwei Chimären und ein Alb, der mich Freund nennt. Ich bin am Ende. Und doch, habe ich dich zurück. Du beginnst, dich zu erinnern, und viel wichtiger ist: Wir leben beide. Einen Moment habe ich fast daran gezweifelt.« Ich lache heiser auf, weine gleichzeitig und lasse mich von ihm an seine Brust ziehen. Seine Lippen legen sich auf meinen Scheitel. Es fühlt sich so normal an, dass ich es akzeptiere. »Wenn wir Noam und Cian diese Geschichte erzählen, müssen wir sie deutlich abschwächen, sonst drehen sie durch.« Seine Stimme ist heiser vom Wasser, doch ich höre die belustigte Spur darin.

Wer sind Cian und Noam? Kurz blitzen zwei Gesichter auf. Sie sind da, tief in mir verborgen, bereit, wieder an die Oberfläche gespült zu werden, aber ich kann die Erinnerung nicht halten. »Ich weiß, wer Topas ist«, raune ich, werde rot. »An dich erinnere ich mich auch. Du bist nackt gewesen, unter einem Wasserfall. Ich … habe dich, glaube ich, beobachtet.«

Ich lege meine Hand auf seine Brust, bette meinen Kopf darauf und schaue zu seinem Gesicht auf. Das Lächeln, welches ich dort entdecke, bringt ein Grübchen zum Vorschein. Sanft streicht er mit seinen Daumen über meinen Arm. »Ja, daran erinnere ich mich. Es hat mich meine ganze Willenskraft gekostet, dich nicht an Ort und Stelle zu küssen und … Nun ja, andere Sachen zu machen. Den ganzen Tag habe ich versucht, dich aus meinem Kopf zu bekommen, und plötzlich bist du einfach dagestanden, splitternackt und begehrenswert. Du hast mich an diesem Tag in den Wahnsinn getrieben, du und dein Sturkopf, mich gleichzeitig so angezogen, dass es mir schreckliche Angst gemacht hat. Glaube mir, ich habe selten Angst, aber du, kleiner Schmetterling, kannst mich das Fürchten lehren. Mir ist damals nicht klar gewesen, dass wir verbunden sind. Ich habe so nicht fühlen wollen, zu den Göttern gesprochen, dass es aufhört. Alleine der Gedanke an eine Gefährtin – oh, das ist ebenso abwegig gewesen, wie du eine Albin bist. Du hast alle Mauern um mich herum einstürzen lassen. Ach was, dein Dickkopf hat sie eingerissen, mit lautem Getöse.« Ich lausche seinen Worten, während meine Augen schwer werden. Mein Rücken pocht, alles in mir schreit nach Schlaf. Sein Herzschlag ist mein Gute-Nacht-Lied, also schmiege ich mich dichter an seine Brust. Er merkt, dass ich abdrifte, beugt sich über mich, was mich protestieren lässt. »Zeig mir deinen Rücken, sofort!« Er stupst mich an.

»Später. Ich bin unglaublich müde«, murmle ich, doch er greift unter mein Kinn.

»Du schläfst hier nicht ein. Nicht bevor ich weiß, wie schlimm deine Verletzungen sind. Wie habe ich nicht sofort daran denken können?« Widerwillig lasse ich mir dabei helfen, mich aufzusetzen, denn er wird sowieso nicht locker lassen. Meine restlichen Kräfte hebe ich mir für Kriege auf, die ich gewinnen kann. Vorsichtig löst Crispin die Reste des Hemdes, das nur noch aus Fetzen besteht. Ich halte es vor meinen Brüsten fest, um mich zu bedecken. Seine Finger fahren behutsam meinen Rücken entlang, lassen mich trotz der Schmerzen schaudern. »Es ist tief. Du hast viel Blut verloren, aber es wird heilen. Es ist nicht tödlich, dennoch schmerzhaft. Das Salzwasser hat den Dreck ausgespült. Das ist gut. Sehr gut sogar, auch wenn es brennt. In hundert Jahren werden wir die Narben nicht mehr sehen. Es beginnt bereits, sich zu schließen.

»In hundert Jahren? Na, was für schöne Aussichten.«

»Dich hat es ordentlich erwischt.« Seinen Finger drückt er in meinen Nacken. »Von hier, bis dort.« Kurz vor meinem Steißbein endet er.

»Es brennt wie Säure«, gebe ich zu, als ich plötzlich seine Lippen auf meiner nackten Schulter spüre. Der Kuss ist unschuldig, und doch lässt er meinen Schoß kribbeln.

»Das ist das Salz.«

Ich will mich wieder anziehen, aber er schüttelt den Kopf. »Nimm meins, deines ist unbrauchbar.« Er löst seine Rüstung, lässt sie ins Wasser fallen, wo sie rasch untergeht. »Wenn wir an Land schwimmen, wird sie mich nur aufhalten.« Das macht Sinn, obwohl ich nicht glaube, dass ich so weit schwimmen kann und wenn wir ehrlich sind, er mit mir zusammen auch nicht. Genüsslich beobachte ich, wie er sich anmutig die Tunika über den Kopf zieht, die er unter der Rüstung angehabt hat. Harte Bauchmuskeln kommen zum Vorschein, umrahmt von blauen Flecken. Von seinem Bauchnabel abwärts führt eine Spur dunkler Haare, als würde sie mich einladen, ihrem Weg zu folgen, zu schauen, was sich dort verbirgt.

Sein Körper ist perfekt. Der Schmerz rückt in den Hintergrund, denn in mir brennt plötzlich etwas ganz anderes. Meine Finger finden wie von selbst den Weg zu seiner Brust, umkreisen seine Konturen, zeichnen die Muskeln nach. Er ist wie ein Kunstwerk. Er schließt die Augen, stöhnt auf. »Oh Gott, du hast mir so gefehlt.«

»Ich wünschte, ich könnte mich an mehr erinnern, wünsche es mir wirklich.«

»Das wirst du.« Er öffnet seine blauen Augen, zieht meine Hand an seine Lippe und küsst meine Fingerknö chel sanft. »Das wirst du, warte ab. Gemeinsam werden wir es schaffen. Nichts und niemand wird uns je wieder trennen. Es gibt so viel, dass ich dir erzählen muss. Jetzt ruhe dich einen Moment aus. Ich überlege mir, wie wir an Land kommen.«

DANKSAGUNG

Danke an all meine Leser, dass ihr Alice und Crispin auch diesem Mal auf ihrem Weg begleitet habt. Wie wird es weiter gehen? Findet Crispin einen Ausweg, um sich und Alice zu retten? Wir werden es gemeinsam im dritten Teil erfahren, also sehen wir uns bald in Fegoria, wo es zum letzten Gefecht kommt, wieder. Crispin - der König, der keiner sein will und Alice an seiner Seite. Bereit, jedem die Stirn zu bieten, der sich ihnen in den Weg stellt. Wird es ein Happy End für sie geben? Was wird aus Grimm und Castiell werden? Auf welche Freunde und Feinde werden sie stoßen?

Ich freue mich auf euch!

Eure Annika Kastner

Gebt gut acht, wenn ihr das nächste Mal im Wald wandern seid. Hört ihr die Bäume vielleicht auch flüstern oder seht freche Waldgeister mit Blättern tanzen?

ANHANG

Elben

Crispin – Kronprinz der Elben
Cian – jüngerer Prinz
Noam – Crispins und Cians bester Freund, rechte Hand von Crispin
Elon – König der Elben
Keona – Königin der Elben
Lona – Kriegerin, verstorben
Yuno – Krieger
Mogolas – Krieger
Enel – Krieger
Daurin – Krieger
Racella – Kriegerin

Albe

Alice Field
Kota – Alice‘ Vater, großer Krieger
Castiell – König der Albe
Grimm – Prinz der Albe
Alliaria – Alice‘ Cousine
Lioma – Freund von Alice‘ Cousin

Elil – Alice‘ Cousin

Orakel

Osis

Rankenwesen

Kalmia – Anführerin, oberste Priesterin
Aronia – Schwester

Zauberer

Kelalan
Asta – Herr der Raben

Nixen

Jade – Herrin der Nixen und Königin
Triel
Yara – Alice‘ Mutter
Ashera

Zwerge

König Algrim

Orks

Zunlogg – Herr der Orks

Tiere

Silver – Wolf von Crispin
Dune – Pferde von Crispin
Topas – Alice‘ Drache
Pix – Alice‘ Pferd
Bararod – Drache von Elil

Orte

Fegoria – Welt in der wir uns befinden
Nebelwald – Heimat der Elben
Sen Gebirge – Berge im Nebelwald
Escher – Heimat der Menschen
Eisebene
Schwarze Lagunen – Heimat der Albe
Violetter Ozean – Heimat der Nixen
Wüstenhain – Heimat der Reptanier
Yeki Höhlen

Wesen

Yetis
Harpie
Greif
Chimäre

DIE AUTORIN

Annika Kastner wurde 1987 in Niedersachsen geboren, wo sie noch heute mit ihrem Mann und Sohn lebt. Beide teilen ihre Leidenschaft für Bücher, worüber sie wahnsinnig froh und dankbar ist. Geschichten und Märchen hat sie schon immer geliebt und liest sie nicht, nein, sie verschlingt sie.

Viele Jahre hatte sie auf Fanfiktionseiten geschrieben sowie gelesen, ehe eine Freundin sie dazu drängte, ihr eigenes Buch an einen Verlag zu senden.

Sie hofft, dass ihre Geschichten den Menschen genauso viel Freude machen wie ihr andere Bücher – dass sie in die von ihr erschaffenen Werke eintauchen können, den Alltag vergessen und etwas träumen.

PLAYLIST

Wenn Alice Zugriff auf Musik hätte, wäre dies wohl die passende Playlist - für sie und Crispin, denn jeder einzelne Text passt zu ihnen.

Green Day - Wake Me Up When September Ends
Oasis - Wonderwall
Nickelback - How You Remind Me
Bryan Adams - Thought Id Died And Gone To Heaven
Coldplay - A Sky Full Of Stars
Seether - Broken
Enrique Iglesias - Hero
Zac Efron, Zendaya - Rewrite The Stars
Lifehouse - You And Me
Against the Current - Legends Never Die
Nickelback - Far Away

Kelly Clarkson - Breakaway

Miley Cyrus - The Climb

Richard Armitage - Misty Mountains

3 Doors Down - Here Without You

Avril Lavigne - Head Above Water

Walking on Cars - Don't Mind Me

Ed Sheeran - I See Fire

Evanescence - Bring Me To Life

Tyler Glenn - Midnight

Creed - One Last Breath

Christina Perri - A Thousand Years

+++ COMING SOON +++

FEGORIA - BAND 1

HÖRBUCH

Behaltet unsere Facebookseite (**@booklounge.verlag**)
im Blick, weitere Infos folgen in Kürze.

FEGORIA

BAND 1

»Ich bin Alice – in meinem ganz persönlichen Wunderland. Weiße Hasen habe ich keine, aber einen kleinen Drachen. Mein Hutmacher ist ein sturer Prinz, der mir das Leben gerettet hat, und zudem heißer ist, als es erlaubt sein sollte.«

Alice ist von ihren Freundinnen, denen es wichtiger scheint, perfekte Fotos für ihre Blogs und Selfies für Instagram zu inszenieren, genervt und führt die gemeinsame Wanderung alleine fort. Als sie den Eingang eines Berges ausfindig macht, lässt sie sich von ihrer Neugierde treiben und betritt das märchenhafte Fegoria. Umgeben von Orks, Trollen, Drachen und Lichtelben, die ihr Leben gewaltig auf den Kopf stellen, versucht sie mit aller Macht, zurück in ihre Welt zu gelangen. Nachdem sie jedoch mit der wohl größten Lüge ihrer Existenz konfrontiert wird, begibt sie sich mit Crispin, Thronfolger im Nebelwald, auf die Suche nach sich selbst

Printed in Poland
by Amazon Fulfillment
Poland Sp. z o.o., Wrocław

49272327R00251